BASTEI
LÜBBE
TASCHENBUCH

Weitere Titel aus dem PERRY-RHODAN-Universum:

DIE FALSCHE WELT
(von Andreas Eschbach und Verena Themsen)
TRIVID – DIE KLON-VERSCHWÖRUNG
(von Oliver Fröhlich und Christian Montillon)

Über den Autor:

Michael Marcus Thurner, geboren 1963 in Wien, übte nach einigen Uni-Semestern in Anglistik, Geschichte und Geographie eine Reihe unterschiedlichster Jobs aus: als Verkäufer in einem Motorradgeschäft, Angestellter in einem Reitbetrieb, Security bei Veranstaltungen oder Kellner. Seit 2002 ist er als freier Schriftsteller tätig. Neben zahlreichen Romanen für PERRY RHODAN, wo er fester Bestandteil des Autorenteams ist, hat er Fantasy-Romane bei Blanvalet und Science-Fiction-Romane bei Heyne veröffentlicht. Mehrmals im Jahr veranstaltet er mehrtätige Schreibseminare, um seine Erfahrung weiterzugeben. Privat jagt er gerne dem Fußball hinterher oder fährt Motorrad. Er lebt mit seiner Frau und zwei Kindern in Wien.

Michael Marcus Thurner

Perry Rhodan

DUNKELWELTEN
SCHWARZE SAAT

Band 1

Roman

BASTEI LÜBBE TASCHENBUCH

BASTEI LÜBBE TASCHENBUCH
Band 20942

MIX
Papier aus verantwortungsvollen Quellen
FSC® C083411

Dieser Titel ist auch als Hörbuch und E-Book erschienen

Wir danken dem Pabel-Moewig Verlag für die gute Zusammenarbeit.

Originalausgabe

Redaktion: Klaus N. Frick, Karlsruhe
Titelillustration: Arndt Drechsler, Leipzig
Textlektorat: Dr. Rainer Nagel, Mainz
Umschlaggestaltung: Guter Punkt, München | www.guter-punkt.de
Satz: hanseatenSatz-bremen, Bremen
Gesetzt aus der Stempel Garamond
Druck und Verarbeitung: CPI books GmbH, Leck – Germany
ISBN 978-3-404-20942-2

2 4 5 3 1

Sie finden uns im Internet unter
www.luebbe.de
Bitte beachten Sie auch: www.lesejury.de

Gio zog Casper mit sich. Sie liefen, so schnell sie konnten. Hinein in die Gassen der Altstadt, in der die Gebäude so eng standen, dass sich kaum mehr als drei Personen nebeneinander fortbewegen konnten.

Gios Lungen brannten, vor seinen Augen tanzten weiße Punkte. Er hatte alles aus seinem Körper herausgeholt – und doch gelang es ihm und seinem Cousin nicht, ihre Verfolger abzuschütteln.

Links. Rechts. Vorbei an den Ständen des Altmarktes, deren Robothändler erst wieder mit dem Sonnenaufgang aus ihrem Hiatus erwachen und ihre Waren lauthals anpreisen würden. Hinein in das Kreislabyrinth der Goldenen Schnecke, durch die leicht versetzten Drillingsgassen, hinab zum Alten Seier, jenem Rinnsal, das einige hundert Meter südlich in die Hauptwasserader der Stadt mündete, in den Koparal.

»… kann nicht mehr …«, ächzte Casper.

Gio packte die Hand seines Cousins, zog ihn weiter. Das Getrampel der Verfolger war gut zu hören. Die Onryonen holten auf. Sie kannten sich in diesem Teil der Stadt aus und wussten mit den Lichtverhältnissen besser umzugehen.

Er hatte die Orientierung verloren, verdammt! Wo war der schmale Weg hinab zum Alten Seier? Und warum, bei den Sterngöttern, war niemand auf den Straßen zu sehen, den sie um Hilfe bitten konnten? Wo waren die Sicherheitsdrohnen? Warum tauchte kaum ein Anuupi auf, der ihnen den Weg leuchtete?

Gio nahm auf gut Glück den Pfad zu seiner Linken. Vorbei an Krüppelgewächsen links und rechts des Weges ging es auf einen Platz zu, der von einem winzigen Springbrunnen beherrscht wurde … und sich als Sackgasse erwies.

Gio sah sich hastig um, suchte nach einem Ausweg. Doch es gab keinen. Keinen Weg in die Sicherheit, kein Versteck. Die Häuserpositroniken waren allesamt aktiviert, die Bewohner offenbar nicht zu Hause.

»Hilfe!«, rief Casper und beugte sich dann nach vorne, um auszuspucken, völlig erschöpft von der Anstrengung.

»Es wird niemand kommen«, sagte Gio und half seinem Cousin und Freund wieder hoch. »Das ist ein abgekartetes Spiel.« Seine Beine zitterten so stark, dass er meinte, jeden Augenblick umfallen zu müssen.

»Aber warum?«, fragte Casper zwischen zwei tiefen Atemzügen. »Wir haben ihnen doch nichts getan!«

»Wir atmen und leben. Das reicht diesen Fanatikern doch.«

Das Getrappel der Schritte ihrer Verfolger wurde langsamer und leiser. Sie wussten, dass sie ihre Beute in die Falle getrieben hatten. Sie würden ihren Triumph auskosten, mit ihnen spielen.

»Wir bleiben Seite an Seite«, sagte Gio und zog sein Messer. »Du links, ich rechts.«

Casper schaute ihn entsetzt an. »Wir haben keine Chance gegen diese Verrückten! Und wir wissen nicht, wie man mit diesen Dingern umgehen muss.«

»Denk an früher, denk an die Dagor-Spiele. Wir waren gut darin. Oder willst du etwa gleich aufgeben und dich abstechen lassen, einfach so?«

Casper schüttelte den Kopf.

»Eben. Zeigen wir ihnen, dass wir Terraner sind. Bist du bereit?«

»Natürlich nicht. Aber macht das einen Unterschied?«

Nein, machte es nicht.

Gio bleckte die Zähne. Wie sonderbar. Ihm war leicht ums Herz. Und das in den vielleicht letzten Sekunden seines Lebens.

»Losloslos!«, rief er und stürmte vorwärts, mit Casper an seiner Seite und mit dem Messer in der Hand, auf völlig überraschte Gegner zu.

Gio lachte.

Kapitel 1:
Gespräch unter alten Freunden

Die Sonne ging unter, sie tauchte das südliche Gurvantes-Gebirge in leuchtendes Rot.

Dort war die einstmalige Wüste Gobi naturbelassen geblieben, dort pfiff der Wind seit Jahrzehntausenden über bizarr geformte Felsgrate hinweg und formte die Landschaft nach seinem Geschmack. Dorthin hatte die Megapolis Terrania ihre Arme noch nicht ausgestreckt.

»Woran denkst du, Perry?«, fragte Homer G. Adams. »Etwa an … früher?«

»Ja«, antwortete Rhodan versonnen. »Ich versuche mich zu erinnern, wie es einstmals hier ausgesehen hat. Als die Stadt noch nicht da war. Als wir landeten und die Dritte Macht ausriefen. Vor über dreitausend Jahren.«

»Das sind keine sonderlich angenehmen Gedanken.«

Rhodan drehte sich seinem Freund zu. Einem der wenigen, die ihm geblieben waren und die noch wussten, wovon er redete. »Das menschliche Gedächtnis selektiert. Es hilft uns, die schlimmen Dinge zu verdrängen. Sie werden zu nebulösen Schatten.«

»So wie die guten Dinge. Außer man besitzt ein eidetisches Gedächtnis.« Adams deutete zu seinem übergroßen Kopf. »Da drin stecken verdammt viele Erinnerungsfragmente. Manchmal überlagern sie sich, manchmal lassen sie einzelne Ereignisse deutlicher zutage treten. Dann denke ich an Tod, an Kämpfe, an Verzweiflung. Eine lückenlose Erinnerung muss nicht immer nur von Vorteil sein.«

»Da hast du vermutlich recht.« Rhodan seufzte und kehrte

mit seinen Gedanken ins Büro zurück. Der lichtdurchflutete Raum an der Spitze der Solaren Residenz war aufgeräumt und nüchtern möbliert. Der Schreibtisch war so gut wie leer, auch auf den positronischen Rechnern befanden sich nur wenige unerledigte Agenden. Er hatte all seine Aufgaben abgeschlossen, so gut es ihm möglich gewesen war. So sollte es sein, wenn er auf Reisen ging.

»Bist du bereit?«, fragte Rhodan. »Können wir aufbrechen?«

»Nein. Und ja.« Adams schüttelte widerwillig den Kopf. »Du weißt ganz genau, dass ich auf Terra viel besser aufgehoben bin. Wie eine …«

»… wie eine Spinne in der Mitte ihres Netzes«, vervollständigte Rhodan den Satz. »Ich weiß. Aber auch die Spinne muss von Zeit zu Zeit ihr Reich kontrollieren. Überprüfen, ob die einzelnen Fäden gespannt sind oder ob man den eigenen Bereich vergrößern könnte.«

»Unsinn!«, brummelte Adams. »Wozu hat man seine Leute, die einen informieren?«

»Die Spinne wird dick und fett, wenn sie sich nicht bewegt.« Rhodan grinste und klopfte seinem Freund gegen den Bauch.

»Das ist der Kummerspeck. Weil man mich einfach nicht in Ruhe meine Arbeit machen lässt.«

»Jetzt hab dich nicht so, Homer! Du weißt ganz genau, was dich auf Jolyona erwartet. Es wird dir guttun, Terra endlich mal wieder zu verlassen und die morschen Knochen auszuschütteln. Zumal ich dich auf dieser Mission wirklich gut gebrauchen kann.«

»Letztlich geht es um Diplomatie und weniger um wirtschaftliche Belange, Perry.«

»Noch ein Widerwort von dir, und ich lasse dich zwangspensionieren. Also nochmals die Frage: Können wir aufbrechen?«

»Nur unter Protest«, grummelte Homer Gershwin Adams und bemühte sich, ein verzweifeltes Gesicht zu ziehen.

Rhodan unterdrückte ein Grinsen. So war er nun mal, der alte Griesgram. Er jammerte und maulte – und freute sich insgeheim darauf, diesen kleinen Ausflug mitmachen zu dürfen. Denn schließlich wartete jemand auf ihn: Thersa Gooden, die Zweite Botschaftsrätin der kleinen terranischen Kolonie auf Jolyona.

Kapitel 2:
Der Schüler

Kahoyte folgte der Herde, und die Herde folgte ihm.

Auf seinem Pfad in die Tiefe des Leuchtdorfes war er umgeben von grün leuchtenden Anuupi der großen Hauptherde. Sie benahmen sich mustergültig und blieben stets in seiner Nähe. So, wie sie es immer taten.

Weil er ein guter Schüler war. Weil er die Bedürfnisse der Tiere verstand und starke Verbundenheit mit ihnen empfand.

Der Pfad wand sich in engen Serpentinen hinab ins Tal, das beinahe unberührt zwischen den Ausläufern des Sagamoyo-Gebirges lag. Der Weg war mühsam zu begehen. Deshalb überließ ihm sein Ausbilder Obanundi immer öfter diese Aufgabe. Nur die Anuupi gaben Licht auf seinem Weg über losen Untergrund.

Hier wuchs kaum etwas. Allein die Wurzeln der allgegenwärtigen Kara-Disteln fanden zwischen den Felsen Halt. Ihre scharfen Blattränder reichten bis zu Kahoytes Hüfte. Hätte er nicht den traditionellen Lederschurz getragen, hätte er längst einige Narben davongetragen.

»Nicht so schnell«, wisperte er, an Dualles gerichtet, dem führenden Anuupi seiner kleinen Flugherde. »Ich verstehe, dass ihr es eilig habt und hungrig seid. Aber ich kann unmöglich mit euch Schritt halten. Bitte habt Verständnis, bitte bleibt bei mir.«

Es waren rituelle Worte, die er zu Dualles sprach. Viele Hüter verwendeten sie gedankenlos. Sie wiederholten sie wie ein Mantra, stetig und ohne den Sinn zu begreifen. Kahoyte hingegen richtete sie bewusst an das Leittier. Und er war sich sicher, dass Dualles ihn verstand.

Er rutschte auf einem Geröllhaufen aus, nur mit Mühe wahrte er das Gleichgewicht. Mehrere Steine klackerten links von ihm in die Tiefe. Erst nach langen Sekunden blieben sie liegen, unten, in der lichtgebenden Heiligkeit des Tals.

Kahoyte erreichte die nächste Spitzkehre, atmete kurz durch und setzte dann seinen Weg fort. Weitere sieben steile Abschnitte lagen vor ihm. Er würde ein breites Feld mit Kara-Disteln queren müssen, dann ein schmales, aber reißendes Bachbett und mehrere heimtückische Geröllfelder. Die schlimmsten Teilstrecken hatte er allerdings bereits hinter sich gebracht.

Das Armbandkom gab Laut. Widerwillig nahm Kahoyte das Gespräch an und blickte ins ernste, alterszerfurchte Gesicht seines Lehrmeisters. Das Holo-Bild Obanundis leuchtete gespensterhaft in der Beinahe-Dunkelheit. Augenblicklich näherten sich einige neugierige Anuupi.

»Du hast es bald geschafft, nicht wahr?«, fragte der alte Mann. »Du solltest dir mehr Zeit für deine Wege nehmen und die Gelegenheit zur Kontemplation nutzen.«

»Ich denke *immer* an die Arbeit, Herr«, gab Kahoyte zur Antwort. »Es vergeht keine Minute, keine Sekunde, in der ich nicht in Gedanken bei den Tieren meiner Herde bin.«

»Dann hast du den Sinn des Abstiegs nicht verstanden, Sohn. Du sollst über dich selbst nachdenken. Entlasse die Anuupi ruhig für eine Weile aus deiner Kontrolle. Du wirst sie im Leuchtdorf wiederfinden – und sie werden bereits satt sein, wenn du unten ankommst. Umso leichter wirst du sie beim Aufstieg kontrollieren können.«

Kahoyte hasste es, wenn ihn der Alte »Sohn« nannte. Sie waren nicht verwandt. Sie waren ein ungleiches Paar, das von der Hüter-Kammer miteinander verbunden worden war. Damals, als er seine Ausbildung begonnen hatte.

»Verzeih, Obanundi«, sagte Kahoyte und senkte ehrerbietig seinen Kopf in Richtung des Holos. »Aber ich möchte mit meinen Tieren üben, wann immer ich die Gelegenheit dazu finde.«

»Du bist der ehrgeizigste Schüler, den ich jemals hatte. Das freut mich. Aber du musst auch auf dich achten. Du darfst dich als Person nicht verleugnen. Du musst zu dir selbst finden. Nur dann wirst du ein wirklich guter Hüter werden.«

Einige Anuupi der Hauptherde gerieten ins Blickfeld der dreidimensionalen Aufnahme. Der Alte vertrieb sie mit einigen lässigen Handbewegungen, sie entfernten sich mit eleganten Bewegungen ihrer Flugnesseln.

Wie machte er das bloß? Wie schaffte er es, diese neugierigen Tierchen *einfach so* zu bändigen und sie mithilfe improvisierter Bewegungen zu beeinflussen?

»Ich erwarte dich in sechs Stunden zurück«, sagte Obanundi.

»Ich kann bereits in drei Stunden bei dir sein, Herr.«

»Nein, Kahoyte. Ich verlange, dass du dir im Leuchtdorf eine Pause gönnst. Dass du ruhst. Dass du die Anuupi für eine Weile aus dem Herdenverbund entlässt. Auch sie brauchen ein wenig individuellen Freiraum.«

»Aber Herr ...«

»Keine Widerrede! Du wirst dir diese Zeit nehmen.«

Das Holo über dem Armbandkom erlosch, die Anuupi rings um Kahoyte wichen ein Stück zurück.

Er schaltete das verdammte neumodische Ding aus und blickte zu Boden. Es war zwar niemand in der Nähe. Doch auch vor sich selbst wollte er das Zornesrot seines Emots verbergen. Es leuchtete grell zwischen seinen Augen, und nicht zum ersten Mal verfluchte er seine Unfähigkeit, die Farbe des Gefühlsorgans verbergen oder verfälschen zu können.

Er mochte Obanundi nicht. Hatte ihn immer verachtet. Verabscheute seine progressiven Ansichten.

Wie kam der alte Hüter nur dazu, ihm ein Armbandkom aufzuzwingen? Dieses moderne technische Zeug, das mit dem Zuzug der *Emotlosen* auf Jolyona immer breitere Verwendung fand?

Die Anuupi gehörten so gelenkt, wie es schon immer geschehen war. Ein Hüter hatte im Einklang mit den biolumineszierenden Tieren zu sein, immer und jederzeit. Die Herde hatte kein Anrecht auf Phasen der Unkontrolliertheit, wie es Obanundi vorschlug. Und er als Hüter musste jederzeit über die Anuupi herrschen. So, wie es seit Ewigkeiten geschah.

Kahoyte setzte seinen Weg fort. Dualles wirkte ein wenig irritiert, doch er fing sich rasch und setzte sich an die Spitze der kleinen Flugherde.

Er erreichte das Leuchtdorf weit vor der Zeit und ließ sich zwischen schroffen Felsen nieder. Wie es ihm befohlen worden war, gab er den Anuupi Freiraum. Dualles war allerdings angehalten, die Flugherde nicht weiter als fünfzig Schritte von Kahoyte wegzusteuern.

Er beugte sich hinab, hielt eine Hand vor den Mund und aß ein wenig vom Süßbrot. Hier unten war die Gefahr denkbar gering, beobachtet zu werden. Aber auch im Tal galten die üblichen Konventionen. Nahrungsaufnahme war eine überaus intime Tätigkeit, die nicht einmal die Anuupi zu sehen brauchten.

Seine Herde kreiste aufgeregt über einer der vielen röhrenförmigen Öffnungen des Leuchtdorfes. Sie strahlten allesamt hell in der immerwährenden Dunkelheit Jolyonas und gaben dabei eine fast unangenehme Hitze ab. Kahoyte hielt sich so gut es ging von den Schloten fern, die tief in den Boden reichten und vulkanischen Ursprungs waren.

Seit der Ankunft der Onryonen auf dieser Dunkelwelt und

deren Urbarmachung hatten die Hüter die Leuchtdörfer aufgesucht und ihre Tiere gefüttert. Aus einer Laune der Natur war der Schwefeldioxid- und Ammoniakgehalt im Umfeld der Leuchtdörfer gering. Stattdessen gab es vermehrt Fluorwasserstoffe und Edelgase, die nahe den Röhren die Ansiedlung von Bakterien förderten. Solche, die den Anuupi besonders gut mundeten und sie dick und fett werden ließen.

Kahoyte beendete seine Mahlzeit und packte das übriggebliebene Süßbrot weg. »Dualles!«, flüsterte er leise, tat eine Fingerbewegung – und augenblicklich kam das Leittier mit eleganten Bewegungen seines Steuerschirms herangeschwebt.

Kahoyte streckte seine Rechte aus, der Anuupi ließ sich sachte darauf nieder. Wie immer war ein leichtes Kribbeln zu spüren. Geringste Verätzungen und Verbrennungen waren die Folge. Ein jeder Hüter besaß Ätzspuren auf den Handinnenflächen. Ein aufmerksamer Beobachter konnte anhand dieser Narben einen Hüter erkennen.

»Du bist so schön«, sagte Kahoyte leise – und augenblicklich reagierte das Tier. Das Grün bekam einen Gelbstich, der von einem Kranz kräftigen Rots ergänzt wurde. Dualles bewies ihm seine Zuneigung.

Mehr als jedem anderen Hüter, den Kahoyte kannte. Niemand war so gut wie er im Umgang mit diesen wunderbaren Tieren, die dem Volk der Onryonen so viel bedeuteten und auch so viel schenkten.

Licht. Wärme. Zuneigung. Nähe. Respekt …

Die Liste ließ sich beinahe endlos lange fortsetzen – und doch wurde sie in letzter Zeit von jenen Onryonen in Frage gestellt, die in den Betonburgen der großen Städte saßen. Sie ignorierten die uralten Traditionen. Sie passten sich stattdessen dem Pulsschlag wirtschaftlichen und politischen Lebens in der heimatlichen Milchstraße an.

Dualles spürte seinen Zorn. Der Anuupi zog den Körperschirm zusammen, bis er wie ein verrunzelter Reinigungsschwamm aussah, und stieß sich durch einen explosiven Ausstoß von Luft von ihm ab. Sofort blähte sich der Schirm wieder auf. Der körpereigene Chemiebaukasten ließ gespeichertes Helium frei, das dem Tier Auftrieb gab. Dualles trieb davon, seiner Herde entgegen.

Kahoyte schloss die Augen. Er hatte wieder einmal einer Stimmungsschwankung nachgegeben und damit einen der schlimmsten Fehler als angehender Hüter begangen. Je weniger man seine negativen Gefühle über das Emot ausdrückte, desto besser gehorchten die Anuupi.

Obanundi hatte in mancherlei Hinsicht recht. Er musste sich um die eigene Entwicklung kümmern und sich selbst kontrollieren lernen. Doch die Arbeit mit diesen wundersamen und wunderbaren Wesen war ihm nun einmal wichtiger! Er wollte die Anuupi besser kennenlernen, als es jemals einem Bewohner Jolyonas gelungen war.

Kahoyte blickte auf die Uhr des Armbandkoms. Er musste noch zwei Stunden in der Ansiedlung verbringen, wollte er dem Wunsch seines Lehrherrn entsprechen.

Er stand auf und begann eine Wanderschaft durch das Lichterdorf, vorbei an unzähligen Schloten und Öffnungen. Stets darauf bedacht, den Flecken gewaltig großer Bakterienkulturen nicht zu nahe zu kommen. Sie leuchteten wie Teile eines kunterbunten, unregelmäßig geformten Flickenteppichs und prägten damit das namenlose Tal.

Kahoyte umrundete einige der größten Röhren. Sie waren gut und gerne sechs Meter hoch. Über ihnen war gegen das Sternenlicht der Milchstraße ein Schwall flirrender, funkendurchsetzter Heißluft zu erkennen.

Im Tal war reichlich Nahrung für die Anuupi vorhanden. Doch die meisten Hüter hielten es mit der Bequemlichkeit. Sie hatten in ihren heimatlichen Weidegebieten künstliche Quellen zur Ernährung der Tiere geschaffen. Viele der modernen Hüter verzichteten darauf, die alten Pfade zu beschreiten.

Kahoyte war sich sicher, dass ein derartiger Sündenfall über kurz oder lang zu einer Verschlechterung der Anuupi-Leuchtqualität führen würde. Die Tiere würden klein und dumm bleiben. Nicht so wie seine eigenen, die er seit nunmehr acht Jahren aufzog und die den Grundstock einer eigenen Herde bildeten. Irgendwann einmal, wenn er ausgelernt hatte, in zwei bis drei Jahren, würde er Dualles und die zwanzig stärksten Tiere mit sich nehmen, um ein eigenes Weidegebiet abzustecken.

Der Bedarf für neue Herden war da. Die wachsende Bevölkerung Jolyonas war auf die Leuchtkraft der Tiere angewiesen. Zwei bislang nur dünn besiedelte Kontinente gerieten in den Fokus der Aufmerksamkeit, neue Landesteile wurden urbar gemacht.

Kahoyte erreichte das Nordende des Tals. Hier führten schmale, verwinkelte Wege hoch zu einem selten begangenen Pass. Vom höchsten Punkt des Pfades konnte man auf das La-Ten-Zwischenmeer blicken. Auf jene sich scheinbar ins Unendliche ausdehnende Ebene, die einmal mit gewaltigen Wassermassen gefüllt gewesen war, wenn man den Informationen der Histogeologen vertrauen konnte.

Eines Tages würde er den Aufstieg wagen. Doch noch waren Dualles und die anderen Anuupi nicht stark genug für diese gefährliche Reise. Die Tiere würden in den engen, dunklen Höhlenwegen zu Beginn des Pfades in Panik geraten und ihre Treibbewegungen einstellen, um wie nasse Brotfladen zu Boden zu platschen und dort zu zerfallen.

Kahoyte wandte sich um und suchte nach seiner Herde. Er hatte sich doch weiter als vorgehabt von seinen Anuupi entfernt. Sie trieben etwa sechzig Meter entfernt über einer breiten, nicht allzu hohen Röhre. Ihre Körper wirkten prall, die Steuernesseln leuchteten voller Kraft. Er würde sie allmählich von ihrer Nahrungsquelle lösen müssen. Es gab nichts Schlimmeres als überfressene Anuupi, in diesem einen Punkt waren Obanundi und er sich einig.

Er kehrte zu seinen Tieren zurück, trieb sie mit Zurufen sowie Handbewegungen zusammen und führte sie in einen dunkleren Bereich des Lichtdorfes. Dort sollten sie in Ruhe verdauen und die zu viel aufgenommenen Ballaststoffe ausscheiden. Anschließend würde er sie mit dem Leuchtstriegel pflegen, auf Schädlinge untersuchen und den Aufstieg in Angriff nehmen.

Kapitel 3:
Diplomatie

Die CEREBUS war ein kleines und elegant ausgerüstetes Schiff, das Perry Rhodan für repräsentative Zwecke zur Verfügung stand. Den ungewöhnlichen Namen hatte er dem Sechzig-Meter-Raumer aus einer spontanen Laune heraus verpasst. Rhodan hatte auf die Konventionen gepfiffen, die bei der Taufe eines Schiffs der Liga-Flotte zu beachten waren, und das kleine Ding nach einer amerikanischen Comic-Figur benannt.

Die Besatzung war handverlesen, der Komfort groß. Rhodan sah sich schuldbewusst in der großräumigen Kabine um. Sie gehörte ihm allein. Er war Einfachheit gewohnt. Er mochte das Verschwenderische und Opulente nicht allzu sehr.

»Hör auf, mich so böse anzusehen!«, sagte er zu Adams, der ihm vorwurfsvolle Blicke zuwarf. »Ich habe das alles nicht gewollt.«

»Aber du hast dich auch nicht dagegen gewehrt. Du residierst auf mindestens hundert Quadratmetern. Du besitzt eine Trivid-Anlage, die alle Stücke spielt. Formenergie-Stühle, die jede beliebige Form annehmen und extrem energieaufwendig sind. Einen Vakuum-Jacuzzi, einen angeschlossenen Fitnessraum, mehr als ein Dutzend Spezialroboter, in wertvollen Materialien verarbeitete Möbel. Man hätte hier weitaus sparsamer planen können.«

»Dann würdest du aber keinen Earl-Grey-Tee mit einer dezenten Bergamotte-Note trinken, wie du ihn liebst, du elender Pfennigfuchser!«

Adams lächelte schmallippig, lehnte sich zurück und rührte

seinen Tee um. »*Pfennigfuchser.* Dieses Wort habe ich schon ewig nicht mehr gehört. Und ja, ich gebe zu, dass ich diesen Luxus durchaus genieße.«

»Warum ärgerst du mich dann und wirfst mir Verschwendung vor?«

»An wem sollte ich mich denn sonst reiben, Perry? Wer redet denn sonst noch wie wir beide, wer handelt nach mehrtausendjährigen Prinzipien? Wie oft haben wir uns an die Veränderung der Sprache angepasst, wie oft unseren Wortschatz erneuert? Wer außer Historikern weiß noch, was ein Waschbrett ist und wie ein Telefax funktionierte?«

»Wirst du etwa rührselig auf deine alten Tage?«

»Nein.« Adams nahm einen Schluck vom Tee und stellte die Tasse auf dem nierenförmigen Formenergie-Tisch ab. »Ich liebe die Herausforderungen dieser neuen Zeiten. Ich brauche den Wettkampf und messe mich tagtäglich mit all den jungen Schnöseln, die meinen, mir etwas über Galaktofinanzen, positronikgesteuerte Marktmanipulationen und intergalaktische Warenverschiebungen erzählen zu müssen. Aber es tut auch mal gut, einen Schritt zurückzutreten und den Blick neu zu schärfen.«

»Mit einem Auge in die Vergangenheit und einem in die Zukunft schauen«, sagte Rhodan leise.

»Richtig.« Adams räusperte sich. »Jetzt sag mir doch, was uns auf Jolyona erwartet. Ich habe es schon wieder vergessen.«

»Du hast noch niemals etwas vergessen, du Lügner!«

»Richtig. Gut, dass du mich daran erinnerst: Du schuldest mir seit 1972 drei Pfund zwei Sixpence. Ich musste dir in einem Pub in Glasgow Geld borgen. Möchtest du wissen, wie viel das in Galax umgerechnet ist, samt Zins und Zinseszins?«

»Jetzt nicht. Reden wir in ein-, zweihundert Jahren nochmals drüber.«

Sie grinsten einander an. Rhodan prostete seinem Gegenüber mit dem Bierglas zu und trank dann langsam, Schluck für Schluck und mit viel Genuss.

»Also schön«, sagte er dann, »lass uns über Jolyona sprechen.«

»Ich bitte darum.«

»Die Welt ist erdähnlich: 0,99 Gravos bei einem Durchmesser von etwa zwölftausend Kilometern. Die Atmosphäre ähnelt bis auf geringe Abweichungen der auf Terra.«

»Das ist nicht, worauf ich hinauswollte, Perry ...«

»Lass mich ausreden, alter Freund. Ich brauche selbst ein wenig Anlaufzeit, um alles richtig einsortieren zu können.«

»Also schön. Mach weiter.«

»Bei aller Ähnlichkeit mit Terra ist Jolyona halt auch eine Dunkelwelt. Ein Irrläufer, der in einer Entfernung von etwa neunzehntausendfünfhundert Lichtjahren von der Erde entfernt dahintreibt. Wir wissen nicht, woher Jolyona kommt und was dazu geführt hat, dass sich der Planet durch das Nichts zwischen unzähligen Sternensystemen dahinbewegt. Eine Theorie besagt, dass er bei der Ankunft des Litrakduurn-Schwarms vor einer halben Milliarde Jahren aus der Umlaufbahn um eine namenlose Sonne gerissen wurde. Aber das ist bloß eine von vielen Ideen zur Herkunft Jolyonas.«

Rhodan nahm einen weiteren Schluck von seinem Bier und wischte sich den Schaum von der Oberlippe.

»Was wir allerdings wissen, ist, dass Jolyona im Jahr 1208 in Besitz genommen wurde. Von Onryonen. Von Vertretern eines Volkes, mit dem wir einige unangenehme Erinnerungen teilen. Mit denen wir nun mal zurechtkommen müssen. Die Onryonen sind gekommen, um zu bleiben.«

»Das weiß ich doch alles, Perry. Auch, dass sich seit einigen Jahrzehnten eine terranische Kolonie auf Jolyona entwickelt und es zu Berührungspunkten kommt. Mitunter auch zu Spannungen.«

»Ach, du hast dich bei Thersa Gooden informiert?«

»Lassen wir bitte schön meine Privatangelegenheiten beiseite.«

»Natürlich, Homer.« Rhodan räusperte sich. »Die Onryonen Jolyonas werden als … ungewöhnlich beschrieben. Ihre Gepflogenheiten unterscheiden sich von denen anderer Teilvölker. Sie haben eine eigenständige Entwicklung durchgemacht und werden von den übrigen Onryonen fast schon gemieden. Was ich als Chance für die Liga Freier Terraner erachte.«

Adams blickte nachdenklich drein. »Wir beide sollen also austesten, wie eng wir die Jolyona-Onryonen an uns binden können? Ich halte das für bedenklich.«

»Hältst du sie etwa noch immer für gefährlich? Ihr Sendungsbewusstsein ist erloschen. Es ist bloß noch diese sonderbare Erhöhung des Atopischen Tribunals zu spüren, dem sie einmal verpflichtet waren.«

Das Atopische Tribunal …

Beide hingen sie ihren Gedanken nach und dachten an die Bedrohung, die das Tribunal und die Onryonen einstmals ausgestrahlt hatten. Es war verflixt schwer, die Ressentiments beiseitezuschieben. Zumal die Onryonen unheimlich und düster wirkten.

Rhodan trank das Bier aus und stellte das Glas ab. »Nach allen Berichten, die ich bekommen habe, wären die Bewohner Jolyonas bereit, engere wirtschaftliche Kontakte zu knüpfen. Ich möchte diese Chance ergreifen. Und dich bei den Verhandlungen mit dabeihaben. Ich vertraue deinem geschulten Auge und deiner taktischen Härte.«

Adams nickte.

»Thersa Gooden hat dir sicherlich einiges über die Probleme der terranischen Kolonie auf Jolyona erzählt?«

»Ja. Auch sie hat die Eigentümlichkeiten der Onryonen betont. Die Bewohner haben teilweise sehr sonderbare Sitten und sind allem Fremden gegenüber prinzipiell misstrauisch eingestellt. Anfangs sind sie den Terranern mit höflicher Distanz gegenübergetreten. Aber nachdem die Kolonie mittlerweile mehrere zehntausend Liga-Angehörige stark ist, reagieren sie zunehmend ablehnend. Manchmal sogar aggressiv.«

»Es ist zu zwei Morden gekommen. Zwei betrunkene terranischstämmige Jugendliche haben Onryonen getötet.« Rhodan nickte ernst. »Wir werden uns diesen Fall näher ansehen müssen. Du weißt, wie verzwickt derartige Angelegenheiten sein können. Es wird einerseits von uns erwartet, dass wir die Bürger der Liga Freier Terraner schützen. Andererseits unterliegen die beiden nun mal der Jurisdiktion Jolyonas – und damit onryonischem Recht.«

Er schnippte mit den Fingern, die Kabinenpositronik stellte ihm ein holografisches Auswahlmenü zur Verfügung. Rhodan rief Bildmaterial auf, das ihm die terranische Botschaft auf Jolyona geschickt hatte.

Es zeigte Aufnahmen von Überwachungsdrohnen aus mehreren Blickwinkeln. Zwei Terraner, einer schlaksig, der andere untersetzt und wuchtig. Sie waren jung und sichtlich angeheitert und gerieten mit einer größeren Gruppe Onryonen in Streit. Es war nicht klar auszumachen, von welcher Seite die Provokationen ausgingen. Doch spielte dies überhaupt eine Rolle?

Eben noch fröhlich feiernde Jugendliche schlugen plötzlich aufeinander ein. Die Terraner trugen Messer, die sie, in Bedrängnis geraten, zückten und damit auf die Onryonen einstachen.

Woher kommt diese unvermittelte Wut?, fragte sich Rhodan, schüttelte den Kopf und gab sich gleich darauf selbst die Antwort: *Sie waren angetrunken und ließen sich allzu leicht provozieren.*

»Gio und Casper Moulin. Cousins. Beide hochbegabte

Robotiker, die ein Stipendiatsstudium im Fachgebiet Hybridtechnik absolvieren und im Rahmen eines Regierungsprojekts ein Praktikum leisten. Und nun ist ihr Leben zu Ende.«

»Sie sind schuldig, Perry. Das zeigen diese Bilder nur allzu deutlich.«

Rhodan stand auf, um unruhig in der geräumigen Kabine auf und ab zu gehen. »Die Gesetze der Onryonen sind uralt und nicht dem Status modernen Strafvollzugs angepasst, wie wir ihn kennen. Den beiden Jungs droht lebenslange Verbannung auf einem Gefängnisplaneten. Allem Anschein nach möchten politische Hitzköpfe der Onryonen ein Exempel statuieren lassen.«

»Es ist nie so einfach, wie man es gerne hätte.« Adams seufzte. »Es gibt so viele Facetten des Zusammenlebens. So viele unterschiedliche Gemengelagen, Fremdeinflüsse, kulturelle Differenzen.«

»Ich will das geklärt haben!«, sagte Rhodan und blieb stehen. »Ich möchte den Frieden wiederherstellen und beweisen, was möglich ist, wenn beide Seiten sich ein wenig ins Zeug legen.«

»Du bist ein unverbesserlicher Optimist, Perry. Wie immer. Du bist auch richtig gut in dem, was du machst. Aber du bist nicht der Messias, der durch sein Erscheinen alles zu ändern vermag.«

»Ich kann es versuchen. So wie immer. Ein Scheitern ist möglich. Aber nicht einmal zu versuchen, etwas zum Besseren zu bewegen – das ist für mich das wahre Versagen.«

»Perry Rhodan, wie er leibt und lebt.« Adams lächelte ihn an, wurde aber gleich wieder ernst. »Wir werden Erfolg haben, dessen bin ich mir sicher. Wenn du mich jetzt bitte entschuldigst – ich habe mir Arbeit mit an Bord der CEREBUS genommen. Langweiligen buchhalterischen Kram, wie du es nennen würdest.«

»Wie kommt es, dass ich dir nicht so richtig glaube, Homer? Solange ich dich kenne, und das sind nun doch schon ein paar Jährchen, ist die Materie, mit der du dich beschäftigst, alles andere als langweilig. Du schließt waghalsige Geschäfte ab, gehst hochriskante Finanzierungen ein und spielst mit Beteiligungen, die ganze Volkswirtschaften in den Ruin treiben könnten. Und das in einer Zeit, in der die wichtigsten Welten der Liga gar nicht mehr mit Geldwerten arbeiten.«

»Es ist einerlei, wie hoch meine Investitionen letztlich sind. Ich mache Geschäfte. Sie können gut gehen oder uns schaden. Aber entgegen deiner Meinung gehe ich nur selten Risiken ein.«

Homer nickte ihm zu, überblickte nochmals die Luxuseinrichtung der Kabine, schüttelte vorwurfsvoll den Kopf und verließ den Raum.

Rhodan grinste. Sein Freund war lästig wie ein Floh. Aber es gab auch kaum einen zuverlässigeren Partner. Es war gut, dass es Homer G. Adams gab.

Rhodan beobachtete die gemächliche Annäherung an Jolyona von der Zentrale der CEREBUS aus. Die Dunkelwelt war in der optischen Wahrnehmung nicht auszumachen. Massetaster hatten die erdähnliche Welt vor einer halben Stunde erfasst, aus einer Entfernung von etwa fünf Lichtminuten.

Ebenso lange wurde ihrem Schiff bereits von drei kugelförmigen Raumeinheiten der Onryonen Geleitschutz gewährt. Die Schiffe, im Raumfahrerjargon Raumkinder genannt, waren in Patronit gehüllt, einem äußerst widerstandsfähigen Werkstoff mit hyperenergetischer Aufladung. Das Rot der Raumschiffshüllen wirkte bedrohlich, geradezu aggressiv.

Rhodan sah sich um. Kommandant Jonus Kiresits tappte mit dem rechten Fuß unruhig auf dem Boden auf. Die Hälfte der unzähligen Arme des Piloten Shaq, eines Geflechtwesens, blieben eingerollt, als Zeichen seiner Nervosität.

»Wir haben sonderbare Freunde heutzutage«, sagte Kiresits mit seinem ausgebildeten Bariton. »Ich mache mir immer noch in die Hose, wenn ich Onryonenschiffe zu sehen bekomme.«

Rhodan wusste, dass der Kommandant in mehrere Gefechte verwickelt gewesen war. Damals, vor etwa zwanzig Jahren, als die Onryonen im Auftrag des Atopischen Tribunals ihre Deckung aufgegeben und in weiten Teilen der Milchstraße aufgetaucht waren, um die Atopische Ordo zu etablieren. Ein Ordnungssystem, das dem Freiheitsdenken der meisten Völker zuwidergelaufen war.

Das Tribunal war in der heimatlichen Sterneninsel nicht mehr präsent, die Onryonen aber waren geblieben. Rhodans Besuch auf Jolyona stellte einen von vielen mühseligen Versuchen dar, das Verhältnis zwischen zwei ehemals verfeindeten Seiten zu verbessern.

Die Erfahrung lehrt, dass es Jahrhunderte dauert, bis Ressentiments abgebaut sind und gute, freundschaftliche Kontakte geknüpft werden können, dachte Rhodan und unterdrückte einen Seufzer. *Außerdem wird es die üblichen Rückschläge geben. Engstirnige Politiker torpedieren die Friedensverhandlungen, die Ängste vor dem Fremden und Unbekannten werden geschürt. Wie oft bin ich schon auf diesen Kreislauf des Hasses gestoßen … Und ich wünschte, ich hätte ihn öfter durchbrechen können.*

Die Annäherung an Jolyona würde eine weitere Viertelstunde dauern. Shaq hatte inzwischen sein Misstrauen abgelegt und gut zwanzig der Geflechtarme in die Steuerfutterale gesteckt. Mit bemerkenswerter Feinfühligkeit hielt er die CEREBUS auf Kurs und verzichtete dabei auf die Hilfe der Bordpositronik.

Homer betrat die Zentrale. Er fuhr sich fahrig über sein schütteres Haar, nickte Rhodan zu und ließ sich auf einem Stuhl in seiner Nähe nieder.

Jolyona rückte in den Fokus des Zentralholos. Die Welt wirkte düster, grau und schroff. Auf drei der sechs Kontinente waren milchig weiße Flecken zu erkennen; dort, wo die Onryonen Teile ihrer Städte an die Planetenoberfläche gekleckst hatten. Das lebenswichtige Licht wurde von Kunstsonnen gespendet, die rings um die Siedlungsgebiete kreisten, oder von riesigen Anuupi-Schwärmen, die sich auf Jolyona nach Berichten, die Rhodan vorlagen, besonders wohl fühlten.

»Wir haben ein Landesignal von unseren Lotsen bekommen«, unterbrach Kiresits Rhodans Gedanken. »Wie erwartet, sollen wir auf Komyts größtem Raumhafen landen.«

»Wir befolgen die Anweisungen der Onryonen auf Punkt und Komma«, befahl Rhodan.

Der Schiffskommandant bestätigte.

Komyt ... Die Hauptstadt Jolyonas wurde von etwa eineinhalb Millionen Onryonen und mehr als achtzigtausend Zuzüglern aus allen Teilen der Milchstraße bewohnt. Dort pulsierte das Leben, dort war man das Zusammenleben gewöhnt. In den ländlichen Bereichen der Dunkelwelt beäugte man einander misstrauischer.

Kiresits zoomte die Stadt näher heran. Sie lag auf dem Zentralplateau des kleinsten Kontinents namens Cycoc. Nur etwa ein Fünftel aller Bauten ragten an der Oberfläche in den Himmel, der Rest der Gebäude war ins Innere des granitenen Höhenzugs gelegt worden. Dort wucherte die Stadt wie ein Kraker nach allen Himmelsrichtungen. Sie folgte dem Verlauf mehrerer unterirdischer Flüsse, natürlicher Hohlräume oder in den Fels gesprengter Kavernen.

Rhodan entdeckte das zentrale Gebilde der städtischen Oberfläche, die *Kuppel der Weisheit.* Der halbkugelförmige

Bau war semitransparent. An der Kuppel-Innenseite bewegten sich Myriaden von Anuupi. Sie schufen ein angenehmes Licht, das mal stärker und mal schwächer strahlte.

»Faszinierende Geschöpfe«, sagte Shaq, während sich seine Geflechtarme wellenförmig über die Steuerelemente bewegten. »Sie sind so *anders.* So *fremd.*«

»Schau mal selbst in den Spiegel«, meinte Kiresits. »Wärst du in der präastronautischen Zeit auf Terra gelandet, hätte man dich für ein zerstörtes Fischernetz mit Dornen gehalten.«

»Erstens brauche ich sechs Spiegel, um meine Anmut in ihrer ganzen Pracht bewundern zu können. Zweitens sprechen deine Worte nicht unbedingt für den viel gepredigten terranischen Humanismus.«

Rhodan hörte den beiden nicht länger zu. Trotz aller Unterschiede waren Pilot und Kommandant bestens aufeinander eingespielt und verstanden sich privat ausgezeichnet. Darüber hinaus waren sie kampfgestählt. Sie wussten, Situationen richtig zu beurteilen und flexibel zu reagieren.

Er erhielt weitere Daten in die Holo-Kugel gespiegelt. In Komyt wurde alles für einen förmlichen Staatsempfang vorbereitet. Das leitende Duumvirat der Stadt sowie unzählige onryonische Honoratioren erwartete sie am Raumhafen. Auch die terranische Botschaftsrätin Thersa Gooden würde ihnen zur Verfügung stehen. Gooden, mit der Adams seit einigen Jahren ein, nun ja, seltsames Verhältnis pflegte und die Rhodan bereits bei mehreren Gelegenheiten über den Weg gelaufen war.

»Landung in acht Minuten«, kündigte Kiresits an.

Plötzlich ging alles blitzschnell. Die Kommandanten der drei Lotsenschiffe verabschiedeten sich, ein Leitimpuls lenkte die CEREBUS in Richtung Raumhafen. Sie umkreisten Jolyona nur einmal in einer niedrigen Umlaufbahn – und Hastdunichtgesehen, visierten sie das für sie freigeräumte Landefeld an.

Shaq steuerte die CEREBUS mit der ihm eigenen Nonchalance. Er setzte den Kugelraumer sachte auf, ohne auch nur ein einziges Mal auf die Hilfen der Bordpositronik zugreifen zu müssen. Sein dezentralisierter Verstand erlaubte es ihm, viele Tätigkeiten zugleich auszuüben.

»Willkommen auf Jolyona«, sagte Kiresits und nickte Rhodan zu. »Mein Part ist erledigt. Jetzt bist du dran, Perry.«

Das Duumvirat hätte ungleicher nicht sein können. Der eine Onryone, Gasc Sheromyc, war rank und schlank und schweigsam, während der andere, Xyl Conmyc, beleibt und behäbig war und kaum einmal den Mund halten konnte. Eines seiner Spitzohren hing weit herab, so als hätte es jegliche Muskelspannung verloren.

Rhodan ließ Conmycs Redeschwall geduldig über sich ergehen, während er erste Eindrücke von Jolyona sammelte. Die Luft war gut atembar, allerdings etwas dünn. Es war ihm, als würde er in den terranischen Alpen in einer Höhe von dreitausend Metern umherklettern.

Das vage Licht einer Kunstsonne, die knapp über dem Horizont stand, war gewöhnungsbedürftig. Doch er würde den Teufel tun und sich einen Sauerstofftank umschnallen – und schon gar nicht würde er sich Restlichtverstärker-Linsen einsetzen.

»... sind wir erfreut, dich zu dieser besonderen Jahreszeit auf Jolyona empfangen zu dürfen«, plapperte Conmyc fröhlich weiter. »Wir sind uns sicher, dir während deines Aufenthalts auf unserem wunderschönen Heimatplaneten ein besonderes Programm bieten zu können.«

Rhodan nickte und sagte einige freundliche Worte. Er gab sich gelassen und ruhig, während er sein Gegenüber musterte. Das Emot zwischen den Augen des groß gewachsenen Sheromyc leuchtete durchgehend in warmen Gelbtönen, während das Organ in Conmycs Gesicht immer wieder die Farbe wechselte. Der Dicke war sichtlich aufgeregt – und er machte seine Nervosität öffentlich.

Rhodan schüttelte ein gutes Dutzend Hände, bevor er zu Thersa Gooden gelangte. Sie hatte bisher abseitsgestanden und das Treiben ruhig beobachtet, um sich nun als Letzte in die Reihe der Honoratioren einzugliedern.

»Schön, dich wiederzusehen, Thersa«, sagte Rhodan.

»Ebenfalls«, sagte Gooden und reichte ihm die Hand. Sie war klein gewachsen, drahtig und hatte ein Puppengesicht. Antlitz sowie Hände waren mit einer bronzefarbenen, leicht glänzenden Lasur eingelassen. *Womöglich ein Modespleen unter den hiesigen terranischen Kolonisten*, dachte Rhodan.

»Du hast dich gut eingelebt auf Jolyona?«

»Die hiesigen Bewohner machen es mir leicht, mich wohl zu fühlen«, antwortete Gooden diplomatisch.

»Das höre ich gern.« Rhodan wandte sich mit einem Kopfnicken ab. Die Gelegenheit zu einem längeren Gespräch würde sich ergeben. Später. Wenn die üblichen zeremoniellen Aufgaben abgearbeitet waren.

Gooden näherte sich Adams und schüttelte ihm ebenfalls die Hand. Die beiden versuchten, die gegenseitige Zuneigung zu verheimlichen – und scheiterten kläglich. Hätten sie wie Onryonen Emots besessen, wären beide in diesem Moment grellrot aufgeleuchtet.

Kommandant Kiresits entzog sich bei erstbester Gelegenheit der formellen Begrüßung und kehrte an Bord der CEREBUS zurück. Shaq war ohnedies in der Kommandozentrale geblieben. Er hätte Stunden gebraucht, um sein komplexes Körpergeflecht aus dem Schiff zu lösen.

»Ihr seid gewiss hungrig?«, fragte Conmyc und nahm Rhodan vertrauensselig am Arm. »Wir haben ein kleines

Einzel-Buffet in der Kuppel der Weisheit vorbereitet. Thersa Gooden hat uns geholfen, eine Speisenauswahl zu treffen. Sie hat uns auch einige Getränke zur Verfügung gestellt, unter anderem ein Fass terranischen Biers. Ich habe schon die wundersamsten Dinge über dieses Göttergetränk gehört und bin besonders neugierig darauf. Wenn ich euch bitten darf? Ein Transportgleiter wartet …«

Die Kuppel der Weisheit war in der Tat etwas Besonderes. Rhodan hatte sich selten zuvor so wohl gefühlt wie in diesem beinahe durchgängig offen gebauten Raum mit einer lichten Höhe von gut einhundertfünfzig Metern und einem ebensolchen Durchmesser.

Die luftige Halle war mit Grünpflanzen angefüllt, die der Kuppel die Anmutung eines riesigen botanischen Gartens gaben. Nach den schwierigen Bedingungen im Freien gab es hier eine dichtere Atmosphäre, die mit unzähligen Gerüchen durchmengt war.

Über Efeugeflechten, riesenhaften Farnplantagen und sorgfältig gruppierten Bäumen schwebten Anuupi. Mal stiegen sie hoch, mal senkten sie sich beinahe bis auf Griffweite zu den Besuchern hinab. Die quallenförmigen Wesen leuchteten jeden Fleck des Kuppelraums ein klein wenig anders aus – und veränderten damit beständig die Stimmung in den einzelnen Sektoren.

»Die Kuppel der Weisheit ist bemerkenswert«, sagte Rhodan zu Gasc Sheromyc, ohne seine Bewunderung zu verhehlen.

»Danke. Unsere Anuupi-Hüter tun ihr Bestes, um euch den Aufenthalt so angenehm wie möglich zu machen. Sie werden im Laufe des Abends zeigen, wozu sie und ihre Tiere imstande sind. Darf ich dich nun zum Buffet bitten?«

Rhodan folgte Sheromyc. Es ging an mehreren Gartenlauben vorbei, in denen Onryonen an mobilen Arbeitsplätzen saßen oder standen. Auch sie wurden von Anuupi umlagert.

Auf einer freien Fläche im Zentrum des Kuppelbaus standen reichlich gedeckte Tische, umgeben von einem schwach flackernden Energieschirm. Im Zentrum des Aufbaus befand sich ein Fünfzig-Liter-Fass aus Echtholz, das vermutlich für ein größeres Vermögen von Terra nach Jolyona transportiert worden war.

»Europäisches Bier«, sagte Sheromyc mit stolz klingender Stimme. »Wir haben uns sagen lassen, dass die Terraner es am liebsten lauwarm trinken.«

Höchstens manche von uns, dachte Rhodan und unterdrückte einen Seufzer. Laut sagte er: »Das ist aber mal eine besondere Überraschung.«

»Wir möchten dich bitten, den Anstich vorzunehmen und das erste Glas zu trinken.«

»Gern.« Er ging auf den Tisch zu und wartete geduldig, bis sich der Schutzschirm öffnete.

Thersa Gooden gesellte sich zu ihm und nahm ihn am Arm. »Du weißt, wie Onryonen über Essen und Trinken in der Öffentlichkeit denken?«, bemerkte sie mit einem freundlichen Lächeln, als würde sie unverbindliche Konversation betreiben.

»Selbstverständlich. Sie bleiben dabei stets für sich allein. Es wäre unhöflich, in ihrer Gegenwart zu kauen oder zu trinken. Aber was erwartet man jetzt von mir?«

»Du trittst an das Fass und stichst es an. Der Schutzschirm wird abdunkeln, sodass niemand dich dabei beobachten kann. Du nimmst einen ersten Schluck und lässt das halbvolle Glas als Zeichen des Respekts zurück. Anschließend bedienst du dich am Buffet und packst die Lebensmittel in eine der bereitliegenden Schachteln. Rechts von uns befinden sich winzige

Gartennischen, in denen du schweigend isst. Schmatze nicht zu laut – und lass bitte schön nur ja keinen Rülpser los. Es kam auf Jolyona erst unlängst deswegen zu einer tödlichen Fehde, als der Cousin dritten Grades des Bräutigams während des Hochzeitsmahls gluckernde Geräusche von sich gab.«

»Diese Informationen hätte ich gern vorab bekommen.«

Thersa Gooden lächelte erneut. »Es gibt eine strenge Zensur auf Jolyona. Sobald das Gespräch auf Mahlzeiten kommt, wird selbst der Hyperfunkverkehr unterbrochen. Was meinst du, was ich für einen Eiertanz aufführen musste, um dieses blöde Fass Bier hierherzuschaffen ...«

Die Botschaftsrätin entfernte sich, der Schutzschild öffnete sich. Rhodan trat näher an den Tisch heran – und war mit einem Mal zur Gänze von der Außenwelt abgeschnitten. Eine Art Dunkelfeld legte sich um den Tisch. Etwa ein halbes Dutzend Anuupi lieferte gerade noch ausreichend Licht, sodass er den Holzschlägel und den messingpolierten Zapfhahn erkennen konnte.

Wann hatte er das letzte Mal eine derartige Zeremonie durchgeführt? Vor hundert Jahren, vor dreihundert? Rhodan wusste es nicht zu sagen. Manche Dinge verschwanden in den Tiefen seiner Erinnerungen.

Er griff nach dem Schlägel, setzte den Hahn im unteren Drittel des Fasses an und schlug so kräftig wie möglich zu, mehrmals hintereinander.

Er hörte höflichen Applaus und einige Hoch-Rufe, während Bierschaum aus dem Stich spritzte und ihn badete. Verzweifelt schlug er weiter zu. Mit jedem Hieb trieb er den Hahn tiefer ins Holz, so lange, bis er bis zum Anschlag darin steckte und der Strom versiegte.

Rhodan stand in einer Lache. Und er war nass und voller Schaum, von oben bis unten.

»Geschafft!«, rief er, der Applaus wurde stärker.

Er öffnete den Zapfhahn und goss das bauchige Glas voll, um ein wenig davon zu trinken. Anschließend nahm er vom kalten Buffet und legte die Fleisch- sowie Gemüsestücke sorgfältig in die vorbereitete Nahrungsbox.

Bier tropfte von seinen Hosenbeinen, als er den abgesperrten Bereich verließ. Sheromyc und Conmyc lächelten ihn freudestrahlend an. Offenbar glaubten sie, dass die Bierdusche integrer Bestandteil des Rituals war.

Rhodan zog sich so schnell wie möglich in den Essensbereich zurück, den Thersa Gooden ihm zugewiesen hatte. Kaum war er in der kleinen, von Efeupflanzen umwucherten Ecke angelangt, riss er sich die Kleidung vom Leib und wrang sie aus. Das Bier versickerte im sandigen Boden.

Schlimm genug, dass ich vollständig nass bin, dachte er. *Das Wissen, dass dieser Fauxpas nicht einmal für die Top Ten verpatzter Repräsentationsauftritte reicht, ist umso trauriger.*

Mit frischer Kleidung, die ihm von Bord der CEREBUS geliefert worden war, ging es zu einem ersten Sondierungsgespräch. Rhodan überließ die Unterhaltung weitgehend Adams, zumal sie sich um wirtschaftliche Belange drehte. Er beschränkte sich darauf, die Onryonen zu beobachten und einzuschätzen.

Rhodans Vermutung bestätigte sich. Sheromyc gab Takt und Ton des Gesprächs vor, während sein Duumvirat-Partner Conmyc nur wenig Substanzielles beitrug. Er mochte ein guter Gastgeber sein – aber auch ein miserabler Politiker mit grauenhaften Wissenslücken.

»Das hört sich ja alles recht gut an«, sagte Thersa Gooden, nachdem einige Freihandelsabkommen im Groben besprochen worden waren. »Wenn wir nun noch über Gio und Casper Moulin reden könnten …«

»Abgelehnt«, sagte Sheromyc schroff. »Diese beiden Gewalttäter unterliegen der Gerichtsbarkeit Jolyonas. Es gibt rein gar nichts zu diskutieren.«

»Ich bedaure zutiefst, was geschehen ist«, begann Rhodan vorsichtig. »Junge Onryonen wurden aus dem Leben gerissen. Gio und Casper gehören zur Rechenschaft gezogen, aber …«

»War ich nicht deutlich genug?«, unterbrach ihn Sheromyc. »Es gibt nichts zu sagen.«

»Oh doch«, widersprach Rhodan. »Wenn ihr mir zwei Minuten Zeit zur Erklärung gewährt? Ich bitte darum.«

»Meinetwegen«, stimmte Sheromyc zögernd zu.

»Danke sehr.« Rhodan räusperte sich. »Ich habe mich in die Materie der Gerichtsbarkeit auf Jolyona eingelesen und dabei interessante Details zutage gebracht. Unter anderem habe ich erfahren, dass onryonische Täter bei Weitem nicht so streng bestraft werden wie terranischstämmige, Arkoniden oder Angehörige anderer Völker. Es sieht so aus, als würde zweierlei Maß angelegt bei den Urteilen.«

»Willst du die Unabhängigkeit unserer Gerichte in Frage stellen, Perry Rhodan?«

Die Farbe von Sheromycs Emot verfärbte sich hin zu einem dunklen Blau. Zu kühler, berechnender Wut, wie Rhodan nur zu gut wusste. Der Onryone ließ ihn wissen, was er von der Richtung hielt, die diese Unterhaltung nahm.

»Keineswegs.« Rhodan lächelte. »Ich habe größten Respekt vor dem Rechtssystem auf Jolyona.«

»Dann wäre ja alles geklärt.«

»Dennoch hielte ich es für angemessen, Bild- und Tonmaterial sowie die Aussagen von einem terranischstämmigen Spezialisten überprüfen zu lassen. Und ich *bitte* darum, einen Gerichtspsychologen hinzuzuziehen. Einen onryonischen Fachmann, der die Gemütsunterschiede zwischen den Angehörigen deines und meines Volkes kennt und beurteilen kann.«

»Ich halte das nicht für notwendig. Wir leben seit einigen Jahrzehnten zusammen. Wir wissen, was wir voneinander zu halten haben.«

»Du meinst also, mich richtig einschätzen zu können, Gasc? Du wurdest noch nie von den Motiven oder Taten eines Terraners überrascht? Du weißt, wie wir ticken?«

Sheromyc schwieg, das Blau seines Emots gewann an Kraft.

»Wir sitzen hier beisammen, um allgemeingültige Freihandelskonventionen zu entwickeln. Wir streiten dabei mitunter über Marginalien. Um gewachsene Traditionen auf beiden Seiten, die nur schwer miteinander zu vereinbaren sind. Was wir hier im Groben besprechen, wird eure und unsere Fachleute jahrelang auf Trab halten. Irgendwann finden wir hoffentlich Lösungen, die für beide Seiten akzeptabel sind. Wir nehmen uns also ausreichend Zeit und bringen die Geduld auf, Lösungen zu finden. Weil wir wissen, dass gelungene Verhandlungen zu mehr Wohlstand und zu mehr Miteinander führen.«

Rhodan legte eine kurze Pause ein. Sheromyc ahnte wohl, worauf er hinauswollte. Aber er war nicht der Einzige, der über das Wohl und Wehe auf Jolyona entschied. Da war auch noch Xyl Conmyc. *Ihn* musste er überzeugen, *ihn* musste er auf seine Seite ziehen.

Bedächtig fuhr Rhodan fort: »Warum nehmen wir uns bei Handelsverfahren ausreichend Zeit, während bei diesem Gerichtsverfahren alles möglichst rasch vonstattengehen soll? Warum investieren wir in diesem Fall nicht ebenso ein klein wenig Mühe? Lassen wir doch die besten Leute beider Seiten beurteilen und entscheiden, um größtmögliche Fairness zu erreichen!«

Rhodan vermied es, Conmyc direkt anzublicken. Aus den Augenwinkeln bekam er mit, dass der untersetzte Onryone unruhig auf seinem Stuhl hin und her wetzte.

»Ich habe mich eine Weile auf einem onryonischen Gefängnisplaneten aufgehalten«, sagte Rhodan. »Ich kenne euer Rechtssystem, das nach wie vor von der Atopischen Ordo geprägt wird. Man brummte mir fünfhundert Jahre Autoritäts- und Mobilitätsentzug auf. Für ein Verbrechen, das ich noch nicht einmal begangen hatte.«

»Deine Geschichte ist hinlänglich bekannt, Perry Rhodan.«

»Ich wurde fälschlich beschuldigt und verurteilt. Nach einem Rechtsverständnis, das nicht das meine ist. Ich weiß also nur zu gut, in welcher Lage sich Gio und Casper befinden. Deshalb appelliere ich an euch beide … nein, deshalb *bitte* ich euch, ihnen ein faires Gerichtsverfahren zu gewährleisten, in dem auch terranische Verhaltensmuster berücksichtigt werden.«

Sheromyc sah ihn an. Lange. Und sagte dann: »Abgelehnt. Wer auf Jolyona lebt, hat sich unserer Lebensweise anzupassen. Die beiden sind des Mordes oder des Totschlags schuldig. Darüber werden die Richter entscheiden. Aber die Justiz wird sich nicht auf ein langwieriges Verfahren mit Anhörung unzähliger Gutachter einlassen.«

»Was meinst du dazu, Xyl?«

Conmycs Emot wechselte die Farbe im Zehntelsekundentakt. Er war sichtlich überfordert und wusste nicht, wie er sich verhalten sollte.

»Ich … ich bin dafür, es so zu machen, wie mein Kollege es vorschlägt«, sagte er stockend nach einer Weile. »Unsere Gesetze haben sich über Jahrhunderte hinweg bewährt.«

Rhodan atmete tief durch. Er hatte alles versucht – und versagt. Zwei Zwanzigjährige erwartete die Verbannung auf eine Fremdwelt ohne Aussicht, die Heimat jemals wiederzusehen. Sie würden zugrunde gehen. Sie würden niemals die Möglichkeit zur Rehabilitation bekommen.

»Das ist äußerst bedauerlich«, sagte Rhodan.

»Du bist ein wohlgeschätzter Gast, Terraner.« Die Haarbüschel an Sheromycs spitzen Ohren bewegten sich leicht. »Wir freuen uns darauf, einen ersten Assoziationsvertrag mit der Liga Freier Terraner zu unterschreiben. Aber ihr solltet euch niemals, ich wiederhole: niemals in unsere internen Angelegenheiten einmischen.« Der Onryone erhob sich. »Ich denke, damit ist alles gesagt.«

Zeit war ein abstrakt-logisch-messbarer Begriff, so wie alles in seiner Begriffswelt.

Er gliederte und strukturierte den Verlauf von Geschehnissen nach elementaren Pulsfolgen eines Energieaggregats. Die Maschine fütterte und nährte ihn, sie hielt ihn am Leben. Und das schon seit sehr langer … Zeit.

Bald würden Veränderungen eintreten. Alle Informationen deuteten darauf hin, dass das Leben an der Oberfläche seiner Welt in Aufruhr geriet.

Er wusste, was Spannungen und Wechselwirkungen waren. Er hatte sich lange genug damit auseinandergesetzt und die Fakten aus der scheinbar unlogischen Aufeinanderfolge von Ereignissen abstrahiert.

Bald würde er vollends zu leben beginnen. Und dann …

Und dann.

Kapitel 4:
Der Lehrling und sein Herr

Die große Herde trieb über ihnen dahin. Einige dominante Tiere bewachten die Flanken des großen Zuges, während die Jungen im Zentrum von Hegerinnen aufmerksam beäugt wurden.

»Es ist ein gutes Jahr für Anuupi«, sagte Obanundi. »Sie vermehren sich großartig. Es liegt wohl an den Sternen.«

»Es liegt wohl an den Sternen«, wiederholte Kahoyte rituell.

Schweigsam gingen sie dahin. Als Lehrling oblag es ihm, ausbrechende Anuupi-Gruppen einzufangen und sie mit Lichtreflexen seiner Führlaterne zu steuern.

Kahoyte spürte immer noch dieselbe Aufregung wie ehedem, wenn die Herde in ihrer gesamten Ausdehnung den Himmel erhellte. Dann wurde die Dunkelheit zu einem Teppich, der durch grüne, rote und gelbe Pünktchen perforiert war und dessen Farbmuster sich in Sekundenschnelle änderte.

»Morgen ist ein anstrengender Tag«, sagte Obanundi. »Wir haben mehrere Aufträge zu erledigen. Wir müssen darauf achten, die Herde nicht zu überanstrengen.«

»Ich weiß, Herr. Das Familienfest der Gomcyks. Die Eröffnung des neuen Stabbaus in Komyt-Mitte. Eilige Reparaturarbeiten im Stadtmuseum, die ausschließlich im Licht der Anuupi geleistet werden dürfen.«

Anschließend folgte eine Nachteinheit in der Altstadt Jolyonas. Sie würden die gut dressierten Anuupi entlang der Wege und Straßen steuern. Die Tiere würden jeden Passanten sicher nach Hause leuchten, um dann wieder zum zentralen

Sammelpunkt zurückzukehren und einen neuen Auftrag anzunehmen.

Mehr als zwanzig Kilometer Wegstrecke mussten überwacht und bedient werden, von ihm und dem alten Obanundi. Bei einer Aufgabe, die sie jeden vierten Tag im Auftrag der Gilde übernahmen.

Sie erreichten die heimatlichen Stallungen. Das kugelförmige Gebäude, das von unzähligen Anuupi-Volieren umgeben war, leuchtete weithin. Jene Tiere, die hier zurückgeblieben waren, fühlten ihr Nahen und strahlten miteinander um die Wette.

»Ich bin ein alter Mann«, sagte Obanundi mit Ehrfurcht in der Stimme. »Doch bei der Heimkehr fühle ich mich immer wieder wie ein blutjunger Hüter-Lehrling, der dieses Schauspiel zum ersten Mal genießen darf.«

In diesem Punkt waren sie sich ausnahmsweise einig. Die Anuupi, diese wundersamen Geschöpfe, leuchteten den Onryonen nicht nur ihren Weg durch die Dunkelheit. Ihre Strahlkraft berührte gleichermaßen Herz und Gemüt.

Kahoyte entließ die mitgeführte Herde aus seinem Kommando. Die Anuupi strebten den heimatlichen Volieren näher, anfangs zögerlich, dann immer schneller dahingleitend.

Wenn er genau hinhörte, konnte er leises Ploppen hören. Dann, wenn besonders starke Tiere ihre Innenkörper explosionsartig kontrahieren ließen und sich vorwärts stießen.

»Was hast du heute gelernt?«, stellte Obanundi dieselbe Frage wie bei jeder Heimkehr.

»Ich bin zu ungeduldig, und ich lege meinen Fokus auf zu wenige Tiere. Ich sollte mehr auf die Randgruppen der Herde achten. Ich darf die Anuupi nicht ihrer Freiheiten berauben, muss sie aber auch behutsam lenken.«

»Das klingt wie auswendig gelernt, Kahoyte.«

Das ist es ja auch, alter Mann! Tag für Tag erfinde ich ir-

gendein Sprüchlein, um dich zufriedenzustellen. Und das bereits seit einem halben Jahr. Weil ich längst so gut wie alles weiß über die Anuupi. Ich bin stärker und schneller als du, ich beherrsche die Steuergesten ausgezeichnet. Du hast bloß die jahrzehntelange Routine auf deiner Seite.

»Du irrst dich, Herr«, sagte er laut und konzentrierte sich auf das Emot. Nicht einmal in Ansätzen durfte er das Glittergrün eines schlechten Gewissens herzeigen.

Die Volieren öffneten sich automatisch, die Anuupi schwebten ins Innere. Sie umtanzten die Daheimgebliebenen auf ruhige und bedächtige Art. Manche Hüter hielten die Tiere für höchst intelligent und behaupteten, dass sie eine Art Bewegungssprache nutzen würden, um sich mitzuteilen. Ein Anuupi-Psychologe hatte sich sogar zur Behauptung versteift, dass sie etwa dreihundert Wortgruppen beherrschten und sich umso intensiver unterhielten, je mehr Tiere in einer Herde zusammenfanden.

Ob das nun stimmte oder nicht, war Kahoyte egal. Für ihn waren die Anuupi schätzenswerte Geschöpfe, die ihm den Weg von der Vergangenheit in die Zukunft leuchteten. Nicht mehr, nicht weniger. So war es in den Schriften der alten Hüter festgelegt. Und in dieser Tradition würde er schon bald eine eigene, große Herde leiten.

»Übermorgen ist der große Tag«, sagte Kahoyte und betrat die Wohnungskuppel. Weitere fünfzigtausend Anuupi empfingen sie aufgeregt, schwebten grüßend zu ihnen herab und glitten dann wieder zur Decke hoch.

»Ich weiß, Kahoyte.«

»Ist es vermessen, wenn ich frage, welchen Platz du mir bei der Großen Zusammenkunft zugeordnet hast, Herr?«

»Sprich doch nicht immer derart geschwollen, Kahoyte. Ich bin auch nicht dein Herr. Diesen Begriff hat man bereits vor zwei Generationen abgeschafft.«

»Ich finde es gut, die Traditionen zu wahren.«

»Ich weiß.« Obanundi seufzte. »Deswegen bin ich mir auch nicht sicher, ob ich dich an der Großen Zusammenkunft teilnehmen lassen soll.«

»Wie bitte, Herr?«

»Komm. Lass uns in den Abdrückanlagen darüber reden.«

»Nein, Herr. Ich verstehe das nicht. Was habe ich falsch gemacht? Warum möchtest du mir diese Schmach antun? Du weißt ganz genau, dass die Teilnahme an der Großen Zusammenkunft das Allerwichtigste im Leben eines angehenden Hüters ist. Meine Karriere hängt davon ab, wie gut ich mich präsentieren kann. Ich möchte die Herde über die Heilstätte schweben lassen und meine Künste als Hüter unter Beweis stellen.«

»Ich weiß, Kahoyte.«

»Warum willst du mich dann nicht mitnehmen?« Er brüllte seinen Herrn an, hielt nicht länger an sich. War dieser alte, vertrottelte Narr denn endgültig durchgedreht?

»Weil du der Beste bist, den ich jemals in meiner Obhut hatte«, sagte Obanundi leise.

Der Hüter redete völlig wirr. »Was soll das heißen, Herr?«

»Ich sehe, wie innig dein Verhältnis zu Dualles ist. Ich erkenne, dass er eines Tages dank deiner Ausbildung ein ganz besonderes Leittier werden wird. Du bist großartig in allem, was du mit den Anuupi anstellst.«

»Und trotzdem möchtest du mich nicht nach Mylehodinn mitnehmen.«

»Weil dein Gemüt mit deiner Begabung nicht Schritt hält, Sohn. Du vergräbst dich in Berichten über die gute, alte Zeit. Du hängst unzeitgemäßen Ritualen nach. Du reagierst nicht auf Veränderungen. Dabei sollte dies die wichtigste Aufgabe eines Hüters sein. Wir leuchten unseren Schutzbefohlenen nicht nur den Weg. Wir helfen ihnen auch, Entscheidungen zu treffen.«

»Das ist bloß neumodisches Blabla, Obanundi. Wir bewahren die Traditionen und geben weiter, was uns von unseren Vorgängern gelehrt wurde.«

»Ist dir denn noch nie in den Sinn gekommen, welche Verantwortung wir übernehmen? Wir schenken mehr als Licht, wie du weißt. Der Schein der Anuupi wirkt sich positiv auf all jene aus, die wir betreuen. Er hilft uns, Fehler zu erkennen. Wir Hüter bestimmen auf indirektem Weg die politischen, wirtschaftlichen und kulturellen Entscheidungen auf Jolyona.«

»Indem wir die Traditionen wahren«, beharrte Kahoyte auf seiner Meinung.

»Du hörst nicht zu, Sohn! Das ist genau das, was ich dir ankreide.« Obanundi ging mit holprigen Schritten im großen Saal der Wohnkuppel auf und ab. »Das Leben auf Jolyona verändert sich. Wir müssen uns anpassen. Die Atopische Ordo ist längst nicht mehr das bestimmende Element unserer Existenz. Es gibt neue Gesetze, neue Begegnungen, neue Formen des Zusammenlebens. Wir müssen uns mit den Angehörigen fremder Völker arrangieren ...«

»Unsinn! Blasphemie!« Wie konnte Obanundi es wagen, derart defätistische Meinungen von sich zu geben! »Das Atopische Tribunal mag nicht mehr wirken in der Milchstraße. Aber wir waren sein verlängerter Arm und haben das Wort der mächtigsten Wesen im Universum durchgesetzt. Wir müssen dies auch weiterhin tun.«

»Merkst du eigentlich, was du da redest, Kahoyte? Wir haben Beweise dafür, dass die Atopen niemals wiederkommen werden.«

»Aber ihre Gesetze wirken nach. Meine Freunde und ich ...«

»Deine Freunde? Erzähl mir mehr von ihnen.«

Kahoyte hielt inne und bemühte sich, sein Erschrecken zu

verbergen. Sein Emot leuchtete lindgrün auf, nur für ein oder zwei Zehntelsekunden, bevor er sich wieder unter Kontrolle hatte. Vielleicht übersah Obanundi seinen Gefühlsausbruch.

»Du warst schon immer ein schrecklicher Lügner, Kahoyte. Ich will augenblicklich alles über deine Freunde wissen. Wer sind sie? Was haben sie vor?«

Er presste die Lippen fest aufeinander und schwieg.

»Nun? Ich warte.« Obanundi tat einen Wink mit der Rechten, einige tausend Anuupi senkten ihr Körperlicht auf ein Minimum ab. Sie fielen in einen Halbschlaf, den sie erst dann beenden würden, wenn sie von den Leittieren den Impuls zum Erwachen erhielten.

»Es gibt nichts zu sagen, Herr.«

»Es sind die Revs, nicht wahr? Die Revisionisten. Du hast dich diesem Pack angeschlossen, das sich vehement gegen die Zuzügler von Terra und anderen Welten stemmt.«

Kahoyte hielt weiterhin den Mund und bemühte sich, die verräterischen Ausstrahlungen seines Emots zu übertünchen.

»Ich habe mich mit den Ansichten dieser Volksverhetzer auseinandergesetzt, Junge. Sie erzählen Lügen. Sie weisen ausschließlich auf die negativen Seiten eines Zusammenlebens hin, ohne über die großartigen Chancen einer Gemeinschaft auch nur ein Wort zu verlieren. Hast du dich denn schon mal mit einem Terraner unterhalten?«

»Mit diesem Mördergesindel? Nein danke!«

»Du nennst sie Mörder? Jeden einzelnen von ihnen? Es ist etwas Schreckliches geschehen, und die beiden jungen Terraner werden dafür zur Verantwortung gezogen. Willst du von zwei schrecklich dummen Jungen auf Hunderttausende andere Wesen schließen?«

»Es wird wieder geschehen, wenn wir ihnen nicht Einhalt gebieten. Wir müssen etwas unternehmen, sie von Jolyona forthalten.«

»Und du meinst, dass die Revisionisten den richtigen Weg gehen?«

»Er ist gewaltfrei, Obanundi. Wir protestieren mit erlaubten Mitteln. Wir weisen auf die Gefahren hin, die unserer Zivilisation drohen. Aber wir bewegen uns im Rahmen der Gesetze.«

»Ihr gießt Öl ins Feuer. Je nun. Ich kann es dir nicht verbieten, in deiner Freizeit zu tun und zu lassen, was du möchtest. Aber du musst verstehen, dass ich niemanden zur Großen Versammlung schicken kann, der derartige Ideen vertritt. Das Gedankentum der Revs widerspricht all dem, was wir als Hüter predigen.«

»Das ist nicht wahr, Herr! Lies dir die alten Schriften durch, und du wirst sehen, dass …«

»Die alten Schriften sind genau das: alt! Sie reichen in eine Zeit zurück, in der wir ganz andere Aufgaben und Pflichten zu bewältigen hatten. Wie ich bereits sagte, müssen wir uns auf neue Herausforderungen vorbereiten, uns immer wieder neu erfinden. An uns liegt es, den Terranern den Weg zu leiten. Ihnen das Licht der Anuupi mitzugeben.«

»Niemals!«, rief Kahoyte. Er konnte seinen Zorn nicht länger verbergen. »Die Hüter dienen ausschließlich dem Volk der Onryonen. Das ist so und wird immer so bleiben.«

Obanundi starrte ihn an, das Hellrosa seines Emots stellte tiefe Traurigkeit zur Schau. Leise sagte er: »Du wirst mich zur Großen Zusammenkunft begleiten und mich bei der Vorbereitung der Herde unterstützen. Aber du wirst dem eigentlichen Auftrieb fernbleiben.« Obanundi stockte. »Es tut mir leid«, fügte er hinzu, »aber ich muss dich auf das nächste Jahr vertrösten.«

Kahoyte versorgte Dualles und alle anderen Leittiere. Er zupfte einige verendende Anuupi aus der Herde und verbrannte deren Überreste, reinigte werdende Mütter, an deren Steuernessel lange Schwangerschaftsfäden mit winzigen Nachkommen hingen, und versetzte die Luft mit einfachen Nährstoffen.

Kurzum: Er tat alles, wofür er ausgebildet worden war, bevor er seine Ausrüstung beiseitestellte und sich wusch.

Obanundi war längst ins Bett gegangen. Er würde frühmorgens seine Arbeit überprüfen und die geringsten Fehler beanstanden. Er war streng, aber auch gerecht, wie Kahoyte widerwillig zugeben musste.

Die Tiere in den großen Kuppeln und den Volieren trieben im Halbschlaf dahin, mal hier- und mal dorthin. Sie folgten dabei instinktiv den Muttertieren, die seit jeher das Tempo vorgaben. Manche Hüter behaupteten, dass diese Bewegungsrhythmen mit dem komplexen inneren Gefüge Jolyonas zu tun hatten. Mit dem Pol-Magnetismus, den energetischen Schwankungen im glühenden Zentrum der Dunkelwelt – und auch mit hyperenergetischen Emissionen, deren Ursache ungeklärt war.

Leise zog er sich an und machte sich ausgehfertig. Der kleine, uralte Gleiter stand ihm jederzeit zur Verfügung. Während der Großen Zusammenkunft, wenn sie den Großteil der Herde nach Mylehodinn lenkten, würden sie in dem Fluggefährt übernachten und es als Basis für die Treibarbeit verwenden. Nun aber ...

Kahoyte aktivierte die Hybridsteuerung. Er konnte den Gleiter damit selbst lenken, musste die Befehlshoheit über das Fluggefährt in den Hauptverkehrsströmen aber an die Positronik abgeben.

Er zog das Ding hoch und lenkte es mit gemächlichem Tempo Richtung Komyt. Die große Stadt war bloß wenige Minuten Flugzeit von ihren Stallungen entfernt. An der Peripherie herrschte größtenteils Dunkelheit, die Kunstsonne war bereits untergegangen. Je weiter es Richtung Stadtzentrum ging, desto stärker wurde das Leuchten, das von den über den Häusern und Wegen dahintreibenden Anuupi ausging.

Kahoyte manövrierte den Gleiter in Richtung Osten, querte einige Wohnviertel und näherte sich schließlich Lylw. Jenem Vorort, der von den meisten Onryonen *Industrie-Pott* genannt wurde.

Er ging nieder und suchte sich einen Parkplatz auf dem Dach eines Lokals, das unbeleuchtet blieb. Erst, als er in den Antigravschacht stieg, drang von unten her schummrige Beleuchtung zu ihm hoch – und eine üble Geruchsmischung.

Kahoyte verließ den Antigrav im Keller. Dort waren einige Nebenräumlichkeiten an Vereine vermietet worden. Zwei ungepflegte Anuupi leuchteten ihm den Weg in ein Zimmer am Ende des Ganges, aus dem ihm laute Stimmen entgegendrangen. Frauen und Männer schrien durcheinander. Unter ihnen war auch Cyndenno. Sie musterte ihn beim Eintreten aufmerksam und ließ ihr Emot zur Begrüßung in einem freundlichen Rot erstrahlen.

Kahoyte gab sich den Anschein, dieses kurze Aufflackern nicht bemerkt zu haben. Er wusste nicht, wie er das Verhalten der jungen Frau einschätzen sollte, zumal sie einen Freund hatte.

Die Stimmung war aufgepeitscht. Wie so oft wurde gestritten. Kahoyte trat ein, eine bittere Geruchsmischung aus Alkohol und körperlichen Ausdünstungen empfing ihn. Auf einem Tisch standen mehrere volle und leere Kraftweinflaschen, dazu schmutzige Gläser und Häufchen von *Pinter*, chipartigen Plättchen. Sie waren in Gruppen wie dieser hier sehr beliebt, denn sie enthemmten, sobald man sie sich gegen den Oberarm drückte und die Wirkstoffe in die Blutbahnen presste.

Die Anwesenden verstummten, als er näher an die Tische herantrat. Etwa zwei Dutzend Onryonen blickten ihm entgegen, allesamt mit aufgestellten Ohren und Emots, die neugierige Erwartung widerspiegelten.

»Der verlorene Sohn kehrt zurück«, sagte ein kräftig gebauter Mann. »Schön, dich wieder mal zu sehen. Was verschafft uns die Ehre, Hüter?«

Mymy Ordac hieß der Kerl. Er war drei oder vier Jahre älter als Kahoyte. Er galt als führender Aktivist der Revs. Als einer, auf den die Staatsführung längst ihre Blicke gerichtet hatte, der sich aber bislang noch nie bei etwas Verbotenem hatte erwischen lassen.

Kahoyte mochte ihn nicht sonderlich. Er nahm sich viel zu wichtig. Aber er war ein geschickter Provokateur und Agitator. Und er war Cyndennos Freund. Mymy umarmte sie besitzergreifend, die junge Frau ließ es geschehen. Aber sie blickte dabei *ihn* an.

»Wollt ihr mich noch mit dabeihaben?«, fragte Kahoyte in die Runde.

»Das kommt darauf an, Kleiner. Was hast du anzubieten?«

»Jede Menge Aufmerksamkeit für die Revs«, antwortete Kahoyte mit laut klopfendem Herzen. »Übermorgen. Mylehodinn. Die Große Zusammenkunft. Ich kann euch einschleusen.«

»Das wäre … großartig.« Mymy Ordacs Emot zeigte das Rot der Begeisterung, das von einigen Farbtupfen des Misstrauens gestört wurde. »Aber woher kommt dieser Sinneswandel? Noch vor zwei Wochen hast du uns gesagt, dass dir unsere Ideen zu radikal wären. Hat es etwas mit deinem Chef zu tun?«

»Auch wenn er die alten Traditionen missachtet«, korrigierte ihn Kahoyte, »so ist er immer noch mein Herr. Nenne ihn nicht *Chef.*«

»Aber ich habe recht, nicht wahr? Der alte Mann fällt auf

die terranische Propaganda rein. Wie so viele andere auch. Sie reden von Gemeinsamkeiten und von Gleichberechtigung. Sie vergessen, was uns ausmacht und wer wir sind.«

»Ja«, sagte Kahoyte schlicht.

»Und wir können uns hundertprozentig auf dich verlassen?«

»Ja. Ich kann acht bis zehn von uns ins Publikum schleusen. Samt allen Werkzeugen, die wir brauchen, um ein ordentliches Tamtam zu machen.«

»Das hört sich gut an!«, sagte Mymy Ordac laut und lachte dröhnend.

»Aber ich will nicht, dass irgendjemandem etwas passiert. Hast du mich verstanden? Wir protestieren, wir machen auf unsere Ziele aufmerksam, und das war's.«

»Selbstverständlich. Schön, dass du wieder mit an Bord bist, Kahoyte! Uns bleibt nicht viel Zeit für einen vernünftigen Plan, aber wir sollten deine Rückkehr auch feiern. Los, komm her, setz dich! Nimm dir zwei Pinter.«

»Ich weiß nicht so recht ... Ich habe einen langen Tag vor mir, und anschließend müssen wir uns auf die Reise zur Großen Zusammenkunft machen. Es bleibt kaum Zeit für ...«

»Aber was! Ein Glas vom Kraftwein, und dann lassen wir dich wieder gehen. Jetzt komm endlich!«

Andere der Anwesenden stimmten in die Rufe ein. Unter ihnen auch Cyndenno. Sie strahlte ihn an. Ihre Haut wirkte mit einem Mal besonders dunkel und zart, das Emot zeigte freundliches Interesse. Auch wenn sie mit Mymy Ordac ging, so strahlte sie dennoch etwas aus, das Kahoytes Herz schneller schlagen ließ.

Täuschte er sich, oder sandte sie ihm sogar ein Emot-Signal der ganz besonderen Aufforderung zu? Konnte das sein? Gingen sie und der Anführer der Gruppe getrennte Wege? Wollte sie tatsächlich etwas von ihm?

Er griff nach dem Pinter-Häufchen, legte sich zwei der Plättchen an den entblößten Oberarm und schenkte sich unter dem Gejohle aller Anwesenden vom Kraftwein ein. Er ging damit in eine der Trinkkabinen, stürzte die dunkelrote Flüssigkeit hinunter und stellte das leere Glas zurück auf den Tisch.

Er genoss den Applaus und die Begeisterung.

Bei den Revs war alles ganz anders als bei Obanundi, dem alten Sauertopf, mit seinen dummen Vorstellungen von einer Zeitendämmerung.

Kapitel 5: Die Stadt und die Salzbaronessen

Rhodan unterdrückte Ärger und Besorgnis. Er hatte mit einer derartigen Entwicklung der Dinge rechnen müssen.

Nun, es waren vier Tage für den Besuch auf Jolyona veranschlagt. Hoffentlich würde sich eine weitere Gelegenheit ergeben, um weiter über das Schicksal der beiden jungen Männer, Gio und Casper Moulin, zu verhandeln.

Gasc Sheromyc entschuldigte sich für den Rest des Tages. Er gab vor, mit der Führung der Regierungsgeschäfte beschäftigt zu sein und ließ Rhodan mit dem Dauerschwätzer Xyl Conmyc alleine. Der führte ihn durch die unterirdischen Bereiche der Stadt Komyt und machte ihn mit den besonderen Problemen Jolyonas vertraut. Irgendwann bestiegen sie einen zigarrenähnlichen Gleiter, etwa sechs Meter lang und zwei Meter hoch. Er schwebte sachte durch die Unterwelt und war dabei für Rhodans Geschmack viel zu langsam.

Mit steigernder Ungeduld sah er zu, wie der Röhrengleiter dahinglitt, ab und zu durch schmale Fallröhren in die Tiefe sank und sich dann wieder im Schneckentempo waagerecht vorwärts bewegte.

Der Pilot steuerte den Gleiter per Hand, entlang einer breiten Prachtstraße, die von unzähligen Anuupi illuminiert wurde. Onryonen gingen umher, gefolgt von Schwebekulis, die mit Waren aller Art beladen waren. Ab und zu entdeckte Rhodan einige Terranischstämmige, spitzköpfige Aras und sogar einen Arkoniden, dessen weißer Haarschopf aus der Menge hervorragte. Kein Zweifel, dies hier war eine beliebte

Einkaufsstraße. Eine Flaniermeile, die tief in den Eingeweiden Komyts lag und dank des Anuupi-Lichts eine Art weihnachtliche Stimmung in Rhodan aufkommen ließ.

Nach einer Weile gelangten sie in weniger dicht besiedelte Bereiche Komyts. In einen ausgedehnten Industriekomplex, der den üblichen Mief mit sich brachte und in dem weit weniger Onryonen unterwegs waren.

Conmyc, der angenehmerweise für einige Zeit geschwiegen hatte, begann nun wieder vor sich hin zu plappern. Er erzählte von Anlagen, in denen Energie gewonnen wurde. Von Aggregaten zur Aufrechterhaltung der dünnen Schicht atembarer Luft. Von der Wetterkontrolle, vom Nahrungsmittelanbau auf von Anuupi gepflegten Plantagen – und von der »Lichtgewinnung«.

»Die Anuupi spielen bei uns eine wesentlich größere und gewichtigere Rolle als auf anderen Onryonenwelten«, sagte Conmyc. »Zu unserem Glück fühlen sie sich auf Jolyona wohl und gedeihen prächtig.«

Sie stiegen aus dem Röhrengleiter. Conmyc deutete gegen die Decke der unterirdischen Halle. Tausende Anuupi trieben dort dahin. Sie benahmen sich wie Schwarmvögel, die mal hier-, mal dorthin trieben und dabei einer Art kollektivem Instinkt gehorchten.

»Ich mag diese Tiere«, sagte Rhodan. »Ihr Licht ist etwas ganz Besonderes. Es schwingt etwas mit, das ich nicht so richtig erklären kann – aber es führt dazu, dass ich mich wohl fühle.«

Conmyc sah ihn von der Seite an, das Emot zeigte Erstaunen. »Ich hätte nicht gedacht, derartige Worte einmal aus dem Mund eines Terraners zu hören. Du scheinst sehr feinfühlig zu sein.«

Rhodan schwieg. Fasziniert sah er zu, wie auf einer Schwebeplattform inmitten der Halle ein älterer Onryone mit verwitterten Gesichtszügen einen langen Stab schwang, als wollte er die Tiere dirigieren. Und tatsächlich: Sie bewegten sich so, wie er es von ihnen wollte.

»Wie viele Hüter habt ihr auf Jolyona?«, fragte Rhodan seinen Begleiter.

»Mehrere tausend. Die traditionelle Ausbildung zum Hüter auf Jolyona ist weithin berühmt. Wir legen Wert darauf, bestmögliche Arbeitskräfte zu bekommen – und wir brauchen sie auch. Wie du gesehen hast, sind die Lebensverhältnisse nicht einfach.«

Rhodan nickte. Er hatte sich einiges über das Terraforming-Projekt erzählen lassen, das seit über dreihundert Jahren lief und noch längst nicht abgeschlossen war.

»Ein jeder Hüter könnte auf den Raumvätern unserer Flotten Dienst tun oder auf anderen Welten die ganz großen Herden verwalten. Aber wer auf Jolyona aufwächst, geht nur ungern weg.«

»Das wundert mich. Trotz der schwierigen Lebensbedingungen?«

»Jolyona ist besonders«, entgegnete Conmyc, auffällig wortkarg.

Sie besichtigten eine Luftaufbereitungsanlage. Unter großem Energieaufwand wurde Sauerstoff aus Abraum und Schutt gewonnen. Förderanlagen wälzten Unmengen von Gestein aus der Tiefe des Planeten hoch. Ein Absorptionsfeld reduzierte den Lärm – und dennoch war das Klackern des Gerölls und der Felsen ohrenbetäubend.

»Das Magnetfeld Jolyonas ist stark ausgeprägt und wird von uns zusätzlich verstärkt«, erklärte Conmyc. »Die gewonnene Luft entweicht nur in geringem Ausmaß in den freien Raum. Und da der Einfluss von schädlichen Sonnenwinden marginal ist, gelingt es uns, die Lufthülle sukzessiv zu vergrößern und zu verdichten.«

»Wie sieht es mit Weltraumstrahlung aus?«, fragte Rhodan interessiert.

»Wir minimieren sie, so gut es geht. Außerdem haben unsere Vorfahren bereits damit begonnen, uns genetisch auf die harten Strahlungen einzustellen.«

»Ihr wurdet künstlich optimiert?« Rhodan bemühte sich, sein Entsetzen zu verbergen.

»Richtig.« Conmyc lächelte. »Wir wissen, dass ihr Terraner Vorbehalte gegenüber künstlichen Eingriffen in die Natur der Schöpfung habt. Aber das ist euer Problem. Und selbstverständlich gibt es Beispiele dafür, dass ihr selbst nicht sonderlich zimperlich wart bei der Urbarmachung neuer Kolonien. Ich denke da an Oxtorne oder an Epsal.«

Das mussten die Kolonialisten tun, um überleben zu können, wollte Rhodan sagen, ließ es aber bleiben.

»Aras und Arkoniden haben zur Genoptimierung ebenfalls andere Ansichten als ihr. Die Jüülzish-Völker kennen überhaupt keine Bedenken, wenn es um die Eroberung neuen Lebensraums geht. Denkt an die Bestien, die Ulebs, die Haluter. Oder, etwas größer gedacht: Wie ist das mit dem Vorgehen höherer Entitäten, die Oon- und Noon-Quanten in den Sterneninseln ausstreuten, um Leben zu säen? Wo setzt ihr Terraner die moralischen Maßstäbe an? Was ist für euch erlaubt und was nicht? War es nicht die Pflicht unserer Vorväter, uns das Leben durch geringe Eingriffe zu sichern?«

»Verzeih meine Voreingenommenheit«, sagte Rhodan. »Du hast natürlich recht. Es steht mir nicht zu, über diese Dinge zu urteilen.«

Conmyc tat eine komplizierte Handbewegung. Sein Emot zeigte die Farbe geringer Belustigung, ein dunkles Violett. »Du bist nicht der Erste und wirst nicht der Letzte sein, der irritiert ist. Vielleicht verstehst du nun, dass das Zusammenleben von uns Onryonen mit Vertretern anderer Völker kompliziert ist.«

»Natürlich.«

»Wir bemühen uns um Anpassung. Aber wir erwarten auch, dass auf unsere Sitten Rücksicht genommen wird.«

»Selbstverständlich. Die Liga Freier Terraner ist ohnedies sehr dankbar dafür, dass ihr unsere Bürger in eurer Mitte duldet.«

Conmyc lächelte geschmeichelt und winkte ihm. Rhodan folgte dem kleinen Dicken, sie kehrten zum Röhrengleiter zurück.

Kaum hatten sie ihn betreten, setzte er sich in Bewegung. Rhodan blickte durch das breite Bugfenster. Das Gefährt flutschte, mit einem sonderbaren Fluid getränkt, eine schmale Rinne entlang, bis sie zu einer Art Verkehrsknotenpunkt gelangten. Dort warteten Hunderte der Röhrengleiter auf das Einfädeln ins Innere eines riesigen, igelartigen Gebildes. Jeder einzelne der mindestens hundert *Stacheln* mündete in Gestein.

»Komyt-U-Acht«, kommentierte Conmyc. »Von dieser Verteilerstation aus geht es in die anderen Bereiche der Stadt – und über die Expressstrecken auch in andere Teile unserer Heimatwelt.«

Interessiert sah Rhodan zu, wie die Wartenden mit bemerkenswerter Geschwindigkeit ins Leitsystem eingefädelt wurden. Der Pilot an Bord ihres Röhrengleiters nahm die Hände von den Bedienfeldern, eine Leitpositronik übernahm seine Arbeit.

»Beschleunigungsphase beginnt«, sagte der Onryone nach einer Weile.

Rhodan hatte für Sekundenbruchteile das Gefühl, als würde es ihm den Magen ausheben. Dann taten Gravitationsdämpfer ihren Dienst. Sie stürzten über eine Abbruchkante in die Tiefe, um gleich darauf von der Steuerung des Leitsystems gepackt und durchs Innere des Hohlraums beschleunigt zu werden.

Rhodan hielt den Atem an. Andere Röhrengleiter schossen kreuz und quer vorbei, allesamt mit gewiss mehr als zweihundert Stundenkilometern. Einmal hatte es den Anschein, als würden sie unweigerlich mit einer anderen Zigarre kollidieren. Rhodan schloss die Augen. Es blieb viel zu wenig Zeit, um über sein Ableben nachzudenken oder auch nur Furcht zu empfinden ...

Als er die Augen wieder öffnete, befanden sie sich in einer Röhre. In einem der Stacheln, der in Gestein mündete. Sie rasten dahin, ohne dass Rhodan hätte sagen können, ob sich der Röhrengleiter nach oben, nach unten oder geradeaus bewegte. Sein Orientierungsgefühl war gestört.

Die in immer schnellerer Abfolge vorbeihuschenden Lichtinseln bewiesen Rhodan, dass der Röhrengleiter weiterhin beschleunigte. Sie schoben eine winzige Gischt des Fluids vor sich her, immer wieder musste der Pilot die transparente Bugkanzel mit einer Art altmodischem Scheibenwischer davon reinigen.

»Die erstmalige Reise durch die Röhren ist für Gäste auf Jolyona ein wenig unangenehm«, sagte Conmyc. »Aber man gewöhnt sich daran.«

Rhodan glaubte nicht, dass er sich jemals an diese affenartige Geschwindigkeit im Inneren einer Art überdimensionierten Projektils gewöhnen würde, aber er schwieg.

»Wohin geht die Reise?«, fragte er nach einer Weile. Die Onryonen hatten ihn darüber bislang im Ungewissen gelassen.

»Wir halten nicht viel von protokollarischen Abläufen. Und wir möchten dich überraschen. Du sollst sehen, wie vielfältig Jolyona ist, wie lebenswert, wie interessant.«

Rhodan nickte.

Er ignorierte ein flaues Gefühl in seinem Magen, das nicht nur von der wahnwitzigen Reise durch die Röhren des Transportsystems herrührte. Er hatte keinen Leibwächter bei sich, auch keine Waffe. Im Notfall würde ihn ein leistungsfähiger Schutzschirm umhüllen, dessen Leistungsaggregate in einem schmalen Rucksack steckten.

Rhodan wusste Gefahren einzuschätzen, und er konnte gut genug auf sich selbst aufpassen. Dennoch wäre es ihm recht gewesen, wenn Homer G. Adams und die Botschaftsvertreter zumindest wussten, wo er sich aufhielt.

Conmyc schien seine Bedenken zu erraten. »Wir haben selbstverständlich dafür gesorgt, dass Thersa Gooden über unsere Reisestrecke informiert ist. Die Route des Röhrengleiters ist dank seiner Kennung nachvollziehbar.«

»Danke.« Rhodan war auch dies noch zu wenig, doch er wollte das Thema nicht länger mit Conmyc diskutieren. Waren die Onryonen, mit denen er bislang zu tun gehabt hatte, sehr auf Sicherheit und Selbstkontrolle bedacht, ging es auf Jolyona wesentlich lockerer zu. Also fügte er sich und machte ein freundliches Gesicht.

Er war ohnehin selbst schuld. Er hätte bei der Botschaft Personenschutz anfordern können, ja, sogar müssen.

Das Ende der Röhre kam wahnwitzig schnell näher. Eben war da bloß ein knopfgroßer, schwarzer Fleck zu sehen gewesen, und nur Sekunden später schossen sie schon ins Freie, um mit absurden Werten abzubremsen und in einer Rinne zu stehen zu kommen, am Ende einer Reihe ähnlich gebauter Fahrzeuge.

Über ihnen war die sternenübersäte Dunkelheit des Weltalls zu sehen. Links und rechts ragten schroffe Hügel in die Höhe. Sie glitzerten und glänzten im Licht einer kleinen Kunstsonne. Die Flanken der Berge waren mit hellen Kristallen übersät. Großen und kleinen, regelmäßig geformten und unstrukturierten.

»Willkommen in den Salzbaronessen«, sagte Conmyc, »in einer der wundersamsten Gegenden Jolyonas.«

Der Pilot reichte Rhodan eine Art Mantel, der sich eng um seinen Körper schmiegte und ihn wärmte. Es war kalt im Freien, sein Atem gefror, und unter den Füßen knirschten zerbrechende Kristalle.

Rhodan folgte Conmyc und schaute sich andächtig um. Immer wieder sah er sich mit wundersamen Gebilden konfrontiert. Manche maßen drei Meter oder mehr und streckten ihre Arme wie mahnend hoch in den Himmel. Andere bestanden aus mikroskopisch kleinen Elementen, die gefrorenen Eisblumen glichen. Manche waren rhombisch und gleichmäßig geformt, andere besaßen ein baumähnlich verzweigtes Aussehen.

Kein Kristallobjekt glich dem anderen. Es war, als hätte ein Gott in seine Werkzeugkiste gegriffen und willkürlich mit Formen und Farben experimentiert.

»Das ist unglaublich schön«, sagte Rhodan leise. Er ließ seine Finger über keilförmig zugespitzte Kristalle mit Grüntönung gleiten. Sie klirrten leise gegeneinander.

»Ein Wunder der Natur«, bestätigte Conmyc. »Wir können bloß mutmaßen, wie es zu einer derartigen Vielfalt von kristallinen Strukturen gekommen ist. Fest steht, dass hier für lange Zeit eine tektonische Linie verlief und Landmassen gegeneinanderrieben. Entlang der Linie gelangte immer wieder flüssiges Gesteinsmaterial aus dem Planeteninneren nach oben. Es wurde von einem oberirdischen Flusssystem teilweise abgeschwemmt und von schwefelhaltigen Substanzen ergänzt.«

Der Onryone blieb stehen. Er beugte sich zu einer Kristallstruktur hinab, die einer violetten Rose ähnelte, und tat so, als würde er daran riechen. »Es gab verschiedenartigste Einflüsse über einen Zeitraum von mehreren Jahrmillionen hinweg. Unsere Wissenschaftler konnten dank Messungen an diesen … hm … Gewächsen feststellen, dass Jolyona sich einst im Einflussbereich einer gelben Sonne vom Sol-Typ befunden haben muss.«

Rhodan drehte sich im Kreis. Immer wieder entdeckte er neue Figuren. Ein irdischer Geologe hätte hier sein Paradies gefunden und die Salzbaronessen niemals mehr wieder verlassen.

»Was du siehst, ist bloß ein Nebenschauplatz«, sagte Conmyc und strahlte über sein dunkles, breites Gesicht. »Es gab in den unterirdischen Bereichen wichtigere, bedeutendere Entdeckungen.« Sein Emot zeigte pure Freude und ein klein wenig Stolz.

»Was kann denn diesen Kristallgarten noch toppen?«

»Wie ich bereits sagte, verdanken die Salzbaronessen ihre Existenz starken seismischen und vulkanischen Aktivitäten. Unter unseren Füßen flossen vor Jahrmillionen glühende Massen. In Kaminen schossen die Lavamengen hoch, oder sie trieben in breiten Flüssen gemächlich dahin.«

»Und?«

»Das magmatische Gestein verwitterte schnell, nachdem es erkaltet war. Zurück blieben Hohlräume. Solche, die sich spätere Bewohner zu Nutze machten.«

»Das bedeutet?«, fragte Rhodan gespannt.

»Das bedeutet, dass wir nicht die ersten Bewohner Jolyonas sind.«

Conmyc schwieg ab nun beharrlich. Sie folgten einem schmalen Fußweg, der sich zwischen den Hügeln dahinwand. Nach einem Marsch von etwa zehn Minuten erreichten sie ein Tor, das aus einem einzigen Kristall gefertigt worden war. Die Facetten der sechsflächigen Torsäulen schimmerten schwach im Sternenlicht, und … und …

»Was bewegt sich da im Inneren der Säulen und des Gebälks?«, fragte Rhodan.

»Kristallsubstanz in einer nematischen Flüssigkeitsphase«, antwortete Conmyc. »Erhitzt und durch Zubringer aus der Tiefe auf stets derselben Temperatur und unter denselben Druckverhältnissen gehalten. Die rotgelben Schlieren, die du siehst, verändern immer wieder ihr Aussehen.«

Beeindruckt trat Rhodan näher an die linke Torsäule heran und berührte sie. Sie fühlte sich kalt an.

Reagierte die flüssig gehaltene Substanz auf seinen Händedruck? Sie verwirbelte mit einem Mal und zog einen Strudel an Farbmischungen hoch, die die Form seiner Finger nachbildeten.

»Das ist eines der großen Geheimnisse der ehemaligen Bewohner der Salzbaronessen«, sagte Conmyc neben ihm. »Das Eingangstor reagiert auf seine Besucher. So, als wäre es ein lebender, interagierender Mechanismus.«

Rhodan zog die Hand zurück, das Farbenspiel im Inneren der Säule änderte sich erneut. Es wurde ruhiger, die Farbschlieren verteilten sich auf eine größere Volumenfläche. Manche davon gelangten über das Gebälk bis hinüber zur rechten Stützsäule.

»Komm jetzt!«, forderte Conmyc ihn auf und trat durchs Tor, hinein in absolute Dunkelheit, die erst nach einigen Schritten einen Lichtschimmer in größerer Entfernung erahnen ließ. Ein leichtes Kribbeln erfasste Rhodan. Sie hatten einen Schutzschirm passiert, der den unterirdischen Bereich offenbar vor Eindringlingen schützen sollte. Ein Ring an der Rechten Conmycs leuchtete kurz auf. Allem Anschein nach befand sich darin der Befehlsgeber für den Schirm.

Das Emot von Rhodans Begleiter schimmerte in nichtssagendem Gelb. Conmyc ließ Rhodan auf diese Weise wissen, wo er sich befand und welchen Weg er nahm.

»Ich muss dich warnen«, sagte der feiste Onryone in die Stille hinein. »Mohaway Obe, die wissenschaftliche Leiterin der hiesigen Ausgrabungen, ist … besonders.«

»Das bedeutet?«

»Es ist am besten, du findest es selbst heraus.«

Täuschte sich Rhodan, oder klang Conmyc ängstlich?

Er war versucht, die Taschenlampenfunktion seines Armbandkoms einzuschalten, verzichtete aber darauf. Die Onryonen hatten gewiss einen guten Grund dafür, dass sie diesen Raum abgedunkelt ließen.

Sie kamen der Lichtquelle langsam näher. Es ging geringfügig bergab, allmählich wurde es wärmer. Geräusche waren zu hören, irgendjemand hämmerte gegen Wände. Dazu kamen Stimmen, die aufgrund des Halls nicht zu verstehen waren.

Es ging über flache und weite Stufen weiter hinab in die Tiefe. Rhodan schätzte, dass sie sich bereits fünfzig Meter unter dem Erdboden befanden, als sie endlich in einen beleuchteten Raum traten. Wände und die Decken waren abgeschlagen und verwittert, der Boden mit Mosaikarbeiten verziert. Sie zeigten eine ländliche Idylle mit angedeuteten Bäumen, Hügeln und fruchtbaren Feldern, die von einem Gewässer geteilt wurden.

Rhodan wandte seine Aufmerksamkeit einigen Onryonen zu, die am hinteren Ende des gut dreißig Meter langen Saals standen und angeregt miteinander diskutierten.

Falsch, korrigierte sich Rhodan. *Einer von ihnen macht seine Kollegen gerade ziemlich zur Schnecke.*

Conmyc und er gingen auf die vier Onryonen zu, die Gespräche verstummten.

»Was macht *der da* hier?«, fragte der Schreihals und deutete mit seiner Rechten auf Rhodan. »Schlimm genug, dass ich mich mit Ignoranten, schlecht ausgebildeten Ausgrabungshelfern, aufgeplusterten Dummschwätzern, die sich Sponsoren nennen, und Politikern wie dir abgeben muss. Jetzt kommst du auch noch mit einem Terraner daher.«

»Das ... das ist Perry Rhodan«, stotterte Conmyc. »Er ist auf Jolyona zu Gast und ...«

»Was du nicht sagst! Glaubst du, ich sehe keine Trivid-Nachrichten? Glaubst du, ich bin blind? Weil ich geduldig bin und weil ich auf die Fördergelder der Regierung angewiesen bin, wiederhole ich im allerhöflichsten Ton meine Frage: Was will der da hier?«

»*Der da* würde gerne die unterirdischen Anlagen der Salzbaronessen besichtigen«, übernahm Rhodan das Wort. »Weil ich dazu eingeladen wurde – und weil es mich interessiert.«

»Sieh mal einer an.« Der Onryone kam ächzend auf die Beine – und entpuppte sich als Frau, die ein sackartiges Gewand trug. Ihre Ohren waren zerfleddert, als hätte jemand Teile davon abgeknipst. »Perry Rhodan spricht Onryonisch ohne erkennbaren Akzent.«

»Du musst Mohaway Obe sein«, sagte Rhodan und streckte die Rechte zum Gruß aus. Die Frau blinzelte mehrmals, als wäre sie kurzsichtig, und ignorierte seine Hand.

»Was willst du wirklich hier, Terraner? Möchtest du wieder mal etwas stehlen? So, wie es dem Wesen deines Volkes entspricht?«

Rhodan blieb gelassen. Er hatte schlimmere Begegnungen mit noch unfreundlicheren Wesen erlebt.

»Ich interessiere mich für das, was du und deine Leute hier unten freilegen.« Er blickte zu Boden. »Das Mosaik ist interessant. Glasierte Steine, die eine Landschaft abbilden, wie sie auf terraähnlichen Welten vorkommen könnten. Allerdings wirkt die Arbeit irgendwie grobschlächtig. Die Steinchen sind relativ groß, die Abstände zueinander ebenfalls. Es ist, als wäre der Künstler nicht sonderlich geschickt gewesen. Aber dann hätte er nicht eine derart wichtige Aufgabe übertragen bekommen, nicht wahr? Wenn man jemanden die Zutrittshalle zu einer unterirdischen Anlage gestalten lässt, dann engagiert man keinen beliebigen Künstler, sondern einen Meister seines Faches.«

Das Emot Mohaway Obes zeigte mehrere Stimmungslagen in kurzen Abständen hintereinander. Doch die Forscherin sagte kein Wort.

»Ich würde sagen, dass die handwerkliche Geschicklichkeit des Künstlers nicht sonderlich groß ist. Er hatte Ideen und Visionen und gewiss ein großes Vorstellungsvermögen. Aber seine Hände waren für die Feinarbeit nur bedingt geeignet.«

Rhodan tat ein paar Schritte nach links und nach rechts. Er betrachtete die Wände. Der Großteil des Putzes und möglicher Malereien war abgebröckelt. Nur noch vereinzelt waren verwaschene Flecken zu erkennen.

»Die unbekannten Bewohner der Anlage waren groß und plump. Drei, dreieinhalb Meter vielleicht? Sie brauchten viel Platz. Sie waren naturverbunden, wie man an den Motiven des Bodens sieht. Aber sie lebten zu einer Zeit, als Jolyona längst seiner Sonne entrissen worden war und Dunkelheit rings um sie war. Sie gaben ihrer Sehnsucht durch ihre künstlerische Arbeit Ausdruck …«

»Genug!«, unterbrach ihn Obe und tat eine energische Handbewegung. »Du kannst dir deine Amateur-Analysen sparen, damit beeindruckst du mich nicht.«

Die Frau holte ihre Begleiter näher zu sich heran, teilte ihnen etwas mit und verscheuchte sie mit energischen Handbewegungen. An Rhodan gerichtet, fuhr sie fort: »Ich hatte eben vor, tiefer in die Anlage hinabzusteigen und einige Überprüfungen vorzunehmen. Meinetwegen kannst du mitkommen. Aber nur, wenn du mich nicht blöde anquatschst. Und der Kerl an deiner Seite bleibt gefälligst hier. Mehr als einen Gast vertragen meine Nerven nicht.«

Conmyc beugte sich zu Rhodan und flüsterte ihm kaum hörbar zu: »Du hast Mohaway mächtig beeindruckt, Perry. Normalerweise müssen wir sie mit größtmöglichen Druckmitteln dazu zwingen, einen Geldgeber oder einen Würdenträger durch die Unterwelt der Salzbaronessen zu führen. Bemerkenswert ...«

»Wenn du im Parlament in Terrania City einige Stunden zubringen möchtest, ohne in Tränen auszubrechen oder an Selbstmord zu denken, musst du mit derartigen Gehässigkeiten zurechtkommen können.« Rhodan grinste. »Ich glaube sogar, dass ich Mohaway Obes Wesen mag.«

Am Ende der Halle querten sie ein Desinfektions-Tor. Nackt. Rhodan fühlte ein leichtes Kitzeln, dann hatte er die Prozedur schon hinter sich gebracht. Ein Roboter untersuchte ihn peinlich genau und nahm einen Abstrich von seiner Zunge, um die Bakterienkulturen zu bestimmen, die sich in seinem Rachenraum befanden.

Obe, die sich für ihre Nacktheit ganz und gar nicht schämte, betrachtete ihn prüfend von oben bis unten und drückte ihm einen einfachen Anzug in die Hand, der sich perfekt an seine Körperform anpasste. Die Archäologin zeigte ihm, wie er den Energieschirm zu aktivieren hatte. Er schmiegte sich eng um seinen Leib, ohne die Sicht zu beeinträchtigen.

»Jetzt los!«, sagte sie harsch und ging vorneweg.

Rhodan erhielt trotz des leichten Schutzanzugs alle Sinneseindrücke vermittelt, selbst die haptischen. Er roch Moder und Feuchtigkeit, er hörte Wasser tropfen und glaubte, mit nackten Füßen durch das kühle Nass zu waten, als sie eine Einbruchstelle passierten.

Rhodan deutete auf mehrere Anuupi, die an der Decke klebten. »Wo ist der Hüter, der auf die Tiere aufpasst?«

»Brauchen wir nicht«, antwortete Obe knapp. »Diese Tiere schweben frei und leben wild. Wenn sie wollen, können sie jederzeit wegschweben. Von Zeit zu Zeit verschwinden sie, um Nahrung zu sich zu nehmen. Aber sie kommen immer wieder. Anuupi lieben Höhlenräume.«

Rhodan betrachtete die Röhre, durch die sie sich bewegten. Sie war etwa fünf Meter breit und mindestens drei Meter hoch. Hier war einstmals Lava geflossen. Der Strom hatte sich mit kleineren oder größeren Zuträgern vereint und war irgendwo, als der Druck von unten zu groß geworden war, eruptiv in die Höhe geschossen. Heutzutage waren alle Rückstände verschwunden, die Magmatiten zerfallen.

»Etwa zweitausend Meter unter uns befindet sich eine zentrale Magmakammer«, sagte Obe. »Sie hat einen Durchmesser von gut hundert und eine Höhe von sechs bis acht Kilometern.«

»Dorthin steigen wir hinab?«

»Nein.« Obe schnaubte, ihr Emot zeigte mit einem Mal unterdrückte Wut. »Wir haben die Mittel noch nicht genehmigt bekommen, um bis in diese Tiefe hinabgelangen zu können. Einige Sondierungsroboter haben uns Bildmaterial und Gesteinsproben geliefert.«

Sie wandte sich zu Rhodan um. Ihr sonst so unfreundliches Gesicht wirkte mit einem Mal entspannt und träumerisch. »Die tiefen Anlagen sind unglaublich«, sagte sie mit fast zärtlicher Stimme. »Sie zeugen von einer hochstehenden Zivilisation.«

»Wie kommt es, dass die früheren Bewohner Jolyonas sich im Inneren des Planeten einnisten mussten, wenn sie doch so fortgeschritten waren? Warum haben sie nicht wie ihr die Oberfläche besiedelt und mithilfe von Terraforming urbar gemacht?«

»Das ist eines der großen Rätsel, mit denen wir es zu tun haben. Es gibt vielerlei Spekulationen, aber du weißt ja, wie das mit Theorien ist.«

»Sie haben so lange Gültigkeit, bis bessere postuliert werden«, sagte Rhodan und nickte.

»Richtig.« Obe zog ihn mit sich, in einen kleinen Seitenstrang der Lavaröhre hinein. Es wurde so eng, dass sie nur noch hintereinandergehen konnten. Vor ihnen wurde es heller, der Gang verbreiterte sich rasch wieder.

»Einer wie du sollte diese Dinge gar nicht zu sehen bekommen«, grummelte Obe. »Ich hab was gegen euch Blasshäutige.«

»Und warum? Hast du schlechte Erfahrungen gemacht?«

Obe schnaufte. »Das kann man wohl sagen. Ihr seid unzuverlässig, wie ich erst vor Kurzem feststellen musste. Und überheblich. Und hässlich. Und überhaupt.«

»Natürlich«, sagte Rhodan gelassen. »Was für einen Terraner gilt, gilt auch für alle anderen. Nicht wahr?«

»Ach, lass doch den Sarkasmus! Warum habe ich dich bloß mitgenommen! Ich hätte mich niemals darauf einlassen sollen.« Die Archäologin schimpfte vor sich hin, bis sie am Ende der verbreiterten Röhre angelangt waren – und auf einen Kessel hinabblickten, in dem sich Gebäudestrukturen auf einer Fläche von gut zweihundert Metern im Durchmesser erkennen ließen.

Die Häuser sahen wie willkürlich durcheinandergewürfelte, riesige Streben aus, deren Äußeres durch scharfe Grate und vielfältige Haltevorrichtungen geprägt wurde. Große

Teile der Gebäudestrukturen waren zerstört, Häuser in sich zusammengebrochen und von herabstürzenden Felsen beschädigt worden.

»Willkommen in Stadt Null«, sagte Obe mit andächtiger Stimme. »Bei allem, was du hier siehst, denke stets daran: Dies ist bloß ein winziger Teil dessen, was es weiter unten in der Tiefe zu entdecken gibt.«

Kapitel 6:
Verfluchte Diplomatie

Thersa Gooden war so herrlich unkompliziert. Sobald sie das übliche diplomatische Gehabe ablegte und zur Privatperson wurde, kam ein wunderbarer Mensch zum Vorschein. Einer, der genau wusste, was er tat. Der sensibel und dennoch selbstbewusst war. Der seine Schwächen nicht verbarg und sich zugleich auf seine Stärken verlassen konnte.

Sie schmiegte sich an Adams und atmete tief durch. Der nackte Oberkörper war von Schweißtropfen überzogen, Thersas Herz schlug ruhig und regelmäßig.

»Wie lange haben wir noch?«, fragte sie mit schläfriger Stimme.

»Unsere private Besprechung ist bis drei Uhr anberaumt. Also noch etwa eine Stunde.«

»Zu kurz, viel zu kurz …« Sie kuschelte sich noch enger an ihn.

Frauen waren für Adams stets ein Mysterium geblieben. Die moderne Wissenschaft wusste so viel über das Zusammenleben und -wirken der beiden Geschlechter – und scheiterte dennoch daran, den Zauber zu erklären, der zwischen liebenden Partnern entstehen konnte.

War es denn Liebe?

Adams küsste Thersa auf die Stirn. Sie war kurz davor einzuschlafen. Die Augen waren geschlossen, der Mund zu einem zufriedenen Lächeln verzogen. Es war ihr anzusehen, wie wohl sie sich in seiner Gegenwart fühlte.

Er hatte gut und gern zwanzig Lebensgefährtinnen gehabt, mit denen er über längere Zeit zusammengelebt hatte. Er hätte sie sich alle jederzeit in Erinnerung rufen können, aber er wollte nicht, nicht jetzt. Seine Konzentration sollte einzig diesem so herrlich duftenden, anschmiegsamen Wesen gelten und nicht all den Zahlen, Daten sowie Fakten, die für alle Ewigkeiten in seinem verfluchten Kopf abgespeichert waren.

Adams hatte Thersa bereits vor zwei Jahren gebeten, ihr Verhältnis offiziell zu machen und mit ihm zusammenzuziehen. Sie hatte abgelehnt. Sie hatte sich persönliche Karriereziele gesteckt und wollte sie erreichen, bevor sie eine längere Lebensabschnittsbindung einging.

»Lass uns doch in zehn, fünfzehn Jahren noch mal darüber reden«, hatte sie ihm gesagt. »Wenn ich alt und runzlig werde und du immer noch derselbe Homer bist wie der, den ich heute vor mir sehe.«

Adams atmete schwer. Dies war einer der gar nicht so seltenen Augenblicke im Laufe seines langen Lebens gewesen, da er den Zellaktivator in seiner Schulter verflucht hatte.

Was mache ich eigentlich noch hier?, dachte er. *Seit so vielen Jahren hechle ich dem Leben hinterher. Es ist oft spannend. Großartig. Allumfassend. In Stunden wie diesen zum Beispiel. Aber dann sind da die Monate oder gar Jahre, in denen alles zur endlosen Routine verkommt. Jede Entscheidung, jeder einzelne Gedanke ist dann bloß eine Wiederholung dessen, was ich bereits zigmal getan habe.*

Adams blieb liegen und horchte weiter auf die Atemzüge dieses entzückenden Wesens in seinen Armen. Thersa seufzte im Schlaf und umarmte ihn fester, er erwiderte den Druck.

Das Leben war schön.

Der Nachmittag verging mit zähen Verhandlungen, langweiligen Gesprächen und wenigen erhellenden Minuten, da er mit Thersa alleine sein konnte. Rhodan trieb sich derweil auf Jolyona herum und betätigte sich als Tourist. Irgendwann meldete er sich via Armbandkom und forderte die Aktivierung eines Fonds, mit dessen Hilfe irgendein Archäologieprojekt gefördert werden sollte. Im Hintergrund hörte Adams eine Onryonin mit unangenehm lauter Stimme zetern und schimpfen.

»Wozu sollen wir denn diesmal Geld verschwenden?«, fragte Adams.

»Jeder Galax, den wir für dieses Projekt in die Hand nehmen, ist gut investiert. Ich bin soeben dabei, gute Stimmung für die Galaktiker zu machen. Oder glaubst du, dass wir das nicht brauchen?«

»Ich bin sogar überzeugt davon, dass ein wenig Publicity weiterhilft. Aber Archäologie ist nun mal ein Randthema, das kaum jemanden wirklich interessiert. Zumindest nicht die politischen Kasten. Die Onryonen wollen wirtschaftliche Unterstützungshilfe.«

»Ich weiß, was ich tue, Homer«, antwortete Rhodan. »Die Frau, mit der ich es zu tun habe, steht in meiner Rangliste der Nervensägen, die ich in diesem Jahrhundert kennengelernt habe, an dritter oder vierter Stelle.«

»Und?«

»Sie besitzt einen entsprechenden Ruf auf Jolyona. Wenn ich es schaffe, *sie* zu besänftigen und für die terranischen Ideen zu gewinnen, gewinne ich den Respekt aller auf dieser Welt. Sie ist berüchtigt. Jedermann hasst oder fürchtet sie. Mache ich sie zur Verbündeten, sind wir nicht mehr auf Sheromyc und Conmyc alleine angewiesen.«

»Du meinst, dass ein wenig Unterstützung aus deinem onryonischen Drachen ein gefügiges Püppchen macht, das nach deiner Pfeife tanzt?«

»Keinesfalls, Homer. Es ist lediglich ein Anfang, und ich werde mit der Dame fürchterlich streiten müssen. Aber das ist mal eine Abwechslung nach all den langweiligen diplomatischen Unterhaltungen, die ich während der letzten Jahre führen musste.«

»Es hört sich so an, als hättest du Interesse an ihr. Muss sich Sichu denn Sorgen machen?«

Sichu Dorksteiger. Lebensgefährtin Rhodans, eine blitzgescheite Frau aus dem Volk der Ator.

Rhodan lachte unterdrückt, wurde aber gleich wieder ernst. »Ich denke nicht, Homer, dass Mohaway Obe in irgendeiner Form eine Konkurrentin für Sichu ist. Also, was ist nun? Beschaffst du mir die notwendigen Mittel?«

»Du weißt, dass ich ein pingeliger Krämer bin. Mir tut eine Entscheidung, bei der ich Mittel der Liga *für nichts* freigebe, in der Seele weh.«

»Homer!«

»Jaja, schon gut. Mohaway Obe bekommt, was sie braucht. Schick mir die Daten. Die Sache ist so gut wie erledigt.«

Sie koordinierten Details ihres gemeinsamen Aufenthalts auf Jolyona und tauschten Ansichten zu den bisherigen Erfolgen aus, bevor sie das Gespräch beendeten und Adams zur nächsten Sitzung weitereilte. Diesmal würde er mit Industriellen aus den größten Städten der Dunkelwelt zusammentreffen.

Auf dem Weg in den Sitzungssaal ließ er kurzerhand über Verbindungen der terranischen Botschaft einen Fonds für Obes Arbeit einrichten und füllte ihn mit einem beträchtlichen Betrag. Die Formalitäten, die zur Freigabe der Mittel notwendig waren, würden zwei bis drei Stunden in Anspruch nehmen.

Eine Menge Zeit bei all den Vernetzungen, die es in der Milchstraße via Hyperfunk-Relaisketten und Positronikrechnern gibt. Aber ich muss mich nun mal damit abfinden, dass ich mich auf einer hinterwäldlerischen Welt befinde.

Gasc Sheromyc war ein kaltschnäuziger Politiker mit fundierten wirtschaftlichen Kenntnissen. Und er nervte. Er war bei fast jedem von Adams' Arbeitsgesprächen anwesend. Er unterbrach ihn immer wieder und redete die terranischen Bemühungen schlecht. Er war bestens auf diese Begegnungen vorbereitet. Kleine Datenpositroniken umschwirrten das Mitglied des Duumvirats und lieferten ihm bei Bedarf die notwendigen Argumente.

Ein würdiger Gegner also, der bei Adams' Verhandlungen das Beste für die onryonische Seite herausholen wollte.

Einen Mann wie dich hätte ich gerne in meinem Team, dachte er und zollte Sheromyc in Gedanken Anerkennung.

Adams hatte zwei Vorteile auf seiner Seite. Einerseits war da sein eidetisches Gedächtnis, das ihn niemals im Stich ließ. Andererseits pumpte der Zellaktivator immer wieder neue Energie durch seinen Körper. Er ermüdete so gut wie nie. Sein Kopf war stets klar, während Sheromyc nach Mitternacht den Anstrengungen des Tages Tribut zollen musste und sich aus den Verhandlungen zurückzog. Auch Thersa Gooden verabschiedete sich. Sie hatte ihn während der letzten Stunden immer wieder als Einflüsterin unterstützt und über Eigenheiten der Jolyona-Onryonen informiert.

»Wie lange wird es noch dauern?«, fragte sie hinter einem aktivierten Abschirmfeld.

»Ich werde heute noch einige Verträge aushandeln. Es geht um Freihandel, um Transportrechte, um Klauseln. Auch um so unbedeutende Details wie Leerflüge von Containerraumschiffen. Um all das Kleinzeugs, das wir so schnell wie möglich festlegen sollten, um den Handels- und Warenverkehr zwischen Jolyona und der Liga in Gang zu bringen.«

»Ich weiß, dass du wie eine Bulldogge bist, sobald du dich in einer Aufgabe verbeißt, Homer. Aber so energisch habe ich dich noch nie erlebt. Du bist wie aufgezogen.«

»Womöglich hat es damit zu tun, dass ich dich beeindrucken möchte – und dass du mir Kraft gibst?«

»Deine Schmeicheleien verfangen nicht, nicht jetzt. Ich bin zu müde dafür.«

Adams blickte auf sein Armbandkom. »Ich denke, dass ich gegen vier Uhr morgens hier fertig bin. Was meinst du …?«

»Du möchtest mich anschließend besuchen kommen?!«

»Vielleicht.«

Sie blickte ihn abschätzend an. »Nein, Homer. Du bleibst schön brav in deinem Bettchen. Dein jugendlicher Überschwang in allen Ehren – aber ich habe morgen ebenfalls viel zu tun.«

»Es ist lange her, dass ich *jugendlich* genannt wurde.«

»Homer, du bist charmant und liebenswürdig. Ich mag dich. Wirklich. Ich habe dich … vermisst. Aber ich habe dir bereits mehrmals zu erklären versucht, dass ich nicht darauf vorbereitet bin, mit einem Unsterblichen eine Verbindung einzugehen. Noch dazu mit einem, der mit einem derart wilden Ungestüm über mich herfällt.«

»Sag jetzt bloß, dass es dir nicht gefallen hat.«

»Natürlich hat es das. Aber es ist genau das, was ich mit *jugendlich* meine. Ich habe deiner unerschöpflichen Energie nichts entgegenzusetzen. Ich werde damit schlichtweg nicht fertig. Ich bin müde, ich muss zwischendurch abschalten. Also gib mir ein wenig Zeit für mich selbst.«

»Natürlich.«

Adams lächelte die Enttäuschung beiseite. Er gab Thersa einen Gute-Nacht-Kuss, schaltete das Abschirmfeld ab und blickte der Frau hinterher, als sie den Sitzungssaal verließ.

Er versuchte, sich wieder auf die Arbeit zu konzentrieren. Onryonen, deren Emots schwach leuchteten, blickten ihn an. Sie wirkten erschöpft und würden in zwei, drei Stunden zu allem, das er vorschlug, Ja und Amen sagen. Homer wollte sie keinesfalls übervorteilen. Fairness war bei interplanetaren Verträgen ein Credo, das sich stets bewährt hatte. Fairness bildete ein starkes Fundament für eine gedeihliche Zusammenarbeit.

Die Onryonen hatten jedoch weder seine Erfahrung noch seinen Weitblick. Sie legten es darauf an, ihn und damit die Liga über den Tisch zu ziehen. Das wiederum durfte er nicht zulassen.

»Lasst uns nochmals über die Spesenübernahme bei intergalaktischen Transporten sprechen«, sagte er und überhörte geflissentlich das Geseufze und Gestöhne seiner Verhandlungspartner.

Seine Gedanken kehrten immer wieder zu Thersa Gooden zurück. Hatte er im Vorfeld gehofft, ihr Verhältnis zueinander endlich klären zu können, so zeichnete sich mittlerweile ab, dass es auch diesmal keine Lösung geben würde.

Das Schlimmste ist zu wissen, dass sie recht hat. Sie hat alle Gründe der Welt, um mir fernzubleiben. Wie viele Beziehungen zwischen Normalsterblichen und Zellaktivatorträgern sind denn gut gegangen? Haben wir überhaupt ein Recht auf Zufriedenheit oder haben wir es aufgegeben, damals, als wir uns diese verfluchten Dinger in die Schultern einpflanzen ließen?

Adams seufzte tief. Rhodan kannte derartige Gedanken vermutlich nicht. Er blickte stets voraus, er hielt nie inne. Und er war ein unverbesserlicher Optimist.

Als die Kunstsonnen über Komyt langsam ansprangen und sich ein Lichtschimmer über der Stadt ausbreitete, meldete sich Rhodan erneut via Armbandkom und über eine Leitung, die von der terranischen Botschaft gesichert und verschlüsselt wurde.

»Ich wusste, dass du noch nicht schlafen würdest.« Rhodan lächelte.

»Du kennst ja meine Verhandlungstaktiken.«

»Den Partner zermürben und verwirren, bis er keine Ahnung mehr hat, was er eigentlich von dir wollte.«

»Du weißt, dass das nicht wahr ist, Perry«, sagte Adams mit leichtem Tadel in der Stimme.

»Natürlich. Verzeih.«

»Entschuldigung angenommen. Wie läuft's bei dir?«

»Mohaway Obe ist durchaus beeindruckt von unserer ... hm ... Geste der Großzügigkeit. Sie hat sogar so etwas wie ein Dankeschön fertiggebracht. Aber ich habe sie noch nicht so weit, wie ich es gerne hätte.«

»Und das wäre?«

»Du weißt ganz genau, dass es mir um die beiden Jungs geht. Um die Cousins.«

»Was haben Gio und Casper Moulin mit dieser Archäologin zu tun?«

»Mehr, als du denkst. Du erinnerst dich an ihr Stipendium?«

»Klar. Beide sind Robotiker mit dem Anwendungsgebiet Hybridtechnik.«

»Richtig. Sie beschäftigen sich mit positronisch gesteuerten Winzrobotern, die einen hochentwickelten Geruchssinn besitzen. Diese Dinger sind in der Lage, mithilfe von olfaktorischen Rezeptoren Altersdatierungen vorzunehmen, was einer Archäologin, die in der Tiefe ihres Planeten nach Relikten älterer Kulturen sucht, enorm weiterhilft.«

Adams starrte den verschmitzt dreinblickenden Rhodan an. »Willst du mir sagen, dass die Moulin-Cousins Mohaway Obe kennen?«

»Oh ja. Die beiden entwickelten einen Teil ihrer wichtigsten Gerätschaften für sie.«

»Deshalb wolltest du unbedingt, dass dieser Fonds eingerichtet wird!«

»Nicht nur. Ich finde Obes Forschungsarbeit hochinteressant.«

Adams nickte. »Wie groß muss der Zufall sein, dass du bei einem deiner Ausflüge ausgerechnet auf jene Frau triffst, die Gios und Caspers Maschine benutzt?«

»Du bist derjenige, der sich mit Wahrscheinlichkeitsrechnung auskennt, Homer. Aber ich muss gestehen, dass es kein Zufall ist. Ich habe dem Schicksal ein wenig, nun, nachgeholfen.«

»Und wie, bitte schön?«

»Ich hatte im Vorfeld mehrere Vorschläge für die Gestaltung meines heutigen Freizeitprogramms erhalten und bat Thersa, es auf einige Kriterien hin abzuklopfen. Sie ist eine hochintelligente Frau. Wusstest du das, Homer?«

»Offenbar noch intelligenter, als ich es mir ohnedies gedacht hatte.«

»Mag sein.« Rhodan gluckste. »Sie hat mich auf diese Querverbindungen hingewiesen und mir vorgeschlagen, den Besuch der Salzbaronessen in mein Tagesprogramm aufzunehmen.«

»Und du hättest mich nicht einweihen können in deine kleine Charade?«

»Natürlich. Aber es macht mächtig Spaß, den Alleswisser Homer G. Adams mit herabgefallener Kinnlade zu sehen.« Rhodan lachte, wurde aber gleich wieder ernst. »Das ist bloß ein Etappensieg, alter Freund. Wir müssen Mohaway dazu bringen, Druck auf die Regierung auszuüben und die Integrität der Cousins zu betonen.«

»Wenn sie wirklich ein derart sperriger Charakter ist, wirst du so deine Probleme mit ihr haben.«

»Vermutlich. Sie mag uns Terraner *wirklich* nicht. Aber bei allem, was sie tut und sagt, stellt sie stets ihre Arbeiten in den Vordergrund. Sie war sehr zufrieden mit den beiden Moulins und deren Krabbelmaschinen. Sie sieht diese Dinger als einzige Möglichkeit, tiefer ins Innere der Planetenkruste vorzudringen, ohne die Substanz der alten Relikte zu schädigen. Sie hielt Gio und Casper trotz ihres jugendlichen Alters für sehr kompetent. Sie haben die Erforschung tiefer liegender Bereiche entscheidend vorangetrieben und sind dabei auf mysteriöse Dinge gestoßen. Tu mir doch den Gefallen und versuche, alles über einen Werkstoff namens Xoj herauszufinden …«

»Mach ich. Du musst aber so subtil wie möglich vorgehen, Perry. Und wir dürfen keinesfalls so tun, als wären die beiden Cousins unschuldige Opfer. Sie haben getötet. Vielleicht im Affekt, vielleicht in Notwehr. Aber sie haben getötet.«

»Du brauchst mir mein Geschäft nicht zu erklären, Homer.«

»Verzeih.« Diesmal bat Adams um Entschuldigung. Sie waren offensichtlich beide angespannt.

Rhodan wirkte nervös. Oder müde. Oder beides. Gewiss hatte er es nicht leicht mit Mohaway Obe und Xyl Conmyc. Der Umgang mit den Onryonen von Jolyona war komplizierter als erwartet. Der Erfolg ihrer Mission hing von Fakten ab, auf die sie nur wenig Einfluss nehmen konnten.

Aber war es nicht immer so?

Adams beendete das Gespräch. Er blickte durch das Fenster seiner Unterkunft in der Terranischen Botschaft auf die Straße hinab. Mittlerweile war es sechs Uhr Ortszeit, die Kunstsonne strahlte mit fünfzig Prozent ihrer maximalen Leuchtkraft auf die Stadt hinab. Onryonen gingen ihrem Tagwerk nach, einige Sammelgleiter huschten durch die Straßen oder glitschten in transparenten Rinnen dahin. Ihre Emots wirkten stumpf, die morgendliche Müdigkeit machte ihnen womöglich zu schaffen.

Was tut eine Welt wie Jolyona ihren Bewohnern an?, dachte

Adams. *Wie kommt man mit künstlichen Helligkeitsphasen und mondloser Dunkelheit zurecht? Reicht es, genetische Anpassungen vorzunehmen?*

Diese Gedanken waren müßig. Er war zu müde, um Zeit damit zu verschwenden. Auch ein Unsterblicher benötigte Ruhe. Adams musste zwei, drei Stunden Schlaf finden, um den Kopf auszulüften und Platz für Neues zu schaffen. Schon bald würde es mit Verhandlungen weitergehen. Mit onryonischen Militärs, die an terranischen und akonischen Waffensystemen interessiert waren.

Adams würde sie enttäuschen müssen. Er besaß kein Mandat, um über derlei Dinge zu verhandeln – und er wollte es auch nicht haben. Jede militärische Aufrüstung der Milchstraßenvölker, und verlief sie auf noch so niederer Ebene, missfiel seiner inneren Überzeugung.

Dafür hätte ich gerne Perry an meiner Seite. Aber er hat sich nun mal der hohen Diplomatie verschrieben – und er will den beiden Moulins helfen, dieser unverbesserliche Optimist.

Adams gähnte, dachte kurz daran, Thersa doch noch einen Besuch abzustatten, verwarf den Gedanken, schmiss sich auf sein Bett und war wenige Sekunden später eingeschlafen.

Über ihm war eine Begrifflichkeit, die im Grunde genommen falsch war und ihm gehörig widerstrebte. Denn Manoulsi besaß keinerlei Ausdehnung, also durfte er sich selbst nicht in ein wie auch immer geartetes räumliches Koordinatensystem setzen.

Dennoch tat er es. Manoulsi war sich seiner Unzulänglichkeiten bewusst und kalkulierte sie bei seinen Gedanken mit ein. Andernfalls wäre er, nun ja, verrückt geworden.

Er musste bei sich bleiben, neu fokussieren. Also kramte er Erinnerungen hervor. Sie galten der alten Heimat. Dem

Schnee, der Kälte, den endlosen Ebenen, den Flüssen. Der Wind pfiff durch sein Körperfell, Eisbrocken blieben darin hängen. Der Atem kondensierte vor seinem Mund.

Manoulsi dachte an einen der schönsten Augenblicke in seinem Leben. An die Zweitweihe, die er im Angesicht der Firmamentmutter erlebt hatte, eingerahmt von laut blökenden Couphen.

Und dann an die Entwicklung des Xoj.

Manoulsi schüttelte all diese Gedanken wieder ab. Über ihm tat sich etwas. Gegebenheiten änderten sich. Er hatte damit gerechnet, denn schließlich passierten diese Dinge in regelmäßigen Abständen. Die Wesen über ihm hätten in der für sie typischen raumzeitlichen Einordnung gesagt: »einmal im Jahr« und »immer an diesem Ort«.

Dennoch war es diesmal anders. Es gab Störungen im Netz seiner Wahrnehmungen. Wahrscheinlichkeitskurven gingen steil nach oben, mehrere neue Unbekannte tauchten auf einmal in Manoulsis Berechnungen auf. Sie hatten mit Statik und Tektonik und basisgeologischem Wissen zu tun.

Er war sicher, dass diesmal oder während einer der beiden nächsten »Jahre« an diesem »Ort« die entscheidenden Veränderungen stattfinden würden.

Manoulsi stellte sich darauf ein. In ihm war Wissen darüber, was zu tun war. Doch es bestanden Risken. Selbst ein Geschöpf wie er konnte nicht alle Informationen richtig interpretieren. Zumal dieser sonderbare Faktor namens »Zufall« eine Rolle spielen mochte.

Manoulsi blieb ruhig. So wie immer. Er hatte während all der Zeit seiner bewussten Existenz auf diese Veränderungen gewartet, um sie für sich zu nutzen.

Kapitel 7: Touristenpfade

Mohaway Obe war eine der interessantesten Gesprächspartnerinnen, die Rhodan jemals gehabt hatte. So kratzbürstig und widerspenstig sie sich auch gab – sie verfügte über ein fundamentales Allgemeinwissen und wusste, die Fakten richtig zu verknüpfen.

Obe brannte für ihre Sache. Ihr Emot glühte vor Leidenschaft, sobald das Gespräch auf die Funde im Inneren Jolyonas kam. Rhodan hörte ihren so lebendigen Erzählungen zu und versuchte, sich ein Bild von den Unbekannten zu machen.

Er hatte eine vage Vermutung, die er aber nicht wagte auszusprechen. Einige der Dinge, die ihm Obe erzählte, rührten etwas in ihm. Schemenhafte Erinnerungen, die er mit einer ganz besonderen Begegnung in Verbindung brachte. Doch er wollte darüber nicht sprechen, nicht zu dieser Zeit. Die Archäologin sollte ihre eigenen Schlüsse ziehen, unbeeinflusst von ihm und seinem Wissen.

»Wir sollten weiterfliegen«, drängte Conmyc. »Wir haben den Ausflug hierher in die Salzbaronessen ohnehin bereits über alle Gebühr verlängert und entgegen der diplomatischen Gepflogenheiten die Nacht hier verbracht. Jetzt aber müssen wir gehen.«

»Natürlich«, sagte Rhodan. »Ich danke dir für deine Geduld. Und dafür, dass du mich hierhergebracht hast.«

Conmycs Emot leuchtete hellrot, als Zeichen von Bescheidenheit und Stolz. »Ich hätte nicht geglaubt, dass du und Obe euch so gut verstehen würdet, aber …«

»Was willst du damit sagen, Fettsack?«, meldete sich die

Archäologin zu Wort. »Dass ich nicht umgänglich sei? Dass ich meine Gäste schlecht behandeln würde? Ich habe bloß keine Lust auf sinnentleertes Geschwätz mit Ahnungslosen, die du oder ein anderer deiner Brut hierher in die Salzbaronessen schickst.«

»Diese Ahnungslosen finanzieren deine Ausgrabungen, Mohaway«, sagte Conmyc schwach. »Also sei in Zukunft *bitte* höflich zu ihnen.«

Rhodan trat nahe an die Archäologin heran. »Er hat nicht ganz unrecht«, sagte er leise. »Die Gelder für deine Arbeiten würden wesentlich besser fließen, wenn du ab und zu ein interessiertes Gesicht ziehen und dein Emot nicht in Mattgrau leuchten lassen würdest.«

Grau – die Farbe der Ignoranz und des Widerwillens. Mohaway Obe stellte sie auch in diesem Moment zur Schau.

Ebenso leise antwortete sie: »Du bist kein Trottel, Perry Rhodan. Das hast du mir gestern Abend und heute Morgen bewiesen. Ich hatte selten einen derart gewieften und intelligenten Gesprächspartner. Aber das gibt dir nicht das Recht, dich in inneronryonische Angelegenheiten einzumischen – oder mich gar zu kritisieren. Hast du mich verstanden, Rhodan?«

Da war sie wieder. Die Kratzbürste. Obe ließ sich von niemandem etwas sagen.

»Ist schon gut.« Rhodan hob abwehrend beide Arme.

»Glaubst du etwa, mich kaufen zu können mit deinem gut dotierten Finanzierungsfonds? Glaubst du, ich würde nun kuschen?«

»Nein, Mohaway. Aber ich werde es auch nicht. Wenn ich der Meinung bin, dass du einen Fehler begehst, sage ich es dir.«

»Na schön. Das kann ich respektieren, Rhodan.« Sie streckte zögernd ihre Hand aus, zog sie wieder zurück und reichte sie ihm dann doch. »Für einen Terraner bist du gar nicht mal so unsympathisch.«

Er erwiderte den Händedruck. Er dauerte bloß wenige Zehntelsekunden. Es grenzte an ein Wunder, dass Obe eine terranische Geste der Höflichkeit anwandte – und es war ein Zeichen besonderen Respekts.

»Ich danke dir, Mohaway. Ich wünsche dir weiterhin viel Erfolg bei deinen Forschungen. Halt mich bitte auf dem Laufenden.«

»Vielleicht.« Die Archäologin wandte sich abrupt ab und ging davon, ohne sich noch einmal umzudrehen.

»Was hast du mit Obe angestellt?«, fragte Conmyc, sobald sie ihren Röhrengleiter betreten und sich abreisefertig gemacht hatten. »Ich habe sie niemals zuvor derart handzahm erlebt. Ihr Emot sprüht normalerweise Funken. Sie kann furchterregend sein und wird von allen Regierungsmitgliedern … nun … respektiert.«

»Du meinst: gefürchtet?« Rhodan inspizierte seine Ausrüstung. Es war alles an Bord. Er gab ein Zeichen, der Pilot setzte den Gleiter in Bewegung. »Genau das ist es, was Obe zutiefst verachtet. Sie will sich an ihren Gesprächspartnern reiben. Sie herausfordern. Sich an ihnen messen. Ist das so schwer zu verstehen bei einer herausragenden Forscherin wie ihr?«

»Sie macht einfach nur Ärger«, erwiderte Conmyc und bewies damit, dass er nicht begriff, was Rhodan ihm sagen wollte.

Der Röhrengleiter nahm schnell Geschwindigkeit auf. Er glitt erneut zwischen den kristallüberzogenen Hügeln dahin, raste auf ein scheinbar viel zu kleines Loch in einem der Berge zu – und verschwand darin.

In schläfrig machender Regelmäßigkeit huschten sie an

kleinen Lichtinseln vorbei. An Einbuchtungen im Fels, die die Monotonie der Reise brechen sollten, aber bei Rhodan das Gegenteil bewirkten. Am liebsten hätte er sich ein wenig ausgeruht, aber leider …

Er schaute auf den Terminkalender seines Armbandkoms. Auf ihn warteten Besichtigungen weiterer touristischer Stätten, der Ohschen Sandkaskaden und des Widerhall-Sees, und anschließend eine Diskussion mit Mitgliedern der *Hochkulturisten Jolyonas*, die der terranischen *Akademie der Wissenschaften* entsprachen. Am späteren Nachmittag würden sie mit dem Röhrengleiter zum Kontinent Mylehodinn reisen, um dem Höhepunkt des heutigen Tagesprogramms beizuwohnen, der Großen Zusammenkunft.

»Der Röhrengleiter geht während unserer Reise in eine Tiefe von bis zu achthundert Kilometern«, sagte Conmyc.

»Ihr kürzt die Strecken also ab.«

»Richtig. Es ergäbe keinen Sinn, würden wir der Krümmung der Planetenoberfläche folgen. Der gerade Weg zwischen zwei Punkten ist immer noch der direkteste.«

Rhodan zuckte zusammen, als er vor ihnen in der Röhre ein Schemen vorbeihuschen sah, von rechts nach links. Es war zu wenig Zeit gewesen, um das Bild festzuhalten und zu erkennen, was da geschehen war. Oder hatten ihn seine Augen getäuscht?

Sie passierten den Ort, an dem das Phänomen geschehen war. Eine weitere Lichtinsel.

»Du hast es gesehen, nicht wahr?« Conmycs Emot zeigte die Farbe der Belustigung.

»Ja. Was war das?«

»Ein Röhrengleiter in einer Querverbindungsstrecke.«

»Ihr lasst eure Gefährte auf den Langstrecken kreuzen?«

»Natürlich. Manchmal fädeln sie auch ein und rasen auf einem Querweg dahin, bevor sie erneut abbiegen.«

Rhodan musste schlucken. Es fehlten ihm zwar die Vergleichswerte, aber er schätzte ihre derzeitige Geschwindigkeit auf mindestens fünfhundert Stundenkilometer. Er wusste, dass halbwegs leistungsfähige Positroniken problemlos eine Überwachung des Verkehrsnetzes hinbekommen würden. Dennoch hatte er ein mulmiges Gefühl im Magen, wenn er daran dachte, dass die eiförmigen Geschosse kreuz und quer durchs Innere Jolyonas rasten und an den Kreuzungspunkten Zeitfenster von einer Sekunde oder weniger hatten.

Rhodan beschloss, nicht länger darüber nachzudenken. Die Onryonen wussten gewiss, was sie taten. Das Röhrensystem war nicht erst seit einigen Tagen in Betrieb.

»Du hast Mohaway Obe eine Subventionierung in Aussicht gestellt?«, fragte Conmyc mit unbeteiligt klingender Stimme.

»Falsch. Ich habe mich von ihr überzeugen lassen. Sie klingt ungemein ambitioniert, das Forschungsprojekt interessiert mich. Ein wissenschaftliches Gremium, dessen Vorsitzenden ich zufällig kenne, hat einen Hilfefonds eingerichtet. Ohne irgendwelche Forderungen daran zu knüpfen, möchte ich betonen. Die Mittel stehen für Obe bereits zur Verfügung.«

»Der Vorsitzende dieses Gremiums heißt nicht zufällig Homer G. Adams?«

Rhodan revidierte sein Urteil über den Dicken. Conmyc mochte wie ein geistloser Plapperer wirken. Doch er machte seine Hausaufgaben und hatte sich über die neuen Geldgeber Mohaway Obes informiert.

»Hat die Regierung Jolyonas ein Problem damit?«

»Nein, Perry. Wir möchten bloß keine Geheimnistuereien. Und keine Manöver hinter Sheromycs und meinem Rücken, die darauf abzielen, wegen dieser beiden jungen Terraner

Druck auf uns ausüben zu können. Wir wissen sehr wohl, dass die Moulin-Cousins für Obe tätig waren.«

Oh ja. Er hatte Conmyc eindeutig unterschätzt. Rhodan blieb so ruhig wie möglich, während er die Unterhaltung im Plauderton fortsetzte: »Wenn wir die beiden Jungs beiseitelassen, bleibt immer noch ein Projekt übrig, das ich unterstützenswert finde und das gefördert gehört. Seid ihr denn nicht an der Erforschung eurer Heimat und dessen Vergangenheit interessiert?«

»In erster Linie interessieren uns Gegenwart und Zukunft. Dies ist keine Begegnung unter Freunden, Perry. Wir wollen Geschäfte abschließen. Mit euch oder mit anderen Machtblöcken der Milchstraße. Für uns ist einzig und allein wirtschaftlicher Fortschritt wichtig.«

»Das ist mir mittlerweile klar geworden.«

»Kommen wir nochmals auf diesen ominösen Fonds zurück. Du hättest dich vorab mit meinem Kollegen Sheromyc und mit mir koordinieren sollen.«

»Muss ich euch denn für Schenkungen um Erlaubnis bitten? Es ist deutlich nachvollziehbar, dass uns Terranern aus dieser Spende keinerlei Nutzen erwächst. Wir verdienen nichts daran, es existieren keine bindenden Verträge. Es gibt keine Gegenforderungen.«

»Diese altruistische Masche nehme ich dir nicht ab.« Conmyc wandte sich demonstrativ zur Seite. »Ein einziger derartiger Fehler noch, und die Verhandlungen werden abgebrochen. Augenblicklich. Hast du mich verstanden, Perry?«

»Klar und deutlich.«

Rhodan starrte geradeaus durchs Fenster. Die Monotonie ihrer Reise hielt an, sie übte eine fast hypnotische Wirkung auf ihn aus und ermüdete ihn.

Er schloss die Augen und entspannte sich. Er hatte einen weiteren Versuch gemacht, den beiden terranischstämmigen

Angeklagten zu helfen, und war gescheitert. Aber so leicht gab er sich nicht geschlagen. Er hatte zwei weitere Tage auf Jolyona veranschlagt.

Kapitel 8:
Lügen

Kahoyte rückte seine traditionelle Kleidung zurecht. Der Mantel war mit Stickereien in Gold und Blau versehen. Sie waren noch per Hand eingenäht worden. Mantel und Hose hatten ihn ein halbes Vermögen gekostet – und nun würde niemand es zu Gesicht bekommen.

Sein Kopf brummte, die Farben seines Emots changierten unkontrolliert. Immer noch. Obwohl bereits ein ganzer Tag seit seinem Sündenfall in der Trinkhalle vergangen war.

Er vermied es, Obanundi anzublicken oder gar das Gespräch mit ihm zu suchen. Der alte Hüter wusste ganz genau, dass er zu lange weggeblieben war und zu viel getrunken hatte. Auch wenn er kein Wort sagte, waren es doch die irrlichternden Farben seines Emots, die Kahoyte verrieten.

Er wollte nicht an die vorgestrige Nacht erinnert werden, und schon gar nicht an die Prahlereien, die Versprechungen und all die anderen dummen Sachen, die im Rausch passiert waren. Ja, er hatte sich sogar dazu hinreißen lassen, vor den Augen anderer Revoluzzer einen Schluck vom Kraftwein zu trinken! Wie hatte es bloß so weit kommen können?

Kahoytes Armbandkom schlug an. Es war Mymy, ausgerechnet! Der Anführer der Revisionisten, der ihm so lange zugesetzt hatte, bis er alle Eide darauf geschworen hatte, einen Trupp von zwölf Leuten unter die Gäste der vordersten Reihen der Arena zu schmuggeln. Zwölf fanatische Mitglieder der Vereinigung, die die Gelegenheit nutzen und zu den Hütern vordringen würden, um im großen Rund ihre Parolen vor mehr als achtzigtausend Versammelten kundzutun.

Verstohlen blickte er zur Seite. Obanundi war damit beschäftigt, einige aufmüpfige Tiere am Rand der Herde zur Räson zu bringen. Also nahm Kahoyte das Gespräch an und blickte gleich darauf auf Mymys Gesicht.

»Ich brauche die Zugangskodes zu den Plätzen«, sagte der Revisionist ohne Umschweife. »Du hast sie uns versprochen.«

»Ich weiß.«

»Und? Die Arena füllt sich schon! Wir sind vor Ort und können die Zuschauerränge nicht betreten. Wenn wir noch länger hier stehen bleiben, machen wir uns verdächtig.«

»Hör zu, Mymy, ich hab mir das nochmals überlegt …«

»Du widerliches Grau-Emot! Cyndenno hat mich davor gewarnt, dir zu vertrauen. Sie meinte, dass du viel zu feige wärst, um uns zu unterstützen.«

»Cyndenno hat das gesagt?«

»Ja, hat sie. Sie ahnte, dass du die Ohren einziehen würdest. Dabei fand sie dich eigentlich sympathisch, und nun enttäuschst du sie …«

»Ist schon gut, Mymy. Ich helfe euch natürlich. Gib mir fünf Minuten. Ich muss die Zugangskodes verschlüsseln, sodass die Buchungsspuren nicht zu uns zurückverfolgt werden können.«

»Ich wusste gar nicht, dass du dich mit derartigen Dingen auskennst.«

»Tu ich auch nicht. Ich muss einen Freund darum bitten.« *Hoffentlich erreiche ich Shomdo! Er muss mir aus dieser Patsche helfen, sonst … sonst … Was wird Cyndenno von mir denken, wenn ich es nicht schaffe?*

»Fünf Minuten. Nicht länger.« Mymy Ordacs Emot nahm die Farbe vager Zuversicht an, er verabschiedete sich.

Obanundi war weiterhin mit der Herde beschäftigt, während sie über die große Ebene wanderten, noch etwa fünf Kilometer vom Aufstieg zur Arena entfernt. Also konnte er

Shomdo kontaktieren. Shomdo, seinen ältesten Freund, der einen völlig anderen Lebensweg eingeschlagen hatte und der in der biotechnischen Forschung tätig war.

Die Verbindung kam sofort zustande. Er blickte einem sichtlich gealterten Shomdo ins Gesicht. Dessen Emot zeigte Überraschung, aber auch einen Hauch Beunruhigung. »Kahoyte!«, sagte er. »Ich habe lange nichts mehr von dir gehört.«

»Ich weiß, Shomdo. Und es … es tut mir leid.«

Es war Monate her, dass sie gemeinsam etwas unternommen hatten und im Streit auseinandergegangen waren. Wie immer waren es die unterschiedlichen persönlichen Ansichten gewesen, die zu Problemen geführt hatten. Sein Freund war fortschrittsgläubig. Er folgte den Ansichten eines geheimnisvollen Terraners, der sich Techno-Mahdi nannte.

»Ich kenne dich, Kahoyte. Du bist sturer als ein Wühlesel. Du würdest dir eher eine Hand abhacken, als dich nach unserer letzten … Unterhaltung bei mir zu melden. Wenn du nicht etwas von mir brauchtest.«

»Das stimmt doch gar nicht!«

»Wir kennen uns, seitdem wir erstmals Emot-Schummeln gespielt haben. Damals konnten wir kaum laufen. Also erzähl mir nichts. Was willst du?«

Kahoyte senkte den Kopf. War er denn tatsächlich so leicht zu durchschauen?

»Sag schon, was es ist. Geht's um ein Mädchen?«

Kahoyte hätte sich nun tatsächlich am liebsten im Ozeansand vergraben, wie einer der Wühlesel, die sich vor den berüchtigten Winterstürmen schützen wollten.

»Dein Schweigen ist Antwort genug, du Depp.« Shomdo lächelte ihn müde an. »Also schön. Ich helfe dir.«

Kahoyte erklärte es ihm. Er redete weiter und weiter, während sich das Emot seines Freundes verdunkelte.

»Das riecht nach einer bösen Sache«, sagte er, nachdem

Kahoyte ihm die wichtigsten Informationen gegeben hatte. »Es mag nur eine kleine, unbedeutende Manipulation einer lokalen Buchungs-Positronik sein. Aber dahinter steckt doch etwas Übles?«

»Du siehst das falsch, Shomdo. Es geht ausschließlich um eine, nun ja, unangemeldete Demonstration. Ich muss dafür sorgen, dass meine Freunde ihre Botschaft anbringen können, ohne von Sicherheitsrobotern daran gehindert zu werden.«

Shomdo blickte ihn an. Lange. »Du warst immer schon gutgläubig, Kleiner. Und du vertraust viel zu oft den falschen Leuten. Bist du dir bei deinen ... Freunden sicher?«

»Hundertprozentig«, log Kahoyte.

»Lern endlich mal, dein Emot zu kontrollieren, verflixt! Die Unsicherheit steht dir in die Stirn gebrannt.«

»Ich bitte dich um diesen einen Gefallen, Shomdo. Es ist wichtig, die Spuren zu verwischen. Es geht nicht allein um mich. Ich will, dass unser Protest ein Erfolg wird. Dass die Herrschaften des Duumvirats und ihre Büttel endlich aufwachen und erkennen, dass der technische und wirtschaftliche Fortschritt nicht beliebig weit fortgeführt werden darf. Wir müssen innehalten und ...«

»Ich kenne die Schlagworte von euch Revisionisten gut genug, Kahoyte. Du hast mir oft genug aus deinen Holopamphleten vorgelesen. Und du weißt, was ich davon halte.«

»Es ist das Letzte, worum ich dich bitte. Danach werde ich dich niemals mehr wieder belästigen.«

Shomdo starrte ihn lange an, die dunklen Augen trübten sich ein. »Ich würde dir jeden Gefallen tun, Kleiner. Auch wenn du es mir nicht gerade leicht machst, dein Freund zu sein. Ich hätte gerne den lustigen, unbeschwerten Kahoyte zurück, der große Visionen hatte und mit dem ich spinnerte Pläne wälzte, bis uns vor Lachen die Tränen kamen.«

»Dann machst du es also?«

Shomdo wirkte enttäuscht, ja, traurig. »Natürlich mach ich's. Ich hoffe, dass es sich für dich auszahlt. Und wenn diese Sache erledigt ist, würde ich mich freuen, mit dir endlich wieder mal in eine der Nischen-Trinkhallen zu gehen und ordentlich Spaß zu hab...«

»Natürlich, natürlich.« Kahoyte unterbrach Shomdo. »Ich melde mich in den nächsten Tagen. Wie lange wird die Umkodierung dauern?«

»Zwei Minuten, sobald du mir die Daten schickst«, antwortete Shomdo mit tonloser Stimme.

»Danke.« Kahoyte unterbrach die Verbindung und sandte die Daten der von ihm reservierten Arena-Tickets an Shomdo weiter.

Der würde die Informationen neu kodieren. Er war ein Genie, das seine Fähigkeiten als Positronik-Interpretor eigentlich zum Aufspüren von Rechnermanipulationen nutzte. Doch er hatte immer schon großen Spaß daran gehabt, das System selbst ein wenig, nun ja, auszutesten.

Kahoyte erhielt die neuen Bestätigungen nach weniger als einer Minute. Die Registrierungen der Plätze aller Revisionisten liefen nun auf falsche Namen, die Spuren der Manipulationen würden vermutlich nur von einem einzigen Onryonen auf Jolyona nachvollzogen werden können, von Shomdo persönlich.

»Würdest du dich endlich mal um die Herde kümmern?«

Er zuckte zusammen. Obanundi stand nur wenige Schritte von ihm entfernt. Kahoyte hatte völlig seine eigentlichen Pflichten vergessen. Dualles wirkte unruhig, auch die anderen Führungstiere waren von Unruhe angesteckt worden.

»Verzeihung, Meister«, sagte er und sandte die neuen Kodes an Mymy Ordac weiter, bevor er sich wieder ganz seiner Aufgabe als angehender Hüter widmete.

Kapitel 9:
Mylehodinns Küste

Sie schossen nahe der Küste Mylehodinns aus einem Loch im Boden und gingen in einen Gleitflug über, der in einer Höhe von etwa fünfzig Metern stattfand. Rhodan war erleichtert, das sternenübersäte Schwarz des Firmaments zu sehen. Die Reise durchs Innere Jolyonas war bedrückend gewesen. Die Onryonen waren diese Art der Fortbewegung gewohnt und fanden nichts an beengenden Röhren, durch die ihre eiförmigen Gleiter schossen. Rhodan aber war froh, seinen Blick nach gut vier Stunden wieder einmal in weite Ferne richten zu können.

Auf dem staubigen Boden eines ehemaligen Ozeans parkten unzählige Röhrengleiter. Sie waren halb im Quarzsand des LaTen-Zwischenmeers vergraben oder schwebten in Parkspuren in Höhen von zehn bis zwanzig Metern. Unzählige Onryonen marschierten auf zwischen großen Steinen dahinmäandernden Wegen in Richtung jener Felswand, die den Sockel des Kontinents Mylehodinn markierte. Ihr Weiß erinnerte Rhodan an die Kreidefelsen von Dover an der Südküste Englands. Doch die Kalkfelsen Jolyonas waren weitaus imposanter. Sie ragten mindestens fünfhundert Meter in die Höhe, hingen teilweise über und wurden von schwarzen Flecken gesprenkelt, die wie Sommersprossen wirkten.

»Man nennt diesen Teil des Kontinentalsockels *Nase von Mylehodinn*«, erklärte Xyl Conmyc. »Die Nase hat eine Ausdehnung von mehr als fünfzig Kilometern und erreicht dabei eine Höhe von bis zu eintausend Metern. Jahr für Jahr finden hier Kletterwettbewerbe statt. Am Ostrand stürzen sich wagemutige Zeltflieger in die Tiefe und lassen sich von den dünnen Luftschichten in den trockenen Ozean hinaustragen. Und im Westen nisten endemische Vogelarten. Solche, die vermutlich bereits hier lebten, als Jolyona seine Sonne verlor.«

»*Vermutlich?*«, wiederholte Rhodan überrascht. »Ihr müsst doch wissen, welche Tiere ihr auf Jolyona angesiedelt habt. Zumindest müsstet ihr die genetische Herkunft bestimmen können.«

»Wir wollen nicht. Was wäre denn eine Heimat ohne Rätsel?«

Das war wieder eine jener sonderbaren Antworten, die die Onryonen auf dieser Dunkelwelt so außergewöhnlich machten. Sie sahen die Dinge anders und wirkten trotz aller Modernität verschroben.

Der Pilot steuerte den Röhrengleiter immer höher und höher. Irgendwann nahm die Felswand Rhodans gesamtes Blickfeld ein – und gab auf einmal den Blick auf das Land vor ihnen frei.

Hatte sich in den oberen Bereichen der Nase von Mylehodinn bereits eine Art grüner Flaum gezeigt, so war er hier deutlich fester und intensiver. Moose und zähes Gestrüpp überzogen die bare Landschaft. Sie erinnerten Rhodan an das irländische Grün, doch dieser erste Eindruck täuschte. Die Farben Jolyonas waren intensiver, die dünne Luft ließ alles härter und rauer erscheinen. Dies alles vor dem Hintergrund einer Kunstsonne, die bloß knapp über dem Horizont stand, schuf eine eindrucksvolle, aber auch beängstigende Atmosphäre.

Rhodan ließ die Eindrücke der scheinbar naturbelassenen Gegend auf sich einwirken, ohne ein Wort zu sagen. Er entdeckte ein kleines Wäldchen, das von krummen, geduckt wachsenden Bäumen gebildet wurde. Östlich davon breitete sich eine Sumpflandschaft aus, die von kranichähnlichen

Vögeln durchmessen wurde. Sie staksten durch das brackige Wasser und pickten mal da, mal dort Grundelfische aus dem Schlamm.

Insekten bildeten eine riesige, schillernde Wolke. Das Licht der Kunstsonne spiegelte sich auf Myriaden metallisch glänzenden Flügeln wider und ließ den Schwarm wie ein riesenhaftes, die Körperform ständig veränderndes Monstrum erscheinen. Ab und an stiegen Vögel mit breiten Schwingen auf die Randteile der Wolke hinab und zupften einige der Insekten hervor.

»Das Leben klammert sich immer und überall fest«, sagte Conmyc. »Trotz der unvorteilhaften Umweltbedingungen, trotz aller Härten.«

Rhodan nickte. »Irgendjemand oder irgendetwas setzt sich immer durch. Die Natur experimentiert und sucht nach Wegen. Wie ein Fluss, der sich sein Bett gräbt und immer wieder seinen Lauf verändert.«

Vielleicht wird dieses Küstenstück in einigen tausend Jahren zu einem Dschungelparadies? Vielleicht ist das LaTen-Zwischenmeer dann keine ausgetrocknete Staubebene mehr, sondern eine wieder von Wasser bedeckte Fläche? In den Tiefen Jolyonas wurden Reservoirs entdeckt, die für großflächiges Terraforming geeignet wären.

Das war Zukunftsmusik – und es waren Dinge, die ihn nichts angingen. Die Liga ließ die Bewohner assoziierter Welten in Selbstverwaltung arbeiten, solange Mindeststandards in Bezug auf die Bürgerrechte, Humanitäres und Umwelt eingehalten wurden.

Eine endlose Schlange von Onryonen quälte sich die Flanke der Nase von Mylehodinn hoch. Sie nutzten einen exponierten Trampelpfad. Gefährliche Stellen wurden durch Prallfelder abgesichert, da und dort kragten Aussichtsplattformen über den Abbruch hinaus und erlaubten gewiss atemraubende Ausblicke auf den ausgetrockneten Ozean und seine bizarren Gesteinsformationen.

»Der Aufstieg zur Großen Zusammenkunft hat einen transzendentalen Charakter«, erklärte Conmyc. »Viele unserer Bürger nehmen diese Anstrengung zumindest einmal im Leben auf sich. Der Weg nennt sich Pfad des Erleuchtens. Der Marsch soll, so sagt man, reinigend oder gar läuternd wirken.«

»Du bist ihn noch nie gegangen?«, fragte Rhodan.

»Ich bin Pragmatiker – und ich bin faul. Ich habe der Großen Zusammenkunft sechs- oder siebenmal beigewohnt und habe dabei stets die Antigravs an der Nase von Mylehodinn genutzt. Sie bringen etwas östlich von hier etwa noch mal so viele Besucher hoch zur Kontinentalplatte.«

Der Röhrengleiter nahm Geschwindigkeit auf, das Land unter ihnen veränderte sich erneut. Das satte Grün machte dem Gelb einer savannenähnlichen Landschaft Platz. Hohe Gräser wiegten sich in sanftem Wind. Hier und da ragten Krüppelgewächse zwischen den Halmebenen empor, giraffenähnliche Tiere mit Schlangenhälsen staksten auf ihren langen Beinen und in Kleingruppen dahin.

Rhodan schätzte, dass sie etwa zehn Kilometer hinter sich gebracht hatten, als der Gleiter das Tempo verminderte und auf eine kleine Parkfläche zusteuerte. Sie war eng an die Flanke zu einer weiteren Geländestufe geschmiegt und bot Platz für maximal fünfzig Gleiter. Nur die Hälfte der markierten Flächen war belegt.

»Von hier an müssen auch wir zu Fuß gehen.« Conmycs Emot leuchtete im Dunkelviolett der Verzweiflung. »Es sind weitere hundert Höhenmeter – und dann noch etwa drei Kilometer zu Fuß.«

»Das Gelände der Großen Zusammenkunft ist Sperrgebiet? Aus religiösen Gründen etwa?«

»Nein. Es hat vielmehr etwas mit Tradition zu tun – und damit, dass wir die Ruhe der Anuupi nicht stören wollen. Aus Gründen, die wir nicht kennen, fühlen sich die Tiere dort oben besonders wohl. Unsere Gleiter würden sie irritieren und den Zauber der Großen Zusammenkunft brechen.«

Sie landeten, Rhodan stieg aus. Der schweigsame Pilot nickte ihm und Conmyc zu. Er machte keine Anstalten, den Weg nach oben ebenfalls in Angriff zu nehmen. Offenbar hatte er den Auftrag, hier auf sie zu warten.

Der Weg vor ihnen war mit einfachem Werkzeug in den Fels gehauen. An einigen Stellen sicherten Geländer die Treppen ab, entlang der Wände hingen grob geknüpfte Halteseile.

Rhodan betrat den Pfad und ging vorneweg. Conmyc blieb wie erwartet hinter ihm zurück. Der Onryone war nicht trainiert und schnaufte schon bald. Doch er blieb an Rhodan dran. Vermutlich wollte er sich keine Blöße geben. Nicht vor ihm, dem Terraner.

Er erreichte relativ schnell eine erste Plattform. Etwa ein Drittel des Aufstiegs war geschafft. Außer ihnen war kaum jemand auf diesem Weg zu sehen. Aber östlich von ihnen, dort, wo sich eine dünne Schlange von Onryonen durch das Land wand und schließlich auf diese zweite Geländestufe traf, herrschte weitaus mehr Verkehr. Besucher der Großen Zusammenkunft drängten, schubsten und schoben einander nach oben, alle begierig drauf, endlich das Ziel ihrer Reise zu erreichen.

»Man sagt, dass es exakt fünfzigtausend Schritte für den Wanderer sind«, erklärte Conmyc. »Wer etwas auf sich hält, versucht, dieser Schrittzahl möglichst nahezukommen. Die Besucher zählen während des Marsches durch die Ebene mit und versetzen sich dabei oftmals in eine Form von Trance.«

Insgesamt hunderttausend Schritte also, dachte Rhodan und war gehörig beeindruckt. *Wenn man das bergauf und bergab über die beiden Geländestufen berücksichtigt, sind das vermutlich fünfzig Kilometer.*

Er setzte seinen Weg fort. Hier herrschte Ruhe, die nur ab und zu durch das Gekreische möwenähnlicher Vögel mit weit aufgeplustertem Gefieder durchbrochen wurde.

Nach etwa zwei Dritteln des Weges wurden Rhodans Beine schwer, das Atmen strengte ihn immer mehr an. Er glaubte, über eine tibetische Hochebene zu wandern und kaum genug Sauerstoff zu bekommen. Conmyc war von den schwierigen Umständen weitaus weniger als er betroffen. Irgendwann überholte er ihn, laut schnaufend und stöhnend. Dabei häufig vor sich hin jammernd. Aber er war ein Eingeborener, an die Bedingungen Jolyonas weitaus besser angepasst als er.

Rhodan legte in stetig kürzer werdenden Abständen Pausen ein. Es war ihm schwindlig, der Kopf schmerzte, und manchmal verlor er die Orientierung. Er hatte seine Kräfte deutlich überschätzt.

Irgendwann erreichte er das Gipfelplateau. Conmyc wartete auf ihn und reichte ihm eine Flasche mit Wasser, die Rhodan gierig leertrank. Er setzte sich auf den Boden und ließ den Oberkörper nach hinten fallen, um erschöpft ins Firmament zu starren.

»Du hast dich gut gehalten, Perry«, sagte Conmyc. »Viele Fremde unterschätzen den Aufstieg.«

»Du hättest mich auf die Schwernisse aufmerksam machen können.«

»Hätte ich, ja.«

Mehr sagte der Onryone nicht. Er gab nicht zu erkennen, ob er seine Worte sarkastisch meinte oder sie Genugtuung ausdrücken sollten. Je länger Rhodan mit ihm unterwegs war, desto deutlicher wirkte Conmycs Fremdartigkeit auf ihn.

Der Terraner kam wackelig wieder auf die Beine. Der Zellaktivator pumpte dringend benötigte Vitalenergie durch seinen Körper. Rhodan war bereit, den Weg fortzusetzen, in Richtung jenes Geländes, das von einem angenehm-freundlichen Rotton überlagert wurde.

Die Kopfschmerzen vergingen, die Atemlosigkeit ebenso. Rhodan gewöhnte sich recht schnell an die schwierigen Bedingungen, zumal der Weg eben war und keinerlei Anstrengungen mehr bot. Conmyc und er kamen der Lichtglocke immer näher …

… und fanden sich auf einmal am Rand eines Abbruchs wieder, der den Blick auf eine gewaltige Arena etwa hundert Meter unter ihnen bot. Auf mehreren Geländestufen dazwischen saßen und standen Onryonen. Sie blickten gleich ihnen erwartungsvoll in die Tiefe. Dorthin, wo unzählige Anuupi leuchteten, sich einander annäherten und sich wieder entfernten, wo sie durch die Luft tanzten oder schwammen, wo ihnen Aufregung, frohe Erwartung und Glücksgefühle anzumerken waren.

Stetig stießen weitere Onryonen hinzu. Sie schwappten über die Ränder des natürlichen Amphitheaters und füllten allmählich die Ränge. Während die Kunstsonne an Kraft verlor, verstärkte sich das Leuchten der Anuupi. Es war, als wollten sie alles unternehmen, um das Licht des künstlichen Gestirns auszugleichen oder gar zu übertreffen.

Conmyc drängte Rhodan zu einem kleinen, abgesperrten Bereich hinab. Er bestand aus einer veraltet wirkenden Holztribüne, auf der sich die Honoratioren Jolyonas versammelten. Einige von ihnen kannte Rhodan von Handelsdelegationen oder dem gestrigen Buffet, andere waren ihm fremd.

Conmyc brachte ihn dazu, zwei Dutzend Hände oder mehr zu schütteln. Er bemühte sich, die Namen der Ehrengäste zu behalten, so gut es ging. Doch eigentlich interessierte ihn dieses Tamtam nicht. Seine Blicke galten den Anuupi, deren Zahl immer weiter zunahm. Hüter strömten von der anderen Seite der Arena ins Innere. Sie trugen bunte, teilweise lumineszierende Gewänder, deren Oberteile lang und steif aussahen. Sie wirkten ehrfurchtgebietend, so, wie sie dastanden, inmitten der Sandarena, und die Anuupi dirigierten.

Sie steuerten ihre Tiere mit einfach wirkenden Gesten an den ihnen zugewiesenen Platz. Dort gliederten sich die Anuupi ein in eine immer größer werdende Wolke, einen gewaltigen Organismus, der bereits in diesem Augenblick aus Millionen Tieren bestehen musste.

»Wir erwarten noch etwa dreimal so viele«, flüsterte ihm Conmyc ins Ohr. »Während der nächsten Stunde werden sie das großartigste Schauspiel bieten, das du jemals gesehen hast.«

Rhodan bezweifelte das zwar, aber er war gehörig beeindruckt von der Wirkung der Großen Zusammenkunft. Denn er spürte etwas, das er nicht oft empfand: tiefe, innere Ruhe. Gelassenheit, Zufriedenheit mit sich selbst. Es war, als würden ihn die Anuupi mit positiven Gedanken beschicken. Mit Licht, dessen Intensität umso größer wurde, je mehr Tiere sich versammelten.

Rhodan nahm auf einer Holzbank in der untersten Reihe der Ehrentribüne Platz. Irgendwann, vor ewigen Zeiten, hatte er in britischen Fußballstadien gesessen, deren Ränge ähnlich primitiv gebaut worden waren wie diese Anlage.

»Die Arena besteht, seitdem wir Onryonen auf Jolyona siedeln«, sagte Conmyc, als hätte er seine Gedanken erraten. »Sie mag archaisch wirken. Aber niemand würde es wagen, sie in Frage zu stellen oder gar für einen Neubau zu plädieren. Alles hier ist, nun ja, perfekt geeignet für die Große Zusammenkunft.«

Rituale und Traditionen. Sie waren immens wichtig, um die Verbundenheit einer Gruppe, eines Stammes, eines Volkes zu stärken. Ohne Zurschaustellung derartiger Symbole scheiterte so gut wie jede Kultur.

Unter Rhodans Sitzbank knirschte es, und er hatte das Gefühl, als würde das Gestell der Tribüne erzittern. Er führte es auf sein Misstrauen zurück, denn Conmyc machte keinerlei Anstalten, nervös zu werden. Er saß da, völlig entspannt, und sah dabei zu, wie immer mehr Hüter mit ihren Tieren durch den Tunnel auf der anderen Seite der Arena traten und sich zu ihresgleichen gesellten.

Kapitel 10: Vergangenheit: Gefängnisplaudereien (I)

»Die Arbeit an den Rechnern und bei der Materialforensik hat dich schwach gemacht, schwach und langsam.« Casper seufzte. »Wir wären ohne Probleme aus dieser Falle in Komyt rausgekommen, wenn du dich nicht so dumm angestellt hättest.«

»Dumm? Ich musste fast die ganze Arbeit erledigen und diese verrückten Onryonen zurückschlagen. Du hast bloß dagestanden und mir zugesehen.«

»Stimmt nicht! Ich habe dir gute Tipps gegeben und dich angefeuert. Weil ich das Hirn von uns beiden bin.«

»Meinst du etwa dieses krümelgroße Ding in deinem Kopf, in dem sonst nur Platz für Gedanken an Frauen, Frauen und Frauen ist?«

Sie keiften einander eine Weile an, bevor sie schwiegen und sich wieder auf ihre Plätze in der Zelle zurückzogen. Sie waren erschöpft und resigniert.

Casper aß ein wenig vom Brei, den ein Roboter kurz zuvor hereingebracht hatte. Er schmeckte metallen und war eiskalt. So wie alles, was sie während der letzten Wochen vorgesetzt bekommen hatten.

Er vermied es, zu viel zu essen. Er wollte nicht schon wieder gemeinsam mit seinem Cousin zu den Abdrückanlagen des Gefängnisses geführt werden. Insassen versammelten sich dort dutzendweise. Sie fochten ihre Revierkämpfe aus, an diesem zentralen Treffpunkt der weitverzweigten unterirdischen Anstalt. Oder aber sie stemmten Gewichte an den Maschinen, die im Zentrum der Toilettenanlage aufgestellt worden waren.

Sobald Gio und er den riesigen Abdrückraum betraten, verstummten alle Gespräche. Die Emots der Onryonen leuchteten dann in wütendem Rot. Sie beide waren die am meisten verhassten Insassen des Gefängnisses. Weil sie Terraner waren. Weil sie angeblich Jolyoner getötet hatten.

Das sind alles bloß Lügen!, dachte Casper. Er hatte Mühe, ruhig zu bleiben. *Wir wurden angegriffen und haben uns verteidigt. Dabei wurden mehrere Onryonen durch Stichwunden verletzt. Aber niemand kam bei der Auseinandersetzung ums Leben.*

Niemand glaubte ihnen. Insbesondere der Wilde Arhonny bereitete ihnen Schwierigkeiten. Er galt als der gefährlichste Insasse des Gefängnisses. Er hatte andere gewalttätige Onryonen um sich geschart und tat, was ihm Spaß machte, meist mit Duldung der Wächter.

»Das ist eine verdammte Verschwörung!«, sagte Casper zum bestimmt tausendsten Mal, seitdem sie hier lebendig begraben worden waren.

»Du weißt doch eh, was gespielt wird«, sagte Gio. Er gähnte. »Wir wurden reingelegt. Wir sind die Opfer in einem bösen Spiel. Aber niemand wird uns glauben. Zumal wir selbst nicht genau wissen, worum es eigentlich geht.«

Wie oft hatten sie bereits über dieses Thema gesprochen? Wie oft waren sie daran gescheitert, Antworten auf ihre Fragen zu finden?

Ein Alarmsignal ertönte, Casper kam rasch auf die Beine. Die onryonischen Wächter mochten es nicht, wenn die Gefangenen die Akustikhinweise ignorierten oder zu langsam reagierten.

Mit einem Hupgeräusch öffnete sich die Tür zu ihrer Zwei-Mann-Zelle. Ein kräftig gebauter Onryone in Schutzanzug, der im Torbogen stand, bedeutete ihnen, bis zur Duschtropf-Einheit im hinteren Bereich des Raums zurückzutreten.

Erst nachdem sie gehorcht hatten, deaktivierte er den Schutzschirm, der die massive Tür zusätzlich umgab.

Zwei kugelrunde Roboter, etwa kopfgroß, schwebten ins Innere der Zelle. Lange und biegsame Handelemente glitten aus dem metallenen Leib, an deren Spitzen leuchtete es rot. Die Thermostrahler waren aktiviert, wie immer, und sie richteten sich gegen Gios sowie seinen Kopf, ebenfalls wie immer.

Die Roboter kamen ihnen so nahe, dass Casper kaum zu atmen wagte, aus Angst, seine Stirn könnte mit dem erhitzten Abstrahlfeld in Berührung kommen.

Er hörte den Schritt der Frau, noch bevor er sie sah. Thersa Gooden! Eine Angestellte der terranischen Botschaft, die sich ab und zu bei ihnen meldete und sie beide über die neuesten Entwicklungen in ihrem Fall informierte.

»Guten Morgen, die Herrschaften!« Gooden kam hereinspaziert, wie immer unverschämt gut aussehend und wie immer unverschämt gut gelaunt.

»Guten Morgen«, echote Casper. »Hast du über mein Angebot nachgedacht, Thersa? Bist du deswegen gekommen?«

»Nein. Und wenn du weiterhin so blöde Fragen stellst, dann bringe ich dich um und überlasse euch eurem Schicksal. Zum letzten Mal: Ich werde nicht mit dir ausgehen, sobald du das Gefängnis verlassen hast. Zumal es ohnehin unsicher ist, ob du es jemals wieder von außen siehst. Kapierst du das jetzt endlich, Casper? Eure Lage ist äußerst ernst, und ich habe keine Lust, dir das erneut begreiflich zu machen. Verstanden?«

»J… ja.« So war Gooden noch nie mit ihm umgesprungen. Das war kein gutes Zeichen. Sie hatte wohl schlechte Nachrichten.

»Dann ist es gut. Setzt euch hin und beantwortet meine Fragen. Ich habe nur wenig Zeit zugestanden bekommen und möchte meinen Fragenkatalog abarbeiten, so gut es geht.«

Gooden klatschte leise in die Hände und zog sie dann weit auseinander. Zwischen den ausgestreckten Armen entstand ein virtueller Arbeitsplatz, den sie mit Fingerbewegungen geschickt einrichtete.

Sie stellte die üblichen Fragen. Ob Gio und er bei ihrer Darstellung der Ereignisse blieben. Ob die Verfolgungsjagd in der Altstadt Komyts wirklich so stattgefunden habe, wie sie behaupteten. Ob sie sich erklären konnten, warum das Bildmaterial der onryonischen Verwaltung ein völlig anderes Bild vom Ablauf der Auseinandersetzung zeichnete als jenes, das sie zu Protokoll gegeben hatten. Ob sie sich während der letzten Monate oder Jahre Feinde bei den Onryonen gemacht hatten …

»Feinde?«, unterbrach sie Gio und lachte auf. »Du weißt genau, dass uns die Dreiäuger allesamt hassen. Sie wollen uns loswerden, sie erschweren uns das Leben auf Jolyona, weil sie uns hassen.«

»Das ist falsch«, sagte Gooden mit unterkühlter Stimme. »Es gibt eine kleine Minderheit unter den Jolyonern, die mit unseren Sitten nichts anzufangen weiß. Wie es auch bei uns Terranern eine Minderheit gibt, die Zusammenstöße provoziert. Und die Frage ist: Gehört ihr zu dieser Minderheit? Seid ihr euch dessen bewusst, dass ihr mit eurer Tat womöglich einen Bürgerkrieg ausgelöst habt?«

»Wir haben uns bloß verteidigt – und wir haben niemanden getötet!«, sagte Casper. »Wir mussten um unser Leben fürchten. Du hättest sehen müssen, wie uns die Dreiäuger durch die Straßen gejagt haben. Das waren ganz gewiss Revisionisten. Du weißt schon diese Verrückten, die im Gestern leben …«

»Ich weiß, wer die Revisionisten sind.«

»Du misstraust uns. Sonst würdest du nicht andauernd dieselben Fragen stellen.«

»Ich soll also die Beweise anzweifeln, die uns die onryonischen Behörden zur Verfügung gestellt haben?« Gooden zupfte ein virtuelles Schriftstück unter all den anderen hervor und vergrößerte es. »Was ist mit den Drogentests, die euch einen ordentlichen Rausch bescheinigen? Was mit den DNS-Beweisen an den Vibromessern? Was mit den Leichen? Ihr habt doch gesehen, wie grässlich die Onryonen zugerichtet worden waren!«

Casper senkte den Kopf. Er verstand nicht, was da vor sich ging. Besser gesagt: Er wollte es nicht verstehen. Hatten sie beide etwa einen Filmriss gehabt und diese schrecklichen Taten doch begangen? Waren ihre Gedächtnisinhalte manipuliert worden?

»Wie sieht es mit Hafterleichterungen aus?«, fragte er. »Hast du etwas erreichen können?«

»Tut mir leid. Die Onryonen schalten auf stur. Kein Wunder: Die Öffentlichkeit stellt sich ganz klar gegen euch. Kein Richter des Universums könnte euch Freigang auf Kaution erlauben oder auch nur die geringsten Vergünstigungen. Auch das Besuchsrecht bleibt eingeschränkt. Glaubt mir, ich habe alles unternommen, um eure Lage zu verbessern. Im Prinzip müssen wir froh darüber sein, dass ihr euch eine Zelle teilen dürft. Derzeit wird alles für den Prozess gegen euch vorbereitet. Im Falle einer Verurteilung droht euch beiden die Überstellung an einen onryonischen Gefängnisplaneten. Autoritäts- und Mobilitätsentzug bis ans Ende eurer Tage, nennt man das wohl.«

Casper atmete tief durch. Er verstand das alles nicht. Noch vor wenigen Wochen war ihnen ganz Jolyona offen gestanden. Sie hatten in ihrem Praktikum außergewöhnliche Leistungen erbracht, eine große Karriere mit hohen wissenschaftlichen Ehren war ihnen prophezeit worden. Selbst die alte und mürrische Mohaway Obe hatte ihnen ihr Lob ausgesprochen. Widerwillig, aber doch.

Dann war dieser Abend gekommen, an den er sich nur noch bruchstückhaft erinnern konnte. Die Geschehnisse in einer – zugegebenermaßen feuchtfröhlichen – Nacht hatte ihrer beider Leben völlig auf den Kopf gestellt.

»Gibt es irgendeine Hoffnung für die Gerichtsverhandlung?«, fragte Gio. »Oder werden sie uns lebendig begraben?«

Gooden zögerte. »Auf rechtlicher Ebene sehe ich leider wenige Möglichkeiten, euch zu helfen. Aber ich hoffe, politisch etwas bewirken zu können. Ich habe Kontakte nach Terra. Vielleicht gelingt es mir, dort auf euer Schicksal aufmerksam zu machen.«

»Terra?« Casper lachte. »Niemand auf der Erde interessiert sich für uns. Jolyona ist der Fliegenschiss der Milchstraße. Vermutlich wissen die Beamten in der Kolonialverwaltung nicht einmal, dass auf unserer Dunkelwelt Terraner leben. Was willst du da schon bewirken?«

»Wie gesagt: Ich habe Beziehungen. Gute und persönliche Beziehungen.« Gooden lächelte knapp, wurde aber gleich wieder ernst. »Terra lässt niemanden im Stich, selbst wenn es um Früchtchen wie euch geht.«

»Wir haben nichts getan!«, rief Gio wutentbrannt. Er sprang auf, sein Stuhl fiel laut polternd um. »Warum glaubt uns bloß niemand, nicht einmal du?«

Du bist ein Trottel, Gio!, dachte Casper. *Warum schmeißt du ausgerechnet diesen Stuhl um? Du wirst noch verraten, was sich darin verbirgt!*

Die kugelförmigen Wachroboter rückten näher an sie beide heran, die Abstrahlfelder ihrer Waffen leuchteten bedrohlich. Gio hielt die Hände abwehrend von sich, während sich Gooden an seine Seite begab und einige Worte murmelte, womöglich Kodesignale, die den Robotern deutlich machten, dass keine Gefahr bestand.

Nur langsam zogen sich die kugeligen Wächter ein Stückchen zurück. Immer noch strahlten sie Gefahr aus, doch die Krise war wohl überstanden.

»Du Idiot!«, sagte Gooden leise. »Beherrsch dich gefälligst!« Sie bedachte Gio mit einem Blick, der Casper ahnen ließ, wie zäh die Frau wirklich war. Sein Cousin murmelte kleinlaut eine Entschuldigung, rückte vorsichtig den Stuhl zurecht und setzte sich wieder.

Casper schauderte. Die terranische Rätin besaß ein imposantes und bestimmendes Auftreten. Ob sie wirklich nur eine einfache Botschaftsrätin war? Oder belegte sie einen höheren Posten?

Gooden stellte noch einige belanglose Fragen, klappte schließlich ihren virtuellen Arbeitsplatz zu und verabschiedete sich. Sie stellte sich so hin, dass sie mit dem Rücken das Sichtfeld der beiden Roboter abdeckte.

Caspar spürte etwas, als sie sich mit einem kräftigen Händedruck verabschiedete. Er tat so, als wäre nichts geschehen, und wartete geduldig, bis Gooden samt Wächter den Raum verlassen hatten. Erst dann sah er nach, was sie ihm heimlich zugesteckt hatte.

»Terranische Schokolade«, hauchte Gio neben ihm und nestelte umständlich an dem selbstauflösenden Schutzumschlag, bis er diffundierte und einige Fetzen langsam zu Boden flatterten.

Ihm hatte Gooden zwei Früchteriegel überlassen. Seine Lieblingssorte mit Nasawari-Ginseng-Geschmack und einem Vurguzz-Zuckerguss. Andächtig biss Casper in den Riegel und genoss das Gefühl der alkoholischen Wärme. Er würde sich diese winzigen Rationen an Süßigkeiten einteilen, so gut es ging.

Gio und er starrten sich an. Casper hatte das Gefühl zu wissen, dass sein Cousin in diesen Augenblicken dieselben

Gedanken hegte wie er selbst. Die Geschenke erinnerten sie daran, dass sie Gefangene waren, die diesen Raum vermutlich niemals mehr wieder verlassen würden.

Wenn wir Thersa bloß die Wahrheit sagen könnten …

Kapitel 11:
Panik

Die Arena … Wie gerne hätte er sie betreten! Doch Kahoyte durfte nicht. Er musste davor warten wie ein Lehrling, der gerade mal begriffen hatte, wie man drei Anuupi zugleich ein einfaches Flugmanöver durchführen ließ.

Warum tat ihm Obanundi das an? Selbst viele ältere Hüter respektierten ihn bereits und schlossen ihn in ihre Gesprächsrunden ein. Jedermann wusste um seine Begabungen und sein Geschick im Umgang mit den Leuchttieren. Doch nun musste er warten, vor dem Tunnel, der zur Arena führte.

Er meinte, Dualles zu spüren. Trotz des trennenden Gesteinswalls, trotz der mehr als eineinhalb Millionen Anuupi, die, von ihren Hütern geleitet, ins Innere der Arena geflogen waren. Kahoytes liebstes Leittier war von außergewöhnlicher Lebenskraft.

Im Minutentakt tauchten neue Hüter auf. Sie winkten ihren aufgeregten Lehrlingen zu, sie lenkten ihre Tiere, sie hielten sie kraft ihres Willens im Zaum. Viele von ihnen waren alt, die Emots oftmals blass und mit einem Hauch von Altersblindheit überzogen. Doch sie gingen stolz und aufrecht. Sie wussten, was sie ihren Zusehern schuldeten.

Kahoyte ballte die Hände zu Fäusten und verhakte die Daumen ineinander. Er war so … so wütend auf seinen Herrn. Während des Marschs durch die Ebene hatte das schlechte Gewissen an ihm genagt. Nun aber wusste er wieder, dass er im Recht war und dass es keinen Grund gab, ihn von der Arena fernzuhalten.

Obanundi war auf ihn eifersüchtig, ganz klar. Er wollte

ihm den Ruhm nicht gönnen. Darüber hinaus stand er für ein verkommenes System, in dem die alten Werte verloren gingen.

Hüter wie er sprachen bereits davon, die Großen Zusammenkünfte in der Arena neu zu gestalten, sie zu modifizieren. Sie redeten von künstlichen Verbesserungen der Leuchttänze der Anuupi, von holografischen Ergänzungen, von einem Größer, einem Besser, einem Höher.

Im Inneren der Arena brandete Jubel auf. Vermutlich war einer der beliebtesten Hüter mit seiner Herde ins Innere gelangt. Es war Tradition, dass besonders geschätzte Herdenführer Kunststücke aufführten. Sie stellten die Leistungsbereitschaft ihrer Tiere zur Schau, bevor sie sich in der großen Wolke aller Anuupi verloren.

Noch warteten etwa fünfzig Hüter auf den Marsch durch den Tunnel, noch flitzten schlecht gezähmte Anuupi aufgeregt hin und her. Ein junges Mitglied der Zunft hatte größte Mühe, seine Tiere unter Kontrolle zu halten. Am liebsten hätte Kahoyte ihm beigestanden. Es wäre ein Leichtes gewesen, die Anuupi zu beruhigen und sie zu einer Gruppe zu formieren.

Nein. Er würde sich raushalten. Sollte sich der Kerl doch blamieren.

Kahoyte schaute auf die Uhr. In zehn Minuten war der Einmarsch beendet. Dann begann die Vereinigung, das große Erlebnis zum Auftakt der eigentlichen Leistungsschau.

Ich wünsche mir, dass Cyndenno, Mymy und die anderen die Große Versammlung nachhaltig stören! Es muss einfach klappen! Wenn ich nicht dabei sein darf, dann … dann …

Kahoyte hielt in seinen Gedanken inne. »Gruppen-Essen!«, murmelte er einen der schwereren onryonischen Flüche.

Einige Anuupi in seiner unmittelbaren Nähe stiegen abrupt hoch. Mit seinen dunklen Gedanken und seiner Unbeherrschtheit störte er ihr Harmoniebedürfnis.

»Pass doch auf, du Trampel!«, beschimpfte ihn ein älterer Hüter. »Wenn du dich nicht beherrschen kannst, verschwinde gefälligst von hier.«

Der Hüter ließ sich anstecken. Auch er strahlte Gedanken der Nervosität aus und sorgte dafür, dass weitere Anuupi sich in einen unruhigen Tanzwirbel hineinsteigerten.

Kahoyte wirkte dagegen. Er tat einige Handbewegungen, summte ein paar Töne und stampfte mehrmals mit dem Fuß auf. Anuupi, die die Führung durch Onryonen gewöhnt waren, nahmen den beruhigend wirkenden Rhythmus auf und gaben ihn weiter. Nach nicht einmal einer Minute war die Situation gerettet. Die Tiere glitten erneut ruhig dahin, senkten sich mal ab und stiegen dann wieder mithilfe sanfter Körperkontraktionen in die Höhe.

»Danke«, sagte der fremde Hüter. Kahoyte merkte ihm an, dass er es widerwillig tat. »Du hast Talent, Lehrling. Warum bist du nicht bei deinem Herrn, im Inneren der Arena?«

»Ich bin noch nicht so weit«, sagte Kahoyte und fügte hastig hinzu: »Ich wünsche dir viel Glück.« Dann wandte er sich ab.

Er hatte einen riesigen Fehler begangen. Warum wurde ihm das erst jetzt bewusst, verdammt? Es lag ihm nichts an den Revisionisten. Es war ihm reichlich egal, was sie im Inneren der Arena anstellten. Ihre politischen Botschaften waren unausgegoren. Ihr einziges Ziel war es, Aufmerksamkeit zu erregen und die Veranstaltung zu stören.

Kahoyte wurde warm und kalt zugleich, als er mit einem Mal verstand, was er für einen Schaden anrichtete. Er hoffte aus völlig eigennützigen Gründen, dass die Revisionisten für anständigen Krach sorgten.

Weil ich mich rächen möchte. Weil ich einem dunklen und dummen Trieb nachgegeben habe, der in der Lehre der Anupi-Hüter als eine der schlimmsten Sünden gilt.

»Obanundi hatte recht, die ganze Zeit«, murmelte er vor sich hin. »Ich bin noch nicht so weit. Ich habe kein Recht, die Arena zu betreten. Weil ich stolz und selbstsüchtig und arrogant bin.«

Warum verstand er erst in diesem Moment? Jetzt, da es vermutlich schon zu spät war?

Kahoyte musste etwas unternehmen. Er musste Mymy an seiner Protestaktion hindern. Es würde über kurz oder lang herauskommen, dass er es war, der die Revisionisten ins Innere der Arena geschmuggelt hatte. Einerlei, wie gut Shomdo gearbeitet hatte. Die Behörden würden alles daransetzen, den oder die Übeltäter ausfindig zu machen und sie zu bestrafen. Schließlich war alles bei der Großen Zusammenkunft versammelt, was Rang und Namen hatte. Selbst der Terraner Perry Rhodan, der auf Stippvisite auf Jolyona war, befand sich angeblich unter den Zuschauern.

Mit seiner Karriere als Hüter war es vorbei, wenn Kahoyte nicht umgehend handelte!

Kapitel 12: Lamanto-Blau

Die Hüter waren beeindruckende Persönlichkeiten. Perry Rhodan war im Laufe der Jahre einigen von ihnen begegnet. Sie sorgten nicht nur dafür, dass mithilfe ihrer Tiere Licht in die Dunkelheit Jolyonas kam. Die Hüter brachten auch Lebensweisheit mit sich, waren in jeglicher Hinsicht geerdet und nahmen für viele Onryonen die Rolle von Wertekompassen ein.

Die Arena maß etwa sechzig Meter im Durchmesser. Dort, im Inneren, tummelten sich mittlerweile etwa zweihundert Hüter. Sie dirigierten Millionen von Anuupi, die über ihnen schwebten. Mit einfach anmutenden Hand- und Fingerbewegungen gaben sie den Tieren zu verstehen, wie sie sich im Verbund verhalten sollten.

Unter den »Ahs« und »Ohs« der Zuseher bildeten die Anuupi Kunstfiguren. Einmal stellten sie einen riesenhaften, leuchtenden Wal dar, der mit majestätischen Flossenbewegungen durch einen Ozean trieb. Nur Sekunden später veränderte sich das Gesamtbild völlig: eine geometrische Figur entstand. Ein Kristall mit unzähligen Verästelungen, von dessen Spitzen einzelne Anuupi scheinbar wegspritzten, als würden sie aus Düsen eines Wassersprudels hochgejagt werden, um dann in die Tiefe zu stürzen und ihre Körper erst knapp über den Hütern abzufangen.

Sie gaben sanfte und unterschiedlich hohe Knallgeräusche von sich. Rhodan glaubte, einem perfekt organisierten Orchester zuzusehen, dessen Einzelinstrumente mal hier, mal dort ertönten und einen Klangteppich erzeugten. Er hörte

Rhythmen und Melodien, die ihn dazu brachten, mit den Füßen mitzutappen.

Die Onryonen rings um ihn sangen, brummten und grölten. Die Hüter ließen ihre Anuupi Volkslieder intonieren, die von der alten Heimat erzählten, wo auch immer diese gewesen war.

Eine starke Faszination ging von den Tieren und ihren Hütern aus. Selten zuvor hatte Rhodan eine derartige Kraft gespürt. Sie gründete in der Verbindung zweier völlig unterschiedlicher Wesensgruppen. In diesen Minuten hätte er nicht zu sagen gewusst, wer hier wen steuerte. Wer hier Tier und wer hier vernunftbegabtes Geschöpf war.

»Großartig!«, sagte er zu Conmyc, doch der hörte ihn nicht. Er war längst aufgesprungen, applaudierte den Hütern, jubelte ihnen zu, stampfte und sang. Er strahlte Glückseligkeit aus. Das Verhärmte in seinem Gesicht war wie weggewaschen. Rings um Rhodan waren keine Politiker mehr, keine Geschäftsleute und keine Arbeiter, sondern nur noch Onryonen ohne Standesunterschiede, die glücklich und zufrieden waren.

Sie fanden zu einem Singsang zusammen, der von den Anuupi und deren Hütern vorgegeben wurde. Alles klang improvisiert und dennoch so, als folgten jene, die der Großen Zusammenkunft beiwohnten, einem gesteuerten Drang.

»Lamanto-Blau!«, schrie ein Onryone unweit von Rhodan. Und nochmals: »Lamanto-Blau!«

Ein Nachbar fiel in den Ruf ein, und schon bald schallte es aus dem gesamten Rund der Natur-Arena: »Lamanto-Blau!«

Zehntausende von Onryonen forderten etwas, das Rhodan nicht verstand. Sie wogten auf ihren Plätzen hin und her, packten selbst ihn in diese riesige Gemeinschaft ein, ließen ihn an ihrer Freude und Erregung teilhaben.

Wenn ich bloß wüsste, was mit diesem Lamanto-Blau gemeint ist!

Rhodan schunkelte mit. Er schloss die Augen und gab sich dem Rhythmus hin. Er meinte zu schweben, fern von seinem Leben und ganz weit weg von allen Sorgen, die ihn plagten. Rhodan war nur noch ein Teil dieses ... dieses ... Alles.

Er öffnete die Augen wieder und versuchte zu erfassen, was rings um ihn geschah. Mittlerweile schienen die letzten Hüter samt ihrer Anuupi in der Arena eingetroffen zu sein. Manche der Tiere zeigten immer noch kleine Kunststückchen, doch der Großteil hatte sich in die gewaltige Masse eingegliedert, die wie eine Wolke über ihnen hing und dabei eine Leuchtwirkung erzielte, welche die Nacht zum hellen Tag machte.

Die Anuupi leuchteten in einem kräftigen Rot, das allmählich abdunkelte. Bald war ein schimmernder Violettton erreicht – und schließlich ein sattes Blau.

»Lamanto-Blau!«, brüllten die Onryonen. Und nochmals: »Lamanto-Blau!«

Rhodan hatte das Gefühl, den Boden unter seinen Füßen erneut beben zu spüren. Die altersschwache Holztribüne ächzte und knirschte, doch das hielt die Onryonen rings um ihn nicht davon ab, fest aufzustampfen und sich dabei noch präziser in jenem Rhythmus zu bewegen, den sie vor einigen Minuten aufgenommen hatten.

Was war dieses Lamanto-Blau? Reichte sein Onryonisch für dieses eine Wort nicht?

Nein. Die Übersetzereinheit des Armbandkoms meldete ihm, dass das Wort nicht existiere. Gewiss gehörte es dem lokalen Idiom an.

»Lamanto-Blau!«, schallte es weiter durch die Arena, »Lamanto-Blau!«

Urplötzlich brachen die Rufe ab. Die Onryonen blieben stehen, erschöpft und manche von ihnen schwer atmend. Sie senkten die Köpfe, als wären sie in einem gemeinsamen Gebet versunken. Nur rechts von ihm, an der Querseite der Arena, herrschte Unruhe. Dort skandierten einige Onryonen irgendwelche Parolen. Sie wirkten wie Fremdkörper inmitten eines riesigen Organismus, der von Hirten, Zusehern und Anuupi gebildet wurde. Sie waren wie ein Krebsgeschwür in einem sonst gesunden Leib.

»Es entsteht!«, sagte Conmyc neben ihm aufgeregt. »Ich kann es fühlen, wir haben es geschafft. Merkst du es auch, Perry Rhodan?«

Er blickte den Duumvir an – und wusste mit einem Mal, was Conmyc meinte. Ja, er sah und fühlte es ebenfalls.

Die Emots der Onryonen in der Arena waren bislang ein bunter Flickenteppich gewesen, der die Einheitlichkeit der Anuupi-Körperfarbe konterkariert hatte. Nun aber glichen sich die Farbtöne der Emots einander an. Sie leuchteten hell und kräftig. Erst gelb, dann rot, dann blau. Sie ... ergänzten die Anuupi. Sie spiegelten deren Körperfarben wider. Es war, als würden sie eine Art Positiv der Tierherde zeichnen. Eine Reflexion, die in einem unbekannten Spektrum angesiedelt war und die bloß der Geist wahrnehmen konnte. Rhodan wäre nicht in der Lage gewesen, das Lamanto-Blau in jene Farbpalette einordnen zu können, die die Natur vorgab.

Rhodan *spürte* das Lamanto-Blau. Es war da. Es offenbarte sich in jenem scheinbaren Lichtgespinst, das in der Interaktion zwischen Onryonen und Anuupi entstand und eine Art Netz zwischen allen Beteiligten schuf.

Eine parapsychische Erhöhung, dachte Rhodan verstört. *Gemeinsam erschaffen Tiere und Intelligenzwesen eine Verbindung, die nicht sein kann – und dennoch da ist.*

Es schüttelte seinen Körper durch, er schwankte zwischen Begeisterung und Entsetzen. *Bin ich Zeuge der Bewusstseinswerdung eines höheren Wesens oder einer Vorstufe davon? Ist es das, woran die Onryonen von Jolyona arbeiten?*

Das Lamanto-Blau füllte Rhodan aus und riss ihn mit sich.

Zwar war er nur stummer Beobachter dieses sonderbaren Vorgangs, aber es war auch eine Erfahrung, wie er sie niemals zuvor erlebt hatte …

Da war allerdings eine Störung. Eine Irritation. Sie ging von krakeelenden Onryonen rechts von Rhodan aus. Sie fanden sich nicht in den Choral der geistigen Stimmen ein, ganz im Gegenteil: Sie kämpften dagegen an. Sie verunreinigten das Lamanto-Blau, verzerrten es und gaben ihm eine obszöne Unternote.

Die Masse reagierte mit Zorn. Conmyc fing erneut an zu hüpfen, wie achtzigtausend andere Onryonen. Die Wolke der Anuupi verdichtete sich. Die Tiere rückten so eng zueinander, dass Rhodan um das Leben jener Anuupi fürchtete, die sich im Zentrum des Gesamtkörpers zusammengefunden hatten.

Die Störenfriede skandierten irgendwelche Parolen. Sie waren kaum zu hören. Aber sie verunreinigten das Lamanto-Blau. Sie störten dieses friedliche Fest, zumal einige von ihnen über niedrige Absperrungen kletterten und ins Innere der Arena vordrangen. Es handelte sich ausnahmslos um junge, halbwüchsige Onryonen, die mithilfe gleichgesteuerter Armbandkoms virtuelle Transparente aufleuchten ließen.

Rhodan verstand nicht so recht, worum es bei den Texten ging. Er wusste nur, dass sie die Große Zusammenkunft sabotierten. Sie nutzten dieses wunderbare und wundersame Spektakel auf schändliche Weise, um ihre politische Botschaft anzubringen.

Die Anuupi wirkten irritiert. Die Hüter in der Arena bekamen Schwierigkeiten, sie zusammenzuhalten. An den Rändern lösten sich erste Tiere. Das Lamanto-Blau schwächte sich ab, während einige Besucher ihre Bemühungen verstärkten, diese ganz besondere Beziehung zwischen ihnen und den Leuchttieren aufrechtzuerhalten.

Roboter in Kugelform kamen herangeschwebt und hielten unmittelbar über den Demonstranten. Lange Greifzangen fuhren aus dem Inneren ihrer Körper und packten zwei der jungen Onryonen, um sie mit sich zu ziehen und sie aus dem Inneren der Arena zu expedieren …

… als ein Schuss fiel.

Er brachte einen der Roboter zum Absturz. Gemeinsam mit seinem Gefangenen fiel dieser zu Boden und grub sich in den Sand der Arena ein. Die Metallarme peitschten wie wild um sich, der Onryone verletzte sich dabei.

»Warum tut niemand etwas dagegen?«, fragte Rhodan und rüttelte an Conmycs Arm.

Doch der Onryone blieb in seiner Trance verhangen. Er murmelte etwas vor sich hin, sprang hoch und nieder und bemühte sich gemeinsam mit allen anderen Onryonen, das Lamanto-Blau zu halten, während sich das Chaos im Inneren der Arena verstärkte.

Die halb zerstörte Maschine schüttelte den Jungen hin und her. Wischte mit ihm über den Sandboden, drosch unkontrolliert auf ihn ein. Der Onryone bewegte sich längst nicht mehr, sein Leib war nur noch eine blutige Masse.

Der Schütze feuerte weiter, auf die zweite Maschine. Sein Emot zeigte ein Dunkelgrau, ein Zeichen des Hasses. Ein weiterer Demonstrant fiel ihm in den Arm, der Schütze stieß ihn beiseite. Sein Emot wechselte zu einem Schwarz, über das immer wieder andere Farben irrlichterten.

Er war völlig enthemmt und irre. Nicht mehr Herr seiner Sinne.

Rhodan fühlte, wie das Lamanto-Blau zerstört und in seiner Wirkung pervertiert wurde. Er musste diesen Wahnsinnigen aufhalten, sonst würde eine Katastrophe ungeahnten Ausmaßes geschehen. Wenn achtzigtausend Onryonen abrupt und auf einmal aus ihrer Trance gerissen wurden, würde es zu einer Massenpanik kommen, zu Wutentladungen, zu Chaos, Mord und Totschlag.

Rhodan überlegte nicht länger. Er kletterte über die niedrige Holzbalustrade, sprang und landete im Inneren der Arena. Geschickt rollte er ab. Der Boden unter ihm gab nach, als würde der Sand unter den Füßen in ein tiefes Loch abrinnen. Er hatte das Gefühl, als müsste er beständig aufwärts gehen oder gar rennen, um nicht nach unten gezogen zu werden, während er auf den Verrückten mit der Waffe zueilte.

Da waren andere Onryonen, die das Lamanto-Blau hinter sich gelassen hatten und wieder bei klarem Verstand waren. Sie gehörten zu den Hütern. Ein alter Mann kam auf den Schützen zugetorkelt, er redete wild gestikulierend auf ihn ein. Hinter ihm kam ein jüngerer Onryone herbeigelaufen. Er war aus dem Tunnel gekommen, dem einzigen offiziellen Zugang zur Arena. Auch er ruderte wie wild mit den Armen. Wenn der Eindruck Rhodan nicht täuschte, nannte er den Schützen bei seinem Namen.

Der noch flugfähige Roboter verschwand in der Dunkelheit außerhalb der Anuupi-Wolke. Am Horizont zeichneten sich die Schemen weiterer Maschinenwesen ab. Jolyonas Sicherheitskräfte hatten zwar Vorkehrungen getroffen, aber sie waren lasch und erfolgten viel zu schwerfällig. Vermutlich hatte es niemals zuvor ein derartiges Tohuwabohu gegeben, kein Onryone hatte mit einer Eskalation gerechnet.

Der Schütze drehte sich im Kreis. Er bedrohte mit seiner Waffe all jene, die auf ihn zugelaufen kamen. Er nahm den jungen und den alten Hüter ins Visier, die Waffe richtete er auf Rhodan.

Als jener Onryone, den er beiseitegeschleudert hatte, wieder auf die Beine kam, schien es so, als fange er sich und käme zur Vernunft. Er senkte den Strahler und machte Anstalten, ihn von sich zu werfen – als der beschädigte Roboter einen

Schlag mit dem Tentakel ausführte und ihn am Oberschenkel traf. Der Mann sackte haltlos zu Boden und stürzte vornüber, um sich gleich darauf wieder aufzurichten und mit mehreren Schüssen den Roboter endgültig zu zerstören.

»Lamanto-Blau!«, skandierten indes noch immer die meisten Onryonen ringsum. So, als wollten sie nicht wahrhaben, was vor ihnen geschah. Die Rufe waren nun zornig und hysterisch. Die bislang so friedvoll abgelaufene Veranstaltung wurde zu einer Demonstration von Wut und Frust. Das Gefühl unendlicher Harmonie löste sich auf, es machte etwas ganz anderem Platz.

»... wollt uns unsere Zukunft nehmen!«, hörte Rhodan den Bewaffneten schreien. »... nehmt die Traditionen nicht mehr ernst und beschreitet völlig falsche Wege. Aber ich werde euch zurückführen auf den Pfad der Rechtschaffenheit. Ich, Mymy Ordac, und die Revisionisten unter meiner Führung ...«

Die Zuseher hüpften hoch und nieder, der Boden unter Rhodans Füßen schwankte. Er stolperte weiter auf den durchdrehenden Onryonen zu, hatte aber Mühe, auf den Beinen zu bleiben.

»Zurück, Meister!«, rief jemand.

»Beruhige dich, Mymy. Ich bin's. Cyndenno.«

»Bleib weg von hier, Kahoyte«, sprach ein weiterer Onryone. »Du hast in der Arena nichts verloren. Ich kümmere mich darum.«

Sie alle gingen auf den Bewaffneten zu. Um ihn zu besänftigen.

Doch dessen Emot zeigte ein sattes Rot. Die Farbe der Wut. Es glühte richtiggehend und konterkarierte damit das Lamanto-Blau. Es war wie ein winziger Fleck. Eine Störung inmitten all der Schönheit und Ruhe, die sich während der letzten Viertelstunde in der Arena entwickelt hatte.

Ein einziger Onryone zerstörte *alles*.

Der Bewaffnete drehte sich beständig um die eigene Achse und stieß Drohungen aus. Auch jenen gegenüber, die er offenbar kannte und die ihn beruhigen wollten.

Nur noch zehn Meter, dann habe ich ihn. Ich muss abwarten, bis er sich wieder von mir abwendet, und dann …

Jetzt!

Rhodan tat weite Schrittsprünge. Stieß sich ab, warf sich in Richtung des Onryonen. Kam über ihn, warf ihn zu Boden, griff nach seiner Waffe.

Er schleuderte ihm Sand in die Augen und aufs Emot, sodass der Bewaffnete vor Schmerzen laut aufbrüllte. Doch er ließ nicht von seiner Waffe ab, kämpfte weiterhin darum – und löste einen Schuss aus.

Die Strahlenbahn zog sich geradewegs nach oben, hinein in die Herde der Anuupi.

Die Tiere, die sich bislang weitgehend ruhig verhalten hatten, verloren jeglichen Zusammenhalt. Das Lamanto-Blau erlosch und machte normalen Farben Platz, gelb und rot.

Die Überreste von zwei Dutzend Anuupi platschten wenige Meter von Rhodan entfernt zu Boden. Dann weitere. Unverletzte Tiere fielen in Panik übereinander her, kollidierten oder verfingen sich in großen Trauben. Jene Hüter, die sie steuerten, taten verzweifelte Handbewegungen. Sie wichen stückweise aus der Arena zurück, so, als wollten sie ihre Tiere weg von hier bringen, weg von den vielen Onryonen.

Rhodan kümmerte sich nicht weiter um das Drumherum. Er konzentrierte sich ganz auf den Strahler des Tobenden. Er packte mit beiden Händen zu, zog die beiden Daumen der Waffenhand auseinander und ignorierte die Tritte, die er abbekam.

Etwas knackte, einer der Finger brach. Immer noch hielt der Verrückte seinen Strahler fest. Erst als zwei andere Onryonen heran waren und sich auf ihren Artgenossen warfen, schaffte es Rhodan, ihn zu entwaffnen.

»Was hast du angerichtet, Mymy?«, fragte einer von Rhodans Helfern. »Sieh dich doch um! Du hast die Große Zusammenkunft gestört, du hast Anuupi getötet. Einer von uns ist gestorben, weil …«

Er redete gegen eine Wand. Der Onryone hörte nicht auf, sich zu wehren. Also schlug Rhodan gezielt zu. Er traf ihn am Kinn und dann an den Schläfen. Er dosierte seine Schläge, so gut es ging. Er wusste längst nicht alles über die Physiognomie der Onryonen – und er wollte ihn nicht töten. Dieser fanatische Kerl sollte sich verantworten müssen für das, was er angerichtet hatte.

Sein Gegner blieb benommen liegen, Rhodan kam wackelig auf die Beine. Die Haut an seinen Fingerknöcheln war abgeschürft, die offenen Wunden brannten vom Sand.

»Du hast ihn umgebracht!«, rief der zweite Onryone, der ihm beigestanden hatte. Eine Frau, wie Rhodan jetzt erst feststellte.

»Keine Sorge. Ich habe ihn bloß …«

Der Boden unter ihnen gab nach, und sie stürzten haltlos in die Tiefe.

Kapitel 13:
Absturz

Kahoyte kam zu spät. Er konnte Mymys Taten nicht verhindern.

Warum hatte dieser Verrückte eine Waffe ins Innere der Arena geschmuggelt? Was war sein Plan gewesen? Hatte er auf die Ehrengäste schießen wollen? War sein Fanatismus so weit gegangen, dass er blindlings töten wollte, um anschließend selbst das Feuer der Sicherheitsroboter auf sich zu ziehen? Wollte er als Märtyrer dastehen?

Kahoyte war durch den Zugangstunnel gerannt, hatte sich an Hütern vorbeigedrängt und gehörige Unruhe in ihre Herden gebracht. Er hatte die heilige Arena betreten, ohne jene Ehrfurcht zu spüren, die eigentlich in seinem Herz brennen sollte. Er hatte nur noch Augen für Mymy.

Die meisten Zuseher und auch die Anuupi waren in der Beschwörung des Lamanto-Blaus verhangen, kaum ein Onryone nahm Notiz von ihm.

Mymy, Cyndenno und ihre treuesten Gefolgsleute hatten den Sand der Arena betreten. Sie brüllten wie wild durcheinander, zeigten Holo-Transparente und skandierten die Slogans der Revisionisten. Sie taten dies mit einer fanatischen Inbrunst, die Kahoyte fremd war – und die ihm Angst bereitete.

Und dann: die Schüsse. Mymy feuerte auf den Sicherheitsroboter, der Lyngslan gepackt hatte, einen seiner ergebensten Mitstreiter. Mymy traf die Maschine und löste damit eine Katastrophe aus. Das Lamanto-Blau wurde irritiert und nachhaltig gestört. Die Harmonie zwischen Anuupi sowie Onryonen ging verloren. Niemand wusste, was das für Konsequenzen haben mochte, wie sehr es beiden Seiten schaden würde.

Der Anführer der Revisionisten drehte völlig durch. Auch er wurde durch die Schäden im Lamanto-Blau beeinflusst, hatte sich kaum mehr unter Kontrolle. Mymy schoss weiter auf den Roboter, der stürzte zu Boden. Sand spritzte auf und verglaste unter der Hitzeeinwirkung. Das Rechengehirn der Maschine war zerstört. Der Roboter peitschte mit seinen langen Tentakelarmen durch die Luft, er tötete Lyngslan.

Die Anuupi waren völlig aus dem Häuschen. Nur noch ihre natürliche Trägheit ließ sie beisammenbleiben. Sobald sich die Wolke auflöste und die Tiere auseinanderstrebten, würden die Besucher der Großen Zusammenkunft merken, fühlen und verstehen, dass katastrophale Dinge geschahen.

Kahoyte war noch zwanzig, fünfundzwanzig Schritte von Mymy entfernt. Der Anführer der Revisionisten rangelte eben mit Cyndenno und stieß sie grob beiseite, als sie ihn daran hindern wollte, weiter um sich zu feuern.

Kahoyte war unschlüssig. Einerseits wollte er die Gefahr bannen, die von Mymy ausging. Andererseits wollte er Cyndenno beistehen, sich vor sie werfen und sie beschützen. Und dann waren da noch die Hüter ... Er war verpflichtet, sie zu unterstützen. Mit seiner Hilfe mochte es gelingen, die Anuupi wieder unter Kontrolle zu bekommen.

Der Anführer der Revisionisten bedrohte Cyndenno mit seiner Waffe. Mymys Emot bewies, dass er sich nicht mehr unter Kontrolle hatte. Es leuchtete in allen Farben des Spektrums, es irrlichterte. So, wie es bei Verrückten nun mal geschah.

Kahoyte zögerte nicht länger. Er rannte weiter auf Mymy Ordac zu, genauso wie ein älterer Onryone, den er in diesem Augenblick erst bemerkte – und wie eine weitere Gestalt, die sich von der Ehrentribüne her näherte.

Perry Rhodan hatte die Arena betreten. Jener Terraner, der für alles stand, das Kahoyte so sehr verabscheute.

Doch das durfte ihn nicht irritieren. Das Lamanto-Blau verlor sich. Erste Onryonen erwachten aus ihrer Trance und wurden sich der Umstände bewusst. Sie würden das Chaos weiter vergrößern.

»Leg die Waffe weg, du Idiot!«, rief er Mymy zu. Doch der Revisionist hörte ihn nicht. Zu laut war das Getrampel der Onryonen, ihr Singsang, die Knallgeräusche der Anuupi.

Zwischen aufgewirbelten Staubwolken sah er immer wieder die anderen Onryonen. Den Hüter, der sich aus der Gruppe seiner Kollegen gelöst hatte.

Er kannte den Schritt des Älteren. Ausgerechnet Obanundi war es, der die Verantwortung übernahm, Mymy zur Räson zu bringen. Er war sichtlich erregt, sein Emot gefährlich blass geworden. Obanundi hatte ein schwaches Herz ...

Alles war vorbei. Sein Herr würde erahnen, wer den Revisionisten die Plätze in unmittelbarer Nähe zum Rund der Arena besorgt hatte.

Es spielte keine Rolle mehr. Es galt zu retten, was zu retten war. In erster Linie Cyndennos Leben, aber auch das aller anderen Versammelten. Wenn die Onryonen panikartig die Arena verließen, noch halb im Rausch des Lamanto-Blaus gefangen, würden sie wild um sich schlagen und einander niedertrampeln. Es brauchte stets eine Phase der Kontemplation, um die symbiotisch-mentale Vereinigung mit den Anuupi zu verlassen und zu sich selbst zu finden. Andernfalls ...

Mymy lag auf einmal auf dem Boden. Perry Rhodan war ihn angesprungen und hatte ihn niedergerungen. Der Terraner versuchte, ihm die Waffe aus der Hand zu schlagen – und sorgte damit für die schlimmste aller Katastrophen. Ein Strahlschuss löste sich in dem Gerangel, fuhr kerzengerade nach oben. Viele Anuupi wurden getroffen, verletzt oder gar getötet.

Das Lamanto-Blau war nachhaltig gestört. Die Katastrophe war nicht mehr aufzuhalten.

Kahoyte gab nochmals alles. Er war nie ein guter Sportler gewesen. Diese letzten Meter kosteten ihn alle Kraft, und als er sich auf Mymy fallen ließ, glaubte er, niemals wieder aufstehen zu können, so erschöpft war er.

Er redete auf den Anführer der Revisionisten ein, den er für einen Freund gehalten hatte. Beschwor ihn, den Widerstand aufzugeben. In der Hoffnung, Mymy würde verstehen, wie labil das Gleichgewicht zwischen Anuupi und Onryonen geworden war und dass sie nur noch einen Schritt von einer Katastrophe ungeahnten Ausmaßes entfernt waren.

Cyndenno war ebenfalls heran, und warf sich auf Mymy. Gemeinsam gelang es ihnen, den Revisionisten auf dem Boden zu halten, so sehr er sich auch wehrte.

Rhodan riss ihm die Waffe aus der Hand und schlug gezielt auf Mymys Kopf ein, der Körper unter Kahoyte erschlaffte abrupt.

Kahoyte stemmte sich hoch, seine Beine drohten nachzugeben. So schwach und wackelig hatte er sich noch nie gefühlt.

»Du hast ihn umgebracht!«, schrie Cyndenno und deutete mit ihrer Rechten anklagend auf den Terraner.

»Keine Sorge. Ich habe ihn bloß …«

Das Lamanto-Blau zerbrach mit einem Mal. Der Kontakt zwischen Onryonen und Anuupi war endgültig zerstört. Kahoyte fühlte, wie etwas unter ihm nachgab, ihm wurde der Boden unter den Füßen weggezogen. Für einen Augenblick meinte er zu schweben, dann stürzte er in die Tiefe. Hinein ins Dunkel, weg von den geliebten Tieren, weg von der großen Herde.

Kahoyte begriff seinen Denkfehler, noch während er fiel.

Die Zerstörung des Lamanto-Blaus hatte nicht ursächlich mit dem Absturz zu tun. Die Arena, so wusste er, befand sich an einem besonderen Ort der Kraft. Schon seit jeher gab es Gerüchte, dass sich unter dem Amphitheater Hohlräume auftaten. Niemand hatte es je nachgeprüft. Man musste nicht alles wissen und schon gar nicht alles begreifen, so hatte es ihn Obanundi gelehrt.

Der Sturz dehnte sich schier ins Endlose. Mehrmals schlug er mit Kopf und Körper gegen Fels. Das Gestein war mürbe und zerbrach unter der Wucht des Aufpralls. Dennoch sandte jede Berührung, jedes Anstreifen heftige Schmerzimpulse durch seinen Leib.

Kahoyte verlor die Orientierung. Er hätte nicht mehr zu sagen gewusst, wo oben und wo unten war. Auch nicht, wie lange er fiel. Rings um ihn waren Sand und Stein. Er wurde zum Teil der Masse, kam wieder frei, wurde neuerlich verschlungen.

Irgendwann schlug er hart auf. Der Aufprall presste ihm alle Luft aus dem Körper. Aber noch war die Tortur nicht zu Ende. Er rutschte einen steilen Abhang hinab in die Tiefe. Er schlidderte dahin, die feine Körnung des Sandes rieb ihm Haut von den Händen. Kahoyte zog die Arme an und machte sich klein. Nur die Beine streckte er aus und versuchte, mit den Hacken seiner Schuhe die rasante Fahrt zu bremsen.

Es wollte nicht gelingen. Kahoyte schlingerte weiter hinab, so lange, bis der letzte Lichterschein erlosch und nur noch absolute gespenstische Dunkelheit um ihn herum war.

Kahoytes Gedanken wirbelten durcheinander. Er hatte schreckliche Angst. Vor dem Schmerz, vor dem Tod. Er wollte nicht, dass es so endete. Er wollte, dass sich dies alles als Albtraum entpuppte. Er wollte auf seiner Liege aufwachen, den Anuupi die rituelle Morgenpflege angedeihen lassen und sich dann mit Obanundi zum kargen Frühmahl zusammensetzen.

Niemals wieder würde er dem alten Hüter widersprechen. Er würde glücklich sein, ihn als Herrn zu haben und …

Kahoyte meinte zu spüren, wie der Rutschhang allmählich auslief und er in eine Art Kompresse geriet. Enormer Druck legte sich auf seinen Körper. Etwas purzelte über ihn hinweg, ein anderer Onryone vielleicht. Gemeinsam stießen sie gegen festen Fels, glitten daran vorbei, schwebten wie über eine Sprungschanze – und landeten hart.

So hart, dass Kahoyte augenblicklich das Bewusstsein verlor.

Er träumte. Er wanderte durch eine Landschaft, die von einer Herde Anuupi geprägt wurde. Sie hingen über heißen Felsen und labten sich oder trieben durch das Geäst blühender Bäume. Eine sonderbare Musik erklang; sie machte Angst und bestärkte Kahoyte zugleich. Sie kam von einem Ort, den er nicht sehen, nicht nachvollziehen konnte. Jemand – oder etwas? – lockte ihn.

Da war eine Gestalt, die mächtig und hilflos zugleich war. Ein Wesen voller Gegensätze, das nicht so recht wusste, was es mit ihm anfangen sollte. Es zeigte Kahoyte Hass und Verachtung, um im nächsten Augenblick Güte auszustrahlen.

Die Gestalt entfernte sich, nicht, ohne ihm mit den absurd langen Händen zuzuwinken. Es schien so, als wollte sie ihm sagen, dass sie sich eines Tages wieder treffen würden. Doch nun …

Kahoyte öffnete die Augen und wollte sich aufrichten. Sein erster Gedanke war, weg von hier …

Er stieß mit dem Kopf gegen etwas, ohne dass er sehen konnte, was es war.

Der Schmerz ließ ihn augenblicklich zurücksinken, ihm war schwindlig. Er fühlte, wie etwas Nasses von seiner Stirn rann und von der rechten Schläfe zu Boden tropfte.

Tropf, tropf, tropf …

Bleib ruhig und entspann dich. Du musst nachdenken, Kahoyte! Du musst dich erinnern, was zuletzt geschehen ist. Von einer kleinen Platzwunde auf der Stirn wirst du ganz gewiss nicht sterben.

Die Erinnerungen kehrten langsam zurück. Er dachte an den durchdrehenden Mymy Ordac und an Perry Rhodan. An den Abgrund, der sich unter ihnen aufgetan hatte. An den Sturz in die Tiefe, der nicht hatte enden wollen.

Kahoyte spürte einen Nachhall des Lamanto-Blaus. Auch wenn er nur ganz wenig davon abbekommen hatte, so verstärkte die Wirkung doch seinen Geist und bewirkte, dass er sich beruhigte.

Er zwang sich, an eine monotone Landschaft zu denken. An einen Fluss mit gemächlich dahinfließendem Wasser. Kleine Sprudel zeigten sich an der Oberfläche, Vögel glitten darüber hinweg und spiegelten sich im Licht einer Kunstsonne.

Es gelang. Das Emot erfuhr eine Verstärkung. Er erzeugte das Weiß der inneren Ruhe. Die … die körpereigene Lampe leuchtete einen Teil seiner Umgebung aus und ließ Kahoyte erkennen, wo er sich befand.

Er steckte im Inneren eines kleinen Hohlraums fest. Über ihm lagen schwere Gesteinsbrocken. Sie hatten sich ineinander verkeilt. Hier und da sah er Lücken, die einen größeren Raum dahinter erahnen ließen.

Seine Beine lagen fast frei, auch die Arme hatten etwas Bewegungsspielraum. Gewiss hatte er mehrere hundert Schutz-Anuupi während des Sturzes verbraucht – und erst recht, nachdem er zur Ruhe gekommen war. Unter normalen Umständen hätte er unter den Felsen zerquetscht werden müssen.

Kahoyte erinnerte sich: Ein anderes Wesen war gemeinsam mit ihm in die Tiefe gestürzt. Cyndenno vielleicht? Hatte sie ebenfalls überlebt? Oder lag sie unmittelbar neben ihm, mit zerschmettertem Leib?

Er war in seinen Gedanken abgelenkt und verlor die Kontrolle über das Emot. Der dunkelblaue Farbton der Angst verlieh dem Fels vor seinem Gesicht ein gespenstisches Aussehen. Die Konturen verschwammen, die eben noch gute Sicht machte einem Brei an vagen Eindrücken Platz.

Es dauerte eine Weile, bis er das Emot wieder dazu brachte, in Weiß zu strahlen. Lange würde er seine Konzentration nicht halten können. Kahoyte hatte sich nie sonderlich um die Beherrschung seines Emots gekümmert. Es gab Künstler, die es schafften, binnen weniger Sekunden das gesamte Farbspektrum mithilfe ihres zusätzlichen Organs darzustellen. Kahoyte war weit davon entfernt, seine Gefühle derart gut zu beherrschen. Das Emot war ein Teil seines Selbst, nicht mehr und nicht weniger. Er hatte alle seine Energien auf die Arbeit mit den Anuupi konzentriert.

Kahoyte bewegte vorsichtig die Beine. Sie lagen frei, aber sie schmerzten gehörig.

Mit ruckartigen Bewegungen schob er sich nach unten. Er half mit den Händen mit und wand sich wie ein Wurm – bis er mit der Brust gegen Felsgestein anstieß. Die Decke war zu niedrig, um aus dem Hohlraum schlüpfen zu können.

Das Gestein war brüchig. Als er kratzte, bröckelten Steinchen ab und fielen auf ihn. Erschrocken hielt Kahoyte inne. Unter keinen Umständen durfte er weitermachen. Wenn er versuchte, die lose übereinanderliegenden Steine zu lösen, würden die Massen darüber nachrutschen und ihn endgültig unter sich begraben.

Da war die Panik wieder. Sie machte sich durch eine erneute Abdunklung des Emots bemerkbar. Die Wirkung des Lamanto-Blaus verflog endgültig. Kahoyte fühlte, wie seine Ängste und Unsicherheiten zurückkehrten und ihn in Besitz zu nehmen drohten.

War da etwas? Ein Geräusch, ein Hall?

Kahoyte hielt den Atem an und lauschte.

Ja! Er nahm ein regelmäßiges Geräusch wahr. Etwas, das von oberhalb stammte und … und …

Er hätte am liebsten geweint, als er begriff, dass es sich um Wasser handelte. Um Tropfen, die irgendwo von der Decke herabfielen und auf Gestein platschten.

Er pumpte seine Lungen mit Luft voll und schrie aus Leibeskräften. »Helft mir! Hier bin ich! Ich bin eingeklemmt!«

Er rief, was ihm in den Sinn kam. Es war alles, was er tun konnte – und es tat gut, zumindest die eigene Stimme zu hören. Also brüllte Kahoyte weiter, bis er heiser war, bis er keine Luft mehr zu bekommen glaubte, bis sein gesamter Körper schmerzte.

Irgendwann verließ ihn die Kraft endgültig, Sternchen tanzten vor seinen Augen. Das Leuchten des Emots wurde schwächer und schwächer – und Kahoyte schlief ein.

Kurz war da der Gedanke, dass er vielleicht niemals mehr aufwachen würde. Aber es störte ihn nicht. Er war bereit, loszulassen.

Kapitel 14:
Ausgrabungen

Rhodan tat, was ihm der Instinkt vorgab. Er machte sich klein, während er stürzte, und er breitete die Arme aus, sobald er den Rieselsand unter sich spürte. Er hatte eine ähnliche Konsistenz wie der Schnee einer Lawine – und eine ähnliche, urtümliche Kraft.

Sein Körper wurde immer wieder zusammengestaucht. Mehrmals touchierte er Felsen, einmal drehte er sich um die eigene Achse und drohte mit dem Kopf unter den Sandmassen zu ersticken. Doch er blieb ruhig und tat weitere Schwimmbewegungen, die ihm halfen, zurück an die Oberfläche zu gelangen.

Irgendwann verlor Rhodan völlig den Halt. Er flog durch die Luft, prallte gegen ein hartes Hindernis und wurde in die Tiefe gezogen, immer noch vom Sandschlick getragen. Er tastete umher. Suchte nach Widerstand. Nach etwas, an dem er sich festhalten konnte – und bekam mit der Linken eine Felsnase zu fassen. Der Ruck, mit dem sein Körper zum Stillstand kam, war fürchterlich. Der Stein schnitt in seine Handflächen, es scherte ihn nicht. Er konzentrierte sich darauf, mit der rechten Hand ebenfalls Halt an der Felsnase zu finden. Nach etlichen Versuchen gelang es Rhodan endlich.

Sand glitt beständig über ihn hinweg, stürzte weiter in die Tiefe. Rings um ihn war völlige Dunkelheit. Sie war weitaus schlimmer als im Weltall. Dort konnte er sich am Sternenlicht orientieren. Hier aber war … nichts. Gar nichts. Nur diese schrecklichen Geräusche, der Nachhall bröckelnden Gesteins.

Wenn doch nur seine Beine Halt finden würden! Sie schwankten im rieselnden Sand hin und her, als hinge er an der Klippe eines Katarakts, vom Wasser nach unten gezogen.

Rhodans Arme wurden schwerer und schwerer. Er würde sich nicht mehr lange halten können und weiter in die Tiefe stürzen. In eine Tiefe, in der sich jegliches Geräusch verlor.

Etwas änderte sich. Die Gewalt der nachrutschenden Sandmengen ließ nach, langsam und kaum merkbar. Der Sand war aufgebraucht. Es gab nichts mehr, das durch den Trichter an der Oberfläche Jolyonas nachkommen konnte.

Das Wissen, dass er nicht mehr lange durchhalten musste, gab Rhodan neue Kraft. Er hielt sich an der Felsnase fest und wartete geduldig, bis aus dem stetigen Fluss ein träges Gerinnsel wurde und Beinahe-Stille einkehrte.

Rhodan stieß erleichtert die Luft aus. Die Sogwirkung ließ endgültig nach. Er musste nur noch Halt mit den Füßen suchen, sich ein Stück nach oben hangeln und einen Platz finden, an dem er durchschnaufen und sich orientieren konnte.

Danach muss ich nur noch den Weg zurück an die Oberfläche finden. Eine Kleinigkeit …

Rhodan ließ mit der Linken los und tastete nach dem Armbandkom. Es gab sonderbare Geräusche von sich, als er eine Ziffernkombination ins Bedienungsfeld eingab.

Licht flackerte auf, ging aus, kehrte gleich wieder zurück. Die integrierte Leuchte sandte einen dünnen, aber kräftigen Strahl durch die Dunkelheit. Rhodan konnte sich erst einmal orientieren – und erschauderte.

Ab dem Felsen, an dem er sich mit aller Gewalt festhielt, ging es noch etwa zwei Körperlängen in einem Winkel von etwa 60 Grad nach unten. Darunter war – nichts. Hier nahm ein Kamin seinen Anfang, der ins Nirgendwo hinabführte. Hätte er sich nicht im letzten Augenblick festgehalten, wäre er wohl in den Tod gestürzt.

Mithilfe des Lichts orientierte er sich nach oben. Überall war Sand, Sand, Sand. Hin und wieder stachen Gesteinsbrocken aus den Massen hervor. Wenn er es schaffte, mit den Armen einen Klimmzug zu machen, würde er den nächsthöheren zu greifen bekommen.

Rhodan musste es versuchen. Er verlor fühlbar an Kraft, trotz der lebenspendenden Impulse des Zellaktivators. Also spannte er die Oberarmmuskeln an und schob sich ruckartig nach oben.

Er erreichte den Felsen mit einer Hand, klammerte sich fest, nahm gleich den nächsten in Angriff und kletterte hoch, so lange, bis das Gefälle geringer wurde und er sich mit allen vier Gliedern abstützen konnte. Rhodan legte sich flach auf den Rücken und atmete tief durch. Bislang hatte er während seines Aufenthalts der etwas dünneren Atmosphäre von Jolyona wenig Beachtung geschenkt, auch wenn sie ihm den Aufstieg zur Großen Zusammenkunft erschwert hatte. Nun aber machte sich wegen des Sturzes mit einem Mal eine Sauerstoffschuld bemerkbar. Die Kopfschmerzen drohten ihm den Schädel zu zerreißen.

Als er wieder einigermaßen atmen und sehen konnte, kontrollierte er sein wichtigstes Ausrüstungsstück: das Armbandkom. Es zeigte fluktuierende Leistungen. Einige positronische Gimmicks waren zur Gänze ausgefallen, andere sprachen an.

Ich frage mich, was ich hier unten mit dem integrierten Translator und der Trivid-Bibliothek anfangen soll. Viel lieber wäre es mir, wenn der Funk funktionieren würde. Oder die Medofunktion mit all ihren Testmöglichkeiten. Aber nein …

Es blieb ihm nicht viel Zeit zur Erholung. Er musste weitermachen. Neue Sandmassen konnten jederzeit nachrutschen und ihn erneut auf Talfahrt schicken.

Also leuchtete er seine nähere Umgebung aus und suchte

einen gangbaren Weg nach oben. Er arbeitete, wie er es im Himalaja-Hochgebirge gelernt hatte, bei einem Bergsteiger-Auffrischungskurs vor einigen Jahrzehnten. Er besah die Schräge vor sich und verinnerlichte den Weg, den er nehmen wollte. Er stellte sich vor, welche Griffe sicher waren und wo die exponierten Stellen waren.

Rhodan prägte sich seine Route ein und begann den Aufstieg. Er nahm sich Zeit und ließ sich auch nicht durch fernes Grollen irritieren. Seine Chancen, selbstständig ans Tageslicht zurückzufinden, waren vergleichsweise gering. Aber die Onryonen würden gewiss eine Expedition zusammenstellen und nach ihm suchen. Vermutlich würde er schon bald auf die ersten Suchroboter stoßen. Bis dahin musste er einen sicheren Ort finden und durchhalten.

Zug um Zug kletterte er hoch. Der Lichtkegel war für seine Zwecke zu schmal, und so musste er ein ums andere Mal innehalten. Rhodan dachte an die geharnischte Nachricht, die er an den Hersteller der Lampenfunktion schicken würde. Sein Zorn hielt den Adrenalinspiegel hoch und sorgte dafür, dass die Schmerzen nicht schlimmer wurden.

Irgendwann schaffte er den Aufstieg in die nächsthöhere Ebene. Vor ihm breitete sich eine Art Halle aus, deren Wände durchlöchert waren wie ein Schweizer Käse. An mehreren Stellen rann Sand in geringen Mengen ab, immer wieder polterten Gesteinsbrocken in die Tiefe.

Die Geräuschkulisse war beängstigend. Rhodan hatte den Eindruck, als wäre die unterirdische Halle, die einen Durchmesser von mindestens zweihundert Metern besaß, höchst instabil.

Vorsichtig tat er einen Schritt vor den anderen. Immer wieder sanken seine Beine bis zu den Knien ein. Einmal musste er sich mit einem kurzen Sprung zur Seite in Sicherheit bringen, als der Boden unter ihm nachgab und Sand durch ein bislang verlorenes Loch abrann. Teile des Gesteins waren fragil wie Tuff. Rhodan schätzte jeden Schritt, den er tat, genau ab und achtete dabei auf Absicherungen.

Er durchquerte langsam die unterirdische Halle und sah sich genau um. Er war sich nicht sicher, durch welche der drei großen Öffnungen, die er entdeckte und die weiter nach oben führten, er herabgerutscht gekommen sein mochte. Allesamt waren sie viel zu steil, um sie ohne Hilfsmittel bewältigen zu können. Rhodan würde im Untergrund bleiben und warten müssen, so sehr ihm der Gedanke auch missfiel.

Nun, er war zuversichtlich. Es würde nicht länger als ein, zwei Stunden dauern, bis sich Suchroboter zu ihm vorgearbeitet hatten.

Rhodan setzte sich vorsichtig auf einer ebenen Gesteinsplatte nieder und atmete durch.

Er ahnte, dass sich durch die anstrengende Kletterpartie seine Körpertemperatur erhöht hatte. Doch derlei Kleinigkeiten würde der Zellaktivator schnell ausgleichen. Beunruhigender waren die Abschürfungen und Prellungen, die sich allmählich schmerzhaft bemerkbar machten.

Rhodan tastete seine Rippenbögen vorsichtig ab. Sie stellten eine einzige schmerzende Fläche dar, jeder Atemzug bereitete ihm Schwierigkeiten. Vielleicht waren einige der Rippen angeknackst, er wusste es nicht zu sagen.

Die Hand- und Armgelenke waren so weit in Ordnung, sah man von Abschürfungen und offenen Wunden ab. Die Knöchel hingegen waren innen wie außen angeschwollen, das rechte Knie bereitete ihm gehörige Sorgen.

Vorsichtig zog er einen Klumpen von der Schläfe. Blut hatte sich mit Sand vermengt und war an offenem Fleisch kleben geblieben.

»Es kommt alles wieder in Ordnung«, sagte er laut, nur um seine eigene Stimme wieder einmal zu hören.

Sie hallte von den Wänden zurück, mehrfach gebrochen und verzerrt. Es war, als würden die Echolaute etwas ganz anderes aus seinen Worten machen. Als würden sie ihm drohen, ihn verspotten.

Bleib ruhig, Perry, mahnte er sich. *Es ist wahrlich nicht das erste Mal, dass du in eine unmögliche Lage geraten bist.*

Ein Gedanke schoss ihm durch den Kopf. War er allein in die Unterwelt Jolyonas hinabgerutscht – oder hatte es jene Onryonen ebenfalls erwischt, mit denen er es in der Arena zu tun gehabt hatte?

Was ist mit diesem Mymy? Ist er hier gelandet, lebt er noch? In seinem Zustand wäre er höchst gefährlich.

Rhodan nahm seine Wanderung erneut auf. Die Lampenfunktion des Armbandkoms spendete Licht. Die Ladung des Energie-Packs würde gewiss für zwei, drei Tage reichen. Er musste sich keine Sorge machen, im Dunkeln auf die Rettung warten zu müssen.

Rhodan zuckte zusammen, als er ein Geräusch hörte. Es war anders als alles, was er in der Höhle bislang vernommen hatte. Es war unregelmäßig, und es erinnerte ihn an das Geschrei oder Gepfeife eines Falken.

Gab es Tiere hier unten? Solche, die in der Dunkelheit verhaftet und niemals zuvor mit dem Tageslicht in Berührung gekommen waren?

Rhodan tastete um sich und nahm einen faustgroßen Stein zur Hand. Er befand sich auf fremdem Terrain, womöglich im Revier eines beuteschlagenden Tiers.

Immer wieder drehte er sich im Kreis und versuchte herauszufinden, woher das Gepfeife kam. Der Widerhall machte es ihm schwer, und je öfter sich Rhodan drehte, desto schwerer fiel ihm die Orientierung angesichts des nur schmalen Lichtkeils, den er zur Verfügung hatte.

Er tat einige Schritte zur Seite, hin zu einer Nische – und

konnte plötzlich eine Bestimmung vornehmen. Das Geräusch kam von seiner Rechten.

Vorsichtig ging er auf die Geräuschquelle zu. Sie lag unter einer Gesteinsschicht verborgen – und sie brachte ein schwaches und irrlichterndes, kaum wahrnehmbares Leuchten mit sich. Es strahlte mal hier, mal da, ohne dass die Quelle genau festzustellen war.

Das Emot eines Onryonen!

Rhodan warf den Stein weg, den er zur Verteidigung an sich genommen hatte, und bückte sich. Er sichtete die Umgebung, bis er fand, was er gesucht hatte: jenen Geröllhaufen, unter dem der Onryone begraben liegen musste.

Vorsichtig hob er einen der Steine an. Augenblicklich rieselte Sand nach, der Mann darunter rührte sich nicht.

»Kannst du mich hören?«, fragte Rhodan. »Bist du verletzt?«

Keine Antwort. Die Geräusche, die der Onryone von sich gab, waren womöglich Atemgeräusche aus einer geschädigten Lunge. Vermutlich war der Verschüttete nicht ganz bei sich.

Er legte den Stein beiseite und hob den nächsten an. Immer wieder hielt er inne und überlegte, wie er weiter vorgehen sollte. Das Gebilde war höchst labil. Rhodans kleines Vibratormesser, das er stets bei sich trug, half ihm nur bedingt. Die Klinge würde brechen, wenn er sie zu tief ins Gestein rammte.

Sein Tun ähnelte dem bei einem Holo-Mikado-Spiel: Wenn er das falsche aus den ineinander verspannten Elementen hervorzog, würde das gesamte Gebilde zusammenbrechen und den Onryonen darunter erschlagen.

Die einzelnen Brocken wogen vierzig Kilogramm oder mehr. Ab und zu schaufelte Rhodan mit den Händen nachrutschenden Sand beiseite. Dann wieder fügte er kleinere Steine als Stützen ein, um an anderer Stelle weiterzumachen.

Irgendwann gelang es ihm, Teile des Oberkörpers und

den Kopf freizuschaufeln. Endlich, endlich sah er, wen er vor sich hatte: Es war der alte Mann, der zu Hilfe geeilt war, der aber in den Kampf mit Mymy nicht eingegriffen hatte. Rhodan musste schlucken, als er sah, dass sich ein spitzer Stein ins Emot des Onryonen gebohrt hatte. Dicksämige Flüssigkeit war an den Rändern des Organs hervorgequollen und hatte sich zu einem hässlichen Schorf verfestigt.

Rhodan berührte sein Gesicht. Es fühlte sich brennend heiß an, am Hals pulsierte eine dicke Ader unregelmäßig.

Wie er befürchtet hatte, war der Onryone nicht bei Bewusstsein. Schmerzen quälten ihn, immer wieder gab er hohe Töne von sich und fantasierte. Die Worte, die er ausstieß, ergaben keinen Sinn. Vermutlich hätte er sich hin- und hergeworfen, wenn er den Raum dazu gehabt hätte. Der Großteil seines Leibs war nach wie vor wie eingebacken, unter Stein- und Sandmassen begraben.

Rhodan betrachtete jene Trümmer, die Rumpf und Beine bedeckten. Sie waren viel zu schwer, um sie bewegen zu können. Jeder dieser Steine wog gewiss mehr als einhundert Kilogramm. Er wollte gar nicht daran denken, wie die unteren Extremitäten des Onryonen aussahen.

Er fühlte sich hilflos wie selten zuvor. Der alte Mann ächzte und stöhnte vor sich hin, ohne ihn zu erkennen.

Er starb.

Sollte er … sein Leid verkürzen? War es seine Pflicht, ihm die Schmerzen zu nehmen?

»Verdammt«, sagte Rhodan leise und schüttelte den Kopf.

Er zuckte zusammen, als er einen Schrei von weiter weg hörte. Laut und panisch klang er. Aber es waren verständliche, zusammenhängende Worte. Es gab also noch jemanden in der Höhle!

Rhodan streichelte dem alten Onryonen mehrmals über das faltenzerfurchte Gesicht, während die Schreie das anderen anhielten. Er hörte erst mit den Berührungen auf, als er dachte, dass die Zuckungen des Sterbenden geringer geworden waren. Der Tod war nahe, und Rhodan konnte nichts dagegen tun. Er musste sich um die Lebenden kümmern. Er trat sachte vom steinernen Grab zurück und machte sich auf die Suche nach dem anderen Wesen.

»Rufe weiter!«, rief er auf Onryonisch in die Dunkelheit hinein. »Achte auf das Licht. Sag mir, sobald du es bemerkst.«

Das Gestammel endete, es schlug in eine Art Schluchzen um. »J...ja!«, sagte der Onryone. »Ich ... ich bin verschüttet. Ich komme alleine nicht raus ...«

Rhodan machte sich auf den Weg, vorsichtig wie zuvor. Wieder konnte er keine Richtung bestimmen. Also folgte er seinem Instinkt und ließ das Licht über die Fels- und Sandlandschaft gleiten.

Irgendwann ertönte ein Triumphschrei, Rhodan kehrte mit dem Scheinwerferkegel ein Stückchen zurück. Er konzentrierte sich auf das, was er sah – und entdeckte zwei Beine, die zwischen Felsen hervorstachen.

Rechts von Rhodan knirschte es, eine kleine Lawine löste sich. Schüttmaterial quoll aus einer Öffnung hervor, die er bis dahin nicht wahrgenommen hatte. Er ging schnell einige Schritte vorwärts, stolperte über Steine, blieb beinahe mit einem Bein hängen, eilte auf allen vieren weiter.

Keuchend blieb er in einem Sandbett liegen, nachdem sich das Grollen der kleinen Lawine gelegt hatte und trügerische Ruhe einkehrte.

»Bist du noch da?«, fragte der Onryone mit zittriger Stimme.

»Es ist alles in Ordnung.« Rhodan kam auf die Beine und setzte seinen Weg fort. Bald hatte er den Verschütteten gefunden.

»Du hast riesiges Glück gehabt«, sagte er, nachdem er

die Lage beurteilt hatte. »Zwei große Felsbrocken links und rechts von dir haben sich so eingeklemmt, dass dich das nachschiebende Material nicht erdrücken konnte.«

»*Glück nennst du das?*«, fragte der Onryone hysterisch laut. »Ich kann mich nicht bewegen! Ich kann mich nicht befreien!«

Rhodan leuchtete die Umgebung ab. »Wie heißt du?«, fragte er.

»Kahoyte.«

»Du bist ein Hüter?«

»Ein angehender Hüter.«

»Du hast mir geholfen, Mymy unter Kontrolle zu bekommen, nicht wahr?«

Eine Pause entstand.

»Dann bist du der Terraner. Ausgerechnet.«

Rhodan lächelte. »Das klingt nicht so, als wärst du froh darüber, dass ich dir zu Hilfe gekommen bin.«

Der Onryone schwieg.

Er war jung, jung und vermutlich ungestüm. Vielleicht hatte er etwas mit diesem Mymy zu schaffen gehabt. Rhodan würde sich in Acht nehmen müssen.

»Ich sehe einen Weg, wie ich dich da rausbekomme. Aber es könnte unangenehm werden.«

»Was soll das heißen?«

»Ich kann dich nicht an den Füßen nach vorn wegziehen. Der einzig mögliche Weg ist, dass ich das Geröll Stück für Stück wegräume.«

»Aber dann werden Steine nachrutschen und mich erschlagen! Oder der Sand wird mich ersticken.«

»Du trägst eines dieser traditionellen Gewänder, nicht wahr? So wie alle Hüter.«

»J...ja.«

»Es ist steif und fest, wenn ich das richtig gesehen habe.

Hast du ausreichend Bewegungsfreiheit, um den Mantel auszuziehen und über dich legen zu können?«

»Ja«, kam es zögernd, »aber was ...«

»Hör gut zu, Kahoyte: Es ist riskant, was ich vorhabe. Aber ich sehe keinen anderen Ausweg: Du breitest den Mantel über deinen Oberkörper und das Gesicht. So kannst du nicht ersticken. Roll dich zur Seite, krümm dich zusammen. Schütze deinen Kopf und schaffe einen kleinen Hohlraum vor dem Gesicht.«

»Ich verstehe immer noch nicht.«

»Ich muss einen Stein nach dem anderen von dir runterheben. Irgendwann einmal wird das Gebilde nachgeben und dich begraben. Dann musst du den Körper anspannen, so gut es geht, und darfst dabei nicht durchdrehen. Mag sein, dass du einige hundert Kilogramm Gewicht auf deinem Oberkörper spürst. Aber das hältst du für eine Weile aus, wenn du unter deinem Mantel bleibst. Er wird dich schützen. Ich werde so schnell wie möglich arbeiten. Wenn du ruhig bleibst, bleiben dir mindestens zwei Minuten, bevor du erdrückt wirst. Und mit jedem Handgriff, den ich tue, wird das Gewicht auf dir geringer werden.«

»Das ist Wahnsinn!«

»Das ist der einzige Weg, Kahoyte. Glaub mir.«

»Ich soll einem Terraner vertrauen?«

»Es wird dir wohl nichts anderes übrigbleiben.«

Woher kam dieser Hass? Was lief falsch auf Jolyona, dass ein junger Mann, der einer der angesehensten Berufsgruppen der hiesigen Gesellschaft angehörte, derartiges Misstrauen ihm gegenüber hegte?

»Zieh jetzt den Mantel aus und mach dich bereit«, sagte Rhodan in Befehlston. Eindringlich fügte er hinzu: »Ich verspreche dir, dass ich dich da rausbringe. Lebend. Hast du mich verstanden?«

»J…ja.«

Rhodan hörte ein Schaben und angestrengtes Ächzen. Die Beine bewegten sich unruhig. Auch die aufgetürmten Steine, unter denen Kahoyte begraben lag, zitterten ein wenig.

»Ich bin so weit«, hörte Rhodan die dumpfe Stimme des jungen Onryonen.

»Gut. Ich fange an. Atme ruhig. Du wirst es merken, sobald der Haufen nachgibt. Dann erst spannst du den Körper an und machst dich so breit wie möglich.«

»Ver…verstanden.«

Rhodan nahm das Armbandkom ab und platzierte es derart, dass es das Steingrab möglichst gut ausleuchtete. Er begann zu arbeiten, ruhig und konzentriert. Sein Knie schmerzte wieder stärker, die Knöchel schwollen weiter an. Doch das war unwichtig. Er würde sich um die Verletzungen kümmern, sobald sein Leidensgefährte befreit war.

Stück für Stück des Schutthaufens räumte er beiseite. Immer wieder legte Rhodan Pausen ein und überdachte, was weiter zu tun war. »Allmählich wird es heikel«, sagte er zu Kahoyte. »Du bist bereit?«

»Nein, ich schaffe das nicht. Hör auf. Bitte! Es gibt sicherlich einen anderen Weg, um …«

»Beruhige dich, Junge. Es wird alles klappen.« Rhodan verstrahlte Zuversicht, die er gar nicht fühlte. Er musste Entscheidungen treffen, wieder einmal, die ein Leben kosten mochten.

Er räumte weitere Brocken beiseite. Ein Drittel des Materials war bereits zur Seite geschafft. Mehr, als er zu hoffen gewagt hatte. Mit ein wenig Glück …

Es grummelte und klackerte. »Jetzt!«, rief er Kahoyte zu und schob rasch zwei der größeren Felsen weg, bevor sie gemeinsam mit etwa fünfzig anderen über dem Onryonen zusammenbrechen konnten.

Die Steine rutschten nach unten, ihres Halts beraubt. Ein gurgelnder Laut erklang, dann ein ersticktes Schnaufen. Kahoyte hatte nicht auf ihn gehört, verdammt, und hatte einzuatmen vergessen!

Rhodan griff zu und schleuderte Felsbrocken beiseite. Er schaufelte wie ein Wahnsinniger Sand mit den Händen, er trennte verklemmte Steine voneinander, er arbeitete sich die Finger wund. Eine Minute war bereits vergangen, und immer noch lastete immenses Gewicht auf Kahoyte. Der Junge würde nicht mehr lange durchhalten.

Schweiß spritzte von Rhodans Stirn, als er weiterräumte, die Trümmer wegriss, sich näher zu Kahoyte vorarbeitete. Einen Felsbrocken, der gewiss mehr als fünfzig Kilogramm wog, wälzte er zur Seite, einen anderen trat er mit den Füßen weg.

Unter ihm war es still, nichts bewegte sich.

Rhodans Rücken schmerzte, die Finger waren blutverkrustet, Salz klebte in seinen Augen, er vermochte kaum noch etwas zu sehen. Es kümmerte ihn nicht. Er hatte ein Versprechen gegeben. Er würde Kahoyte befreien.

»Ich bin … bei dir!«, quetschte er zwischen zusammengebissenen Zähnen hervor und räumte faustgroße Klumpen weg. Dann schöpfte er Sand ab, der eine dicke Schicht über der zusammengekrümmten Gestalt gebildet hatte.

Rhodan bekam Kahoytes rechten Arm zu packen. Er rüttelte und zog an dem Mantel, der darüber lag, schüttelte den schweren Sand ab, hob den Oberkörper des Onryonen an und streifte das Übergewand ab.

Der Kopf hing wie leblos von den Schultern, das Emot leuchtete fahl. Rhodan schlug mal links und mal rechts zu, auf die Wangen, bevor er weitere Brocken weghievte und Kahoytes Rumpf ebenfalls befreite.

Der Onryone kam zu sich. Erschrocken atmete er ein,

fuchtelte mit den Armen. Sein Emot irrlichterte, wie ein Besessener strampelte er die Beine frei und wich einige Schritte zurück, bevor er stolperte und rücklings in einen Sandhaufen stürzte.

»Ich hab ja gesagt, dass ich dich raushole«, sagte Rhodan erschöpft und kroch aus dem Loch, in dem Kahoyte gelegen hatte.

Kapitel 15:
Das Ende eines Hüters

Kahoyte blickte in das hässliche Gesicht des Terraners. Es war bleich, die Haut grobporig. Blut troff vom behaarten Kopf und zog rote Fäden entlang der viel zu kleinen, viel zu runden Ohren.

Warum war es ausgerechnet Perry Rhodan gewesen, der ihn befreien musste? Er würde ihm gegenüber dankbar sein müssen ... und schlimmer noch. Er war ihm verpflichtet.

Warum war er nicht stumm geblieben und hatte auf den Tod gewartet?

»Du musst mir helfen«, sagte Rhodan. »Ich habe noch jemanden gefunden und ...«

»Etwa Cyndenno?« Kahoyte sprang auf die Beine und verfluchte sich gleich darauf für diese Reaktion. Er war viel zu schwach für hastige Bewegungen.

»Einen alten Onryonen. Jenen, der uns ebenfalls zu Hilfe kommen wollte, als Mymy ...«

»Wo liegt Obanundi? Führ mich zu ihm! Wir müssen ihn befreien.« Kahoyte stürzte auf Rhodan zu, packte ihn und stieß ihn an. Alle Schwäche war vergessen. Wenn Obanundi ebenfalls in die Tiefe gerutscht war, musste er alles unternehmen, um ihn zu retten. Er war seinem Herrn von dem Tag an verpflichtet gewesen, da er in seinen Dienst getreten war.

Rhodan riss sich los und verzog das Gesicht auf diese verfluchte terranische Weise. Lachte er? Wollte er ihn verhöhnen?

»Es sieht nicht gut aus für deinen Obanundi«, sagte der Terraner. Er nahm sein Armband auf und stellte den Lichtkegel so ein, dass er weg von dem Loch leuchtete, in dem Kahoyte gelegen hatte.

»Er ist zäh«, beharrte Kahoyte störrisch.

Er trippelte Rhodan hinterher. Der Terraner schien ganz genau zu wissen, wohin er sich wenden musste. Selbstsicher kletterte er über halbmannsgroße Brocken hinweg und wich langen Sandzungen aus, die sich zwischen einzelnen Steinen gebildet hatten, so, als wüsste er, welche Gefahren im trügerischen Untergrund lauerten.

Irgendwann bemerkte Kahoyte das flackernde Leuchten eines Emots. Er drängte sich an Rhodan vorbei und lief vorneweg, hin zu Obanundi – und torkelte gleich wieder zurück.

Ja, es war sein Hüter. Aber er sah schrecklich aus. Das Emot war fast vollständig zerstört, eine Seite des Gesichts eingedrückt. Jener Teil des Oberkörpers, der frei lag, wies Verletzungen und Quetschungen auf.

»Wir müssen ihn freiräumen!«, sagte Kahoyte zu Rhodan.

»Siehst du die Steine, die auf ihm liegen? Gesetzt den Fall, wir schaffen es irgendwie, dieses Riesenkaliber mit einem Gewicht von mindestens hundertfünfzig Kilogramm beiseite zu hieven, rutschen sofort andere Brocken nach und zerquetschen Obanundi.«

»Dann werden wir die Steine aufhalten«, beharrte Kahoyte.

»Du und ich? So, wie wir derzeit in Form sind? Glaubst du das denn wirklich? Sieh dich mal an.«

»Er ist mein Hüter. Ich werde alles unternehmen, um ihn zu retten. Das versteht einer wie du natürlich nicht.«

»Du meinst also, wir Terraner kennen keine Freundschaft und wissen nicht, wie es ist, jemandem verpflichtet zu sein?«

»Freundschaft ist ein viel zu schwaches Wort für das, was zwischen uns steht«, beharrte Kahoyte. »Also los, hilf mir gefälligst!«

Er stellte sich breitbeinig hin und setzte an, diesen einen Felsblock hochzuhieven. Er war gewiss einen Meter lang und halb so hoch wie breit. Kahoyte klemmte seine Finger unter eine Kante, spannte die Muskeln an und hob mit aller Kraft an.

Nichts. Auch nicht, als Rhodan sich zu ihm gesellte. Sie schafften es gerade mal, den Felsen einige Zentimeter beiseitezuruckeln …

»Hör auf damit!«, bat Rhodan und setzte ab. »Siehst du denn nicht, dass das Gesamtgefüge nachgibt, wenn wir den Stein beseitigen?«

»Dann machen wir es so, wie du es bei mir getan hast, verdammt! Wenn Gestein und Sand nachrücken, arbeiten wir so schnell wie möglich und …«

»Obanunde liegt im Sterben. Seine Beine sind vermutlich zerquetscht, die Verletzungen an seinem Körper schrecklich.«

»Was willst du damit sagen? Dass wir ihn seinem Schicksal überlassen sollen? Dass wir nichts unternehmen können?« Kahoyte holte aus und schlug voll Zorn zu. Er traf Rhodan an der Brust. Der sah den Hieb nicht kommen, torkelte und fiel hintüber, stürzte unmittelbar neben Obanundi zu Boden.

Der Lichtkegel zuckte durch den Raum, während Rhodan fiel – und erlosch abrupt. Kahoyte stand auf einmal im Beinahe-Dunkel. Nur sein Emot spendete ein wenig Licht.

Er versuchte seinen Schrecken zu verbergen, als er vorwärts stolperte und nach Rhodan tastete. »Geht's dir gut?«, fragte er leise.

Keine Antwort. Bloß ein Stöhnen, das jenes von Obanundi ergänzte.

Da war diese tiefe, urtümliche Angst, die Kahoyte mit einem Mal befiel. Wenn er Rhodan umgebracht hatte, war er ganz alleine, hier, tief unter der Erde. Ohne Orientierung.

Ohne jemandem, der ihm sagte, was zu tun war. Ohne Hoffnung.

Er tastete umher und entdeckte Rhodan im Widerschein seines Emots. Er lag auf seinem Rücken und schnappte nach Luft. Kahoyte half ihm sachte, den Oberkörper hochzuheben. Der Terraner ächzte laut.

»Das wollte ich nicht! Ich habe nur …«

»Ist schon gut, Junge«, krächzte Rhodan. »Aber jetzt hilf mir hoch und behalte gefälligst deine Nerven im Zaum.«

Kahoyte tat, wie es Rhodan befahl. Er brachte Rhodan auf die Beine und spürte dabei, wie schlecht es um ihn selbst stand. Ihm war speiübel, sein Kreislauf drohte zu kollabieren.

»Obanundi ist mit unseren Mitteln nicht zu helfen«, sagte der Terraner leise und legte ihm in einer terranischen Geste, die ihn wohl beruhigen sollte, eine Hand auf die Schulter. »So leid es mir tut. Wir können nur bei ihm bleiben und hoffen, dass die Rettungskräfte schnell genug kommen, um ihn zu stabilisieren.«

»Rettungskräfte? Glaubst du, dass sie uns finden werden?«

»Ganz sicher«, antwortete Rhodan ruhig.

»Wir sind mindestens einhundert Meter in die Tiefe gerutscht. Man sagt, dass es ein weitverzweigtes und unerforschtes Labyrinth unter der Arena gibt. Das Gebiet ist tabu und …«

»Das ist irrelevant, Kahoyte. Selbst wenn sich die Regierung Jolyonas weigert, Grabungen anzustellen und Suchroboter auf den Weg zu schicken – Terra wird Druck machen. Schließlich geht es um mehrere Verschüttete.«

»Es geht um dich, möchtest du sagen. Der unsterbliche Perry Rhodan ist natürlich die wichtigste Person des Universums und muss gerettet werden.«

»Wenn genug Zeit bleibt, werden wir uns ein wenig über dein Weltbild unterhalten, Kahoyte. Jetzt aber lass uns nach deinem Hüter sehen. Vielleicht können wir es ihm ein wenig leichter machen.«

Kahoyte schämte sich. Er ereiferte sich über den Fremden, über den Terraner, während Obanundi schwerverletzt dalag, nur wenige Schritte neben ihm. Und ausgerechnet der Nicht-Onryone musste ihn daran erinnern. Er trat neben den Hüter und hockte sich nieder. Obanundi hatte die Augen geöffnet und starrte ins Leere, im Licht seines Emots vage zu erkennen.

Rhodan schaffte es, die Lampe des Armbandkoms zu reaktivieren. Er leuchtete das fahlschwarze Gesicht Obanundis aus. Der alte Mann bewegte seine Lippen, als wäre er in einer stummen Beschwörung verhangen.

»Ich bin es«, sagte Kahoyte leise und beugte sich weit vor zu seinem Herrn. »Ich passe auf dich auf.«

»So, wie es sich für einen guten Lehrling gehört«, kam die gehauchte Antwort. »Ich schütze dich, du schützt mich.«

Kahoyte wiederholte die rituellen Worte. »Ich bin froh, dass du nochmals … zurückgekehrt bist«, ergänzte er.

»Es sieht nicht gut aus, nicht wahr?«

»Nein«, antwortete Rhodan an seiner Stelle. »Es wäre gut, wenn du ruhig bliebst und dich nicht zu bewegen versuchtest. Ich bin mir sicher, dass uns bald geholfen wird. Und dann …«

»Für einen Unsterblichen lügst du außerordentlich schlecht.«

Rhodan schwieg. Lange. Dann sagte er: »Du weißt also, wer ich bin.«

Obanundi stöhnte auf, sein Leib zitterte und aus dem Mund drang dunkles Blut. »Ich sehe dich, ich höre dich, ich rieche dich«, blubberte er.

»Ich verstehe.«

Obanundi legte eine Pause ein. Nur sein angestrengtes und unregelmäßiges Atmen war zu hören. Kahoyte tupfte ihm sachte mit einem Ärmel Blut und Schweiß aus dem Gesicht.

Sein Herz war so schwer. Am liebsten hätte er den Hüter umarmt, sich tausendfach bei ihm entschuldigt und ihn für alles um Vergebung gebeten, was er jemals schlecht gemacht hatte.

»Es ist gut«, sagte Obanundi, als hätte er Kahoytes Gedanken gelesen. Und, an Rhodan gewandt: »Hör mir gut zu, Terraner: Du bist ab nun sein neuer Lehrherr. Du musst für ihn sorgen.«

»Das ist eine große Ehre, aber …«

»Du verstehst nicht, Rhodan. Es ist eine Verpflichtung. Du wirst dich um Kahoyte kümmern, als wäre er dein eigener Sohn. Du wirst ihn ausbilden. So lange, bis er in der Lage ist, ein eigenständiges Leben zu führen und du mit seiner charakterlichen Formung zufrieden bist. So verlangt es der Kodex der Hüter.«

»Ich kann diese Verantwortung nicht übernehmen, Obanundi. Ich bin kein Hüter.«

»Du wirst es tun!«, sagte der Hüter mit überraschend kräftiger Stimme. »Es gibt nichts, was dich von dieser Verpflichtung entbinden könnte. Sie ist endgültig.«

Rhodans Zögern war deutlich zu spüren. Kahoyte hielt die Luft an. Was geschah hier? Lag er irgendwo unter Felsen begraben und träumte, getrieben von Phantasmagorien, die sich sein wirrer Kopf ausdachte?

»Ich akzeptiere«, sagte Rhodan.

»Dann ist es gut.« Obanundi bedeutete Kahoyte, noch näher an ihn heranzurücken. Er wirkte schwach. So, als wäre er gar nicht mehr hier, sondern auf dem Weg zu einem anderen Ort. »Du bist ein guter Junge«, flüsterte der Hüter. »Du bist manchmal zornig und machst Fehler. Aber das ist ein Privileg der Jugend.«

»Herr, ich …«

»Scht! Ich hab dir doch gesagt, du sollst mich nicht Herr

nennen. Vertrau deinem neuen Meister. Er mag nicht von hier sein, und gewiss versteht er nichts von der Aufzucht der Anuupi. Aber ich habe keine andere Wahl. Du bist noch nicht fertig ausgebildet. Würde ich dich nicht an ihn weiterreichen, wären all deine Jahre bei mir umsonst gewesen.«

»Was soll aus mir werden, Obanundi?«

»Einer der besten Hüter Jolyonas, Junge.« Eine Hand berührte Kahoytes Wange. Sie fühlte sich heiß und feucht an. »Ich weiß, dass du es schaffen wirst. Hilf deinem neuen Meister, dann wird er dir helfen. Hast du mich verstanden?«

»J...ja.«

»Gut so. Und jetzt lass mich sehen, wie viel Kraft noch in diesem zerschmetterten Körper steckt.«

Kahoyte zog sich ein wenig zurück. Fasziniert und verzweifelt zugleich sah er dabei zu, wie Obanundi eines der wichtigsten, anstrengendsten Rituale eines Hüters vollzog. Seine zittrigen, schwachen Hände bewegten sich kaum dabei, und dennoch vermittelte er gehörige Kraft.

»Das wirst du nicht schaffen, Meister ...«

»Ruhig, Kahoyte. Ich weiß, was ich tue. Ich spüre es. Ich spüre *sie*. Sie sind hier.«

Ob er wollte oder nicht – Kahoyte musste helfen. Er musste Obanundi unterstützen, so sinnlos dieses Unterfangen auch sein mochte. Es würde dem alten Mann Frieden geben auf seinem Weg in den Feuerschlaf. Also bewegte er ebenfalls seine Hände und murmelte die uralten Worte. Er fokussierte sich auf seine Aufgabe, er ging darin auf.

Die Umgebung spielte keine Rolle mehr. Die Dunkelheit war unbedeutend und die Ängste, die er verspürt hatte, nicht mehr als ein paar lapidare Nebensätze im Buch seines Lebens.

Kahoyte tat, was getan werden musste. Er ging in seiner Arbeit auf. Es war, als hätte er sich ein Leben lang auf diesen einen Augenblick vorbereitet, in dem er Obanundi zu Gefallen war und ihm bewies, welch ein großartiger Hüter er werden würde.

Es war so viel Kraft in ihrem Zwiegespräch. Diese … diese Verbindung zwischen ihnen beinhaltete alles, was das Leben eines Hüters ausmachte. Deshalb meinte er, in einen unendlich tiefen Abgrund zu stürzen, als mit einem Mal keine Reflektion mehr folgte. Als sein Gesprächspartner verstummte, nicht mehr da war.

Als Obanundis Leben erlosch und die Dunkelheit Kahoyte zu verschlingen drohte.

»Das gibt's ja nicht!«, hörte er Rhodan sagen und öffnete die Augen, unendlich verärgert darüber, dass ihm nicht einmal einige Sekunden vergönnt waren, um seinen Meister zu betrauern.

Er blickte in vielfältiges Licht. Es war grün und rot und blau.

Kahoyte schluchzte. Er wusste nicht zu sagen, wie sie es geschafft hatten – aber rings um ihn und Rhodan waren mehrere Dutzend Anuupi versammelt. Obanundi und er hatten sie herbeigerufen – und sie waren gekommen, mit Dualles an der Spitze.

Manoulsi hatte richtig kalkuliert. Alle Unwahrscheinlichkeiten waren zu Wahrscheinlichkeiten geworden. Die Unsicherheitsfaktoren waren verschwunden, waren zwischen den Zeilen seiner Berechnungen versickert.

Die Geschehnisse an der Oberfläche waren kulminiert. Mit seinen bescheidenen Möglichkeiten hatte er dafür gesorgt, dass jene Faktoren, die er zur weiteren Begutachtung bei sich haben wollte, den Weg in die Tiefe genommen hatten.

Es waren viereinhalb Wesen. Oder vier. Oder auch nur drei. Die Bewertung, was tot war und was lebte, fiel Manoulsi schwer. Also ließ er sich nicht weiter auf Beurteilungen ein. Er würde alle Wesen im Auge behalten und dafür sorgen, dass sie für seine Berechnungen einen Sinn ergaben.

Er musste sie näher heranlocken. Es gab Helfershelfer, die ihn dabei unterstützen würden. Seine Schätzchen. Sofern sie noch intakt waren. Er hatte sie lange Zeit nicht mehr in Anspruch genommen. Leider waren sie dumm. Nicht viel intelligenter als jene Couphen, die er vor vielen, vielen Jahren gehütet hatte, damals, in der alten Heimat.

Manoulsi musste dafür sorgen, dass die drei bis viereinhalb Geschöpfe nicht gleich wieder verloren gingen. Also dehnte er seinen Herrschaftsbereich so weit wie möglich aus. Er gab damit seine Anonymität auf. Aber es war stets klar gewesen, dass er diesen Weg irgendwann gehen musste, wollte er Erfolg haben.

Und er musste mit seinem Verbindungsmann an der Oberfläche Kontakt aufnehmen. Es gab einige Dinge zu klären.

Kapitel 16:
Raus aus der Sitzung!

Die Nachricht erreichte Homer G. Adams während der vierten Diskussionsrunde des neuen Tages. Besser gesagt: während eines Rededuells, das er mit einem schlitzohrigen onryonischen Anwalt austrug. Der Kerl war auf interstellare Handelsvereinbarungen spezialisiert und kam ihm mit Paragraphen, die seit hundert Jahren totes Recht waren.

Thersa stürmte in den holzgetäfelten Verhandlungssaal, störte sich nicht an den tuschelnden Onryonen und den zornig abdunkelnden Emots. Sie hielt auf Adams zu, blieb knapp vor ihm stehen, bildete ein abhörsicheres *Stummfeld* um sie beide aus, beugte sich zu ihm herab und erklärte ihm mit wenigen Worten die Lage.

Adams sprang auf, der intelligente Stuhl fuhr zurück und versank in der Wand. »Ich muss die Sitzung vertagen!«, sagte er laut und verließ an Thersas Seite den Raum, ohne sich um das Geraune und Gemurmel seiner Gesprächspartner zu kümmern.

»Was soll das heißen: ... *eingebrochen und in die Tiefe gestürzt?*«, fragte er, sobald sie den Sitzungssaal verlassen hatten. »Es sollten Rettungskräfte vor Ort sein. Roboter, die sich auf die Suche nach Perry machen, dazu Bergungsteams.«

»Es gab eine Art politischen Protest, der ausartete. Schüsse fielen. Ein Onryone wurde bei Kampfhandlungen getötet. Rhodan wollte eingreifen und helfen ...«

»Wie immer. Dieser Narr!«

»... und wurde verschluckt, als der Untergrund der Arena nachgab.«

»Ich wiederhole meine Frage: Was ist mit Robotern? Mit Bergungsmaschinen?«

»Die Sicherheitsvorkehrungen sind nach terranischen Standards lasch. Weil es sich um eine Art geheiligten Grund handelt und jeder Handgriff erst einmal mit den Hütern der Anuupi abgeklärt werden muss. Also dauerte alles viel länger. Es war auch nicht sonderlich hilfreich, dass eine Panik ausbrach, sobald der Boden nachgab.«

»Weiter.« Sie durcheilten das riesenhafte Entree eines Konferenzzentrums in Richtung Ausgang. Durch die vordere Glasfront war ein eiförmiger Röhrengleiter zu sehen, dahinter hatten sich eine Menge Onryonen versammelt. Offenbar hatte sich bereits herumgesprochen, dass während der Großen Zusammenkunft ein Unfall geschehen war.

»Die Sicherheitsleute konzentrierten sich auf die Evakuierung der Arena. Onryonen wurden niedergetrampelt, einige von ihnen schwer verletzt. Es dauerte Minuten, bis Prallfeldgeneratoren parat waren und die panische Menge beruhigt werden konnte. Eine hundert Meter hohe Staubwolke legte sich über den Ort.«

Sie erreichten den Ausgang, der Röhrengleiter nahm sie augenblicklich auf und setzte sich in Bewegung. Adams hatte für die Schaulustigen keinen Blick übrig. Er konzentrierte sich auf Thersa. Sie schob ihm einen mobilen Holokubus zu, er aktivierte ihn und betrachtete einige der Aufnahmen.

In den dreidimensionalen Bildern war tatsächlich kaum etwas vom Ort der Großen Zusammenkunft zu erkennen. Eine kugelförmige und irrlichternde Staubwolke lag über der Arena. Eine gewaltige Masse an Onryonen eilte davon weg. Farblich markierte Prallfelder schufen Sicherheitskorridore. Da und dort zeigten sich einige wenige Roboter und Uniformierte, die die Hilfe zu koordinieren versuchten.

Auf einem weiteren Bild sah Adams hunderte buntgewandete Onryonen. Es waren Hüter, die ihre Anuupi zu bändigen versuchten. Der gewaltig große Schwarm der Schwebetiere zerfaserte nach dem Ausbruch der Panik in kleinere Einzelschwärme. Winzige Punkte markierten unzählige Ausreißer, die sich über dem Land verteilten.

»Hier«, sagte Thersa und schaltete einen Film zu. »Das sind die aktuellsten Aufnahmen, die wir haben.«

Der Nebel hatte sich ein wenig gelichtet. Im Zentrum der Arena existierte ein Loch mit einem Durchmesser von mindestens dreißig Metern. Scheinwerfer leuchteten in die Tiefe, kugelförmige Roboter schwebten darüber hinweg.

»Rhodan und mindestens drei Onryonen sind abgestürzt«, ergänzte Thersa. »Das Loch ist tief. Verdammt tief.«

»Da gehört Bergegerät herangekarrt, so schnell wie möglich. Und alles, was an Spezialmaschinen verfügbar ist. Dazu Höhlenspezialisten, Mediker, Statiker. Fachleute für Krisensituationen, psychologische Betreuer ...«

»Sind allesamt vor Ort.«

»Und? Gibt es ein Lebenszeichen von Rhodan und den anderen?«

»Noch nicht. Denn man ist auf Schwierigkeiten gestoßen. Und die sind der eigentliche Grund, warum ich dich aus der Sitzung geholt habe.«

»Sag schon!«

Und Thersa Gooden berichtete. Nachdem sie geendet hatte, wusste Adams, dass sich auf Mylehodinn *wirklich* eine höchst unangenehme Situation anbahnte.

Kapitel 17:
Die Höhle

Rhodan beobachtete fasziniert Kahoytes spielerische Bewegungen mit seinen schlanken Händen. Die Anuupi schossen daraufhin davon, mit den arttypisch ploppenden Geräuschen, und kehrten nach wenigen Sekunden zurück. Sie erreichten dabei Geschwindigkeiten von geschätzten zwanzig Stundenkilometern.

»Sehr gut, Dualles«, murmelte Kahoyte. »Du wirst mich unterstützen, nicht wahr?«

Das größte der Tiere, das zugleich am hellsten leuchtete, senkte sich zu dem Onryonen hinab. Die vordersten Spitzen seiner Körpernessel berührten die Fingerspitzen des angehenden Hüters, dann zog sich das Tier namens Dualles zurück.

»Er muss mir gefolgt sein, als ich in die Tiefe gestürzt bin«, sagte Kahoyte gedankenabwesend. »So, wie die stärksten Tiere aus Obanundis Herde.«

»Sie haben ihr Leben für dich und deinen Meister riskiert.«

»Ja. Sie bleiben ihrem Hüter zeit ihres Lebens treu. Sie müssen sich während des Einbruchs irgendwo verloren haben. Vielleicht sind sie in einer Kammer oder einem Kamin stecken geblieben und wussten nicht mehr, wohin sie sich wenden sollten. Dank Obanundis und meiner Beschwörung konnten sie sich neu orientieren und uns finden.«

»Es besteht eine mentale Verbindung zwischen den Anuupi und euch?«

»Nur bei gut ausgebildeten Hütern. Und auch nur bei Tieren, die auf Jolyona groß geworden sind. Das ist unser kleines Geheimnis.«

»Und warum verrätst du es mir?«

»Weil es allzu offensichtlich ist. Und weil du mein neuer Meister bist.«

»Hör mal, was diesen Schwur betrifft …«

»Wir sind einander verpflichtet, Terraner. Das Versprechen ist heilig.«

Kahoytes Widerwillen war deutlich aus seinen Worten herauszuhören. Er mochte Rhodan nicht und brachte seine Abneigung mit jedem Wort, mit jeder Geste zum Ausdruck. Aber er fühlte sich an das einmal gegebene Versprechen gebunden.

»Deine Anuupi werden uns den Weg aus der Höhle leuchten können, nicht wahr?«

»Selbstverständlich. Sie besitzen einen ausgezeichneten Orientierungssinn. Sie werden uns zeigen, wo wir hochsteigen müssen.«

Rhodan atmete erleichtert auf. Damit stand der Rückkehr ans Tageslicht nichts mehr im Weg. Die Anuupi spendeten ein ausgezeichnetes und angenehmes Licht, das es ihnen erlauben würde, die unterirdischen Bereiche auszuleuchten und möglichen Gefahren beim Aufstieg zu entgehen. Suchtrupps würden ihnen auf halbem Weg entgegenkommen und …

»Spürst du das?«, fragte Kahoyte.

Rhodan stellte sich breitbeinig hin und schloss die Augen. Tatsächlich. Da war ein Rumpeln. Vibrationen, die den Boden durchliefen. Sand rieselte von der Decke, einzelne Felsbrocken bewegten sich.

Eine urtümliche Angst befiel ihn. Die letzten Stunden hatten ihn viel Kraft gekostet. Der Gedanke an ein Nachbeben fühlte sich gar nicht gut an.

»Das ist … anders«, sagte Kahoyte zu seiner Überraschung.

»Was meinst du damit?« Rhodan suchte die Höhle mit Blicken ab. Wo waren sie am sichersten, wohin konnten sie sich zurückziehen?

»Die Anuupi. Sie reagieren kaum. Sie sind sehr feinfühlig und hätten mich viel früher gewarnt, wenn es zu einem weiteren Einbruch käme.«

Was hatte das zu bedeuten? Stimmte es, was der Onryone sagte, oder reimte er sich bloß etwas zusammen, um sich nicht der Wahrheit stellen zu müssen?

Dann sah Rhodan *es*.

Er wollte es nicht glauben, doch es war nicht zu leugnen. Alles, was er im Zusammenhang mit ihrem Unglück gedacht hatte, verlor an Sinn. Nichts davon war richtig gewesen.

Metallene Platten schoben sich zwischen Felsbrocken hervor. Während sie in die Höhe wuchsen, veränderten sie ihre Form und passten sich den räumlichen Gegebenheiten an. Sie verwanden sich, verschränkten sich ineinander, wuchsen zusammen.

»Los, komm!«, sagte er und packte Kahoyte an der Hand. »Wir müssen raus hier!«

»Wir dürfen Obanundi nicht im Stich lassen. Wir müssen ihn dem Feuerschlaf überantworten. Komme, was wolle!«

Rhodan zog den Jungen mit sich, so sehr er sich auch wehrte. »Wir kommen zurück, sobald wir selbst gerettet wurden. Ich bin dein Meister verdammt! Ich befehle dir, mir zu folgen!«

Endlich gab Kahoyte nach. Sie kletterten einen Schutthaufen hoch, der zu einem der drei großen Aufgänge führte. Sie mussten unbedingt in den jenseitigen Bereich gelangen, bevor sich die beweglichen Platten auch hier dazwischenschoben.

Ein zorniges, ungeduldiges Brummen war zu hören, während sie hochkletterten, mit den Beinen wegrutschten, sich verzweifelt irgendwo festhielten und den Weg fortsetzten. Es kam vermutlich von den Aggregaten im Untergrund, die diese sich verwindenden Metallplatten, nun ja, ausspuckten und in die Höhe wachsen ließen.

Die Anuupi gaben sich gleichmütig. Sie leuchteten ihnen den Weg und erleichterten das Vorwärtskommen. Kahoyte steuerte sie mit kaum wahrnehmbaren Fingerbewegungen. Unter anderen Umständen hätte Rhodan ihn für seine Begabung als Hüter gelobt. Im Moment aber dachte er bloß daran, durch die kleiner werdende Lücke zu gelangen. Er wollte nicht gefangen werden! Was auch immer gerade geschah und wer auch immer dahintersteckte – dies war ein Angriff. Der Unbekannte wollte, dass sie im Untergrund blieben. Er hatte womöglich das unterirdische Beben ausgelöst und dafür gesorgt, dass sie in die Tiefe gestürzt waren. Er hatte dabei den Tod Obanundis bewusst in Kauf genommen.

Noch war ausreichend Platz, um hinter die wachsende Metallwand zu gelangen. Aber schon stülpten sich stählerne Stiele aus dem Boden und verzweigten sich, Blumenstängeln gleich. Sie gewannen an Ausdehnung.

Die dahintersteckende Technologie war Rhodan rätselhaft – und in diesen Sekunden auch völlig einerlei. Er würde darüber nachdenken, sobald sie in Sicherheit waren.

Er hatte keine Ahnung, ob und wie sie von dem großteils mit Sand gefüllten Zugang auf die Oberfläche Jolyonas zurückgelangen konnten. Aber sie hatten die Anuupi bei sich, die sich als Spürhunde betätigen würden. Es war allemal besser, jenseits eines metallenen Abwehrriegels zu sitzen, als einem Gegner ausgeliefert zu sein, der Metallplatten aus dem scheinbaren Nichts hochwachsen lassen konnte.

»Schneller!«, feuerte er Kahoyte und sich an. Wieder rutschte er aus und verlor gut zwei Körperlängen auf dem rutschigen Untergrund. Doch er gab nicht auf, kletterte weiter.

Rings um ihn knisterte es. Metall fraß sich durch Stein und

Geröll. Es verdickte sich, verformte sich, ergoss sich ineinander und verhärtete. Es war ein unheimlicher, niemals zuvor erlebter Vorgang.

Rhodan würde es schaffen. Nur noch drei Meter bis zur rettenden Oberkante. Er würde zuerst Kahoyte darüberhieven und anschließend sich selbst. Ein letzter Klimmzug, einmal noch umgreifen und mit den Beinen nach Halt suchen. Das Gleichgewicht halten und alle Kraft zusammennehmen …

Ein grün leuchtendes Etwas entstand vor seinen Augen: ein Schutzschirm, der das wachsende Metall umschmiegte. Rhodan packte all seine Enttäuschung in einen faustgroßen Stein, den er in Richtung des Schutzschirms schleuderte. Der Brocken verglühte in gelben Entladungsfunken, zurück blieben ein kleines Rauchwölkchen und ein bitterer Geruch.

Rhodan musste hilflos dabei zusehen, wie die Metallwand von allen Seiten zusammenwuchs und sie von der Außenwelt abschloss.

Sie waren gefangen. Hinter einer Schicht aus Stahl und einem Schutzschirm unbekannter Leistungsstärke.

Kahoyte hinter ihm brüllte seinen Ärger laut hinaus. Ein Echo antwortete ihm, verzerrt und hämisch klingend.

Mithilfe seines kleinen Vibratormessers gelang es Rhodan, einen winzigen Span des Metalls abzukratzen. Die Materialanalyse seines Armbandkoms funktionierte. Sie lieferte Werte zur Dichte und Qualität, zur Härte, zur elektrischen Leitfähigkeit.

»Vermutlich ultrahochschmelzend«, sagte er leise. »Die Duktilität, die Verformbarkeit, ist außergewöhnlich, ohne dass der innere Zusammenhalt der Kristallgitter beeinträchtigt wird.«

»Wie bitte?«

»Ich denke laut nach, Kahoyte.«

Der Junge stand lethargisch da und starrte gegen die Wand. Ab und zu streckte er die Arme aus und tastete übers Metall.

Es fühlte sich ein wenig wärmer an als die Umgebung. Flüssigkeit perlte von der Oberfläche ab, Staub blieb nicht daran haften.

»Das ist definitiv eine Legierung«, sagte er zu dem jungen Onryonen. »Es ähnelt dem Terkonit und ist mit unseren Mitteln nicht zu knacken.«

»Aber es ist doch gewachsen! Was, wenn wir es wieder so weit bringen können, dass es sich rückverformt?«

Das war ein guter Gedankengang. »Ich befürchte, auf diese Steuerung haben wir keinerlei Zugriff«, sagte Rhodan bedächtig. »Es gibt eine unbekannte Komponente, die in die Metallstruktur eingewoben ist.«

Er beendete die Materialanalyse. »Es handelt sich um so etwas wie intelligente Maschinchen auf Nanoebene. Sie scheinen den Fluss des Metalls zu beeinflussen und zu leiten. Diese Nanomaschinchen wiederum benötigen vermutlich einen Befehl, um die Starre des Materials zu beseitigen.«

»Das alles hast du mithilfe deines Armbandkoms herausgefunden?«, staunte Kahoyte.

»Jein. Ich vermute bloß, dass es so ist.« Rhodan bückte sich und ließ von den Anuupi einen schmalen Sandstreifen ausleuchten, an dem das Metall im Boden verschwand. Der Sand war glasiert und fest mit der Wand verbunden, gleichsam verwachsen.

Er schaufelte mit den Händen Material beiseite, bis er eine Tiefe von etwa einem halben Meter erreicht hatte. Auch dort sah er das Metall – und es *verwuchs* mit dem Fels darunter. Aus dieser Falle gab es keinen Ausweg.

»Also noch mal von vorn«, sagte Rhodan und reichte Kahoyte die Hälfte eines Energieriegels, den er in den Tiefen seiner Hose gefunden hatte. »Wir sind vermutlich nicht abgestürzt, sondern wurden von einem Unbekannten hierher befördert. Dieser Unbekannte testet uns. Beobachtet uns. Er will verhindern, dass wir zurück an die Oberfläche gelangen.«

»Was soll das Gerede, Terraner?« Kahoyte kaute lustlos auf dem Riegel herum. »Wir sind dem oder den Unbekannten schutzlos ausgeliefert. Wir sind so gut wie tot. Genauso wie Obanundi.«

»Ganz und gar nicht«, widersprach Rhodan. »Unser Gegner hat erst reagiert, als wir aktiv wurden und er befürchten musste, dass wir den Weg nach oben finden würden. Davor beobachtete er uns bloß. Er hat noch etwas mit uns vor.«

»Wir sind sein Spielzeug.«

»Ich glaube, er ist neugierig. Vielleicht verfügt er nur über eingeschränkte Möglichkeiten und kann nicht alles verhindern, was wir vorhaben. Er muss sich seine Kräfte einteilen.«

»Dein Optimismus ist typisch terranisch. Aber er nutzt uns hier unten nichts. Wir sind Gefangene. Irgendwann werden wir verhungern oder verdursten. Oder erfrieren. Oder von wachsendem Metall umschlossen und erdrückt.«

Rhodan warf einen Blick in Richtung der Metallwand. Sie war fugenlos. Nichts ließ erahnen, dass sie erst vor einer halben Stunde entstanden war. Es war keine Wärme an der Oberfläche zu spüren, kein Kratzer zu sehen, keinerlei ... hm ... Maserung. Die Fläche war perfekt und hatte sich den natürlichen Gegebenheiten der Höhle angepasst.

Was, wenn sie in die Tiefe gruben? Würden sie jene Aggregate entdecken, die die Wände vor ihren Augen hatten entstehen lassen? Was, wenn sie die Steuerelemente deaktivierten oder vernichteten?

»Wir sind noch längst nicht tot, Kahoyte«, sagte er laut. »Sehen wir das als gutes Zeichen. Der Unbekannte ist neugierig.«

»Unsinn.«

Mehr sagte Kahoyte nicht. Er hockte abseits und wirkte wie ein Fluchttier, das bereit war, beim geringsten Geräusch aufzuspringen und das Weite zu suchen. Seine Nerven waren vermutlich zum Zerreißen angespannt.

»Die Suchtrupps werden uns trotzdem finden. Umso mehr, wenn sie den Schutzschirm anmessen werden. Sie haben einen Hinweis, wo wir uns befinden.«

»Nochmals: Jemand spielt mit uns! Kannst oder willst du das denn nicht erkennen?«

Kahoyte klang hysterisch. Eine Krise stand unmittelbar bevor, wie Rhodan feststellte. Er musste auf der Hut sein.

»Ich sehe einen Gegner, der erst einmal abwartet. Also nutzen wir einfach die Zeit. Begraben wir Obanundi. Entbieten wir ihm jenen Respekt, den er verdient. Was meinst du, Kahoyte?«

Es dauerte eine Weile, bis der Junge antwortete. »Ja, du hast recht«, sagte er. »Ich bin es ihm schuldig. Schließlich habe ich für seinen Tod gesorgt.«

»Das warst nicht du, Kahoyte. Es war …«

»Ich habe ihn umgebracht. Ich habe alle diese Geschehnisse in Gang gesetzt. Ich habe ihn verraten und enttäuscht und mich auf einen falschen Freund verlassen.«

Der junge, angehende Hüter begann zu erzählen. Anfangs stockend, dann immer schneller. So, als müsste er sich erleichtern und sich reinwaschen, indem er eine Art Beichte ablieferte.

Rhodan hörte aufmerksam zu. Es war die Geschichte eines zornigen jungen Mannes, der Fehler begangen und nicht auf seinen Meister gehört hatte. Kahoyte folgte Idealen, die nicht ganz falsch waren, aber auch nicht ganz richtig.

Wie oft hatte Rhodan derartige Erzählungen bereits erzählt bekommen? Wie viele Generationenkonflikte hatte er miterlebt? Außergewöhnlich war in diesem Fall allerdings, dass Kahoyte eine konservative Sicht der Dinge einnahm und sein Hüter fortschrittliche Gedanken verfolgt hatte.

»Obanundi hat dir verziehen«, sagte er, nachdem Kahoyte geendet hatte.

»Bloß, weil er nicht wusste, was ich alles angestellt habe!«

»Ich bin mir sicher, dass er es spürte. Wir wissen beide, wie empathisch er war. Nicht nur im Zusammenhang mit den Anuupi, sondern auch bei dir.«

»Hör endlich auf, Terraner!« Kahoyte stand auf und drückte die Handflächen fest gegen die großen Spitzohren. »Du weißt nichts von uns, gar nichts! Behalt deine dummen Weisheiten gefälligst bei dir. Ich will, dass du verschwindest. Ich will nicht, dass du mein neuer Meister bist! Wie konnte mir Obanundi das bloß antun?«

Kahoyte wandte sich zur Seite und stapfte davon, hinein in die Dunkelheit der Halle, begleitet von einigen Anuupi.

Andere blieben zurück. Sie wirkten unschlüssig und näherten sich Rhodan. Ihr Licht leuchtete beruhigend. Er meinte zu spüren, dass ihm die Tiere Zuversicht und Trost schenken wollten. So, als würden sie sagen: *Mach dir keinen Kopf, Perry. Kahoyte ist jung und ungestüm. Er wird sich bald wieder fangen.*

Rhodan stand ebenfalls auf. Er folgte einem regelmäßigen Geräusch, das er schon die ganze Zeit im Hinterkopf abgespeichert hatte, und entdeckte nach einigem Suchen den Grund dafür. Die Anuupi leuchteten einen waagerecht ruhenden Felsbrocken aus, in dessen Zentrum sich eine tiefe Mulde gebildet hatte. Darin stand Wasser. Es tropfte von einem Stalaktit ab, der etwa vier Meter über Rhodan hing.

Die Mulde war bis zum Rand hin gefüllt, über einen dünnen Flüssigkeitsfaden rann das überlaufende Nass ab.

Er schöpfte aus der Mulde und nahm vorsichtig einen

Schluck. Das Wasser war kalt und hatte einen metallenen Beigeschmack, aber es ließ sich trinken.

Faszinierend. Wasser und Licht sind eine Selbstverständlichkeit, über die wir kaum mal einen Gedanken verschwenden. Beides ist immer und überall verfügbar. Wir schätzen diese wertvollen Schätze viel zu wenig. Erst dann, wenn wir sie vermissen.

Ein wohliges Gefühl befiel ihn. Er war den Anuupi dankbar, dass sie ihm Licht spendeten und bei ihm blieben. Ihr rötlicher Schimmer sorgte dafür, dass sich selbst diese riesige Höhle nicht mehr unheimlich anfühlte und die Metallblockaden einen Teil ihres Schreckens verloren.

Er sah sich nach Kahoyte um, den zweiten Lichtfleck inmitten vollkommener Dunkelheit. Der Junge kam näher. Vermutlich hatte er sich wieder beruhigt.

Rhodan wartete. Die Anuupi flogen irgendwann ungeduldig aufeinander zu und gliederten sich in die kleine Herde ein. Sie leuchteten einen Fleck von etwa zehn Metern aus, in dessen Zentrum Kahoyte und er standen.

Stumm deutete Rhodan auf die Wassermulde, ebenso wortlos trat der junge Onryone darauf zu. Und wartete, ohne ihn anzusehen.

Erst nachdem sich Rhodan ein Stück entfernt hatte, beugte er sich vor und trank. Leise Schlürfgeräusche waren zu hören, für die sich Kahoyte vermutlich gehörig schämte. Der Hall in der Höhle trug jedes Geräusch weiter, daran konnte niemand etwas ändern.

»Wir sollten deinen Meister jetzt beerdigen«, sagte Rhodan, um die peinliche Stille zu brechen. »Ich weiß, dass ein Steingrab nicht dem entspricht, was ihr Onryonen euch wünscht, aber angesichts der Umstände bleibt uns nichts anderes übrig.«

»Ja. Bringen wir es hinter uns.« Kahoyte nahm einen letzten Schluck und ging an Rhodan vorbei, ohne ihn eines Blickes zu würdigen.

Es waren die Anuupi, die dem Begräbnis Würde verliehen. Dunkelrote Wesen schwebten bedächtig hoch und nieder, während Kahoyte einige Worte vor sich hin murmelte und sich dann abwandte, um die Tränen in seinen großen Augen nicht herzeigen zu müssen.

Rhodan stand mit ineinander verschränkten Händen vor dem steinernen Haufen, unter dem Obanundi seine letzte Ruhestätte gefunden hatte. Er wusste gar nichts über den Hüter – und doch war er ihm verpflichtet.

Erst da wurde sich Rhodan der Verantwortung bewusst, die ihm aufgehalst worden war. Ein Versprechen einem Sterbenden gegenüber war schnell und leichten Herzens getätigt. Aber der Junge schien es ernst zu nehmen.

Nun, wer weiß schon, wie lange uns überhaupt noch bleibt?, fragte sich Rhodan und musste bitter lachen.

»Findest du den Tod meines Meisters etwa lustig?«

Rhodan schreckte aus seiner Versunkenheit hoch. »Natürlich nicht. Verzeih. Ich versuche, mir über unsere Lage klar zu werden.«

»Natürlich. Und darüber lachst du.«

»Ich denke jedenfalls nicht daran, hier sitzen zu bleiben und Trübsal zu blasen.«

»Was möchtest du denn tun? Sollen wir Anuupi zählen?«

»Eher nicht. Aber reden wir über die Anuupi«, sagte Rhodan so ruhig wie möglich. Er wollte sich von Kahoyte nicht provozieren lassen. »Inwieweit kannst du mit ihnen kommunizieren?«

»Sie verstehen so gut wie alles, was ich ihnen sage.«

»Ihr habt sie dressiert, ich weiß. Und es besteht eine starke Verbindung zwischen Hüter und Anuupi. Aber kannst du ihnen denn auch befehlen, etwas zu machen, das sie bislang noch nie getan haben? Das würde voraussetzen, dass sie frei denken und Schlüsse ziehen können.«

Kahoyte zögerte. »Unser Verhältnis ist nicht so, wie du es siehst. Es ist einfacher, aber auch komplizierter.«

»Sehr aufschlussreich.«

»Spar dir deinen Sarkasmus!«

»Entschuldige, Kahoyte. Aber ich suche nach Wegen, aus diesem Rattenloch zu entkommen. Die Anuupi mögen der Schlüssel dazu sein. Wenn du ihnen befehlen könntest, nach einem Weg zu suchen, der ins Freie führt und uns zu leiten? Wenn du sie ausschwärmen lässt, sie einzeln wegschickst …«

»Das werden sie nicht tun«, sagte Kahoyte im Brustton der Überzeugung. »Sie fühlen sich unwohl, wenn sie voneinander getrennt werden. Sie brauchen die körperliche Nähe zueinander. Das … erhöht sie und hilft ihnen, bessere Entscheidungen zu treffen.«

»Ich verstehe. Und nochmals: Traust du dir zu, ihnen einen Auftrag zu geben und sie nach einem Ausgang suchen zu lassen?«

»Siehst du denn nicht, dass die Metallwände alles hermetisch abgeschlossen haben? Ich glaube nicht, dass unser Gegner irgendwelche Fehler gemacht hat.«

»Hier hat er alles dicht gemacht. Was aber, wenn es anderswo Ausgänge gibt? Wenn wir tiefer hinab in dieses Labyrinth müssen, bevor wir wieder hochsteigen können?«

»Noch weiter in die Tiefe? Du spinnst! Nein, ich gehe keinen Schritt weg von hier. Du hast selbst gesagt, dass bald Suchtrupps kommen werden. Oder war das bloß eine von diesen hohlen terranischen Versprechungen?«

Rhodan beherrschte sich. »Ich weiß nicht allzu viel über meine neuen Pflichten als dein Meister, Kahoyte. Aber ich bin mir sicher, dass Obanundi dich an meiner Stelle gemaßregelt hätte. Bist du ihm gegenüber jemals derart frech aufgetreten?«

Kahoyte wollte etwas sagen, verkniff es sich aber. »Verzeihung«, murmelte er, kaum hörbar.

»Hör gut zu, Junge. Ich will uns hier rausbringen. Mag sein, dass der oder die Unbekannten jeden unserer Schritte beobachten und uns sogar belauschen. Vielleicht spielen sie mit uns und haben die Möglichkeit, uns jederzeit den Garaus zu machen. Aber eines weiß ich: Ich werde nicht sitzen bleiben und ruhig bleiben, während uns jemand auf der Nase herumtanzt.«

»Wir haben nichts, womit wir uns wehren können.«

»Unsinn! Wir haben die wichtigsten Werkzeuge bei uns.«

»Ach ja? Dann zeig mal her, was du bislang vor mir versteckt hast, Perry.«

»Da drin« – Rhodan tippte sich mit einem Zeigefinger gegen den Kopf – »hat sich im Laufe der Zeit ein klein wenig Wissen abgelagert. Und so unvernünftig du dich derzeit auch benehmen magst: Ich bin mir sicher, dass du ganz schön was auf dem Kasten hast. Also lass uns nachdenken, wie wir mithilfe dieser Werkzeuge unserem Gegner ein Schnippchen schlagen können.«

Kahoyte sah ihn an. Lange. Und erstmals zeigte sein Emot ein kristallklares Blau, die Farbe des Vertrauens.

Sie wechselte gleich darauf wieder zu einem feurigen Rot. Aber immerhin, die Basis für ein besseres Verhältnis war gelegt.

Die Anuupi huschten davon. Sie bewegten sich in Kleingruppen durch das Rund der Höhle. Manche von ihnen verloren sich zwischen Säulen, die bizarre Formen angenommen hatten. Sie suchten Nebenräumlichkeiten ab oder verschwanden durch Löcher in der Dunkelheit, um an Sandabhängen vorbei in die Tiefen des Höhlenbereichs zu tauchen.

Sie irrlichterten eine Weile umher, dann wurde es dunkel. Rhodan schaltete die Leuchtfunktion des Armbandkoms an und begann eine Unterhaltung mit Kahoyte. Er informierte sich über dessen Arbeit als angehender Hüter und über die Anuupi. Einiges davon war ihm bekannt, vieles völlig neu. Es existierte ein strenges und exakt kategorisiertes Regelwerk, das für einen Außenstehenden kaum zu begreifen war.

»... jede Generation gibt ihr Wissen weiter«, sagte Kahoyte mit eifriger Stimme. »Die Alten sammeln ihre Erfahrungen und fassen sie alle fünf Jahre in einem Buch zusammen. Nichts davon wird auf Speicher gesprochen oder in Dateien zusammengefasst. Die Hütung ist ein traditionelles Gewerbe, das perfekt ist, wie es ist. Es braucht keine Ergänzung oder Erneuerung, wie es der eine oder andere Onryone fordert.«

»Wie kam es dazu, dass die Verbindung zwischen euch und den Anuupi auf Jolyona derart intensiv wurde?«

»Darüber reden wir nicht«, sagte Kahoyte reserviert. »Nur die wenigsten Bewohner wissen Bescheid. Vermutlich bist du der einzige eingeweihte Nicht-Onryone.«

»Ich würde gern mehr darüber wissen.«

»Du bist ein Terraner«, sagte Kahoyte, als wäre damit alles erklärt.

»Ich bin auch dein Meister.«

Der Junge sagte nichts mehr. Er saß einfach da, mit trüb leuchtendem Emot, und ließ den Kopf hängen. Er befand sich in einem Zwiespalt, der sich nicht so einfach lösen ließ.

»Dann versuchen wir es andersrum, Kahoyte: Was weißt du über diese Höhlen? Steht etwas darüber in euren Büchern geschrieben?«

»Es gibt bloß vage Andeutungen. Gerüchte.«

»Und zwar welche?«

»Dass man vorsichtig sein soll. Dass hier große Kräfte lagern und dass die Abgründe unendlich tief seien.«

»Lass mich raten: Es hat natürlich niemals ein Hüter daran gedacht, diesen Gerüchten auf den Grund zu gehen, stimmt's? Weil die Welt ja ein paar Geheimnisse braucht.«

»Richtig«, antwortete Kahoyte ernsthaft.

Rhodan atmete tief durch und verschluckte die bissige Bemerkung, die er auf den Lippen hatte. Er musste die Sitten der Jolyoner respektieren, so schwer es ihm auch fiel.

Ein Lichtschimmer fiel über sie. Vier Anuupi waren zurückgekehrt und umkreisten Kahoyte, leise vor sich hin ploppend. Der Junge beobachtete sie und tat dann einige Gesten. Die Tiere bewegten sich für eine Weile, als würden sie von ihm an unsichtbaren Fäden gezogen. Nachdem Kahoyte mit den Fingern geschnippt hatte, entfernten sie sich wieder, einem neuen Ziel entgegen.

»Können sie dir etwas mitteilen?«, fragte Rhodan.

»Ich sehe und spüre ihre Launen. Wenn sie aufgeregt sind, haben sie etwas Ungewöhnliches entdeckt.«

»Hast du schon mal drüber nachgedacht, dass die Besonderheit der Anuupi mit diesem Höhlenwirrwarr zu tun haben könnte?«

»Ich begreife nicht, was du damit sagen möchtest.«

»Ich versuche, die wenigen Fakten zu sortieren, die ich bislang von dir geliefert bekommen habe. Erstens« – er deutete auf den Daumen seiner Rechten – »erstens befinden wir uns in einem unterirdischen Bereich, von dem die Hüter wissen und in dem es, wie wir erfahren haben, unbekannte Technologien gibt. Zweitens findet ausgerechnet in einer darüber liegenden Naturarena jedes Jahr die Große Zusammenkunft statt. Ohne dass mir jemand sagen könnte, warum es ausgerechnet hier sein muss, auf Mylehodinn, einem wenig besiedelten Kontinent Jolyonas. Drittens sind die Hauptdarsteller der Großen Zusammenkunft die Anuupi. Die Hüter und ihre Tiere entwickeln interessanterweise eine besondere Verbindung. Es entsteht eine Farbe, die ich, nun ja, mit all meinen Sinnen wahrnehmen kann und die ich doch nicht genauer beschreiben kann. Das Lamanto-Blau, das allumfassend ist. Es gibt das Lamanto-Blau bloß hier, auf Jolyona. Nun frage ich dich nochmals: Ist das alles nur Zufall? Oder existieren Zusammenhänge? Fällt dir irgendetwas ein, das darauf schließen ließe?«

Kahoyte blickte entgeistert drein. Die Spitzen seiner langen Ohren zitterten, als wären sie starken Windböen ausgesetzt. »N...nein«, sagte er mit unsicherer Stimme. »Wir haben die Dinge so angenommen, wie sie sind. Warum sollten wir ihnen auf den Grund gehen, wenn doch ...«

»... wenn doch die Welt ein paar Geheimnisse braucht.«

»Richtig, Perry.«

Ein zweiter winziger Schwarm der Anuupi kehrte zurück, dann noch einer. Er wurde von diesem Tier namens Dualles angeführt, zu dem Kahoyte eine besondere Affinität entwickelt zu haben schien. Es wirkte ungemein kräftig und vital.

»Er hat etwas gefunden!«, sagte der junge Onryone und sprang auf die Beine. »Er möchte es uns zeigen.«

»Einen Weg ins Freie etwa?«

»Ich weiß es nicht. Aber ich habe Dualles selten zuvor so aufgeregt gesehen.«

Kahoyte stieß einen schrillen Ton aus. Er wurde von den hohen Höhlenwänden aufgenommen und als Echo weitergetragen. Nur wenige Minuten später waren alle Anuupi zurückgekehrt, die Herde wieder komplett.

Dualles schwebte ungeduldig vorneweg. Immer wieder bewegte er seine Nesseln und machte damit womöglich seinen Artgenossen deutlich, dass sie ihm gefälligst folgen sollten.

Die Tiere gehorchten anstandslos, und Kahoyte schloss sich ihnen an. Rhodan folgte ihnen am Schluss des kleinen Zuges. Er warf einen letzten Blick auf das Grab Obanundes, dann verschluckte die Dunkelheit die steinerne Ruhestätte des alten Onryonen.

Sie duckten sich unter Kalkbrücken, krochen einen schmalen, viel zu engen Gang entlang, gelangten in eine teilweise mit Wasser gefüllte Zwischenhalle und schließlich in einen Kamin, der sich relativ leicht bezwingen ließ. Etwa zehn Meter darunter stiegen sie wieder aus, weiterhin geleitet von Dualles, und stapften einen sandigen Abstieg in die Tiefe entlang.

Rhodan achtete auf jeden seiner Schritte. Er mahnte Kahoyte, vorsichtig zu sein. Der Onryone bremste sich kurz in seinem Überschwang ein, um schon zwei Minuten später wieder alle Vorsicht zu vergessen und übermütig über eine waghalsige Naturbrückenkonstruktion zu balancieren, die aus Kalkstein bestand.

Die Anuupi leuchteten heller als zuvor. Sie unternahmen alles, um ihnen während des Abstiegs die Kletterarbeit so leicht wie möglich zu machen.

Wie lange wird ihre Energie reichen? Wann müssen sie gefüttert werden und wie wird Kahoyte reagieren, wenn er draufkommt, dass seine Tiere hier unten allmählich verhungern?

Der feuchte Gang, den sie nahmen, war vermutlich einmal ein Magmaschlot gewesen. Seine Hitze hatte sich diesen Weg gegraben. Nachdem das Magma erkaltet war, hatte die Zeit ihre Arbeit verrichtet und das weichere Material im Laufe von Jahrhunderttausenden abgetragen, mithilfe von Wasser oder Druck.

Rhodan atmete flach. Die Luft war miefig, jeder Atemzug verstärkte das Schwindelgefühl. Auch seine Sicht trübte sich ein, die Hitze nahm immer mehr zu.

»Bist du dir sicher, dass Dualles recht behält?«, fragte er.

»Er hat mich noch nie im Stich gelassen«, krächzte Kahoyte zur Antwort. Auch er litt hörbar unter den Verhältnissen in diesem Bereich des Höhlenlabyrinths.

Rhodan betrachtete Dualles. Der Anuupi wirkte aufgeweckter als zuvor. So, als zöge er aus den Bedingungen neue Kraft. Womöglich benötigte er diese Temperaturen und einen spürbar erhöhten Schwefelgehalt.

Der Gang teilte sich, die Anuupi nahmen ohne zu zögern den rechten Weg. Es ging weiter bergab – und zu Rhodans Überraschung verbesserte sich die Luft. Er atmete erleichtert durch und meinte, sogar eine frische Brise zu spüren. Einen Zug, der von weiter unten kam.

Kahoyte torkelte und stolperte gegen ihn, Rhodan fing ihn reaktionsschnell ab. Gemeinsam setzten sie sich auf den nackten Boden, ohne sich um die Feuchtigkeit zu scheren.

»Warum hast du nicht gesagt, dass es dir schlecht geht?«, fragte Rhodan müde.

»Ein Onryone zeigt seine Schwäche nicht, und ein Hüter erst recht nicht.«

»Jetzt hör mir mal gut zu. All diese Regeln gelten ab nun nicht mehr. Du bist mit mir unterwegs. Du bist nicht nur mein Lehrling, sondern du musst mir auch Partner sein. Ich muss mich auf dich verlassen können. Wir brauchen einander schließlich. Das bedeutet auch, dass wir uns die Pausen gönnen, die notwendig sind. Also sagst du mir in Zukunft, wenn es dir schlecht geht. Verstanden?«

Kahoyte schwieg. Lange. Und murmelte dann ein widerwilliges »Ja«.

»Dann ist das geklärt.« Rhodan blickte sich um. Er entdeckte eine beinahe ebene Nische, die ein wenig abgesetzt vom eigentlichen Weg war. »Wir schlafen«, bestimmte er. »Dieser Platz ist so gut wie jeder andere.«

»Ich bin gar nicht müde«, widersprach Kahoyte schwach.

Rhodan sah auf das Armbandkom. Was er sah, überraschte

ihn. »Wir sind bereits seit dreizehn Stunden unter der Erde. Ich war davor schon eine Weile auf den Beinen. Und du? Wie lange bist du über die Ebene gestapft, auf dem Weg zur Großen Zusammenkunft? Wann hast du das letzte Mal die Augen zugemacht?«

»Ich bin nicht müde«, beharrte Kahoyte.

»Ich übernehme die Rolle des Pyzhurg.«

»Du ... weißt über unsere Sitten Bescheid?«

»Selbstverständlich. Ihr braucht Nähe während des Schlafens. Meist bildet ihr Schlafrudel. Aber bei euch Hütern vermute ich, dass dein Meister und du bloß zu zweit in einem kleinen Schlafraum zusammengelegen seid und ihr einen hölzernen Pyzhurg hattet, der über euch wachte. Liege ich richtig?«

Kahoytes Schweigen war ihm Antwort genug.

»Gut. Wir müssen uns an die Verhältnisse anpassen. Lassen wir die Anuupi frei, damit sie sich eine Schlafnische suchen können. Du und ich bleiben hier zurück, bis wir sie wieder benötigen. Ich brauche weniger Schlaf als du, ich werde über dich wachen. Ich gebe dir, sagen wir mal, fünf Stunden. Anschließend bist du mein Pyzhurg für weitere zwei Stunden. Das ist für mich ausreichend. Und das ist kein Vorschlag, sondern ein Befehl von deinem Meister. Verstanden?«

Kahoyte bestätigte mit einer kompliziert anmutenden Handgeste, die Rhodan bei den Onryonen schon öfter mal gesehen hatte und zu deuten wusste. Der Junge wirkte erleichtert, dass er einen Befehl bekommen hatte.

Der dauernde Widerspruch kostet ihn mehr Kraft, als ihm selbst klar ist. Er leidet, weil er mir verpflichtet ist – und ist dennoch froh darüber.

Kahoyte kroch ein paar Meter weiter, hin zur Nische, Rhodan setzte sich neben ihn. Er achtete darauf, den Jungen zu berühren. Es war ein unangenehmes Gefühl. Der Onryone roch sonderbar, nach einer Mischung aus Pferdedung und Veilchen. Doch er brauchte die Körperwärme eines anderen. Also ließ Rhodan es geschehen, dass Kahoyte einen Arm um ihn legte und leise schnaufend einschlief.

Kapitel 18: Verhandlungserfolge

Adams betrachtete abwechselnd die beiden Duumvirn. Der hagere Gasc Sheromyc war unmittelbar nach ihm am Ort der Großen Zusammenkunft eingetroffen. Xyl Conmyc hatte die Geschehnisse mit eigenen Augen miterlebt. Sein Gesicht und seine Kleidung waren staubüberzogen, die Farbe seines Emots wechselte hin und her, wohl ein Zeichen seiner Unsicherheit.

»Was soll das heißen: Ihr seid auf einen Schutzschirm mit unbekannter Signatur gestoßen?«, fragte er die beiden. »Es wird sich doch bitte schön herausfinden lassen, wie er aufgebaut ist, wie groß seine Leistungsstärke ist und wie es mit der höherdimensionalen Feldstärke aussieht! Entspricht er onryonischer Technologie oder der eines anderen Volkes? Wie können wir ihn knacken? Wie wollt ihr ihn umgehen? Und, vor allem: Wisst ihr, ob Perry noch lebt? Wurde er hinter dem Schutzschirm eingeschlossen?«

»Wir stellen uns dieselben Fragen, Homer«, sagte Sheromyc kühl. »Aber wir haben noch keine Antworten. Vorerst lassen wir nur Spezialroboter in den begehbaren Bereich der Höhle vor.«

»Ich werde dafür sorgen, dass ihr Unterstützung von uns bekommt. An Bord der CEREBUS sitzen Analysten und Wissenschaftler, die auf alle Eventualitäten vorbereitet sind.«

»Die Regierung Jolyonas bedankt sich für dieses großzügige Angebot«, sagte Sheromyc steif. »Deine Leute können gerne als Beobachter akkreditiert werden. Aber eines muss dir klar sein: Alles, was unterhalb der Arena geschieht, wird von uns bestimmt. Hier handelt es sich um heiliges Gebiet. Und, um das deutlich zu machen: Jolyona hängt nicht am Rockzipfel Terras. Wir sind eigen- und selbstständig.«

Adams beherrschte sich, gezwungenermaßen. Nur zu gern hätte er in diesen Augenblicken Atlan an seiner Seite gehabt. Der Arkonide wusste ganz genau, wie man mit solchen Situationen und, vor allem, mit diesen engstirnigen Verhandlungspartnern umgehen musste. *Heiliges Gebiet, pah!*

Atlan hätte einem der beiden Duumvirn den Lauf seines Strahlers an die Stirn gesetzt und sich selbst zum Leiter des Rettungskommandos bestimmen lassen.

»Also schön«, sagte Adams zähneknirschend. »Gebt mir die Fakten.«

»Es kam zu Unruhen während der Feier«, sagte Conmyc. »Demonstranten nutzten die Gelegenheit der größten Aufmerksamkeit, um auf ihre spinnerte politische Agenda hinzuweisen. Einer von ihnen drehte durch und schoss um sich. Perry Rhodan meinte, sich einmischen zu müssen, und stürmte in die Arena. Ich saß unmittelbar neben ihm und wollte ihn aufhalten. Er stieß mich beiseite und lief los, obwohl die Sicherheitsroboter die Lage bereits wieder unter Kontrolle hatten.«

Da stimmt etwas nicht. Conmyc zeigt seine Rolle vermutlich größer, als sie war. Rhodan tut nichts Unüberlegtes. Er muss große Gefahr gespürt haben, andernfalls hätte er niemals eingegriffen.

Adams befand sich nur wenige Meter von jener hölzernen Tribüne entfernt, auf der die Würdenträger Jolyonas und Rhodan Platz genommen hatten. Rhodan musste über die Balustrade gehechtet und fast zwei Meter in die Tiefe gesprungen sein. Der Sand hatte seine Landung gewiss gedämpft; aber würde jemand solch einen waghalsigen Sprung auf sich nehmen, wenn die Lage ohnehin schon wieder unter Kontrolle schien?

»Rhodan ließ sich in ein Handgemenge mit dem durchgeknallten Anführer der Demonstranten hineinziehen«, fuhr Conmyc fort. »Strahlenschüsse lösten sich, Onryonen wurden getötet. Und mit einem Mal gab der Boden der Arena nach. Es ist bekannt, dass sich darunter Hohlräume befinden ...«

»Moment einmal! Werft ihr Perry etwa vor, am Tod Unbeteiligter mitschuldig zu sein?«

»Wir können es nicht ausschließen«, antwortete Sheromyc. »Es existiert kaum Bildmaterial. Den Zusehern ist es untersagt, Aufnahmen von der Großen Zusammenkunft zu machen. Nur die Sicherheitsroboter haben einige Bilder abgespeichert. Allerdings sind sie nicht sonderlich aussagekräftig, da es zu starker Staubentwicklung kam. Die Energien der Anuupi störten darüber hinaus das elektromagnetische Gleichgewicht. Die Tiere waren fast nicht zu bändigen, als es zu diesem Höhleneinbruch kam.«

Die Duumvirn logen. Adams sah es ihnen an den Nasenspitzen an, auch wenn sie ihre Emots perfekt unter Kontrolle hatten. Sie wollten das Versagen ihrer Leute und die schlampigen Sicherheitsvorkehrungen übertünchen und suchten nach einem Schuldigen. Nach einem außenstehenden Schuldigen.

Würden sie so weit gehen und Beweismittel fälschen, um Perry die Verantwortung für die Katastrophe in die Schuhe zu schieben?

»Dann warten wir ab, was das Bildmaterial an neuen Erkenntnissen zutage bringt«, sagte Adams beherrscht. »Ich möchte eine Kopie davon haben. An Bord der CEREBUS befinden sich, wie gesagt, Fachleute, die euch bei der Analyse unterstützen können.«

»Wir werden darüber nachdenken.«

»Perry ist also in die Tiefe gestürzt. Er allein, oder gab es weitere Betroffene?«

»Zumindest jener Verrückte, mit dem er gerangelt hatte, ist mit ihm abgestürzt«, antwortete Sheromyc. »Zudem einer der kompetentesten Hüter dieser Generation, Obanundi. Dazu sein Lehrling, ein junger Mann namens Kahoyte. Es gibt Augenzeugen, die behaupten, dass noch eine fünfte Person verschwunden sei. Sicher können wir uns allerdings nicht sein; wenn, dann gehörte er zu den Demonstranten.«

»Es kam bei der Evakuierung zu Panikausbrüchen«, setzte Conmyc mit gepresster Stimme fort. »Sechs Onryonen wurden zu Tode gequetscht, mehr als hundert befinden sich in medizinischer Behandlung. Darunter sind auch Schwerverletzte.«

Was wird hier gespielt, verdammt noch mal? Hat diese Katastrophe politische Ausmaße? Haben die Duumvirn den Tod ihrer Artgenossen in Kauf genommen, um ihn Perry in die Schuhe zu schieben? Wollen sie einen Eklat provozieren? Zu welchem Zweck? Arbeiten sie mit den Tefrodern zusammen oder mit einem anderen intergalaktischen Bündnis, das der Liga schaden möchte?

»Wir müssen Rhodan unbedingt finden«, sagte er laut.

»Da ist uns, wie gesagt, dieser grünleuchtende Schutzschirm im Weg, Homer.« Conmyc schüttelte den Kopf. »Wir konnten seinen fünfdimensionalen Charakter noch nicht entschlüsseln. Er ist stärker als alles, was wir mit unserer Technik knacken können. Unterhalb der Arena müssen sich enorm leistungsfähige Aggregate befinden.«

»Auf eurer Welt existieren also Anlagen, die ihr während all der Jahrhunderte nicht entdeckt habt. Gibt euch das nicht zu denken?«

»Ich habe mir erzählen lassen, dass auf Terra aus längst vergangenen Epochen unzählige Relikte lagerten und selbst heute noch Unbekanntes gefunden wird. Atlan blieb jahrtausendelang unentdeckt, ebenfalls die Umtriebe von Vertretern anderer Völker. Gibt dir das nicht zu denken, Homer?«

»Ein Punkt für dich, Conmyc«, gab Adams zu. Mit Unbehagen stellte er fest, dass sich der Onryone ausgezeichnet in terranischer Geschichte auskannte.

»Hinter dem Schutzschirm befindet sich darüber hinaus ein mechanisches Hindernis. Es wirkt metallen. Aber das ist eine reine Vermutung. Solange wir nicht mehr über den Schirm wissen …«

»Natürlich.« Adams überlegte. »Wie gut lässt sich die Form des Schirms bestimmen? Was, wenn man an anderer Stelle versucht, in das dahinterliegende Höhlensystem vorzudringen? Von unten, zum Beispiel? Das Gerät dazu sollte ja vorhanden sein, wenn ich so an eure unterirdischen Anlagen denke.«

Sheromyc nickte zögernd. »Wir haben uns darüber bereits Gedanken gemacht. Unsere Statiker rechnen derzeit einige Modelle durch. Wir wissen leider viel zu wenig über das Höhlensystem unterhalb der Arena. Es besteht die Gefahr, dass es instabil ist und teilweise in sich zusammenbricht.«

»Könnt ihr wenigstens seine Ausdehnung abschätzen?«

»Nein. Das Gebiet wurde niemals vermessen, es gibt lediglich Schätzungen. Und die reichen, je nach Statiker, von fünf Kilometern Durchmesser bis zu mehreren tausend.«

»Mehreren tausend?«

»Richtig. Ein Großteil unserer Siedlungen wurde dort errichtet, wo es bereits natürliche Höhlenräume gab. Viele davon sind noch nicht erforscht. Einige Fachleute sind sogar der Meinung, dass sie *alle* miteinander verbunden sind. Ich halte das zwar für unwahrscheinlich, aber …«

»Perry erzählte mir von den früheren Bewohnern Jolyonas. Solchen, die lange vor den Onryonen gesiedelt haben. Was er in den Salzbaronessen gezeigt bekommen hat, hat ihm durchaus imponiert. Kann es sein, dass die dortige Expeditionsleiterin mehr über diese Anlagen weiß – und auch etwas zum Schutzschirm sagen kann?«

»Das kann ich mir nicht vorstellen«, sagte Xyl Conmyc und zeigte mit seinem Emot ein Beige, die Farbe des Zweifels. »Ich werde mich auf jeden Fall mit ihr in Verbindung setzen.«

»Tu das.« Adams dachte an Atlan. An sein Durchsetzungsvermögen. An seine eigene Zeit als Anführer der Widerstandsorganisation WIDDER. Er hatte mit viel Energie und wenig Erfolg versucht, dem über die ganze Milchstraße herrschenden Tyrannen Monos etwas entgegenzusetzen.

Damals war er aus sich herausgegangen und hatte den sicheren Hafen der Zahlen, Börsen und Handelsgeschäfte verlassen.

Er musste die Erinnerung daran zurückholen. Er musste aktiv werden.

»Terra wird nicht lange zusehen«, sagte er so ruhig wie möglich. »Es geht um Perry Rhodan. Er ist nicht nur im Solsystem eine Symbolfigur.«

»Das wissen wir«, sagte Sheromyc. »Dennoch …«

»Ich will kein ›Dennoch‹ mehr hören, Duumvir. Ich will, dass ihr meine Leute und mich an der Suche nach Perry beteiligt. Ich will volles Zugriffsrecht auf alle Informationen – und ich möchte in die Höhle vorgelassen werden. Andernfalls haben wir drei ein großes Problem. Ein ganz großes Problem sogar. Habt ihr mich verstanden?«

Er hasste diese Rolle. Sie entsprach keinesfalls seinem Charakter.

Doch er machte seine Sache gut. Adams konnte fühlen und riechen, wie die beiden Onryonen vor ihm einknickten. Sie wogen Chancen und Risiken ab und entschieden dann im Gleichklang, dass sie ihre Geheimhaltungs- und Verzögerungstaktik aufgeben mussten.

»Einverstanden, Homer«, sagten sie unisono.

Sheromyc fuhr allein fort: »Du bist dir darüber im Klaren, dass dein Auftreten nicht dazu geeignet ist, das Verhältnis zwischen euch und uns zu verbessern?«

Adams grinste. »Kann es denn noch schlimmer werden nach all den Tricks und Schiebereien, die ich am Verhandlungstisch erleben musste? Glaubt ihr denn wirklich, dass ich mich von euren Dilettanten über den Tisch ziehen lasse? Ich habe unzählige Beweise gesammelt, wo und wie ihr Terra betrügen möchtet. Ich sage euch, wie es ist: Jolyona steht am Rande des wirtschaftlichen Zusammenbruchs. Noch sind die Zahlen gut, aber sie wurden geschönt. Nicht wahr, Conmyc?«

Der dickliche Duumvir verlor an Gesichtsfarbe, sein Emot flackerte erneut unkontrolliert. Er fühlte sich ertappt. Er mochte ein guter Zahlenjongleur sein und ein noch besserer Betrüger. Aber er hatte es schließlich mit ihm zu tun, mit Homer G. Adams, der mehr Wirtschaftskrisen überstanden hatte, als der Himmel über ihm Sterne zeigte.

»Mag sein, dass euch andere Machtblöcke der Milchstraße bessere Konditionen anbieten als Terra. Mag sein, dass Vetris-Molauds Dilettanten eure Zahlenmanipulationen übersehen und euch eine größere wirtschaftliche Bonität einräumen. Aber ich stehe für Ehrlichkeit und Respekt. Ich werde euch harte Bedingungen diktieren – und ich werde mich daran halten. Das wird euch jedermann bestätigen, der mit mir Geschäfte gemacht hat.«

Nun ja, fast jeder, dachte Adams, der sich an die eine oder andere Gaunerei erinnerte. An Machenschaften, die dazu geführt hatten, unliebsame wirtschaftliche Gegner oder Feinde zu schwächen. Aber die Jolyoner zählten definitiv nicht zu dieser Gruppe.

»Eure Welt wird florieren«, fuhr er fort und betonte dabei jedes einzelne Wort sorgfältig. »Das garantiere ich euch. Aber dafür erwarte ich unbedingte Zusammenarbeit hier und jetzt. Habt ihr mich verstanden?«

Die Emots beider Duumvirn leuchteten hellrot auf. Sheromycs und Conmycs Körpersprache verriet, dass sie sich überrumpelt vorkamen – und überfordert waren.

»Nun? Ich warte. Kiresits, der Kommandant der CEREBUS, wartet auf meine Anweisungen. Kann ich ihm sagen, dass sich unsere Spezialisten auf den Weg machen sollen?«

»Meinetwegen«, sagte Sheromyc. »Aber wir fordern höchsten Respekt. Ein jeder Schritt wird mit uns abgesprochen. Die Würde des Orts der Großen Zusammenkunft muss gewahrt bleiben.«

»Selbstverständlich.«

»Und du stehst zu deinem Wort, was die wirtschaftliche Zusammenarbeit betrifft?«, hakte Conmyc nach, ganz der Buchhalter, der er war.

»Wie ich bereits sagte: Ihr bekommt harte, aber faire Bedingungen. Und alle werden wir davon profitieren.«

Die Onryonen beugten die Köpfe mal nach links und dann nach rechts, als Zeichen ihres Einverständnisses, Adams reagierte ebenso.

Damit sind diese lästigen wirtschaftlichen Verhandlungen erst mal vom Tisch, dachte er und gab sich gar keine Mühe, die Erleichterung zu verbergen. Nun konnten sie all ihre Kraft auf die Suche nach Perry Rhodan konzentrieren.

Kapitel 19: Erste Hinweise

Er sah schimmernde Silhouetten, deren Formen sich immer wieder veränderten. Er hörte leise Stimmen, hohl und ausdruckslos.

Da war ein Wesen, gefüllt mit unendlich langsam verwehender Kraft. Es wandelte durch die Hohlräume und hatte kein Problem damit, durch Felswände zu schweben. Es war überall zugleich, es war allumfassend.

Aus den Augenwinkeln entdeckte er Spuren, die ihm uralt vorkamen und die ihn an frühere Ereignisse erinnerten. An Geschehnisse auf der Erde, die tief in der Vergangenheit begraben lagen.

Diese Gedanken ließen sich nicht richtig greifen, nicht in unmittelbare Zusammenhänge bringen …

Perry Rhodan schreckte aus dem Schlaf hoch. Er wollte sich bewegen, fühlte sich aber eingeschränkt, so, als würde ein schweres Gewicht auf ihm lasten.

Es dauerte einige Sekunden, bis er wusste, wo er war und was geschehen war.

»Alles in Ordnung?«, fragte Kahoyte, der eng an ihn gekuschelt dalag und sich nun aufrichtete.

»Ja. Ich habe schlecht geträumt«, antwortete Rhodan wortkarg. Er wischte sich Schweiß von der Stirn. Der Alp hatte etwas in ihm ausgelöst, das er nicht greifen und nicht begreifen konnte.

»Schade, dass ich nicht mitträumen durfte! Wenn wir uns zu Schlafrudeln zusammenfinden, geschieht es immer wieder, dass wir Gedanken teilen. Auch mit … mit Obanundi ist es mir gelungen. Es sind schöne Erfahrungen, über die wir anschließend während des Abdrückens sprechen.«

Abdrücken …

Rhodan wurde einmal mehr die Fremdartigkeit der onryonischen Kultur bewusst. Die Jolyoner und alle anderen Vertreter dieses Volkes verabscheuten das gemeinsame Essen, und sie schliefen von Kind an dicht aneinandergedrängt, oft in Gruppen von zwanzig oder mehr Personen.

Sonderbar und prägnant war insbesondere der soziale Umgang in den *Abdrücksälen oder Abdrückräumen* beim gemeinsamen Stuhlgang. Dort wurden Handelsgeschäfte abgeschlossen, Spiele gespielt, Heiratsanträge gemacht, Streits ausgetragen.

»Wir sollten weiter«, sagte Kahoyte unruhig. »Dualles möchte, dass wir ihm folgen. Er ist zwar mein intelligentester Anuupi, aber er vergisst allmählich, was wir hier eigentlich suchen. Sein Orientierungsgefühl geht verloren.«

»Ist er gestern in der kurzen Zeit, da er alleine unterwegs war, denn tatsächlich so weit ins Innere des Labyrinths vorgedrungen?«

»Nein. Aber er hat eine Spur aufgenommen. Ihr habt Tiere, die ähnliche Sinne besitzen. Sie riechen, wohin sie gehen müssen. Sie heißen *Lunde*, nicht wahr?«

»Hunde«, verbesserte Rhodan. »Aber sie verlassen sich auf ihre Sinne. Bei den Anuupi scheint es eine andere Form der Orientierung zu geben. Reagieren sie auf Unterschiede des Luftdrucks? Auf Magnetfeldlinien?«

Kahoyte gab keine Antwort, so, als wollte er nicht alle Geheimnisse über die Anuupi verraten.

Sie machten sich auf den Weg, hinab in die Tiefe. Der kurze Schlaf hatte Rhodan nicht sonderlich gutgetan. Alles an seinem Körper tat ihm weh – und diese sonderbare Schlafensvision beschäftigte ihn. Er träumte selten derart intensiv. Es war, als hätte ihn sein Unterbewusstsein auf etwas Bestimmtes aufmerksam machen wollen.

Dualles schwebte voran, die Anuupi folgten. Das Leittier wurde ungeduldig, so, als wäre das Ziel unmittelbar voraus.

Rhodan wurde zunehmend nervöser. Es irritierte ihn, dass die Luftqualität zunahm und dass die Felsstrukturen rings um ihn aussahen, als wären sie bearbeitet worden. Seinem Gefühl nach waren sie auf direktem Weg in die Höhle des Löwen, hin zum Errichter der nanometallenen Mauer und des geheimnisvollen Energieschirms.

Und da war auch noch dieses ständige Gefühl, beobachtet zu werden …

Kahoyte war weitaus enthusiastischer als er. Rhodan musste ihn immer wieder bremsen und dafür sorgen, dass er ihm nicht weglief.

»Wir bleiben zusammen!«, mahnte er den Jungen zum wiederholten Male. »Nur so können wir uns gegenseitig beschützen. Du gehst einige Schritte vor mir und sicherst in alle Richtungen.«

»Aber wir marschieren einen Gang entlang! Links, rechts, oben unten ist nichts als Fels. Was soll ich da schon sehen außer Gestein?«

»Hast du schon mal was von versteckten Waffenanlagen gehört? Von Beobachtungssonden? Von versteckten abzweigenden Wegen, aus denen Angreifer kommen könnten? Du musst auf alles achten, was dir sonderbar vorkommt, und nicht blindlings dahinstolpern.«

»Typisch Terraner. Du lässt dich von den Anuupi und mir führen, ohne selbst etwas zu leisten.«

»Strapazier nicht meine Geduld, Kahoyte. Ich möchte dich daran erinnern, dass du noch nicht zu alt für einen Satz heiße Ohren bist.«

»Ach, du drohst mir also Prügel an, Meister? Das hätte ich mir denken können. Ihr Terraner seid *wirklich* rückständig.«

»Die Terraner nicht, aber ich. Ich bin uralt, schon vergessen? Ich stamme aus einer Zeit, da hat man seine eigene Brut aufgefressen, wenn sie nicht das tat, was man von ihr wollte.«

»Das … das ist ein Scherz, oder?«

»Möchtest du's herausfinden, Kahoyte?«

Wenigstens für einige Minuten war Ruhe, und der Onryone hielt sich an seine Anweisungen. Doch das jugendliche Ungestüm bahnte sich rasch wieder seinen Weg, und Kahoyte marschierte viel zu rasch vorneweg, mit einem fröhlichen Grinsen auf den Lippen.

Er war darauf vorbereitet gewesen, und dennoch erschreckte es ihn, als wenige Meter vor ihnen eine spiegelnde Fläche wie aus dem Nichts auftauchte. Sie zeigte zwei verzerrte Figuren mit erschöpft wirkenden Gesichtern: Kahoyte und ihn. Das stark spiegelnde Tor versperrte ihnen den Weg.

Rhodan nahm einen faustgroßen Stein auf und wog ihn in der Hand. Er brauchte das Gefühl, *irgendeine* Waffe bei sich zu tragen und sich verteidigen zu können. Das Vibratormesser, kaum zeigefingerlang, wirkte nur wenig bedrohlich.

Langsam und vorsichtig ging er auf das Tor zu. Kahoyte ließ ihn anstandslos passieren, dem Jungen waren Angst und Unsicherheit ins dunkle Gesicht geschrieben.

Die Metallplatte schimmerte grünlich, sie war feinst poliert. Rhodan griff zögerlich danach. Ein Instinkt warnte ihn jedoch davor, die Fläche zu berühren. Ein Instinkt, der ihm möglicherweise das Leben rettete. Denn zwischen Fingern und Platte zeigten sich feinste elektrische Entladungen, im Licht der Anuupi gut zu erkennen. Er hörte ein leises, gefährliches Brummen.

Rhodan zog die Hand zurück und sah sich um. Die Platte

versperrte den Weg geradeaus. Links von ihm jedoch ging es weiter, auf eine weitere spiegelnde Fläche zu.

»Was ist los, Perry?«, fragte Kahoyte.

»Da spielt jemand mit uns«, antwortete er nachdenklich. »Mir scheint, als würden wir uns am Zugang zu einem Labyrinth befinden. Eines, in dem man uns einen bestimmten Weg entlangführen möchte.« Er deutete auf die Platte vor ihm, seine Nackenhaare sträubten sich. »Das Ding würde uns rösten, wenn wir es berühren.«

Kahoyte trat neben ihn. Die jugendliche Unbeschwertheit, die er so lange gezeigt hatte, war wie weggewischt. Seine Ängste und Unsicherheiten kehrten zurück.

»Was empfindet Dualles?«, fragte Rhodan den jungen Onryonen. »Ist er nach wie vor der Meinung, dass wir diesem Weg folgen sollten?«

Kahoyte winkte das Leittier der Anuupi zu sich und begann, mithilfe der Fingersprache mit ihm zu kommunizieren. Rhodan sah aufmerksam zu. Er versuchte, die Verbindung zwischen Hüter und Tier in Ansätzen zu begreifen und die Sprache der beiden zu verstehen.

Das Leittier schwebte hin und her, stieß ab und an Luft mit leisen Knallgeräuschen aus und zog die langen Nesselfäden zusammen. Immer wieder drehte es sich dabei um die eigene Achse; ein Teil des bunt schillernden Inneren kam dabei zum Vorschein, winzige Lichtexplosionen innerhalb der Leibeshülle wirkten wie Funkenschlag.

»Dualles ist verunsichert«, meinte Kahoyte. »Der Weg vor uns wäre der richtige gewesen.«

»Kann es sein, dass der Anuupi uns hierhergelockt hat? Dass er manipuliert wurde?«

»Unmöglich! Ich bin der Einzige, auf dessen Zuruf er reagiert und dessen Befehle er entgegennimmt.«

»Könntest du mir beibringen, Dualles zu beherrschen?«

»Nur, wenn ich dir die Fingersignale beibringen und ihm die Erlaubnis geben würde, mit dir zu reden.«

»Dann tu es. Bitte. Wer weiß, welche Hindernisse noch auf uns warten. Ich möchte wissen und verstehen, mit wem ich reise.«

Kahoyte blieb reserviert. »Sieh mir zu bei dem, was ich mache. Vielleicht beginnst du zu verstehen.«

»Das ist viel zu wenig, Kahoyte.« Rhodan fühlte zum wiederholten Male ein unangenehmes Kribbeln in seinem Nacken. Er hatte das Gefühl, beobachtet zu werden.

»Es sind dieselben Worte, die Obanundi zu mir sagte, als ich in seine Dienste trat.«

Kahoyte schob sein Kinn weit vor, wohl als Zeichen dafür, dass er nicht mehr länger über dieses Thema sprechen wollte. Rhodan akzeptierte es.

Vorerst.

Er wechselte das Thema: »Was ist, wenn uns der Unbekannte beobachtet hat, seitdem wir im Höhlenlabyrinth feststecken – und wenn er sich die wichtigsten Bewegungen abgeschaut hätte?«

»Unmöglich!«, sagte Kahoyte zum zweiten Mal. »Es geht bei den Bewegungen nicht nur um Präzision, sondern auch um die Hingabe. Um die Verbundenheit mit einem Anuupi.«

Kahoyte kam nicht mehr zu einer Antwort. Ein scharrendes Geräusch ertönte hinter ihnen. Rhodan wandte sich um und sah zu seinem Entsetzen, wie sich eine weitere Metallplatte aus der Felsdecke herabschob und auf den Boden knallte.

Der Rückweg war ihnen versperrt.

Rhodan fluchte. Er war vorsichtig gewesen, doch nicht vorsichtig genug. Sie hätten sich in größerem Abstand zueinander bewegen und noch stärker auf mögliche Gefahren achten müssen.

Der unsichtbare Gegner will uns nicht töten, sagte sich Rhodan. *Er will lediglich unsere Möglichkeiten ausloten. – Aber warum?*

Ein Klackern war zu hören, links von ihnen. Aus dem Teilstück jenes Ganges, der als einziger noch begehbar war. Eine menschenähnliche Gestalt bog um die Ecke, etwa zwanzig Meter entfernt. Sie eröffnete augenblicklich das Feuer mit einem Thermostrahler.

Manoulsi war mit seiner Arbeit zufrieden. Er war immer zufrieden mit seiner Arbeit. Schließlich war sie die einzige, die er beurteilen und bewerten konnte.

Die Figuren, die er herbeigeschafft hatte, wandelten auf den vorgesehenen Pfaden. Sie näherten sich einander an und würden bald interagieren.

Das Prüfverfahren kam langsam zu einem kritischen Punkt. Manoulsi würde genau beobachten und analysieren müssen, wie sich seine Figuren verhielten. Insbesondere dieses eine Wesen erschien ihm wichtig. Jenes mit der hellen Haut. Es stand im Zentrum all seiner Überlegungen, zumal es frühere Berührungspunkte mit ihm gegeben hatte.

Die Vorgänge an der Oberfläche blieben irrelevant. Sein Verbindungsmann tat, was Manoulsi von ihm verlangte. Der Onryone war dumm und geldgierig. Außerdem besaß er keinerlei Moral, keinerlei Anstand. Er war der ideale Helfershelfer.

Manoulsi ließ die Wesen an der Oberfläche wissen, dass es unmöglich war, in sein unterirdisches Reich vorzudringen. Niemand würde die Barrieren durchbrechen können. Er hatte sich über Ewigkeiten hinweg auf diesen Augenblick vorbereitet. Nichts konnte ihm schaden, ihn verletzen, seine Existenz gefährden.

Nichts außer …

Nein. Er traute den Oberflächlern nicht zu, dass sie die richtigen Zusammenhänge entdeckten.

Manoulsi wandte seine gesamte Konzentration wieder den Figuren auf dem Spielbrett zu. Die erste kritische Phase mochte beginnen.

Kapitel 20:
Neue Ideen

Adams schwebte in der Nähe des unbekannten Schirms. Dutzende terranische Sicherheitskräfte schwärmten aus, Prallfelder wurden aufgefahren, Messgeräte auf Antigravs in Stellung gebracht. Allerorts herrschte hektische Betriebsamkeit. Die Stimme Jonus Kiresits' war auf dem offenen Funkkanal zu vernehmen. Der Kommandant der CEREBUS, ein großartiger militärischer Stratege, wusste ganz genau, wie er in besonderen Einsätzen vorzugehen hatte.

Zu Adams' Zufriedenheit band Kiresits die Onryonen in sein Tun mit ein. Die Jolyoner durften unter keinen Umständen das Gefühl haben, von den Leuten der Liga überfahren zu werden. Adams hatte mehr als einmal bemerkt, wie gering das Selbstwertgefühl der Jolyoner war.

Thersa Gooden schwebte an seine Seite. Wie er war sie in einen Spezial-SERUN gepackt, die Suche nach Perry Rhodan und die verschollenen Onryonen war schließlich mit dem Siegel einer Hochrisiko-Arbeit versehen.

»Und?«, fragte sie, »gibt's was Neues?«

»Der Schirm widersetzt sich allen Messungen«, antwortete Adams, ohne seinen Ärger verbergen zu können. »Seine Emissionen fluktuieren. Es ist, als würde er mehrphasig strahlen und zwischen vier- sowie fünfdimensionaler Feldstärke pendeln.«

»Das ist schwer möglich. Es muss sich um einander überlappende Schirme handeln, die abwechselnd im Vordergrund stehen.«

»So weit sind unsere Fachleute auch schon, Thersa.«

Sie berührte ihn sachte an der Schulter. Die Rezeptoren

des Anzugs gaben ihm das Gefühl, dies unmittelbar zu fühlen. Der Kontakt löste aber nicht jene Emotionen aus, die Adams in Thersas Nähe sonst genoss.

»Ich habe dich noch nie so gereizt erlebt«, sagte sie leise über einen geschlossenen Funkkanal.

»Ich hasse es, passiv bleiben zu müssen. Auf der Stelle zu treten. Und mir Sorgen zu machen.«

»Ich verstehe. Es geht dir um Perry. Aber er ist erfahren genug, um …«

»Es geht nicht um Perry Rhodan, den Terraner. Es geht um einen Freund, verdammt noch mal.« *Einen der wenigen, die ich noch habe und der weiß, wie alles angefangen hat.*

»Ich verstehe.«

Thersa rückte näher an ihn heran, ganz nahe. Adams hatte mit einem Mal das Gefühl, als würde sie tatsächlich begreifen, wie es um ihn stand. Sie wollte ihm Kraft geben, ihn stützen. So, wie es nur Frauen konnten, wenn Männer Verwundbarkeit zeigten.

»Was ist mit der metallenen Wand dahinter?«, hakte sie nach langen Sekunden nach.

»Wir sehen sie, aber wir kommen nicht an sie heran. Der Schutzschirm umschmiegt ein kugelförmiges Gebiet, das tief in den Untergrund Jolyonas hineinreicht. Was mit freiem Auge sichtbar ist, ist bloß die Spitze des Eisbergs. Vermutlich besitzt das abgeschirmte Gebiet einen Durchmesser von mehr als fünf Kilometern.«

»Fünf Kilometer?«, echote Thersa. »Der energetische Aufwand muss gewaltig sein.«

»Richtig. Trotzdem gelingt es uns nicht, die Steuer- und Speicheraggregate zu lokalisieren. Nicht einmal ungefähr. Der Schirm verschluckt alles. Was sich in seinem Inneren befindet, ist Terra incognita.«

»Deine Leute werden eine Lösung finden.«

»Mittlerweile werkeln sie seit acht Stunden. Ununterbrochen. Paratron-Spezialisten reißen sich büschelweise die Haare aus, weil sie nicht weiterwissen, und angeblich hat einer der Spezialroboter aus Verzweiflung und mithilfe eines keloskischen, siebendimensional gestalteten Kreuzworträtsels Selbstmord begangen.«

»Solange du dir deinen Humor behältst, ist noch nicht alles verloren, Homer.«

»Das sind Verzweiflung und abgrundtiefer Zynismus.«

»Ach was.« Thersa lächelte ihn an, wurde aber sofort wieder ernst. »Die hiesigen Teams beschäftigen sich mit den Dingen, die sie sehen und die sie überprüfen können. Was ist, wenn wir uns in der Zwischenzeit mit all dem auseinandersetzen, was wir *nicht* sehen?«

»Ich verstehe nicht, was du meinst.«

»Die Bewohner Jolyonas lassen nichts über den Ort der Großen Zusammenkunft heraus. Die öffentlich verfügbaren Informationen sind so gut wie nicht vorhanden. Es gibt bloß hochtrabendes Geschwafel über die Bedeutung dieses Orts für die geistige Gesundheit der hiesigen Onryonen. Warum ist das so? Was will man verheimlichen? Existieren womöglich Daten oder Belege, die nicht in die offiziellen Netze eingepflegt wurden?«

Adams nickte langsam. »Alte Pläne. Skizzen. Zeichnungen. Handschriftliche Notizen, die aus der Zeit der Besiedlung stammen.«

»Richtig. Und Hinweise darauf, *warum* der Ort der Großen Zusammenkunft tabuisiert wurde. So sehr, dass er nicht mal einen Namen bekommen hat.«

»Wenn ich könnte, wie ich wollte, würde ich mir jetzt gleich den SERUN vom Leib reißen und dich ... hm ... küssen, Thersa. Du bist die klügste und interessanteste Frau, die ich kenne.«

»Danke für die Schmeicheleien, aber mit dem Vom-Leib-Reißen warten wir bitte schön ein wenig, Homer. Zuerst retten wir mal Perry. Und ich muss dir etwas erklären. Etwas, das ich schon längst hätte tun sollen.«

»Jetzt machst du mich neugierig.«

Sie vermied den Augenkontakt. Adams ahnte, dass etwas Unangenehmes auf ihn zukam. *Noch* etwas Unangenehmes.

Kapitel 21: Vergangenheit: Gefängnisplaudereien (II)

Ein Tag war wie der andere im onryonischen Gefängnis. Endlose Monotonie beherrschte Caspers und Gios Leben.

Der Bau, der tief ins Innere Jolyonas gegraben worden war und dessen Teile sich wie Krakenarme nach allen Richtungen im Gestein ausbreiteten, besaß nicht einmal einen Namen. Er war über eine einzige und streng geschützte Röhrengleiter-Linie erreichbar. Über eine Strecke, die nicht an das öffentliche Netz angeschlossen war und von der nur die wenigsten Jolyoner wussten.

Das waren die Informationen, die man ihnen bei ihrer Ankunft gegeben hatte, vor nunmehr fünf Monaten, drei Tagen und sechs Stunden.

Casper hielt die Augen geschlossen. Er glaubte, den Druck des Gesteins auf sich lasten zu spüren. In Phasen wie diesen war er desorientiert und vermochte kaum von der Pritsche hochzukommen.

Gio erging es ähnlich. Beide hatten sie sich in ihrem früheren Leben so viel wie möglich im Freien aufgehalten. Sie hatten Sport getrieben, die spärliche Flora und Fauna Jolyonas erkundigt, hatten in die nahezu unberührten Gebiete des Planeten Expeditionen unternommen und waren im Schutz intelligenter Zeltanlagen ihren Projektarbeiten nachgegangen.

Die Atmosphäre Jolyonas war dünn, ja, kaum atembar. Aber die Aufenthalte in klirrender Kälte und umgeben von der endlosen Schwärze des Alls hatten ihnen Spaß gemacht. Angesichts der Reibereien zwischen Onryonen und den Mitgliedern der terranischen Kolonie waren sie gern in die Einsamkeit geflohen.

»Wie lange noch?«, fragte Gio und ächzte.

»Weiß nicht genau. Zwei oder drei Tage.«

So lange würde es dauern, bis sie wieder Besuch empfangen durften. Jeden achten Tag kamen ihre Eltern angereist. Sie waren genügsame, biedere Terranischstämmige, die sich mit den Umständen auf Jolyona arrangiert hatten.

Ihre Väter und Mütter erzählten, wer mit wem was angefangen hatte, redeten über Belanglosigkeiten und bemühten sich, für eine knappe Stunde die Illusion eines intakten Familienlebens aufrechtzuerhalten.

Dabei war die Entfremdung innerhalb der Familien gut zu spüren. Caspers und Gios Eltern hatten Angst davor, die Wahrheit zu erfahren. Gewiss tauschten sie sich mit Robot-Therapeuten über dieses Thema aus und erhielten Tipps, wie sie sich ihnen gegenüber verhalten sollten. Schließlich galten sie als Schwerverbrecher. Als Drogensüchtige. Als Mörder.

Gio und er erhielten kaum Verfahrenshilfe von onryonischer Seite. Es war, als wären alle Gesetze außer Kraft gesetzt worden. Sie saßen hier und warteten auf eine Verhandlung, deren Ansetzung immer wieder verschoben wurde.

Anfangs hatte Casper geglaubt, dass die jolyonischen Mühlen der Gerechtigkeit tatsächlich so langsam mahlten. Inzwischen war er davon überzeugt, dass die Verzögerungen Methode hatten. Man wollte sie mürbe machen, so lange, bis sie die Morde gestanden.

»Pst!«

Gio sprang von seiner Liege hoch. Casper riss die Augen auf und tat es ihm gleich. Vor der Türe rumorte es, die Warnhupe erklang.

Da stimmte was nicht. Um diese späte Uhrzeit war kein Besuch mehr im Gefängnis erlaubt.

Oder war es Thersa Gooden, die eine außerordentliche Genehmigung erhalten hatte? Die Tür öffnete sich langsam. Nach einigen Sekunden der Ungewissheit trat ein Onryone ein. Jener, den Casper am meisten in diesem Gefängnis fürchtete: der Wilde Arhonny.

Ein Riese von Gestalt, brutal, skrupellos, bösartig. Er hatte sie mehrmals im Abdrückraum angepöbelt. Nur der Anwesenheit von Wächterrobotern war es zu verdanken gewesen, dass es zu keinen Schlägereien gekommen war, in der sie alleine gegen mehrere Dutzend Onryonen mit hasserfüllt leuchtenden Emots gestanden wären.

»Sieh mal an, wen wir hier haben«, sagte Arhonny mit seiner dröhnenden Stimme. »Zwei Terranerchen, die darauf warten, ordentlich verprügelt zu werden. Ich denke, kein Jolyoner wird böse sein, wenn meine Freunde und ich das Recht in unsere Hand nehmen und ihr für das büßt, was ihr getan habt.«

Arhonnys Emot zeigte grauschwarze Belustigung, verbunden mit Verachtung. Der Onryone hielt einen Impulsgeber für die Tür in die Höhe. Vermutlich hatte er ihn von einem der Wächter gestohlen – oder gar zugesteckt bekommen.

Hinter ihm und fünf seiner Freunde aktivierte sich der Schutzschirm der Zelle, Gio und Casper waren gemeinsam mit den Schlägern eingesperrt.

Casper sagte kein Wort. Er dachte daran, was zu tun war. Nun ging es ums nackte Überleben. Der Wilde Arhonny würde keine Sekunde zögern und sie beide in der Luft zerreißen, wenn er die Gelegenheit dazu bekam.

Caspar nickte Gio zu. Sie trennten sich und nahmen nahe zu den gegenüberliegenden Wänden Aufstellung. Sie hatten mehrmals über die Gefahr gesprochen, Ziel eines Angriffs zu werden, und hatten sich darauf vorbereitet.

»Habt ihr nichts zu sagen?«, fragte der Wilde Arhonny.

»Keine berührenden letzten Worte, bevor ich euch die Zungen rausreiße, euch niedertrample und in Stücke schneide?« Er zog einen handlangen Dorn aus der Gesäßtasche seiner weiß schimmernden Gefängnisuniform. »Nun, ihr werdet schon noch reden. Ihr werdet mich und meine Freunde um Gnade anbetteln. Ihr werdet …«

Gio warf sich nach vorn. Er war schon immer der Mutigere von ihnen beiden gewesen. Er riss dabei den Tisch in der Mitte des Raums um, stieß ihn mit einem kräftigen Fußtritt in Richtung dreier Onryonen und rammte dem Wilden Arhonny den Kopf in den Magen, ohne sich um dessen Waffe zu scheren.

Casper reagierte ebenfalls. Er sah Schatten der Überraschung in den Emots der Angreifer leuchten. Die Kerle hatten ganz gewiss nicht damit gerechnet, selbst attackiert zu werden. Und schon gar nicht von einem Terraner wie Gio, der fast einen Kopf kleiner war als sie.

Casper kümmerte sich nicht länger um seinen Cousin und Arhonny. Hastig bewegte er sich auf zwei der anderen Onryonen zu. Noch hatten sie mit dem Tisch zu tun, noch waren sie beschäftigt.

Also drehte Casper diesen einen, ganz speziellen Stuhl um, zerrte an einem der Beine und riss es aus der Aufnahme. Es war angespitzt. Wie ein Pflock, den man einem Robot-Vampir in die Brustpositronik rammen wollte.

In jedem unbeobachteten Moment hatten sie an dieser provisorischen Waffe gearbeitet. Hatten die Spitze mit Metallspänen und -resten versehen, die sie im Abdrücksaal und bei den wenigen Freigängen im Dunkelhof des Gefängnisses gefunden hatten.

Mochte das angespitzte Kunststoffbein allein keine große Gefahr für ihre Gegner darstellen, so sorgten die ins Plastik getriebenen Metallsplitter doch für gehörigen Respekt. Die Onryonen zögerten, blieben stehen.

Nicht aber Casper. Er hatte sich verändert im Gefängnis. Er wusste, dass sein Leben zwischen all diesen gemeingefährlichen Verrückten nichts mehr wert war. Also hatten sich Gio und er den Verhältnissen angepasst.

Auf Terra und anderen Welten mochte es kaum noch Kapitalverbrechen geben. Hier aber, auf einer Welt, deren Besiedlung am Rande des Machbaren stattfand, galten andere Gegebenheiten. Jolyona formte sie, Jolyona forderte sie.

Wovor hat ein Raubtier am meisten Angst?, stellte sich Casper eine Frage und beantwortete sie gleich darauf selbst: *vor einem noch kräftigeren, noch bösartigeren Raubtier.*

Einer der Haudraufs, der eben noch mit dem Tisch zu kämpfen hatte, schob die Arme wie schützend vor den Körper, als Caspar seine Waffe hob. Er schrie entsetzt auf.

Es war ihm einerlei. Er stach zu und bohrte seine Waffe in die rechte Schulter des Onryonen.

Casper wich zurück, deutete an, stach erneut nach vorne und verletzte einen zweiten von Arhonnys Kumpanen.

Ein Augenblick der Ruhe entstand, die Szene war wie eingefroren. Arhonny, ihr gefährlichster Gegner, hatte ebenfalls gehörig einstecken müssen. Gio hatte ihn mit Handkantenschlägen am Nacken und am verletzlichen Emot getroffen. Dazu war ein Tritt gegen die Kniescheibe gekommen, viel zu schnell für den tumben Schläger.

Vermutlich steht Arhonny nur deshalb aufrecht da, weil sein Gehirn noch nicht weiß, dass die eine Kniescheibe zertrümmert ist.

Gio brauchte keine Waffen. Er selbst *war* eine Waffe, mit all seiner Wildheit, die ihn immer schon ausgezeichnet hatte.

Alarmsirenen gellten. Sie beendeten diesen Augenblick der Stille. Vor der Zellentür versammelten sich gut hörbar Wächter und vermutlich auch einige kugelförmige Schweberoboter. Sie versuchten vorerst noch vergeblich, die energetische Barriere zu überwinden. Casper registrierte diese Dinge, ohne die Konzentration zu verlieren.

Wochen harten Trainings machten sich bezahlt. Gio und er waren in ihrer Zelle nicht untätig gewesen. Sie hatten Taktiken besprochen, ihre Körper mit unzähligen Übungen gestählt, hatten sich genau auf diesen einen Augenblick vorbereitet.

Casper sprang nach vorn. Das Stuhlbein war wie eine Verlängerung seines Arms. Er schlug damit zu und stach auf Gegner ein. Er registrierte die Hiebe nicht, die ihn selbst trafen. Sie waren bedeutungslos.

Die Onryonen mochten erfahrene Kämpfer sein, in unzähligen Auseinandersetzungen geschult. Vermutlich hatten sie sich immer in überlegenen Gruppen bewegt, im Schatten eines Kerls wie dem Wilden Arhonny. Gio und er aber waren wie Tiere, die um ihr Leben kämpften und dabei vor nichts mehr zurückschreckten.

Arhonny humpelte zurück, von den ungestümen Attacken Gios in die Flucht getrieben. Drei seiner Begleiter lagen auf dem Boden, laut jammernd und mit hässlichen Wunden am Körper.

Keine Rücksicht nehmen!, hatten sie sich gegenseitig eingebläut. Jedes Zögern, jedes Zurückziehen würde bestraft werden. Also machte Casper weiter. Kühl, berechnend und darauf aus, seinem Gegenüber möglichst viel Schmerzen zu bereiten.

Er stach immer wieder zu. Alle fünf Begleiter Arhonnys lagen auf dem Boden. Ihre Emots flackerten, einer der Männer wimmerte um Gnade. Ihr Anführer drückte sich gegen die Wand, unmittelbar neben der Tür. Gewiss hätte er sich gewünscht, den Schutzschirm desaktivieren und die Flucht antreten zu können. Doch er hatte den Impulsgeber in der Hitze des Gefechts verloren. Das Ding lag irgendwo auf dem Boden.

Der Schutzschirm fiel in sich zusammen. Die Kugelroboter kamen in die Zelle geschwebt, sie hielten ihre Waffenarme bedrohlich ausgestreckt. Casper ließ seinen Pflock augenblicklich fallen und ging auf die Knie, Gio tat es ihm gleich. Auch das war besprochen worden.

Zwei onryonische Wächter stürzten auf sie zu. Casper wurde unsanft zu Boden gedrückt, mit dem Gesicht nach unten. Jemand schlug oder trat gegen seinen Hinterkopf. Etwas knackte hässlich, Schmerz explodierte in seiner Nase.

Eine energetische Fessel legte sich um seinen Hals, seine Armgelenke und die Knöchel.

Casper kassierte einige weitere Tritte, doch das war ihm einerlei. Ein paar Schwellungen im Gesicht und am Körper waren nichts im Vergleich zu dem, was Arhonny mit ihnen vorgehabt hatte.

Ein Roboter hob Casper unsanft auf, er blieb wackelig auf seinen Beinen stehen. Flüssigkeit rann über sein Gesicht, das Atmen durch die Nase war so gut wie unmöglich. Er blinzelte Blut beiseite und sah dabei zu, wie Arhonny von einem Mediker untersucht wurde. Der Arzt warf Casper und Gio hasserfüllte Blicke zu. Vermutlich wäre es ihm lieber gewesen, hätte er ihren Tod feststellen können. So aber musste er sich mit den Brüchen und Prellungen am Leib eines berüchtigten Schwerverbrechers beschäftigen.

Zwei kleine Terraner hatten eine Gruppe an onryonischen Gewalttätern in Schach gehalten. Das würde sich im Gefängnis herumsprechen. Vermutlich würde es ab nun keinerlei Angriffe auf sie mehr geben.

Casper fühlte sich gepackt. Wie von Zauberhand wurde sein Körper in die Waagerechte gezwungen und unsanft auf einer Antigravliege abgelegt. Man brachte ihn fort, um ihn in der Medoabteilung besser untersuchen zu können – und ihn von seinem Cousin zu isolieren.

Man würde sie peinlich genau zu diesem Vorfall befragen. Auch darüber hatten Gio und er gesprochen. Sie wussten, was sie zu sagen hatten. Die Gefängnisleitung würde ihnen nicht viel anhaben können. Sie waren in ihrer eigenen Zelle angegriffen worden und hatten sich gewehrt.

Natürlich würde man sie einige Tage lang unter verschärften Bedingungen und in Einzelhaft halten. Auch der Besitz des angespitzten Plastikpflocks würde bestraft werden.

Aber sie hatten sich den notwendigen Respekt erkauft und würden nun von Nachstellungen ausgenommen sein.

Und sie waren noch am Leben.

Caspars Antigravliege glitt knapp an Arhonny vorbei, der in diesen Augenblicken ganz und gar nicht wild wirkte. Der Onryone starrte ihn blicklos an. Er schien immer noch nicht glauben zu können, was ihm und seinen Kumpanen passiert war.

»Ich weiß, wer dir den Impulsgeber überreicht hat und wer hinter diesem Angriff steckt«, log Casper. »Sag deinem Chef, dass er uns gefälligst in Ruhe lassen soll. Dann lassen auch wir ihn in Ruhe.«

Kapitel 22:
Ein Wiedersehen

Die Anuupi! Ich muss sie schützen!

Dies war sein erster und einziger Gedanke, als er die Waffe sirren hörte und ein Strahlenschuss nur wenige Zentimeter an seinem Kopf vorbeifuhr und das blanke Gestein durchschnitt. Fels verflüssigte sich zu Schlacke, löste sich, rann ab und verfestigte sofort wieder.

Der zweite Schuss, ebenso schlecht gezielt wie der erste, ließ Gesteinssplitter umherspritzen. Sie regneten auf Rhodan und ihn herab. Da waren plötzlich Schmerzen, an mehreren Stellen seines Körpers. Sie waren vernachlässigbar, sie spielten keine Rolle.

Kahoyte stürmte nach vorn, auf den Gegner zu. Er glaubte, rasch zu reagieren – und war dennoch nur Zweiter. Rhodan hatte einen Vorsprung von drei Schritten. Er fiel dem unbekannten Schützen in den Arm, schlug die Waffe beiseite, rang mit ihm. Mit einer kleinen und fast zierlichen Gestalt, die in den Gang getorkelt gekommen war und ohne Warnung um sich gefeuert hatte. Ungezielt, unkoordiniert.

Kahoyte war ebenfalls heran. Er wollte Rhodan helfen, stolperte und kam dem Terraner in die Quere. Es war nicht viel Platz im Gang, das Gerangel nahm die gesamte Breite in Anspruch.

Rhodan schubste ihn mit einer nichtssagend wirkenden Bewegung beider Hände beiseite. So, als wäre Kahoyte lästig. So, als ginge ihn diese Sache nichts an.

Er prallte gegen nackten Fels, er spürte weiteren Schmerz. Er war zornig auf Rhodan. Warum ließ der Terraner sich nicht helfen? Warum durfte er nicht auf den Unbekannten einprügeln, der schuld daran war, dass sie seit Stunden oder gar Tagen dieses dunkle Reich durchwanderten? Er wollte ihm wehtun, ihn bestrafen …

Und Rhodan will das nicht, du Wirrkopf! Er bleibt ruhig. Er unternimmt bloß das Notwendigste, um dieses schmutzige Geschöpf in seinen Lumpen auszuschalten. Er kämpft effizient, er will den Gegner lebend und bei Bewusstsein haben. Um ihn befragen zu können.

Kahoyte hörte ein Ächzen, ein Stöhnen. Er nahm etwas wahr. Einen ganz besonderen Geruch. Etwas, womit er nicht gerechnet hatte. Nicht mehr – und vor allem nicht hier.

»Cyndenno!«, rief er überrascht.

Das schmutzbedeckte Wesen hielt inne, Rhodan ebenfalls. Die beiden zogen sich einen Schritt voneinander zurück, der Strahler blieb zwischen ihnen auf dem Boden liegen.

»Ich bin's! Kahoyte! Du weißt schon, der Hüter …«

Die junge Frau starrte ihn verständnislos an. Eines ihrer Augen wirkte trüb; um die Nasenwurzel, knapp unterhalb des Emots, war das Fleisch vernarbt und eitrig.

»Kah…hoyte«, haspelte sie.

Ihre Schultern sanken vornüber. So, als würde eine gewaltige Last von ihr abfallen. Sie machte einige Schritte auf ihn zu, stolperte und lag plötzlich in seinen Armen, schwer und mit hängenden Gliedern. Sie war ohnmächtig geworden.

»Sie ist also Mymy Ordacs Begleiterin. Cyndenno gehört zu den Revisionisten, die die Katastrophe in der Arena auslösten«, schloss Rhodan, nachdem Kahoyte ihm die Zusammenhänge in groben Zügen erklärt hatte.

»Sie hatte nichts damit zu tun!«

»Ich dachte, Cyndenno wäre Mymys Freundin?«

»Schon, aber …« Kahoyte hielt inne. Wie sollte er dem Terraner erklären, was er für die Frau empfand, deren Kopf auf seinem Schoß ruhte? Und warum auch? Rhodan war eh zu dumm, um das alles zu begreifen. Er hatte von Liebe keine Ahnung.

»Ah, ich verstehe.« Rhodan lächelte.

»Gar nichts verstehst du!«, brauste Kahoyte auf.

»Natürlich nicht. Ich war ja während der letzten dreitausend Jahre meines Lebens niemals mit einer Frau zusammen.«

Machte sich das Blassgesicht über ihn lustig?

»Hör gut zu, Kahoyte: Es ist mir einerlei, was zwischen dir und dem Mädchen läuft. Ich wünsche dir sogar alles Glück dieser Welt mit Cyndenno. Aber wir müssen einen klaren Kopf behalten. Du darfst dich nicht von deinen Gefühlen leiten lassen, sobald sie aufwacht. Sie hat auf uns geschossen, wollte uns töten.«

»Du hast doch gesehen, wie schlecht es ihr geht. Sie ist vor Erschöpfung eingeschlafen. Sie muss ebenso lange wie wir in den Höhlen eingesperrt und herumgeirrt sein, völlig allein.«

»Ich weiß.« Rhodan tat eine Handbewegung, die Kahoyte nicht verstand. »Ich mache ihr keinen Vorwurf. Aber wir müssen sie aufwecken und schnell zum Reden bringen. Vermutlich weiß sie mehr über das Labyrinth. Bevor wir weiter vordringen, muss sie erzählen, was sie über die Höhlen weiß. Ich bitte dich – überlass die Befragung mir. Du wirst einzig von deinen Gefühlen geleitet.«

»Du willst sie unter Druck setzen?«

»Ich will Informationen von ihr haben.«

Kahoyte streichelte Cyndenno über das gekräuselte Haar. Das eine Auge war geschwollen, aber die Verletzung schien rasch zu heilen. Sie musste von einem Schlag herrühren – oder von einem Stein, der sie getroffen hatte.

Cyndennos Körper bebte. Sie bewegte sich mit einem Mal unruhig hin und her – und riss schlagartig die Augen auf.

Rhodan war vergessen. Er blickte fasziniert die junge Frau an, die er für tot gehalten hatte.

Die Farbe ihres Emots wechselte rasend schnell zwischen den Erdtönen der Verwirrung. Sie hatte Schmerzen, und sie wirkte so … so verletzlich.

Kahoyte streichelte weiterhin über ihr dichtes Haar. Wollte ihr verständlich machen, dass sie sich nicht mehr fürchten musste. Dass er da war und auf sie aufpasste. »Du bist in Sicherheit, Cyndenno«, sagte er so ruhig wie möglich. »Bleib ganz ruhig und …«

Sie hörte nicht zu. Sie richtete ihren Oberkörper auf, strampelte sich frei und krabbelte weg von ihm. Sie war wie ein verängstigtes Tier, das einige Schritte von ihm entfernt in die Hocke ging und eine Abwehrposition einnahm.

»Du weißt, wer ich bin?«, fragte der Terraner, der sich keinen Millimeter gerührt hatte.

»Natürlich weiß sie das«, sagte Kahoyte.

Er wandte sich wieder Cyndenno zu: »Perry Rhodan und ich sind gemeinsam in die Tiefe gestürzt. Du erinnerst dich sicherlich an die Szene in der Arena? An den … den Kampf mit Mymy Ordac?«

»Er hat sich gegen *den da* wehren müssen«, krächzte Cyndenno. »Der Terraner ist grundlos über ihn hergefallen.«

»Es war ein wenig anders«, sagte Kahoyte und ärgerte sich, dass er ausgerechnet Rhodan verteidigen musste. »Dein Freund hat wahllos um sich geschossen und …«

»Das ist eine Lüge!«, unterbrach sie ihn und kam auf die Beine. Anklagend deutete sie auf Rhodan. »Bist du mit *dem da* im Bunde? Ich wusste schon immer, dass du nicht zu uns gehörst. Ich habe es am Flackern deines Emots erkannt! Du wolltest dich bei uns Revisionisten einschleichen, du …«

»Halt den Mund!«, sagte Rhodan mit heftiger Bestimmtheit.

Cyndenno verstummte augenblicklich.

»Du bist auf keiner Wahlveranstaltung. Also lassen wir die politischen Themen bitte schön beiseite. Wir sitzen gemeinsam in einem Höhlensystem unterhalb der Arena fest. Hilf uns, damit wir endlich nach oben kommen. Wenn wir in Sicherheit sind, kannst du dein Zwiegespräch mit Kahoyte unter vier Augen fortsetzen.«

»Unter sechs Augen«, verbesserten Cyndenno und er simultan. Beide deuteten sie auf ihr Emot, wie es Sitte war, wenn Außenstehende mit den onryonischen Sitten und Sprachgebräuchen vertraut gemacht werden mussten.

»Wie auch immer.« Rhodan deutete auf den Strahler, den er in den Hosenbund geschoben hatte. »Beruhige dich erst einmal, atme tief durch. Dann rede.«

Sie saßen in unmittelbarer Nähe der Stelle, an der Cyndenno sie angegriffen hatte. Das metallene Tor brummte leise, kaum hörbar, vor sich hin. Links von ihnen erstreckte sich jener Gang, den Cyndenno entlanggekommen war.

Sie tat wundersamerweise, was Rhodan ihr befohlen hatte. Sie blieb still und sammelte sich.

Verfügte der Terraner über Zauberkräfte? Kahoyte hatte noch nie erlebt, dass Cyndenno jemandem gehorcht hätte, einfach so.

»Geht's jetzt besser?«, fragte Rhodan nach einer Weile.

»Ja«, sagte sie verdrießlich und ließ sich wieder auf dem nackten Fels nieder. »Es tut mir leid. Ich weiß nicht, was in mich gefahren ist.«

»Du warst allein«, sagte Rhodan mit ungewöhnlich sanfter Stimme. »Und du hattest Angst, nicht wahr?«

Sie antwortete nicht, aber ihr Emot leuchtete Zustimmung.

»Du erinnerst dich, dass du mit der Waffe auf uns zugestürmt bist und auf uns geschossen hast?«

Wieder bestätigte sie. »Ich wollte das nicht, das müsst ihr

mir glauben! Aber ich war so lange in der Dunkelheit gefangen, dass ich beinahe verrückt wurde.«

»Du warst schon länger in diesem Labyrinth?«

»Ja. Mymy und ich sind in einem Gang, der so ähnlich aussah wie dieser hier, zu uns gekommen.«

»Mymy lebt?«, fragte Kahoyte. Er wusste nicht, ob er sich freuen oder verzweifelt sein sollte. Der Anführer der Revisionisten hatte die Katastrophe ausgelöst, war Cyndennos Liebhaber – und so vertraut wie ein Freund. Das alles ergab ein heilloses Durcheinander an Emotionen, denen er sich nicht stellen wollte, nicht jetzt.

»Es ist alles ganz anders«, flüsterte das Mädchen leise, kaum verständlich.

Sie sah sich um, als fühlte sie sich verfolgt. Rhodan winkte ihr auffordernd zu, und zu Kahoytes Erleichterung begann sie zu reden.

Cyndennos erster Bericht:

Mymy stürzte in die Tiefe, ich ihm hinterher. Verzweifelt klammerte ich mich an ihm fest. Er war mein einziger Orientierungspunkt innerhalb des Chaos. Da war Staub. Sand. Gestein. Schwere Brocken, die mit uns in die Dunkelheit kullerten. Ich betete zu den Augen der Dunkelheit, ich sagte ein Lamento der Farblichen Gnade auf.

Ich weiß nicht, wo wir letztlich landeten. Es war dunkel, nur das Leuchten unserer Emots lieferte ein wenig Helligkeit. Mymy lag neben mir. Er atmete schwer, aber er war am Leben.

Irgendwie gelang es mir, mich von den Lasten des Gerölls zu befreien. Wir befanden uns in einem Gang ähnlich diesem hier. Wir mussten auf einer Sandzunge dahingeschliddert sein wie auf einer mächtigen Flutwelle, die irgendwann ausläuft und versickert.

Ich sah mich um. Vor und hinter uns waren Gesteinsmas-

sen, die uns einschlossen. Durch eine Lücke erahnte ich einen Lichterschein ein Stück weiter vorne im Gang.

Ich versuchte, den verschütteten Mymy zu bergen. Ich war halb wahnsinnig vor Angst, doch es sollte noch viel schlimmer werden.

Denn Mymy sagte, dass er sich nicht mehr bewegen könne. Seine Beine waren unnütz und verkrüppelt, seine Arme hingen schlaff hinab. Auch sein Oberkörper war verletzt. Überall war Blut, überall waren Wunden.

Aber er hatte nach dem Kampf in der Arena mit dir, Terraner, die Waffe wieder an sich genommen, bevor er abstürzte. Er hielt sie umklammert wie seinen wertvollsten Schatz. Ich musste sie aus seiner Hand lösen. Aus einer Hand, die zerschmettert war wie beinahe alles an seinem Körper. Mymy befahl mir mit stockender, kaum verständlicher Stimme, was ich tun sollte.

Er verlangte Unmögliches. Das konnte er mir nicht antun, das war nicht richtig!

Ich beschwor ihn, den Mund zu halten. Ich würde mir mit der Waffe einen Weg bahnen, Hilfe holen und zu ihm zurückkehren. So sagte ich es ihm. Er aber zeigte mir bloß ein Emot-Lächeln. Er klärte mich auf, wie es um ihn stand, und er bat mich um Verzeihung, dass er mich um diesen Gefallen bitten müsse. Er hätte mich niemals mehr geliebt als in diesen Augenblicken. Weil er wüsste, wie schwer es war, was er von mir verlangte. Und weil er wüsste, dass ich die Stärke besaß, um ihm zu helfen.

Er schrie immer wieder vor Schmerzen auf. Aus seinem Mund sickerte Blut, der Körper zitterte, überall waren Schwellungen. Ich sah Knochen aus dem Fleisch ragen, und ich konnte spüren, wie das Leben aus ihm wich. Mymy redete und redete und redete, bis ich seine verdammte Stimme nicht mehr hören konnte, mit der er mich um Erlösung bat – und ich tat, was er von mir wollte.

Ich verfluchte ihn – und tötete ihn.

Kahoyte starrte Cyndenno an. Er konnte nicht fassen, was Mymy Ordac von ihr verlangt hatte. War es ein Wunder, dass das Mädchen durchgedreht war und sie angegriffen hatte, als sie Rhodan und ihn erblickt hatte?

»Das ist nur ein Teil der Geschichte. Nicht wahr?« Rhodan trat neben Cyndenno. Er wollte sie sachte berühren, sie wich vor ihm zurück. Auch als Kahoyte nach ihr griff, ließ sie es nicht zu. Ihr Emot signalisierte Panik.

Er hatte Cyndenno stets für ihre Stärke bewundert. Sie war ein Ruhepol der Revisionisten gewesen. Manchmal hatte es den Anschein gehabt, als wäre sie es, die den Kurs vorgab. Sie hatte Mymy um alle vier Daumen gewickelt und ihm oftmals die Worte in den Mund gelegt.

Kahoyte hätte gern eine starke Partnerin an seiner Seite. Umgeben von Heerscharen von Anuupi und mit einem alten und zotteligen Hüter an seiner Seite, hatte ihm das Leben bislang nicht besonders viel zu bieten gehabt.

Kahoyte rief sich in Erinnerung, was er an der jungen Frau alles mochte. Da war ihr Lachen. Ihre Selbstsicherheit. Ihr Wagemut und ihre Wut auf alle Tabus, die sie sogar dazu gebracht hatte, vor den Augen aller Kraftwein zu trinken. Ihr stolzes Auftreten, mit dem sie Licht in die Dunkelheit Jolyonas gebracht hatte …

Nun aber war sie bloß ein junges, hilfloses Mädchen, das überfordert wirkte und das er liebend gerne in die Arme genommen hätte, um es zu beschützen.

Aber sie wehrte sich dagegen, ließ Kahoyte nicht an sich heran.

»Richtig. Das ist nur ein Teil der Geschichte.« Cyndenno wiederholte Rhodans Worte, nachdem sie sich wieder gefangen hatte. »Es wurde noch schlimmer.«

Cyndennos zweiter Bericht:

Ich zerstrahlte Mymys Körper. Ich konnte nicht anders. Ich durfte ihn nicht zurücklassen, nicht so.

Es kostete mich Kraft. Mehr, als ich glaubte, jemals aufbringen zu können. Danach blieb ich lange sitzen, ohne einen klaren Gedanken im Kopf und ohne Plan.

Irgendwann vergingen Trauer und Angst. Mymy hatte gewollt, dass ich nach einem Weg ins Freie suchte, sobald er … tot war.

Also machte ich mich daran, das Felsgerümpel hinter mir zu zerstrahlen, um den Weg zurück ans Tageslicht zu finden. Nach wenigen Metern ließ ich es wieder bleiben. In dieser Richtung gab es keinen Ausweg. Der Pfropfen aus Fels und Sand war so dick und komprimiert, dass die Energieladung meiner Waffe niemals reichen würde, um all das Material zu zerstrahlen. Zumal es rings um mich immer heißer wurde und ich zu ersticken drohte.

Also arbeitete ich mich in die andere Richtung vor. Dorthin, wo ich zwischen winzigen Lücken einen Lichtschimmer erahnte.

Nachdem ich mich durch zwei, drei Onryonenlängen Schüttmaterial gearbeitet hatte, lockerte sich das Geröll und rutschte zur Seite. Über eine auslaufende Sandzunge gelangte ich ins Freie. Ich stand in einem Gang, der diesem hier ähnelte. Unweit voraus entdeckte ich eine metallene Tür, die mich einlud, meinen Weg fortzusetzen.

Ich glaubte an ein heimliches Refugium, das Hüter und Lehrlinge wie du unterhalb der Arena errichtet hätten, und hoffte, mithilfe eines Hüters gerettet zu werden.

Ich wollte nicht an Mymys Schicksal denken. Ich brauchte etwas, das mich aufrecht hielt, während ich mich vortastete, Schritt für Schritt. Derweil überlegte ich, wie sich all meine Erlebnisse unterhalb der Arena politisch ausschlachten ließen, sobald ich gerettet worden war.

Ich drang tiefer ins Labyrinth vor, ein Gang mündete in den nächsten. Immer wieder stieß ich auf eiserne Tore. Viele von ihnen waren geöffnet, manche blieben verschlossen, so sehr ich auch daran rüttelte. Etwas hielt mich davon ab, sie mithilfe des Strahlers aufzubrechen oder zu desintegrieren. Ich war der festen Überzeugung, dass ich mich auf dem richtigen Weg befand. Dass ich von Geistern ehemaliger Hüter geleitet würde. Ich sponn mir die unmöglichsten Gedanken zusammen, um mich abzulenken und nicht über meine Umgebung und die Bedingungen nachdenken zu müssen, mit denen ich es zu tun hatte.

Schließlich traf ich auf sie, *und* sie *stürzten sich augenblicklich auf mich, um mich zu töten, zu zerreißen.*

Sie, *das waren zottelige Gestalten, etwa eineinhalbmal so groß wie ich. Zwei von ihnen füllten die Gänge aus, so breit und mächtig waren ihre Körper. Ihre langen Arme liefen in mächtigen Krallen aus. Die Augen leuchteten blutrot, sie schrien Unverständliches und warfen sich voller Wut auf mich.*

Ich … ich tötete erneut. Ich habe keine Ahnung, wie viele dieser Lottergestalten ich umgebracht habe. Zehn? Zwölf? Ich hörte und sah sie an einer Wegkreuzung aus drei Richtungen auf mich zukommen. Sie brüllten und geiferten und zogen mit ihren Krallen tiefe Spuren durch den Stein an den Seitenwänden.

Ich wusste nicht mehr, was ich tat. Ich schoss und schoss und schoss, bis sich niemand mehr rührte. Dann rannte ich davon, in jenen Gang hinein, aus dem keines der Monstren auf mich zugestürzt gekommen war.

Ich kann nicht sagen, wie lange ich durch das Labyrinth irrte. Zehn Minuten? Einen Tag? Ich verlor mich völlig. Da waren nur noch Schmerz und Angst.

Schließlich entdeckte ich zwei schemenhafte Gestalten. Weitere Verfolger, dachte ich. Ich war so schrecklich müde und hungrig und verzweifelt, und ich wollte nur noch, dass dieser Albtraum endete. Also schoss ich, ohne zu erkennen, dass du, Kahoyte, und der Terraner vor mir standen.

Danach weiß ich nichts mehr.

Am liebsten hätte Kahoyte sie in die Arme genommen und Emot auf Emot gelegt, um sie zu trösten. Um zu sagen, dass er ab jetzt auf sie aufpassen würde. Doch er ahnte, dass dies ein schlechter Zeitpunkt für Liebesbekundungen war. Cyndenno wirkte, nachdem sie ihre Geschichte fertig erzählt hatte, gefestigt und selbstbewusster. Sie würde niemanden an sich heranlassen.

Und schon gar nicht, nachdem sie ihren Freund verloren hat. Du musst dich gedulden, Kahoyte.

Rhodan nickte. Es war verflixt schwer, ihn zu verstehen – und ihm zu vertrauen. Wie konnten Geschöpfe wie die Terraner bloß ohne Emot auskommen?

»Das waren schreckliche Erlebnisse, Cyndenno«, sagte Rhodan. »Du wirst Zeit brauchen, um dies alles zu verarbeiten. Aber jetzt müssen wir uns darauf konzentrieren, einen Weg nach draußen zu finden. Erinnere dich, was du alles gesehen hast, während du durch die Gänge irrtest. Wie waren die Lichtverhältnisse? Wie oft hattest du die Möglichkeit, zwischen zwei Richtungen zu wählen? Hast du gesehen, wie sich Türen öffneten und wieder schlossen? Meinst du, dass du in eine bestimmte Richtung gelenkt wurdest? Ging es auch mal über Treppen hinauf oder hinunter …?«

Rhodan stellte eine Menge Fragen und erhielt meist spröde oder nichtssagende Antworten. Cyndenno tat sich sichtlich schwer mit dem Terraner. Misstrauen und Angst hielten sie auf Distanz zu ihm.

»Siehst du denn nicht, dass sie am Ende ihrer Kräfte ist?«, fragte Kahoyte nach einer Weile. »Lass es bleiben!«

Rhodan schüttelte den Kopf. »Wir brauchen ein Ziel. Was

nutzt es uns, wenn wir weiterhin durchs Labyrinth irren? Wir werden verhungern.«

»So schnell wird das nicht geschehen«, sagte die Frau und blickte Kahoyte unvermittelt an. »Nicht wahr?«

»Ich weiß nicht, was du meinst.«

»Oh doch, das weißt du.«

»Darf ich wissen, worüber ihr beiden euch unterhaltet?«

»Es ist nichts, Perry. Hör nicht auf sie. Sie ist müde und verwirrt und …«

»Hat er denn nicht mit dir darüber geredet, der Hüter?« Cyndenno deutete auf die Anuupi, die eng aneinandergerückt über ihnen schwebten. »Wollte er seine Horde schützen? Die Tiere geben eine passable Mahlzeit ab. Schon eines von ihnen würde uns alle für einen ganzen Tag sättigen. Angeblich schmecken sie köstlich, die Anuupi. Nicht wahr, Kahoyte?«

Kapitel 23:
Nahrungssuche

Rhodan erkannte die Verzweiflung in Kahoytes Blicken und an seinem Emot. Der junge Hüter zeigte grenzenlose Enttäuschung. Die Tiere waren ihm heilig, Cyndennos Worte ein Tabubruch. Er knabberte schwer daran, dass sie eine derartige Forderung stellen konnte.

Er sieht nicht, was vor sich geht, dachte Rhodan. *Cyndenno weiß, was Kahoyte für sie empfindet, und nutzt jede Gelegenheit, um mit seinen Gefühlen zu spielen, ihn zu manipulieren, ihren Einfluss auf ihn wirksam zu machen. Sie ist keinesfalls jene Traumfrau, die er sich herbeiwünscht. Ganz im Gegenteil: Sie ist ein Biest.*

»Wir kommen vorerst ohne Nahrung zurecht«, sagte Rhodan ablehnend. »Es gibt immer wieder kleine Wasserbecken, an denen wir unseren Durst stillen können.«

»Aber ...«

»Hier, Cyndenno.« Er reichte der Onryonin die andere Hälfte des Energieriegels, den er aufbewahrt hatte. »Das beseitigt den schlimmsten Hunger.«

Sie schnappte gierig danach und stopfte sich den Riegel in den Mund. Sie kaute kaum und würgte die Bissen hastig hinunter, während sie mit Kahoyte flüsternd einige Worte wechselte. Der angehende Hüter machte ihr Vorhaltungen, sie lächelte sie beiseite.

Rhodan räusperte sich, um die Aufmerksamkeit der beiden zurückzugewinnen. »Also schön, Cyndenno. Sag uns bitte, welche Gänge du genommen hast. Wir folgen deinem Weg und ...«

»Du hörst nicht zu, Terraner! Ich kann mich an nichts mehr erinnern, und schon gar nicht möchte ich zum Ort des Kampfes gegen diese Monstren zurück.«

»Diese Monstren sind unsere Hoffnung«, sagte Rhodan prononciert. »Wir müssen ihre Spur aufnehmen. Wenn all das stimmt, was du uns erzählt hast, dann …«

»Natürlich stimmt es!«, unterbrach ihn Cyndenno. »Willst du etwa behaupten, dass ich lüge?«

»Angst und Panik verzerren oftmals die Realität«, sagte Rhodan ruhig. »Sehen wir zu, dass wir zurück zu den Spuren deiner Verfolger finden. Wenn sie die Erbauer des Labyrinths sind, werden wir sie dazu bringen, uns den Ausgang zu zeigen.«

»Es sind Monstren!«, beharrte Cyndenno.

»Monstren sind nicht sonderlich geschickt. Sie bauen keine Fallensysteme, sie errichten keine Türen, und schon gar nicht wissen sie, wie man mit Schutzschirmen umgeht.«

»Was für Schutzschirme?«, fragte Cyndenno irritiert.

»Ich erkläre dir alles später«, sagte Kahoyte hastig, bevor Rhodan antworten konnte. »Ich finde, dass Perry recht hat. Wir brauchen Anhaltspunkte, um diesen unterirdischen Bereich verlassen zu können. Wir müssen uns an etwas orientieren.«

»Also laufen wir blindlings auf die Feinde zu?«

»Wir sind bewaffnet«, sagte Rhodan unbeirrt. »Das Energie-Pack des Strahlers ist zu etwa einem Drittel gefüllt. Wir haben vorerst nichts zu befürchten.«

»Ich möchte die Waffe zurückhaben!«, sagte Cyndenno. »Sie gehört mir.«

»Du hast nicht sonderlich viel Erfahrung im Umgang damit. Es ist besser, wenn ich den Strahler behalte.«

Kahoyte leuchtete Zustimmung mit seinem Emot, Cyndenno hingegen wirkte zornig. Die junge Onryonin war ganz und gar nicht einverstanden damit, wie sich die Dinge entwickelten. Sie hatte wohl gehofft, Kahoyte auf ihre Seite ziehen und mit seiner Hilfe dem kleinen Trupp ihren Stempel aufdrücken zu können.

Sie war leicht zu durchschauen. Sie war für onryonische Begriffe eine Schönheit mit ebenmäßiger Haut, sanften Gesichtszügen und einem ausgeprägten Emot, dem sie weitaus mehr Farbfacetten entlocken konnte als Kahoyte.

Sie spielte mit Kahoyte, wie sie zuvor vermutlich mit Mymy Ordac gespielt hatte. Der junge Huter war ihr verfallen, gewiss. Aber er hatte sich einen Rest an Verstand bewahrt und akzeptierte ihn, Rhodan, als Anführer. Außerdem war er durch einen Schwur gebunden.

»Also los!«, sagte Rhodan, »machen wir uns auf den Weg. Lass uns mal sehen, ob wir deine Spuren rückverfolgen können, Cyndenno. Und vielleicht kommen ja Teile deiner Erinnerungen zurück.«

Und mach ja keinen Unsinn, kleine Dame, dachte er. *Du hast uns nicht die ganze Wahrheit erzählt. Ich wüsste nicht, warum irgendwelche stumpfsinnigen Geschöpfe durch das Labyrinth irren und dich verfolgen sollten. Die Erbauer dieser Anlagen würden sich in Schutzanzügen bewegen und bewaffnet sein, wenn sie wüssten, dass du ihnen entgegenkommst. Warum lügst du, Cyndenno? Was hast du zu verbergen?*

Die Angaben der jungen Onryonin waren vage. Immer wieder mussten sie umkehren und eine neue Abzweigung nehmen in einem Labyrinth, das in Rhodans Vorstellung immer größere Ausmaße annahm.

In Gedanken erstellte er einen Plan des unterirdischen Bereichs. Seiner Meinung nach hatte er eine Ausdehnung von mindestens fünf Kilometern in alle Richtungen.

Stunden vergingen. Sie wanderten treppauf und treppab, nach links und nach rechts, geradeaus oder durch einen scheinbaren Garten aus versteinerten Hecken. Zwischendurch ruhten sie sich aus, tranken Wasser oder leckten es gar von der Wand und ignorierten dabei das lauter werdende Knurren ihrer Mägen.

Manchmal mussten sie durch Schächte kriechen und sich an rostigen Griffen in die Höhe ziehen, manchmal überwanden sie meterhohe Sperrmauern. Einige Tore, die sie sahen, waren unter Strom gesetzt, andere ließen sich anfassen. Rhodan hielt sich von ihnen fern und riet seinen Begleitern, es ebenso zu halten.

Der Gedanke, so etwas wie ein Versuchskaninchen zu sein, verfestigte sich immer weiter in ihm. Einmal glaubte er, aus den Augenwinkeln ein fliegendes Etwas zu bemerken. Eine Spionsonde vielleicht.

Deine Sinne sind überreizt, sagte er sich. *Halte dich an die Fakten. Bleib ruhig und gib den beiden Onryonen zu verstehen, dass sie sich auf dich verlassen können. Auch wenn die Frau etwas zu verbergen hat und eine Show abzieht – du bist immer noch für sie verantwortlich.*

»Ich glaube, dass wir bald an der Wegkreuzung sind«, sagte Cyndenno mit unsicher klingender Stimme. »Sollten wir nicht doch umkehren und einen anderen Weg suchen?«

»Wir werden vorsichtig sein«, beschied ihr Rhodan. »Leise jetzt. Wir verständigen uns wie besprochen via Zeichensprache.«

Er suchte die Anuupi. Sie schwebten knapp hinter Kahoyte. Rhodan tat eine beiläufig wirkende Handbewegung, die Tiere reagierten darauf und kamen näher.

Weil Kahoyte mich als seinen Meister anerkannt hat, gehorchen sie auch mir. Zumindest in Ansätzen. Ich muss diese Zeichensprache noch weiter verfeinern. Es kann nicht schaden, wenn ich lerne, einen gewissen Einfluss auf die Anuupi auszuüben.

Rhodan nahm die Waffe aus dem Hosenbund und überprüfte sie ein weiteres Mal. Sie war gut ausbalanciert, aber er benötigte beide Hände, um einen Schuss abzufeuern. Sie war für Onryonen gebaut. Es brauchte zwei Daumen, um einen Schuss per Simultandruck auszulösen.

Cyndenno bedeutete ihm, über ein halbmannsgroßes Hindernis zu klettern. Dahinter nahm eine schmale und dunkle Röhre ihren Anfang. Sie war bearbeitet und mit einer Art Spritzguss ausgekleidet, so wie andere Passagen des Labyrinths, durch die sie gekommen waren.

Alles hier wirkt halbgar, dachte Rhodan. *Wie eine Arbeit, die vor langer Zeit begonnen und niemals fertiggestellt worden ist.*

Er achtete auf Cyndenno und ihr Verhalten. Manchmal schien sie sich ihrer Sache sicher, dann wiederum wirkte sie unschlüssig. Rhodan wusste, dass er nicht allzu viel auf ihr Verhalten geben durfte. Er verstand die Physiognomie der Onryonen nicht gut genug, um sie lesen zu können. Sein Instinkt trog ihn selten – und der sagte ihm, dass mit Cyndenno etwas nicht stimmte. Selbst die Anuupi hielten sich von ihr fern, als ahnten sie, dass die junge Frau etwas mit ihnen vorhatte.

Rhodan kroch über das steinerne Mauerwerk, trat auf die Röhre zu, bückte sich und blickte hinein. Im Inneren war es dunkel. Am anderen Ende, geschätzte zwanzig Meter entfernt, wurde es wieder hell.

»Auf der anderen Seite der Röhre bin ich den Monstren begegnet«, flüsterte ihm Cyndenno ins Ohr. »Sie war der naheliegende Fluchtweg nach dem Kampf. Meine Gegner waren zu breit gebaut, um sich hindurchquetschen zu können.«

»Ich verstehe.« Von dieser Röhre hatte sie bislang kein Wort gesagt. Cyndenno hatte stets von einer Kreuzung geredet, an der vier Wege aufeinandertrafen.

»Ihr bleibt mit den Anuupi hier zurück«, befahl Rhodan, ebenfalls flüsternd. »Ich klopfe dreimal gegen die Röhre, wenn ihr nachkommen sollt.«

»Und wenn du nicht klopfst?«, fragte Kahoyte mit banger Stimme.

Rhodan gab keine Antwort. Er schlug dem Jungen aufmunternd auf den Rücken, kniete sich nieder und kroch ins Innere der Röhre.

Der Boden war von einer Art Schlick überwuchert. Vielleicht handelte es sich um Moose, wie sie an manchen Stellen im Felslabyrinth wucherten, vielleicht aber auch um etwas anderes. Rhodan wollte nicht darüber nachdenken. Er glitt vorwärts und hielt immer wieder inne, um zu lauschen.

Da war nichts. Oder doch?

Rhodan schüttelte den Kopf. Seine Nerven waren bis aufs Äußerste angespannt. Nicht nur, dass sie seit Tagen durch dieses unterirdische Reich irrten und er sich ständig beobachtet vorkam; darüber hinaus war er sich seiner Begleiter nicht sicher.

Was, wenn Cyndenno sich gerade jetzt mit Kahoyte besprach und den verliebten Jungen zu einer Dummheit überredete?

Hör auf damit, dich selbst fertigzumachen, Perry!, mahnte er sich und kroch weiter.

Nein, er hatte sich nicht geirrt: Da war etwas zu hören. Ein schleifendes Geräusch. Dazu lange und tiefe Atemzüge, gefolgt von einer Art Räuspern. Dies alles weckte vage Erinnerungen in ihm, ohne dass er die Bilder dazu zu fassen vermochte.

Leise setzte er seinen Weg fort. Die Waffe war entsichert, er machte sich kampfbereit.

Der Lichtkegel vor ihm wurde größer und breiter. Cyndenno hatte insofern die Wahrheit gesagt, als dass er auf eine größere Wegkreuzung blickte. Es war die erste, die er im Labyrinth zu Gesicht bekam.

Leichen waren nicht zu entdecken. Entweder war dieser Teil von Cyndennos Erzählung gelogen – oder jemand hatte die Toten beiseitegeschafft.

Los geht's!, sagte sich Rhodan, kroch vor zum Ausgang aus der Röhre, verinnerlichte die Umgebung – und stieß sich nach vorn. Er rollte ab, blickte nach links, blickte nach rechts, kam auf die Beine, stand unmittelbar vor der Wegkreuzung, hielt den Strahler beidhändig und sicherte die Umgebung, indem er sich im Kreis drehte.

Voraus war nichts. Nur ein weiterer Gang, der ins Nirgendwo führte.

Kurz den Kopf vorgeschoben, nach rechts geschaut, wieder zurückgezogen. Nichts. Kein Feind. Kein tumbes Geschöpf, das über ihn herfallen wollte.

Rüber zur linken Seite. Wieder vor mit dem Kopf, gleich wieder zurück.

Nichts. Ein weiterer leerer Gang, grob behauen, mit einer stählernen Tür am Ende.

Halt! Da war etwas gewesen!

Rhodan schloss die Augen und suchte die Erinnerung an etwas zurückzubringen, das er in diesem kurzen Augenblick gesehen hatte.

Er glaubte, ein Tuch oder einen Mantel erkannt zu haben. Etwas, das eine groß gebaute Gestalt hinter sich nachgeschleift hatte, bevor sie um eine Ecke gebogen und aus seinem Gesichtsfeld geraten war.

Tief durchschnaufen. Die Risiken abwägen. Das Gefühl für die Waffe aufbauen und darüber nachdenken, wie er sich schützen konnte, wenn er angegriffen wurde.

Gar nicht. Ich bin schutzlos, und es gibt kaum eine Deckung, sobald ich in diesen Gang vorstürme. Es wäre idiotisch von mir, würde ich die Verfolgung von etwas oder jemandem aufnehmen, den ich nicht richtig erkannt habe …

Rhodan musste lächeln. Er wandte sich nach links. Wieder stieß er sich ab und wagte einige Sprungschritte in den Gang hinein. Mal zur linken, mal zur rechten Seite.

Hier herrschte fast Tageslicht. Altmodisch wirkende Leuchtfäden hingen dicht nebeneinander von der Decke. Der Boden war glatt und wirkte wie gekehrt.

Rechts war eine stählerne Tür. Gegen seine innere Überzeugung drückte er sich dagegen, um an dem rückgesetzten Türblatt ein wenig Deckung zu finden, bevor er sich neu orientierte und weiter vorstieß.

Schweiß tropfte ihm von der Stirn, er keuchte. Die wenigen Schritte hatten ihn über Gebühr angestrengt, Adrenalin schoss durch seinen Körper.

Vorwärts. Leise bleiben. Auf alles achten, das irgendwie verdächtig wirkte.

Rhodan erreichte die nächste Gangbiegung, lugte hinein – und entdeckte ihn, den Riesen.

Er war geschätzte drei Meter groß, mit langen, fast bis zum Boden hinabreichenden Armen, die an die eines Keloskers erinnerten. Ein rotschwarzer Mantel war rings um ihn drapiert, der Stoff schleifte schwer über den Boden. Der Körper des Riesen war vornübergebeugt, als läge eine schwere Last auf seinen Schultern. Der Kopf blieb unter einer weiten Kapuze verborgen.

»He!«, rief Rhodan und richtete seine Waffe auf den Riesen aus. »Bleib stehen und dreh dich langsam um.«

Der Unbekannte zögerte und hielt dann inne.

»So ist es gut«, sagte Rhodan. »Einfach umdrehen und keine schnellen Bewegungen machen. Dann passiert dir nichts. Verstehst du das?«

Der Riese wandte sich zur Seite, hielt aber dann in der

Bewegung inne. Eine flache Nase und ein graues, grobporiges Gesicht waren vage zu erkennen. Der Fremde sagte kaum verständlich »Ja« – und verschwand hinter einer Nebelfront, die so plötzlich aufzog, als hätte jemand ein Stück Gegend aus dem viktorianischen London hierherteleportiert.

Rhodan unterdrückte einen Fluch. Er lief auf den Unbekannten zu, auf die Nebelwand, die den Rest des Ganges verbarg.

Als er sie erreichte und sie durchdringen wollte, um die weitere Verfolgung aufzunehmen, stieß er gegen ein festes Hindernis. Gegen eine metallene Tür, die vor einigen Sekunden noch nicht da gewesen war.

Nachdem er die Benommenheit abgeschüttelt und die Gänge ein weiteres Mal gesichert hatte, rief Rhodan Cyndenno und Kahoyte zu sich. Die Emots der beiden leuchteten grellrot, als hätten sie eine Auseinandersetzung hinter sich. Rhodan achtete nicht weiter darauf. Er erzählte den jungen Onryonen, was geschehen war und was er erlebt hatte.

Er führte sie zur Metalltür, die so überraschend aufgetaucht war, und berührte sie sachte, nachdem er sich vergewissert hatte, dass sie nicht unter Spannung stand.

»Wir sind so weit wie zuvor«, sagte Cyndenno. »Schlimmer noch: Wir haben Stunden verloren und sind umsonst durchs Labyrinth geirrt, weil Perry Rhodan, der allwissende *Terraner*, meinte, dass er hier die Lösung aller Probleme finden würde. So viel also zu den Führungsqualitäten unseres unsterblichen Terraners.«

Rhodan ging nicht auf die Provokation ein. Er betastete die Tür von oben bis unten und suchte nach winzigsten Spuren. Nach irgendetwas, das ihm weiterhelfen würde.

»Nun?«, fragte Cyndenno.

Er strich über die Fläche des Türblatts und hielt dabei die Augen geschlossen. »Ich spüre leichte Unregelmäßigkeiten.

Es ist so, als hätte jemand die Fläche bemalt und dabei nicht auf Tropfen geachtet.«

»Das heißt?«

»Das heißt, dass wir es womöglich wieder mit wachsendem Metall zu tun haben. Bevor du weiterfragst, lass dich bitte von Kahoyte informieren.«

Rhodan schloss die Stimmen der beiden Begleiter aus seiner Wahrnehmung aus. Sie alle waren geschwächt und gereizt vom Nahrungsentzug, die Streitereien nahmen zu. Er musste sich konzentrieren, wollte er hinter das Geheimnis der Tür kommen.

Er fühlte die tropfenförmigen Spuren im Metall und verfolgte sie mit den Fingern, wieder mit geschlossenen Augen. Er konzentrierte sich zur Gänze auf seine haptischen Eindrücke. Insbesondere die bodennahen Flächen interessierten ihn. Er suchte so lange, bis er sicher war, die Oberflächenstruktur des Türblatts … verstanden zu haben.

»Was machst du da eigentlich?«, fragte Kahoyte, als Rhodan von der Tür zurücktrat und sie kritisch betrachtete.

»Du erinnerst dich, wie wir in der Höhle eingeschlossen wurden?«

»Als ob ich das vergessen könnte!«

»Etwas oder jemand muss den Wachstumsbefehl an die Metallmasse gegeben haben. Stabähnliche Strukturen sind aus dem Untergrund in die Höhe geschossen, womöglich gesteuert durch eine Art Injektion, die den Sauerstoff in der Höhle als Katalysator benutzte. Die Strukturen breiteten sich aus wie Blumen, deren Blüten sich öffneten, einander überlappten und schließlich miteinander verwuchsen.«

»Und?«

»Man könnte meinen, dass die Metallmasse zum präzisen Wachstum angetrieben wird. Sie wird womöglich von Nano-Botschaftern getriggert.«

»Das hast du mir schon einmal gesagt. Ich verstehe nach wie vor nicht, wie das gehen soll, aber …«

»Nehmen wir mal an, dass meine Theorie stimmt. Stell dir vor, dass diese Nano-Botschafter ständig präsent bleiben müssen, um die Substanz in Form zu halten. Sie übermitteln der atomaren Struktur der Legierung ihre Befehle. Doch sobald diese Anweisungen nicht mehr gegeben werden, ist die Konsistenz des Materials gestört. Es ist, als würde man der Legierung den wichtigsten Bestandteil entziehen. Der kristalline Aufbau wäre zerstört, die Löslichkeit erhöht.«

»In welcher Form soll uns dieses Wissen weiterbringen? Du sagtest, dass die Nano-Botschafter über die gesamte Metallfläche verteilt sind.«

»Richtig. Aber vermutlich mit einer höheren Konzentration dort, wo die Metallstiele aus dem Boden gewachsen sind. Ich habe die Fläche genau abgetastet. Ich bin mir mittlerweile sicher, die, nun ja, Hauptstämme dieser Tür gefunden zu haben.«

»Und dort willst du ansetzen?«, fragte Cyndenno.

»Ja.« Rhodan zog die Waffe, stellte sie auf Maximalbündelung ein und konzentrierte sich. Er rief sich ins Gedächtnis, wo er die größte Metalldicke ertastet hatte, visierte an und wartete ein wenig, bevor er mit beiden Daumen zudrückte.

Er handelte aus Kalkül. Rhodan war sich mittlerweile sicher, dass jeder ihrer Schritte beobachtet, dass jedes Wort aufgezeichnet und analysiert wurde. Sie waren wie Mäuse, denen man in einem Labyrinth stetig wechselnde Denkaufgaben stellte. Wenn Rhodan zu erkennen gab, dass er eine Aufgabe verstanden hatte und sie zu lösen vermochte, würde er vielleicht eine Belohnung erhalten.

Als Labormaus wäre ich derzeit mit einem Stück Käse gar nicht mal unzufrieden.

»Zieht euch zurück«, sagte er zu seinen Begleitern. Sie gehorchten, er hörte sie langsam zurücktrippeln, bis hin zur Abzweigung.

Na schön. Jetzt werden wir sehen, ob ich mit meiner Theorie recht habe.

Er drückte ab, und ein ultrahochverdichteter Thermostrahl biss sich in die Metallwand. Sekundenlang geschah nichts. Dann wurde es spürbar heißer, die Wand verfärbte sich, dann lösten sich fettige Schlieren ab und flossen zu Boden.

Teile der Masse vaporisierten, sie verschwanden in scheinbarem Nichts. Andere wandelten sich zu einem Schlackehaufen, der langsam größer wurde.

Und plötzlich gab das Tor nach. Das Material sackte in sich zusammen, rieselte oder platschte zu Boden. Fettglänzende Schlieren blieben zurück, nachdem der Großteil des Materials durch einen winzigen Spalt im Boden abgeronnen war.

Nach einigen Sekunden endete der Zauber, von der Tür war nichts mehr zu erkennen. Sie konnten ihren Weg fortsetzen.

Rhodan atmete tief durch. Er fühlte leisen Triumph. Er hatte die Vorgaben des oder der Unbekannten erkannt und die damit verbundene Aufgabe gelöst.

War es das? Haben wir die Prüfungen bestanden – oder kommt da noch mehr?

»Wir hätten viel früher diese Türen aufknacken und einen Weg zurück an die Oberfläche suchen sollen«, klagte Cyndenno.

»Ich habe etwa ein Zehntel der verbliebenen Energie aufgebraucht«, antwortete Rhodan. »Nach zehn Toren wäre Schluss gewesen. Außerdem bin ich mir sicher, dass dieser Trick nur bei dieser einen Tür funktioniert.«

»Wie kommst du darauf?«, fragte Kahoyte. Er stieg zögernd über die Fettspuren hinweg und blieb auf der anderen

Seite der ehemaligen Tür stehen. Er sah sich um und suchte nach Spuren, dort, wo der Rahmen ins Gestein übergegangen sein sollte.

»Das Tor war schlechter verarbeitet als alle anderen. Die Spuren der … der Einspritzäste waren mit etwas Mühe zu erkennen. Die Türen, an denen wir bislang vorbeigekommen sind, waren glatt und perfekt.«

Rhodan erklärte Cyndenno und Kahoyte seine Theorie von einer stetigen Überwachung und von den Spielchen, die mit ihnen getrieben wurden. Kahoyte hörte aufmerksam zu und stellte einige kluge Zwischenfragen, während Cyndenno unbeteiligt tat.

»Und, wie geht's weiter?«, fragte sie schließlich.

»Wir folgen der Einladung und dem Weg«, antwortete Rhodan. »Bleibt aufmerksam. Mag sein, dass weitere Herausforderungen auf uns warten.«

»Du willst diese Spielchen mitmachen, Terraner?«

»Hast du einen besseren Plan, Cyndenno?«

Die junge Frau setzte an, schwieg dann aber. Es war ihr anzumerken, dass sie sich nur mühsam beherrschte.

Sie war ein Unsicherheitsfaktor in ihrer kleinen Gruppe, sie hatte ihre Nerven kaum im Griff. Darüber hinaus zeigte sie Reaktionen, mit denen Rhodan nicht rechnete.

Wie würde sich Kahoyte verhalten, wenn Rhodan mit Cyndenno zusammenkrachte? Für wen würde er Partei ergreifen?

Das Emot des Hüters leuchtete tiefrot auf, er zeigte seine Unsicherheit deutlich. Kahoyte ahnte, dass er zwischen die Fronten geriet und irgendwann Entscheidungen treffen musste. Vertraute er auf Rhodans Führungsqualitäten – oder ließ er sich von Cyndenno bezirzen?

Rhodan rechnete sich gute Chancen aus. Die junge Frau verlor ihren Einfluss auf Kahoyte. Langsam wurde ihm klar, wie zickig ihre Begleiterin wirklich war – und wie zerstörerisch ihr Einfluss.

Das Erwachen aus einem Traum ist niemals schön, dachte Rhodan. *Aber ich kann dir diesen Schmerz nicht ersparen, Kahoyte.*

Die Umgebung änderte sich allmählich. Die Gänge wurden breiter. Sie erweiterten sich zu schmalen Hallen, die meist besenrein waren. Entlang des Weges befanden sich scheinbare Häufchen, eines neben dem anderen, die an versteinerte Beete erinnerten.

Rhodan trat vorsichtig gegen eines der kleinen Hügelchen – und bewirkte nichts. Vermutlich hätte er es mit der Waffe bestrahlen müssen, um Teile davon lösen und sie mithilfe der Analyseeinheit seines Armbandkoms untersuchen zu können.

Er verzichtete darauf. Das Rätsel, das hinter diesen Beetreihen steckte, interessierte ihn vorerst nicht. Er suchte nach Anzeichen für die Präsenz des oder der Unbekannten. Er musste Kontakt aufnehmen und dafür sorgen, dass das vermeintliche Prüfungsprozedere abgekürzt wurde.

Da! Ein Schatten! Er löste sich von der Wand links von ihm, glitt mit hohem Tempo dahin und verschwand in einer Lücke in der Decke der schmalen Halle.

»Hast du das gesehen?«, fragte Kahoyte aufgeregt. »Dieses Ding, das …«

»Ich weiß«, unterbrach Rhodan den jungen Hüter. »Lasst euch nicht nervös machen. Ich sagte ja, dass wir beobachtet werden. Unsere Verfolger haben beschlossen, uns etwas näher auf die Pelle zu rücken. Macht keinen Unsinn. Wenn sie uns etwas antun wollten, hätten sie's längst getan.«

»Und was war mit den Kerlen, die über mich hergefallen sind?«, fragte Cyndenno.

»Das hatte Methode«, behauptete Rhodan kurzerhand.

»Man wollte, dass du auf uns triffst. Man wollte uns zusammenführen.«

»Was für ein Unsinn!« Cyndenno wirkte hochgradig nervös. An Kahoyte gewandt, fuhr sie fort: »Wir sollten umkehren und unseren eigenen Weg wählen. Oder willst du noch länger dem Terraner hinterhertappen?«

»Wir müssen zusammenbleiben«, entgegnete der angehende Hüter. »Perry hat bis jetzt immer die richtigen Entscheidungen getroffen.«

»Du vertraust einem Emotlosen?«

»Wir bleiben zusammen«, wiederholte Kahoyte mit fester Stimme.

Cyndenno zog sich einige Schritte zurück. »Ich hätte es wissen müssen«, sagte sie leise. »Am liebsten würdest du dich ihm zu Füßen werfen, nicht wahr?«

Sie ging zu weit. Rhodan konnte spüren und sehen, wie sich Kahoyte einen Ruck gab. Dies war womöglich der entscheidende Augenblick, da er sich aus ihrem Einfluss löste.

Ein weiterer Schatten tauchte unvermittelt auf, Rhodan zuckte zusammen. Die beiden Begleiter waren vergessen.

Er beobachtete den – scheinbaren – Geist. Er flatterte durch die Halle, wandte sich mal hier- und mal dorthin, wirbelte rasend schnell wie ein Ballon umher, der seine Luft verlor, und verschwand dann hinter einer der steinernen Beetreihen.

Rhodan setzte sich in Bewegung. Seine Blicke wanderten nach links und nach rechts, immer wieder, die Rechte stets an der Waffe. Er fühlte sich weniger bedroht denn irritiert.

»Achte auf die Anuupi«, sagte er leise zu Kahoyte. »Sollten sie sich ungewöhnlich verhalten, gib mir sofort ein Zeichen.«

»Wieso? Was haben meine Tiere mit den Geistern zu tun?«

»Es ist nur ein Gefühl. Tu mir einfach den Gefallen.«

Der Boden unter Rhodan schwankte. Er glaubte, Verwerfungen wahrzunehmen, als würde jemand Bebenwellen durch den Untergrund jagen.

Oder aber jemand pumpt ihn mit formbarem Metall auf, um das Material jederzeit hochschießen lassen zu können. Vielleicht legen es die Unbekannten darauf an, uns voneinander zu trennen und womöglich in stählerne Käfige zu sperren.

»Kommt ganz nahe zu mir!«, befahl er und zog Cyndenno zu sich, bevor sie protestieren konnte.

Kahoyte gehorchte widerstandslos. Auf sein Fingersignal hin folgten die Anuupi. Dicht an dicht schritten sie vorwärts, vorbei an den Steinbeeten.

Irgendwann beruhigte sich der Boden unter ihnen. Die beiden Onryonen hatten die Erschütterungen womöglich gar nicht bemerkt. Ihre Gesichter waren blassschwarz und ausgemergelt. Rhodan sah ihnen an, dass sie am Ende ihrer Kräfte waren, physisch wie psychisch.

Und genau darauf legen es unsere Gegner an. Sie wollen unsere Grenzen ausreizen, behaupte ich mal.

Sie verließen die Halle und stolperten in die nächste. Rhodan gab Cyndenno und Kahoyte Zeichen, dass sie sich wieder von ihm entfernen konnten. Er vermutete, dass ein weiterer Zwischentest überstanden war. Ihr Gegner wollte wissen, wie stark ihr Zusammenhalt war und ob er einen Keil zwischen sie treiben konnte.

Rechts von ihnen reihte sich wie in den Räumen zuvor Steinbeet an Steinbeet. Diesmal jedoch war etwas anders, und Rhodan benötigte einige Sekunden, bevor ihm klar wurde, was dieses *Anders* war.

Da war ein grüner Schimmer. Und saftige, braune Erde.

Feines Blätterwerk schob sich etwa dreißig Zentimeter hoch aus dem Untergrund. Die Ansätze der Wurzeln glänzten orangen.

Rhodan lief das Wasser im Mund zusammen. Er vermochte

sich kaum zu beherrschen, als er eines der mohrrübenartigen Dinger aus dem Boden zupfte. Die Erdfrucht war zweigeteilt und verästelte sich an ihrer Spitze mehrmals. Er putzte sie mit den Fingern ab. Sie roch erdig, frisch – und unglaublich gut.

Kahoyte neben ihm stöhnte, als begleitendes Musikinstrument knurrte Rhodans Magen laut.

»Lasst mich kosten!«, sagte Cyndenno und riss Rhodan die vermeintliche Mohrrübe aus der Hand.

Er hinderte sie daran, abzubeißen, und schob ein winziges Stück des Gemüses in das Analysegerät seines Armbandkoms. Es dauerte einige Sekunden, bis das Gerät seine Arbeit beendet hatte – und ihm die Unbedenklichkeit bescheinigte.

»Für onryonische und terranische Verhältnisse ess- und genießbar«, sagte er. »Ein wenig bitter und vermutlich metallen schmeckend, aber sättigend. Es liefert alle benötigten Mineralien für uns und …«

Rhodan brach ab, denn niemand hörte ihm zu. Cyndenno und Kahoyte hatten jeweils mehrere der Mohrrüben aus dem Boden gerissen, waren davongelaufen und stopften sich in gegenüberliegenden Ecken die Bodenfrüchte in den Mund. Sie gaben sich dabei Mühe, möglichst leise zu sein.

Rhodan folgte ihrem Beispiel, nicht, ohne sich nach allen Richtungen umzublicken. Das Gefühl, beobachtet zu werden, war noch nie so intensiv gewesen.

Wir haben eine Reihe von Aufgaben bewältigt, also werden wir belohnt, dachte Rhodan, während er die erste Mohrrübe vom Erdreich reinigte und die Spitze abbrach. *Für unsere Gegner sind wir tatsächlich nichts anderes als Labormäuse.*

Nun, das würde sich bald ändern. Er wusste mittlerweile genug über die Unbekannten, um den Spieß umdrehen zu können.

Rhodan zog sich aus Rücksicht den Onryonen gegenüber so weit wie möglich von ihnen zurück und aß ebenfalls.

Kapitel 24:
Unkonventionelle Ideen

Thersa Gooden verfügte über weitaus mehr Mittel, als Adams vermutet hatte. Die terranische Botschaft in Komyt war für einen abgeschiedenen Außenposten auf einer einsamen Welt gut ausgestattet, das Personal höchst kompetent.

»Jolyona ist eine Brennpunktwelt in der Expansionsstrategie der Liga Freier Terraner«, erklärte sie. »Hat Rhodan nicht mit dir darüber geredet?«

»Perry spricht selten über galaktopolitische Angelegenheiten«, antwortete Adams und drängte den Ärger über seinen Freund beiseite.

Thersa und er betraten einen abhörsicheren Raum, der von Technikern der CEREBUS errichtet worden war. Sie legten ihre Kleidung ab, die sie vor der Kälte im Freien geschützt hatte, aktivierten den Simulator und ließen die Illusionen von Sol mit einem wolkenfreien Himmel entstehen. Die Temperatur erreichte angenehme 20 Grad Celsius. Vor ihnen, auf einem Tisch, der gut die Hälfte des Raumes in Anspruch nahm, lag die Infrastruktur eines gut ausgestatteten Arbeitsplatzes ausgebreitet.

Der halbkugelförmige Holoprojektor war deaktiviert, einige Nachrichtensender lieferten ihre Nachrichtenströme auf das Schwarzfeld der Tischoberfläche. Die Mikropositronik brachte Analysen und Vermutungen, einige Funkberichte terranischer und onryonischer Suchkommandos wurden in komprimierter Form ebenso aufbereitet …

Adams ignorierte dies alles vorerst. Die Positronik würde Alarm geben, sobald etwas wirklich Wichtiges in der Höhle geschah.

Er bereitete in Ruhe Kaffee zu und servierte Thersa eine Tasse, bevor er sich neben ihr niederließ. »Was hat Perry mir also verschwiegen?«, fragte er und trank schlürfend.

»Nichts«, antwortete die Terranerin nachdenklich, »oder auch alles.«

»Ich liebe Geheimnisse.«

»Er wollte dich nicht belasten, Homer. Du solltest die wirtschaftlichen Angelegenheiten auf dieser Reise übernehmen, während Perry sich um die Politik kümmern wollte. So weit bist du informiert.«

»Ja.« Adams verzog das Gesicht. Der Kaffee schmeckte grauenhaft.

»Was du darüber hinaus nicht weißt, ist, dass Perry über die nächsten Jahre hinweg einer Vielzahl an Dunkelwelten Besuche abstatten möchte. Dies ist Teil einer Strategie, mit deren Hilfe er die Onryonen … hm … auf die Seite der Liga ziehen möchte.«

»So was Ähnliches hat er mir gegenüber angedeutet. Es geht schlichtweg darum, gute Stimmung für unsere Ideen eines friedfertigen Miteinanders in der Milchstraße zu machen.«

»Richtig. Aber was du vermutlich nicht kennst, sind die Dimensionen dieser Aufgabe. Perrys Plan umfasst den Besuch auf mehreren hundert Planeten. Es gibt eine Menge besiedelter Dunkelwelten, wie wir mittlerweile wissen. Sie stellen eine Unbekannte dar im milchstraßenweiten politischen Gefüge. Andere Machtblöcke reißen sich darum, auf Welten wie Jolyona ihren Einfluss geltend zu machen. Diese meist schwach besiedelten Planeten treiben auf erratischen Kursen durch die Leere. Sie sind so gut wie überall in der Milchstraße zu finden. Manche von ihnen reisen durch ein Gebiet, das wir den Tefrodern zuordnen, manche zwischen den arkonidischen Baronien oder gar in Bereichen, die wir Bluesvölkern zurechnen.«

»... und Perry hat einen Langzeitplan entwickelt, richtig?«

»Richtig. Einen, den nur einer wie er umsetzen kann. Es geht um Hunderte Welten, die er in einem Zeitraum von fünfzig oder mehr Jahren besuchen wird. Er wird nicht ständig unterwegs sein, aber doch alle paar Jahre einen Schwerpunkt setzen. Dies alles muss möglichst unauffällig geschehen, um nicht die Aufmerksamkeit anderer galaktischer Spieler zu erregen.«

»Das sind Dinge, die ich eher einem Strategen wie Atlan zugetraut hätte«, gestand Adams.

»Der Arkonide ist nicht verfügbar, wie du weißt.«

Adams nickte. Niemand wusste, was mit Atlan geschehen war, wohin er verschwunden war. Er schob seine Betroffenheit beiseite und konzentrierte sich wieder auf die Unterhaltung mit Thersa. »Was spielst du bei diesem Langzeitplan für eine Rolle?«

»Wunderte es dich nicht, dass wir uns auf Jolyona trafen?«

»Ich habe es so interpretiert, dass Perry dich als Lockvogel nutzte, um mich von Terra wegzubekommen.« Adams grinste. »Ein sehr hübscher Lockvogel, nebenbei gesagt.«

»Danke. Aber das ist bloß die halbe Wahrheit. Ich arbeite an der Koordination von Rhodans Plänen mit. Ich werde bis zum Ablauf meines Dienstvertrags mit der Liga von einer Welt zur nächsten unterwegs sein, vermutlich in einem Zweijahresrhythmus. Ich bin eine seiner wichtigsten Kontaktpersonen und in alle Reiseplanungen involviert. Ich bereite den Boden auf den Onryonen-Welten für ihn vor, ich schließe Kontakte, ich schreibe Beurteilungen. Perry verlässt sich auf das, was ich in mehrjähriger Vorarbeit für ihn bereitstelle.«

»Das hört sich nach einem Geheimdienstjob an.« Adams stellte den Kaffee angewidert beiseite. Es war nicht nur das Gebräu, das ihm nicht schmeckte. Er fühlte sich mit einem Mal beschmutzt, hintergangen – und grenzenlos enttäuscht. Sowohl Perry als auch Thersa hatten ihn benutzt.

»Ich kann dir ansehen, was du von dieser Sache hältst«, sagte Thersa. Sie musterte ihn mit ihren grauen, strengen Augen. Auf eine Weise, deren Faszination er sich nie entziehen konnte.

»Immerhin bemerkst du, dass ich mich betrogen fühle«, brummelte er.

»Das zwischen uns, das ist … passiert«, sagte Thersa leise. »Es ist echt. Das war es immer schon.«

Adams war zu alt und erfahren, um sich seine Enttäuschung länger als ein paar Sekunden anmerken zu lassen. Er schob seine Befindlichkeiten beiseite und gab sich möglichst professionell. »Also schön: Perry hat einen Plan, der einen größeren Zeitraum und zig Dutzend Welten umfasst. Er möchte die Dunkelwelten als Bollwerk gegen die Feinde der Liga Freier Terraner errichten.«

»Er möchte Probleme beseitigen, bevor sie entstehen können«, korrigierte Thersa mit sanfter Stimme.

»… und zugleich dafür sorgen«, fuhr Adams unbeirrt fort, »dass wir Freunde gewinnen, deren Welten durch fremde Herrschaftsgebiete treiben.«

»Ja. Sofern uns das möglich ist.«

»Unter diesem Gesichtspunkt betrachtet, wäre es also möglich, dass tefrodische oder arkonidische Agenten etwas mit Perrys Verschwinden zu tun haben könnten, die euch auf die Schliche gekommen sind. Ist es das, was du mir sagen möchtest?«

»Wir können diese Möglichkeit nicht ausschließen. Wir wissen, dass Tefroder auf Jolyona aktiv sind. Sie behalten uns ebenso im Auge wie wir sie. Wir haben es mit einem Abgleich der besten Geheimdienste der Milchstraße zu tun. Leider haben unsere Gegner Rhodans Plan früher begriffen, als wir es erhofft hatten.«

»Steht vielleicht einer der beiden Duumvirn auf der Lohnliste der Tefroder?«

»Wir sind dabei, diese Dinge abzuklären. Noch habe ich keine Antworten. Aber mein Bauch sagt mir, dass dies kein Spiel der Geheimdienste ist. Wir haben es hier mit einem lokalen, sehr speziellen Problem zu tun.«

Adams verschränkte die Hände ineinander und begann, die Daumen zu drehen. »Ich bin maßlos enttäuscht, Thersa. Ich hätte mir erwartet, dass Rhodan und du mir die Wahrheit sagen.«

»Versuch das bitte zu verstehen. Wir wollten dich schützen …«

»Hör auf!« Adams klopfte energisch auf den Tisch vor ihm, die halb gefüllte Kaffeetasse kippte um. Die Flüssigkeit wurde von einem Reinigungsroboter aufgesaugt, ein weiteres kleines Maschinchen nahm die Reinigungsarbeiten auf. »Ihr habt mich und meine Ahnungslosigkeit ausgenutzt.«

»Das mussten wir, verdammt noch mal! Du besitzt das großartigste Pokerface, solange es um wirtschaftliche Verhandlungen geht. Bei der hohen Politik allerdings würde dich meine dreijährige Nichte nach wenigen Worten durchschauen, mit dem Zeigefinger auf dich deuten und sagen: *Thersa, der Onkel da, der lügt mich an!*«

»Jetzt übertreib mal nicht so.«

»Gib es doch wenigstens zu!« Leiser fügte sie hinzu: »Ich mag sie ja, deine politische Naivität. Sie ist … charmant, wenn man bedenkt, wie lange du es bereits schaffst, damit durchzukommen.«

»Es gab Zeiten, da ich gefordert war. Da ich die Wahrheit verschleiern konnte. Über lange Zeit hinweg.«

»Du meinst die Dunklen Jahrhunderte, als du als Chef der Widerstandsbewegung WIDDER gegen Monos ankämpfen musstest? Wie lange haben dich diese Dinge belastet? Wie sehr hast du darunter gelitten?«

»Es war eine grässliche Zeit, das muss ich zugeben. Aber …«

»Da hast du die Antwort auf deine Vorwürfe. Es gibt Gründe, warum weder Perry noch ich dich einweihen wollten. Du solltest geschont werden. Und du solltest nicht in die Gefahr geraten, uns zu verraten.«

Adams schwieg eine Weile. Schließlich fragte er: »Wie ist es mit dir? Fühlst du dich wohl angesichts der Lügen, mit denen du leben und umgehen musst?«

»Mir geht es beschissen, Homer.« Thersa wischte sich fahrig übers Gesicht, sie wirkte mit einem Mal müde und abgespannt. »Auch das war ein Grund, warum ich dir mein Schicksal ersparen wollte. Perry hat mir versprechen müssen, dass du nicht die volle Wahrheit über meine Mission auf Jolyona erfährst.«

»Trotzdem ist sie jetzt ans Tageslicht gekommen. Wie soll ich dir denn jemals wieder vertrauen, Thersa?«

»Du wirst es wohl müssen, Homer«, antwortete sie kühl, fast desinteressiert.

Hatte er sich in dieser Frau geirrt, oder verbarg sie ihre Gefühle bloß hinter einer Maske der Gleichgültigkeit?

»Na schön.« Homer seufzte. Er wollte über dieses Thema nicht länger nachdenken, nicht jetzt. »Kümmern wir uns darum, Rhodans Schicksal zu klären. Gibt es Hinweise darauf, dass die Tefroder von der Gläsernen Insel oder einer der anderen galaxisweit tätigen Geheimdienste eine lange geplante Aktion gestartet haben, um ihn zu entführen?«

»Vorerst nicht. Meine Leute und ich sind dran. Natürlich müssen wir vorsichtig vorgehen. Wir dürfen nicht allzu viel Staub aufwirbeln.«

»Natürlich. Dann beschäftigen wir uns zwischenzeitlich mit der Geschichte Jolyonas. So, wie du es vorgeschlagen hast. Ich vermute, du hast Zugriffe auf Informationen, die nicht öffentlich zugänglich sind?«

»Selbstverständlich. Leider haben wir bis jetzt nichts rausgefunden. Aber wir haben noch einen anderen Ansatz gewählt. Wir zapfen sozusagen das Kollektivwissen der Jolyoner an.«

»Wie macht ihr das?«

Thersa schwieg. Sie beugte sich vor und tat einige Handbewegungen. Ein Iridenabgleich ihrer Augen erfolgte zur selben Zeit wie eine Stimmerkennungsüberprüfung. Gleich darauf fuhr sie mit den Fingern über ein in den Tisch eingelassenes raues Feld. Eine DNS-Probe wurde abgeraspelt, die Positronik erledigte binnen weniger Sekunden den letzten Teil der Identifikation.

Das Holofeld aktivierte sich. Es zeigte Bilder, die in keinem erkennbaren Zusammenhang standen. Onryonen bei der Arbeit. Unterirdische Fabrikgebäude. Röhrengleiter, die gewartet wurden. Touristische Szenen waren ebenso darunter wie ein Tischlermeister, der seinen Steuerhobel mithilfe virtuell erteilter Befehle über ein knorriges Stück Holz bewegen ließ.

Sportliche Aktivitäten gehörten ebenfalls zu dieser Leistungsschau onryonischer Aktivitäten. Dazu kamen Theateraufführungen, eine Sportveranstaltung, tanzende Anuupi und ein Demonstrationszug, der sich durch schmutzige Straßen der Peripherie Komyts bewegte.

»Diese Bilder sind allesamt frei zugänglich«, sagte Thersa. »Sie zeigen die onryonischen Alltäglichkeiten – und ein wenig mehr. Unsere Leute sind überall unterwegs …«

»Wer sind *unsere Leute*?«, hakte Adams nach.

»Bezahlte Agenten«, antwortete Thersa ungerührt. »Aber auch Vertreter von Meinungsforschungsgesellschaften und Marketingbüros. Sie stellen Fragen und sie produzieren kleine Filmchen, die in den sozialen Netzen fleißig geteilt werden.«

»Und wozu das alles, Thersa?«

»Ich habe vor einer halben Stunde die Kampagne *Erinnere dich!* initiiert.«

»Ich glaube, ich verstehe«, sagte Adams nachdenklich und lehnte sich zurück. »Ihr schafft Anreize, um altes Wissen ans Tageslicht zurückzuholen.«

»Richtig. Was wir tun, wirkt wie eine Medienkampagne, um ein neues, geheimnisvolles Produkt einzuführen. Eines, das es früher bereits gegeben hat. Vor langer, langer Zeit. Etwas, worüber die Großeltern einmal geredet haben. Wir schüren eine Erwartungshaltung. Wir bewegen uns auf allen medialen Kanälen, um den Fokus auf die Vergangenheit zu richten.«

»Ihr manipuliert die Onryonen.«

»Manipulation ist ein sehr, sehr strenges Wort, Homer. Zumal diese Kampagne dazu beitragen soll, mehr über Jolyona herauszufinden und damit Perry zu helfen.«

Adams überschlug die Kosten, die eine derart breite Aktion verursachen könnte, schauderte und konzentrierte sich dann wieder auf das, was über den Holoschirm lief.

»Die Onryonen springen bereits großflächig an.« Thersa zupfte willkürlich einige Nachrichten aus dem Konvolut sekündlich eintreffender Informationen. Es ging um frühere Röhrengleiter-Modelle, um Gemüsezucht mit längst vergessenen Sorten, um antike Möbel, um verloren gegangene Erinnerungen an die Küche früherer Jahrhunderte.

»*Erinnere dich!* beherrscht die privaten Gespräche, es wird massenweise darüber geschrieben. Zwei Nachrichtensender haben Talkshows initiiert, ohne dass wir dafür bezahlen mussten.«

Adams kratzte sich, unangenehm berührt. Er verstand viel von der Manipulation der Wirtschaftsmärkte. Aber dort bewegte man sich im Bereich der Spezialisten und stets am Rand des Erlaubten. Positronisch überwachte Sicherheitsmechanismen sorgten dafür, dass diese Grenzen niemals überschritten wurden und dass kein Ahnungsloser abgezockt wurde.

So ist es zumindest in weiten Bereichen der Liga Freier Terraner. Freihandelswelten wie Olymp oder Lepso sind von derart rigiden Bestimmungen ausgenommen. Sehr zu meinem Leidwesen.

Was er hier zu sehen bekam, ging weit über das hinaus, was er jemals erleben wollte. Thersa sorgte dafür, dass die Bewohner einer ganzen Welt getäuscht und betrogen wurden.

»Ich mache es alleinig, um Perry zu finden und ihm helfen zu können«, wiederholte die Frau, als könnte sie seine Gedanken lesen.

»Wusstest du, dass ich wegen einiger nicht ganz lupenreiner Finanztransaktionen im Gefängnis saß? Damals, im zwanzigsten Jahrhundert alter Zeitrechnung?«

»Selbstverständlich.«

»Ich saß zu Recht. Ich hatte Dinge getan, die nicht schön waren. Und ich lernte daraus. Ich hatte andere und mich bereichert. Aber ich hatte nicht bedacht, dass die Wirtschaft eine Wippe ist. Auf der einen Seite sitzen die Gewinner, auf der anderen die Verlierer. Der Sieg des einen ist stets die Niederlage des anderen. Es ist nicht schön, das Schicksal dieser Verlierer mitzuerleben.«

»Natürlich nicht. Aber was willst du mir damit sagen, Homer? Ich unternehme nichts, was irgendwelchen Wesen schadet.«

»Das weißt du nicht. Du setzt die Wippe auf ziemlich brutale Weise in Bewegung. Womöglich bewirkst du eine Rückbesinnung auf alte Werte und damit eine Abkehr von der hiesigen Form der Demokratie. Vielleicht kommen die Onryonen darauf, dass früher – angeblich – alles besser war? Was, wenn sie ihren Zukunftsglauben verlieren? Ihren Optimismus? Was, wenn sie umso schlechter auf uns Terraner zu sprechen sind?«

»Das sind Dinge, die wir so gut wie möglich einkalkuliert haben, aber ...« Thersa stockte kurz. »So langsam ärgert mich dein Pessimismus, Homer. Es geht um Perry! Hast du das schon vergessen?«

»Natürlich nicht. Ich denke die ganze Zeit an ihn. Und weißt du was? Ich glaube nicht, dass er mit dem einverstanden wäre, was hier vor sich geht.«

Die *Erinnere dich!*-Kampagne ließ sich nicht mehr stoppen. Binnen weniger Stunden erreichte das Nachrichtenaufkommen zum Thema ein niemals geglaubtes Maß. Millionen von Botschaften wurden verfasst und weiterverteilt.

In der schnelllebigen Zeit des 16. Jahrhunderts erkannten die Nachrichtenpositroniken den neuen Trend, griffen ihn auf und förderten ihn. Die sogenannten *Werbehyänen* schlossen sich ihnen an. Sie waren Händler, die auf dem heiß umkämpften Markt Werbezeit anmieteten und teuer weiterverkauften. Sie sorgten dafür, dass ein bestimmtes Interessensgebiet innerhalb weniger Stunden hochgepusht wurde und verdienten an den überhöhten Preisen der besten Werbeslots.

»Damit hätte ich nicht gerechnet«, sagte Thersa. Sie klang verwundert. »Wir haben da etwas losgetreten, das größer ist, als ich jemals gedacht hätte. Es ist, als hätten die Jolyoner seit ihrer Ankunft auf dieser Welt die Vergangenheit ignoriert und immer nur nach vorne geblickt.«

»Wir befinden uns auf einer Siedlerwelt, Thersa. Die Pioniere und die nachfolgenden Generationen mussten mit harten Bedingungen in einer kargen Umwelt zurechtkommen. Ein jeder Atemzug rang ihnen alles ab, und das nicht nur sprichwörtlich. Ist es da ein Wunder, dass die Bewohner Jolyonas nicht an Probleme, Sorgen und Entbehrungen ihrer Vorfahren erinnert werden wollen?«

Millionen von Meldungen trudelten über versteckte Wege und Umleitungen ein. Alte, pixelige Holos. Bilder von Spielsachen aus dem vorigen und dem vorvorigen Jahrhundert. Versteinerte und präparierte Anuupi. Persönliche Erinnerungen, die auf Datenträger gesprochen worden und in Erinnerungsmonumenten zwischengelagert und gesichert wurden. Einträge, die aus handgeschriebenen Tagebüchern und von den Ururgroßeltern stammten. Relikte einer jungfräulichen Natur, als die Besiedlung Jolyonas gerade mal begonnen hatte …

In dem unscheinbaren Verschlag, in dem Thersa Gooden und er saßen, stapelten sich die Ergebnisse einer Medienkampagne, wie sie Jolyona gewiss noch nie erlebt hatte.

»Die Positronik filtert alles aus, was nicht unseren Suchkriterien entspricht …«

»Was sind denn unsere Suchkriterien?«, hakte Adams nach.

»Der Kontinent Mylehodinn. Frühe Forschungsexpeditionen auf diesen Kontinent. Aufzeichnungen jener Pioniere, die von den Onryonen abgesetzt wurden. Und generell alles, was aus der Besiedlungszeit übriggeblieben ist.«

»Was danach kam, interessiert dich also nicht?«

»Doch. Wir speichern selbst den kleinsten Informationsschnipsel ab. Vielleicht gibt es Querverweise älterer Nachrichten auf Belege, Relikte oder Personen, die in der Jetztzeit für uns von Belang sein könnten. Es ist ein riesengroßes Puzzle mit unendlich vielen Steinen. Alles kann mit allem in Zusammenhang stehen.«

Adams hatte einige Erfahrungen mit derartigen Berechnungsmodellen gemacht. Die moderne galaxisweite Wirtschaft beruhte darauf, dass möglichst viele Faktoren in Kalkulationen mit einbezogen wurden. Ein Verbund von Hochleistungspositroniken reichte oftmals nicht aus, um ein Gesamtbild im Auge zu behalten. Hier allerdings war das Datenvolumen deutlich geringer. Es umfasste »bloß« eine einzige Welt – und einen relativ kleinen Zeitrahmen.

»Ich habe eine Erfolgsquote von null Komma null null vier Prozent«, sagte Thersa grüblerisch.

»Das bedeutet?«

»Eine von fünfundzwanzigtausend Informationen, die reinkommt, könnte für uns relevant sein. Es sind bereits mehrere hundert Datenblöcke, die über die offiziellen Kanäle bislang nicht verfügbar waren und nun aufgetaucht sind. Sie ergeben ein völlig neues Bild dieser Welt. Ein vollkommeneres, aber vielleicht auch ein anderes.«

Adams ließ sich Zusammenfassungen der Positronik liefern. Sie behandelten die Entdeckung von unterirdischen Heißwasserquellen, deren Standorte in den letzten Jahrhunderten wieder in Vergessenheit geraten waren. Einige Relikte, die auf das Vorhandensein einer früheren Zivilisation schließen ließen und die in privaten Sammlungen gelandet waren. Geologische Befunde der Siedlerflotte. Gerüchte über vermeintliche Kämpfe, die die Kolonialisten untereinander geführt hatten. Unbekannte hatten ein Protokoll über eine dreitägige Konferenz nach dem Ende der Auseinandersetzungen geführt und ausführlich über die Diskussionen in einem gewaltig großen Abdrücksaal geschrieben …

»Diese alten Relikte …«

»Ja, Homer?«

»Leg bei der Datensuche einen besonderen Schwerpunkt darauf. Perry hat mir einiges über Ausgrabungen erzählt, die er in den Salzbaronessen besichtigt hat. Ziehe Querverbindungen dazu.«

»Irrelevant. Die Salzbaronessen liegen im Nahbereich des Hauptsiedlungskontinents Cycoc. Im vorgelagerten und ausgetrockneten Ozeanbett des LaTen-Zwischenmeeres. Sie haben nichts mit Mylehodinn zu tun.«

»Tu mir einfach den Gefallen und lass den Rechner ein wenig mehr auf die Funde von Relikten achten. Ich vermute, dass die Positronik davon nicht überfordert wird.«

»Natürlich nicht.« Thersa nickte und kommunizierte mit

der Künstlichen Intelligenz. Es war ihr anzumerken, dass sie es nur widerwillig tat. Womöglich hielt sie ihn für einen alten Narren.

Vermutlich hat sie mich immer schon so gesehen. Vielleicht auch als Trophäe, die man sich gerne in den Schrank stellt und guten Freunden präsentiert. »Seht her, dies ist die Würde des Unsterblichen Homer G. Adams! Ich habe sie ihm genommen, als ich mit ihm geschlafen und ihm vorgegaukelt habe, dass ich ihn mag, den alten Deppen. Nun gehört sie mir!«

Nein. Er wollte nicht ungerecht sein. Er durfte sich auch nicht ablenken lassen. Sie verfolgten Spuren, die so vage waren, dass man sie kaum als solche erkannte. Dies war alles, was ihnen noch blieb. Alle anderen Möglichkeiten, an Perry Rhodan heranzukommen, waren während der letzten Stunden erbärmlich gescheitert.

»Woher wusstest du das?«

»Wie bitte?« Adams blickte irritiert hoch.

»Die Sache mit den Relikten«, sagte Thersa. »Es gibt so etwas wie die Spur einer Spur.«

»Geht's etwas genauer?«

»Ich rede von Berichten, die die ersten Jahre der Besiedlung behandeln. Es existieren zwei tagebuchartige Aufzeichnungen, die die Positronik miteinander kombiniert hat. Darin ist von merkwürdigen Erscheinungen die Rede. Von Besatzungsmitgliedern, die verschwanden und niemals mehr auftauchten. Von energetischen Phänomenen. Einmal wird vage angedeutet, dass ein Schutzschirm im Spiel sein könnte.«

»Sehr schön.« Adams ließ der Erleichterung keinen Raum. Sie hatten etwas entdeckt. Nun mussten sie daran arbeiten, dieses Etwas zu präzisieren und die subjektiven Beobachtungen zu objektivieren. »Es handelt sich um Aufzeichnungen, die gleichermaßen von den Salzbaronessen und von Mylehodinn stammen?«

»Richtig. Hätten wir nicht speziell danach gesucht, hätte die Positronik vermutlich keine Zusammenhänge gesehen. Die Beschreibungen sind derart unterschiedlich, dass sie sich nicht auf dem ersten Blick erkennen lassen. Du bist ein Genie, Homer.«

»Geschenkt.« Er winkte ab. »Konzentrier dich auf diese beiden Gebiete. Geh dabei vertikal im Zeitverlauf vor. Betrachte alles, was seit der Besiedlung im Gebiet der Arena und der Salzbaronessen geschehen ist, von dem Tag an, da ein Onryone seinen Fuß auf Jolyona gesetzt hat bis heute. Sucht nach weiteren Übereinstimmungen. Nach Funden, die da wie dort gemacht wurden.«

»Das Gebiet der Großen Zusammenkunft ist tabuisiert. Da werden wir nicht sonderlich viel rauskriegen.«

»Aber nicht von Beginn der Besiedlung an, oder? Ich vermute, diese Tabuisierung ist erst viel später geschehen.«

»Ja.« Thersa vergrub sich erneut in ihren Holounterlagen. Nach einiger Zeit sagte sie: »Hundert Jahre nach der Besiedlung gibt es erste Hinweise darauf, dass die Anuupi-Herden zur Naturarena getrieben wurden und ansonsten Mylehodinn kaum mehr erforscht wurde.«

»Dann sollten wir uns nach dem ›Warum‹ fragen, Thersa.«

»Ich verstehe nicht …«

Adams lächelte. »Was, wenn dies keine freie Entscheidung der Onryonen war, sondern sie von jemand anderem manipuliert wurden? Was, wenn die ehemaligen Bewohner Jolyonas nicht ausgestorben sind, sondern sich dort unten eingebunkert haben und dafür sorgten, dass sie niemals mehr wieder belästigt wurden?«

Thersa Gooden blickte ihn verblüfft an. »Ich wiederhole mich ungern, Homer, aber du bist ein verdammtes Genie.«

»Es ist eine Theorie. Nicht mehr, nicht weniger. Beweise sie oder widerlege sie. Und finde heraus, ob sich in den Salzbaronessen tatsächlich eine zweite unterirdische Stadt befunden hat. Kontaktiere diese Mohaway Obe. Denn wenn diese Anlagen ähnlich gebaut sind …«

»… kann es sein, dass wir in den Salzbaronessen jene Werkzeuge finden, mit deren Hilfe wir den Schutzschirm unterhalb der Arena knacken können.«

Manoulsi beobachtete Perry Rhodan genau. Jede seiner Reaktionen, jeden seiner Handgriffe, die Atmung, die emotionalen Reaktionen, seine Körperbewegungen. Jedes seiner Worte wurde aufgezeichnet und genauestens analysiert.

Längst waren alle Zweifel dahin, dass es sich um den einzig wahren Rhodan handelte. Manoulsi hatte Gewissheit. Dies war der Unsterbliche. Eine Gestalt von besonderer Bedeutung für sein Volk.

Er selbst hatte Rhodan nur knapp verpasst. Damals, vor zwanzig Millionen Jahren.

Doch dieser Beweis allein reichte nicht. Der Perry Rhodan der Vergangenheit mochte ein anderer sein als der heutige. Manoulsi brauchte Beweise für Rhodans Integrität. Er musste wissen, wie er sich in Gefahrensituationen verhielt. Er benötigte ein ausgefeiltes Psychogramm, bevor er weitere Schritte setzte.

Rhodans Begleiter hingegen waren irrelevant. Sie waren Werkzeuge in einem ausgetüftelten Spiel. Nicht mehr, nicht weniger.

Kapitel 25:
Die Schwefelhöhle

Die länglichen Hallen machten Höhlen Platz, die vielleicht einmal als Quartiere gedient hatten. Links und rechts öffneten sich Schotte. Sie führten in stets gleich angeordnete Raume.

Sie waren überaus geräumig und hoch, in der linken hinteren Ecke war der Boden abschüssig, Wasser versickerte in einem Spalt zwischen mehreren Kachelreihen.

»Das sind Sanitäranlagen«, behauptete Kahoyte.

»Oder so etwas wie Waschbereiche«, sagte Rhodan.

»Glaub mir: Es sind Abdrückareale«, erklärte Cyndenno. »Bei diesem Thema kennen wir uns besser aus als du. Ihr wisst einfach nicht, wie eine vernünftige und soziale Hygienekultur beschaffen ist.«

Rhodan setzte seinen Weg fort, langsam und vorsichtig. Er wartete auf die nächste Prüfung. Sie würde kommen, dessen war er sich sicher. Er hatte ein gewisses Muster im zeitlichen Rhythmus der Tests erkannt. Man gewährte ihnen für eine Weile das Gefühl der Sicherheit, bevor der oder die Unbekannten erneut zuschlugen.

Er sah sich nach seinen Begleitern um. Die frugale Mahlzeit hatte Kahoyte und Cyndenno redselig gemacht. Sie sprachen ausgelassen miteinander und machten sogar Scherze über ihr Hiersein. Nun, sie würden bald wieder auf den Boden der Tatsachen zurückgeholt werden.

Ich muss die Initiative ergreifen. Ich muss unserem Gegner zu verstehen geben, dass wir uns nicht länger an seine Spielregeln halten. Ich brauche nur eine Chance. Einen Denkfehler oder eine Unachtsamkeit im Kalkül des Feindes. Dann kann er sich auf etwas gefasst machen.

Rhodan hatte einige Mohrrüben geerntet und mit sich genommen. Ab und zu knabberte er an einer der Wurzeln. Ihr süßlicher Geschmack traf seine Geschmacksnerven. Darüber hinaus versorgten sie ihn mit ausreichend Flüssigkeit.

Sie stellen etwas Besonderes in diesem Irrgarten dar, dachte er und blieb stehen. *Alles andere hier ist tot, leblos, verlassen. Und das vermutlich seit Jahrhunderten. Die Mohrrüben hingegen …*

»Was ist los mit dir?«, fragte Cyndenno. »Da geht's weiter!« Sie deutete auf einen schmalen, dunklen Durchgang. »Komm, Kahoyte, lass uns ein wenig Tempo machen.«

»Bleib da, Cyndenno!« Rhodan eilte der jungen Onryonin hinterher.

Sie lachte, ihr Emot leuchtete in einem linden Gelbton. »Du siehst doch, dass hier nichts ist …«

Rhodan riss sie mit aller Gewalt zurück, bevor sie den nächsten Raum betreten konnte. Sie verlor das Gleichgewicht und stürzte zu Boden. Rhodan zog sie weg vom Tor – und rettete ihr damit das Leben.

Eine Art energetisches Fallbeil löste sich von oben. Rotglänzend sauste es herab, dort, wo Cyndenno eben noch gestanden hatte. Es handelte sich um eine energetische Schneide, gut zehn Zentimeter dick, die sich in den Boden bohrte und in einem gewaltigen Funkenschlag auflöste.

Cyndenno saß auf ihrem Allerwertesten, die Angst stand ihr ins Gesicht geschrieben. Kahoyte eilte zu ihr und umfasste sie beschützend.

»Wenn ich dir etwas befehle, gehorchst du mir gefälligst!«, fuhr Rhodan die junge Frau an. »Oder willst du unbedingt sterben?«

Cyndenno fand sekundenlang keine Worte. Das Emot

leuchtete nun beige, in der Farbe grenzenlosen Entsetzens. »Woher hast du das gewusst?«, fragte sie mit zittriger Stimme.

»Ich achte auf meine Umgebung. Und vor allem auf die Anuupi. Sie bewegen sich stets in unserer Nähe. Manchmal schweben sie vorneweg, dann wieder halten sie sich unmittelbar über uns auf. Aber hier blieben sie zurück. Ihr Licht flackerte. Ihr Instinkt sagte ihnen, dass etwas nicht stimmte.«

Kahoyte starrte betreten an Rhodan vorbei. *Er* hätte bemerken müssen, dass etwas mit seiner kleinen Herde nicht stimmte. Aber er war zu sehr mit sich selbst und Cyndenno beschäftigt gewesen und hatte seine Arbeit als Hüter unkonzentriert betrieben.

Rhodan zögerte noch einige Minuten, begutachtete dann die Tür und wartete auf weitere Reaktionen der Anuupi. Sie setzten sich in seine Richtung in Bewegung, so, als wäre nichts geschehen. Sie konnten eintreten.

Da war es wieder, das sonderbare Wesen. Es gab sich so deutlich wie nie zuvor zu erkennen.

Der Riese stand im Zentrum einer kleinen Halle, die mit einer knöcheltiefen Brühe gefüllt war. Seeblumen trieben rings um das unbekannte Wesen, fischähnliche Geschöpfe mit übergroßen Augen sprangen immer wieder vergnügt aus dem Wasser hoch in die Luft und platschten zurück. Eine Art Tang wucherte efeugleich an den Wänden des Raums nach oben. Es stank nach Bracke. Das düstere Licht verbarg viele Details.

»Überlasst das Reden mir«, sagte Rhodan leise zu seinen Begleitern. Er kniff die Augen zusammen und versuchte, mehr von der in schwarzes Tuch gehüllten Gestalt zu erkennen. Vergeblich. Es war, als wolle er eine Nebelbank mit Blicken durchdringen wollen. Vermutlich trug der Unbekannte so etwas Ähnliches wie einen Schutzschirm, der die Wahrnehmungen verzerrte.

»Was willst du von uns?«, fragte Rhodan laut, überreichte seine Waffe gut sichtbar an Kahoyte und tat einen ersten Schritt in die Brühe hinein. »Lass uns reden. Sag mir, warum du uns hier festhältst.«

Keine Antwort. Der unheimliche Kapuzenmann stand starr da. Nur ab und zu bewegte sich sein Mantel und blähte sich ein wenig auf, als würde eine Windbö ihn erfassen.

Rhodan ging weiter. Der Untergrund war zäh, mit jedem Schritt musste er sich aus Schlamm befreien. Es war ihm, als würden unzählige kleine Händchen an seinen Schuhen ziehen und zerren.

Es waren noch etwa fünfzehn Meter bis zu dem Unbekannten, als dieser theatralisch seinen rechten Arm in eine absurde Höhe hob. Rhodan blieb stehen und betrachtete das stumme Geschöpf. Auch wenn er das Wesen nach wie vor nicht richtig erkennen konnte, verstärkte sich doch sein Verdacht. Er hatte einen wie ihn bereits einmal gesehen. Vor gar nicht einmal so langer Zeit. Oder, wenn man einen anderen Blickwinkel einnahm, vor ewig langer Zeit.

»Warum diese Spielchen?«, fragte Rhodan. »Es gibt keinen Grund für …«

Er rutschte, er stürzte. Die Beine wurden ihm weggezogen, er prallte schwer mit dem Rücken auf. Es presste ihm alle Luft aus dem Körper. Er hechelte, doch die Stauchung hinderte ihn am freien Atmen.

Das Wasser rings um ihn schien zu kochen. Von mehreren Richtungen her näherten sich Spuren von Luftblasen. Irgendwelche Geschöpfe wedelten mit ihren flachen, dicht behaarten Schwänzen und bewegten sich vorwärts, auf ihn zu.

Oder? Waren dies überhaupt Lebewesen? Schlangen mit meterlangen Körpern etwa?

Rhodan brachte seinen Oberkörper unter Mühen hoch. Schlamm blieb an seinem Rücken haften, Schlamm und krabbelndes Zeugs, das im trüben Wasser sein Biotop gefunden hatte.

Endlich konnte er wieder durchatmen, endlich legte sich der brennende Schmerz in seinen Lungen. Zittrig kam er auf die Beine und hustete mehrmals, bevor er sich auf den Weg machte, hin zu dem Unbekannten.

Neuerlich fühlte er einen Ruck an beiden Beinen, diesmal aber war Rhodan vorbereitet. Er stemmte sich gegen den Morast. Der unsichtbare Fallensteller scheiterte bei dem Versuch, ihn ein weiteres Mal zu fällen.

Er erkannte Lianen, die sich um seine Fesseln wickelten und bis aufs Äußerste gespannt waren. Sie hatten ihren Ursprung auf einer kleinen Felsinsel, etwa fünf Meter entfernt zu seiner Rechten.

Falsch: Sie endeten nicht dort. Sie waren *ein Teil* des felsähnlichen Geschöpfs, das sich ein Stückchen weiter aus dem Wasser hob und dabei ein Maul zeigte, das groß genug war, um einen Menschen wie einen Frühstückshappen zu verschlingen.

»Nicht schießen!«, rief Rhodan und machte eine herrische Handbewegung in Kahoytes Richtung.

»Aber Perry ...«

»Ich habe alles unter Kontrolle. Glaub mir!«

Rhodan trat mit einem Stiefel auf jenen Tentakel, der das andere Bein festhielt. Nach einer kurzen und heftigen Bewegung riss der Fühler.

Ein blubberndes Gebrüll ertönte, sein Gegner litt unter heftigen Schmerzen. Rhodan wiederholte den Vorgang mit dem anderen Tentakel und wich weiteren von ihnen aus, die nach seinen Beinen tasteten.

»Soll das immer so weitergehen?«, fragte Rhodan den Riesen, während er einen Veitstanz aufführte und durchs Wasser platschte. »Willst du mich so lange prüfen, bis du dir sicher bist, wen du vor dir hast? Dabei weißt du es doch längst! Deine Spione haben es dir berichtet, du siehst und hörst und riechst es. Es sollte keine Zweifel mehr geben …«

Rhodan sprang mit beiden Beinen aus dem Wasser, Tentakel peitschten knapp unter ihnen über den Morast hinweg. Er würde nicht mehr lange durchhalten. Zu erschöpfend war der Kampf gegen die zähe Brühe und deren Geschöpfe.

»Du willst mich nicht töten!«, rief er und fügte intuitiv hinzu: »Du brauchst mich, nicht wahr? Du kannst es dir gar nicht leisten, mich zu verlieren. Aber du musst wissen, wozu ich imstande bin. Weil du Angst hast. Weil du auf Angst programmiert bist!«

Der Zauber endete abrupt. Das steinartige Wesen hielt inne, seine Tentakel blieben schlaff im Wasser liegen. Einige Sekunden lang schwappten kleine Wellen gegen die Wände des Raumes, dann kehrte Stille ein. Nichts rührte sich mehr.

»Wir sehen uns, Perry Rhodan«, sagte der Unbekannte mit dumpfer Stimme, hob auch seinen zweiten Arm – und verschwand.

Die Gefahr, die von dem Wassermonstrum ausging, war durchaus real gewesen. Das Tier blickte ihnen mit seinen kleinen, listigen Augen hinterher, als sie zu dritt den Raum durchquerten, die Waffe stets auf den animalischen Jäger gerichtet.

Rhodan zuckte zusammen, als hinter ihnen ein Tor mit lautem Rumms von der Decke hinabfiel.

»Der Unbekannte treibt uns vor sich her«, sagte Kahoyte müde. »Und wir können nichts dagegen tun.«

»Habt Geduld. Wir sind so gut wie am Ende der Prüfungen. Ich habe ihm zu verstehen gegeben, dass ich ihn durchschaue.«

»Tust du das denn auch?«

»Ja.« Rhodan blickte gegen die Decke eines naturbelassenen Raums. Vermutlich verbargen sich dort oben Spionsonden und Messgeräte, die sie überwachten. »Ich weiß, mit wem wir es zu tun haben.«

»Dürfen wir das auch wissen?«, fragte Cyndenno.

»Bald«, vertröstete er sie.

Sie nickte müde. So, als wäre es ihr letztlich einerlei, wer sie durch das unterirdische Reich hetzte und lenkte.

Rhodan hätte sich gern um seine Beine gekümmert und sie genauer untersucht. Der Schmerz nahm zu, dort, wo ihn das Felstier umklammert hatte. Womöglich sonderten die Tentakel ein Körpergift ab, das sich in seinen Blutbahnen ausbreitete und ihn allmählich lähmte.

Es blieb keine Zeit, keine Gelegenheit für ein Innehalten. Rhodan spürte, dass hinter ihnen etwas war. Ein stiller Verfolger. Ein Jäger. Womöglich der letzte Prüfstein auf ihrem Weg zur Auflösung dieses Rätsels.

Er musste weiter und sich auf die Heilkräfte seines Zellaktivators verlassen.

Ein Höhlenraum reihte sich an den nächsten. Sie hatten nichts miteinander gemein. Wanderten sie für eine halbe Stunde durch einen Bereich, der mit glänzenden und kristallinen Substanzen gefüllt war, so war der nächste mit Sand gefüllt, mit Stoffresten, mit einer Art Schleimsuppe, aus der ab und zu buntfarbene Substanzen hochblubberten.

Es war, als hätte ein Altwarensammler seine Güter über Jahrtausende hinweg gehortet und dann vergessen. Sobald Rhodan versuchte, eine Altersbestimmung vorzunehmen, lösten sich die Reste in formlose Masse auf, die eine grauschwarze Farbe annahm und nichts über ihre Herkunft verriet.

Zumindest so lange, bis sie in die Metallhalle gelangten …

Das Gefühl, beobachtet zu werden, wurde intensiver. Besonders in diesem Raum, der mit Skulpturen vollgestopft war. Sie standen und lagen aneinandergereiht und kündeten von einem völlig abstrakten Kunstverständnis.

Oder? Täuschte sich Rhodan? Interpretierte er zu viel in diese mannsgroßen Plastiken?

»Die Anuupi haben Angst vor den Figuren.« Kahoyte deutete auf Dualles.

Das stimmte. Das Tier schwebte unschlüssig hin und her, als wüsste es nicht, wie es den Raum durchqueren sollte, ohne über eines der Hindernisse hinwegfliegen zu müssen.

Kahoyte gab mit den Fingern eine Anweisung. Sie wirkte befehlend und drängend. Hatte der Hüter bislang stets mit Überzeugungskraft gearbeitet und die Anuupi im Zaum gehalten, wollte er nun die Bewegungen seiner Tiere erzwingen.

Rhodan merkte sich die Bewegung und imitierte sie unbemerkt von den beiden Onryonen.

Kahoyte hatte Erfolg. Widerwillig ploppten Dualles und seine Herde über zwei der wuchtigsten Skulpturen hinweg, um sich auf einer kleinen, freien Fläche zu sammeln und auf Kahoyte zu warten. Der Hüter eilte gemeinsam mit Cyndenno seinen Tieren nach, während Rhodan zurückblieb.

Er streifte mit den Fingern über die metallenen Ränder einer der Plastiken. Sie hatte die Form eines sprudelnden Wasserbrunnens, dessen Tropfen nach oben strebten und in dem Augenblick erstarrt waren, als sie den höchsten Punkt ihrer Reise erreicht hatten.

Rhodan glaubte, eine Art Hitze zu spüren, die von dem Metall ausging. So, als würden in ihrem Inneren exothermale Prozesse ablaufen, die umso mehr beschleunigten, je länger er mit dem Metall in Berührung blieb.

Hastig zog er die Finger zurück. Was er spürte, war nicht angenehm. Es vermittelte ihm das Gefühl, etwas Unheimliches zu erwecken.

»Komm weiter, Perry!«, rief ihm Kahoyte zu. »Wir sollten so rasch wie möglich hier raus.«

Seine Begleiter fühlten es ebenso wie er. Hier stimmte etwas nicht, hier waren unnatürliche Mächte am Werk.

Trotz aller Befürchtungen legte Rhodan seine Rechte auf eine der anderen Skulpturen. Sie ähnelte zwei Wesen, die sich im Augenblick des Todes aneinandergeklammert hatten und derart verschmolzen waren.

Beruhige dich! Es ist nur deine überreizte Fantasie, die dir zu schaffen macht, mahnte sich Rhodan. *Vermutlich haben diese Figuren keinerlei Bedeutung. Sie sind Ausschussware, die jemand hier abgelagert hat und …*

Ausschuss. Metall. Gefrorene Formen.

Warum war Rhodan nicht gleich darauf gekommen?

Hier war kein Künstler am Werk gewesen. Bei diesen Skulpturen handelte es sich um schlecht gewachsene Metallwände. Vermutlich um frühere Versuche mit jenem Material, das sie unterhalb der Arena einschloss.

Rhodan zog die Hand zurück und folgte seinen beiden Begleitern. Er erzählte ihnen von seinen Mutmaßungen, sie nickten zaghaft. Cyndenno war anzumerken, dass sie dies alles nicht interessierte. Sie wollte nur weg von hier, während Kahoyte nicht den Mut fand, all das durchzudenken, womit sie es bislang zu tun bekommen hatten.

Rhodan drehte sich nicht mehr um, auch wenn er zu hören glaubte, dass sonderbare Geräusche aus dem Inneren der Figuren drangen. Da drin lebte etwas, das sich danach sehnte, befreit zu werden.

Sobald Cyndenno wieder Mut gefasst hatte, begann sie zu quengeln, sich zu beschweren, über ihr Unglück zu jammern und um Mitleid zu heischen. Dabei wechselten die Farben ihres Emots immer wieder.

Rhodan ignorierte ihr Benehmen. Cyndennos Worte waren nicht für ihn bestimmt, sie galten Kahoyte. Die manipulative junge Frau wollte den jungen Hüter für sich einnehmen.

Doch so verliebt der noch vor wenigen Stunden gewesen war – er fiel nicht auf ihre Tricks rein, nicht mehr.

Es ging einen breiten Gang mit leichter Steigung entlang, gefolgt von einer Treppe mit unzähligen Absätzen. Der Abstand der unregelmäßig in den Fels gehauenen Stufen war viel zu groß für Onryonen und Terraner. Immer wieder mussten sie sich gegenseitig unterstützen, um höher zu gelangen.

Dennoch keimte Hoffnung bei Rhodan auf. Am höchsten Punkt würde er versuchen, sich mithilfe des Strahlers einen Weg an die Oberfläche zu brennen. Wenn er den Angaben des Armbandkoms vertrauen konnte, befanden sich nur noch zwanzig Meter Gestein über ihnen.

Er tastete nach der Waffe, wie so oft während der letzten Stunden. Sie war sein wichtigster Besitz. Sie gab ihm die Sicherheit, dem oder den Beherrschern dieser unterirdischen Welt nicht schutzlos ausgeliefert zu sein.

»Kahoyte!«

Rhodan drehte sich um. Er entdeckte Cyndenno, bedeckt von schwarzer Masse, die eben noch Teil einer Stufe gewesen war. Sie sank tiefer und tiefer, während Kahoyte wie hilflos dastand und zusah.

Rhodan reagierte blitzschnell. Er warf sich nach vorn, griff nach den hilfesuchend ausgestreckten Händen der jungen Onryonin, packte kräftig zu und zog daran. Er vermeinte, einen Sog zu spüren. Einen Widerstand, der von weiter unten kam.

»Hilf mir gefälligst!«, rief er Kahoyte zu. Der kam endlich wieder zu sich, ließ sich ebenfalls fallen und zerrte an Cyndennos Händen. Gemeinsam zogen sie mit aller Kraft an ihr, um sie Zentimeter für Zentimeter aus dem schwarzen Schlick zu befreien, der derweil immer weiter nach unten sank und eine der Stufen, über die sie gestiegen waren, zur Gänze auflöste.

Rhodan wandte den Blick von dem Zeugs ab, es irritierte und verwirrte ihn. Es wirkte wie eine sich in sich selbst drehende Masse, die alles Licht verschluckte und dabei eine gewisse Ähnlichkeit mit der Akkretionsscheibe eines Schwarzen Lochs entwickelte. Es war ein Anblick, der zutiefst erschreckte und die Grenzen des menschlichen Verstandes auslotete.

»Es zieht mich nach unten!«, schrie Cyndenno. Sie wehrte sich gegen die Griffe, sie wollte sich freistrampeln und verschlimmerte damit ihre Lage. »Da ist etwas! Es greift mich an, es betatscht mich!«

Rhodan packte erneut zu. Diesmal so fest, dass sie seinem Griff nicht mehr entkam. Er ächzte unter der Anstrengung, doch er gab nicht auf, genauso wenig wie Kahoyte, der beachtliche Kräfte entwickelte.

Mit einem Mal war alles vorbei. Cyndenno glitt zur Gänze aus der schwarzen Masse und stolperte vorwärts, die Stufen hoch. Rhodan und Kahoyte folgten ihr, bis sie den nächsten Absatz erreicht hatten und sie auf nur grob behauenem Felsgestein zu stehen kamen.

Cyndennos Emot war weiß. Blank. Nur ab und zu fuhren schwarze Farbschleier darüber hinweg, in einem Rhythmus, der Rhodan glauben ließ, dass er dem ihres Herzschlages angepasst war.

Der jungen Frau war der Schock anzumerken. Als Kahoyte in ihre Richtung drängte, umfasste sie seine Hände, umhakte seine vier Daumen. So blieben sie stehen, ineinander verschlungen, die Emots aneinandergelegt. Es war eine höchst intime Körperhaltung, wie Rhodan rasch begriff.

Er wandte sich ab und blickte über die Treppen nach unten, die sie eben bewältigt hatten. Er meinte, eine schwarze Masse zu erkennen, die die Form eines Teppichs hatte und allmählich in die Tiefe rutschte.

»Danke«, hörte er Cyndenno leise sagen.

Rhodan nickte, ohne sich zu ihr und Kahoyte umzudrehen. Er ließ den beiden diesen Augenblick der Stille, der Findung, der Intimität.

Sie bewegten sich auf einen offenen Höhlenraum zu, auf das einzig mögliche Ziel, das ihnen blieb. Es stank plötzlich auf bestialische Art und Weise. Bald befielen seine Begleiter und ihn lähmende Kopfschmerzen.

Weiter!, mahnte sich Rhodan. *Wir müssen vorwärts, diese vergiftete Umgebung so schnell wie möglich hinter uns lassen.*

Sie stolperten durch die Höhle. Durch eine bizarre Gegend mit vielen kristallinen Gewächsen, die immer wieder von künstlichen Säulen durchbrochen wurde. An diesen angepfropft steckten kastenförmige Elemente, die genauso gut in ein Raumschiff gepasst hätten. Kabel baumelten von der hohen Decke, großteils von Schwefelkristallen überwachsen. Metallplatten hingen lose an einzelnen Steckelementen und quietschten ohrenbetäubend in einem Wind, den es an diesem Ort gar nicht geben durfte. Schmutziggelbe Schwaden umgaben die Spitzen meterhoher Stalagmiten, hin und wieder tropfte ätzende Flüssigkeit zu Boden.

Rhodans Kopfschmerzen wurden von Minute zu Minute schlimmer. Seinen beiden Begleitern erging es nicht besser. Sie stolperten vorwärts, auf der Suche nach ein wenig Sicherheit und einem Ort, an dem sie sich ausruhen und sammeln konnten.

Rhodan glaubte, Gelächter zu hören. Stimmen, die ihn lockten und verlockten. Geräusche, die aus Raumschiffen stammen mochten, genauso wie das Hämmern einer Axt, die jemand mit verbissener Wut gegen einen Baum schlug.

Es war eine surreal wirkende Gegend, durch die sie stolperten. Aber entsprach dies alles überhaupt noch der Wirklichkeit? Oder lagen sie irgendwo in der Nähe einer Schwefelquelle, betäubt vom Gestank und gefangen in Albträumen? Was war Wirklichkeit, was Traum?

»Die Anuupi«, stöhnte Rhodan und deutete in Richtung der Tiere. Sie fühlten sich in dieser Umgebung wohl und schossen quietschvergnügt umher. Sie bezogen Nahrung aus den schwefelhaltigen Schwebstoffen – und sie waren Rhodans Verbindung zur Realität, sein Halt.

»Klammert euch an mir fest«, sagte er müde und trippelte den Anuupi hinterher. Ohne sich umzudrehen. Ohne darauf zu achten, ob Cyndenno und Kahoyte seinen Anweisungen folgten.

Er vermeinte, die beiden zu spüren. Ein zusätzliches Gewicht, das er vorwärts schleppen musste, während er den gleichen Weg wie die Schwebetiere einschlug. Doch auch das mochte Einbildung sein. Längst fühlte er seinen Körper nicht mehr. Die Gase in diesem Höhlenbereich verhinderten klares Denken. Da nutzte kein Zellaktivator, da half keine jahrtausendelange Routine.

»Perry, ich … ich …«

»Ruhig, Cyndenno. Spar dir die Luft zum Atmen. Wir haben es bald geschafft.«

Oh ja, er war immer schon ein guter Lügner gewesen. Wie viele Gefolgsleute waren ihm hinterhergestolpert, weil er ihnen die Illusion gegeben hatte, genau zu wissen, was er tat? Und wie viele von ihnen waren gestorben?

Es ging auf eine kleine Anhöhe zu. Sie schien sich im ungefähren Zentrum der Höhle zu befinden. Rhodan schöpfte Hoffnung. Der Anstieg war steil und wirkte rutschig, in den obersten Bereichen wuchs so etwas wie grünes Moos.

Womöglich waren die Schwefelelemente in der Atemluft zu schwer, um dort oben ihre Wirkung entfalten zu können? Vielleicht vermochten sie dort oben ein wenig durchzuatmen?

Er achtete auf die Anuupi. Sie gaben durch nichts zu erkennen, dass sie sich vor der Anhöhe fürchteten. Er vertraute ihrem Instinkt, wieder einmal, und schleppte sich die glitschige Flanke des Hügels hoch.

»Los, los!«, sagte er so energisch wie möglich. »Wir können uns gleich ausruhen! Ein paar Schritte noch, dann haben wir es geschafft!«

Rhodan schimpfte, beleidigte und verwünschte die beiden. Er attackierte ihr onryonisches Ehrgefühl und erzählte ihnen, dass er in ihrer unmittelbaren Nähe essen würde, wenn sie sich nicht augenblicklich aufrafften und ihm folgten. Er unternahm alles, um ihre Lebensgeister aufrechtzuerhalten und sie zu zwingen, die letzten verbliebenen Energiereserven zu aktivieren.

Der Terraner zog sich zwei Schritte am Wurzelwerk hoch und rutschte eineinhalb Schritte zurück, bevor er einen weiteren Versuch unternahm. Er krallte sich mit den Nägeln seiner Finger in dunkler Erde fest. Er drückte mit den Füßen nach, Zentimeter um Zentimeter.

Er glaubte, die Grenze zwischen der Todeszone und jener, in der sie frei atmen konnten, auszumachen. Sie war nur noch drei bis vier Höhenmeter entfernt – oder drei bis vier Ewigkeiten.

Wie lange dauerte der Aufstieg? Wie oft dachte er daran, aufzugeben, sich auf den Rücken zu legen und einfach nur auf den Tod zu warten? Wie oft rappelte Rhodan sich erneut hoch, weil er sich seiner Verantwortung bewusst wurde? Er hatte zwei junge Onryonen bei sich, für deren Sicherheit er sorgen musste.

Irgendwann wurde die Luft besser, seine Sicht klärte sich. Was die Lungen durch den Körper pumpten, schmeckte nicht mehr faulig und vergiftet. Es schwächte ihn auch nicht mehr, ganz im Gegenteil.

Rhodan blieb an Ort und Stelle und tat nichts anderes, als

befreit durchzuatmen. So lange, bis er fühlte, dass verlorengegangene Kräfte zurückkehrten.

Wo waren Kahoyte und Cyndenno?

Er blickte nach unten und erschrak. Sie lagen, von Schwefelschlieren fast zur Gänze verdeckt, unter ihm. Etwa zehn Meter tiefer. Sie hielten einander an den Händen wie ein Paar Ertrinkender, das sich im Augenblick des Todes noch einmal gefunden hatte.

»Also zurück in diese Schwefelhölle«, sagte Rhodan zu sich selbst.

Er atmete mehrmals tief durch, hielt die Luft an und stieg abwärts. Es dauerte nur wenige Sekunden, bis er die beiden Onryonen erreicht hatte. Seine Augen brannten, aber sonst fühlte sich Rhodan wohl. Solange er den giftigen Odem nicht einatmen musste, war alles in Ordnung.

Er legte sich Cyndenno mit einem Ruck über die Schulter und stieg erneut nach oben. Als er die Schwefelwolke durchstieß, brannten seine Lungen wie Feuer, und Sterne tanzten vor seinen Augen. Doch Rhodan hatte keine Zeit, sich um seine Gesundheit zu sorgen. Er musste nochmals nach unten klettern und sich um Kahoyte kümmern.

»Ist es das, was du sehen willst?«, rief er so laut wie möglich, an den Unbekannten gerichtet. »Bist du dir endgültig sicher, dass ich Perry Rhodan bin?«

Es kam, wie erwartet, keine Antwort.

Also machte er kehrt, stieg zu Kahoyte hinab und rettete ein zweites Leben.

Die Belastung und die Vergiftung durch schwefelhaltige Atemluft forderten ihren Tribut. Rhodan fiel in einen ohnmachtähnlichen Schlaf, nachdem er beide Onryonen in Sicherheit gebracht hatte. Er fühlte, wie sich Cyndenno und

Kahoyte eng an ihn schmiegten, dann setzten seine Gedanken aus.

Er träumte erneut. Es waren wirre Erinnerungen an eine Zeit, die er auf der Erde verbracht hatte. Da waren eisbedeckte Bergspitzen gewesen, eine naturbelassene Landschaft mit großem Wasserreichtum, kalte und frische Luft – und eine Menge sonderbarer Geschöpfe, die in meist offen gestalteten Behausungen lebten.

Irgendwann wurde Rhodan der Realität wieder gewahr – und der Gefahr, in der er schwebte. Er zwang sich aus seinen Träumen, schob die beiden Onryonen sachte beiseite und kam mühsam hoch. Er verzehrte zwei Mohrrüben. Langsam. Jeden Biss tat er bewusst. Frische, vitaminreiche Nahrung war ein wertvolles Gut in dieser Umgebung.

Nachdem er sich besser fühlte, umrundete er die kleine Insel, die inmitten des schwefligen Meeres lag. Er bewegte sich stets im Licht der Anuupi. Sie folgten ihm gehorsam, als hätten sie ihn als zweiten Hüter neben Kahoyte anerkannt. Sie schienen die Fingerbewegungen, mit denen er sie zu lenken versuchte, zumindest in Ansätzen zu verstehen. Nur Dualles blieb bei dem jungen Hüter zurück.

Rings um Rhodan existierten noch andere Lichtquellen. Sie waren in der Decke der Höhle eingefasst. Vermutlich waren sie künstlicher Natur, so wie vieles, dem sie während ihres Fußmarschs begegnet waren.

Die Höhle besaß eine Ausdehnung von mehreren Kilometern in allen Richtungen. Ihr Standort war der einzige, der Sicherheit vor den teuflischen Einflüssen des Luftgemischs bot. Wenn sie die Höhle durchqueren wollten, mussten sie damit rechnen, ein weiteres Mal eine Vergiftung der Atemwege zu erleiden.

Die Höhle wirkt so, als wäre sie einstmals Teil eines riesigen Raumschiffs gewesen, das sich in den Boden gebohrt hat und im Laufe der Jahrzehntausende von der hiesigen Flora erobert worden ist. Oder aber sie ist Teil einer eigenartigen Biosphäre, in der jemand Gott gespielt hat und mit allen möglichen Ansätzen zur Gestaltung eines fremden Lebens experimentiert hat.

Rhodan entdeckte ein winziges, moosbedecktes Loch zu seinen Füßen. In ihm sammelte sich Wasser an, das sauber wirkte. Er nahm einen Schluck und genoss den Geschmack des kühlen Nasses.

Wenn sie Stoff von ihrer Kleidung rissen und ihn sich, mit Flüssigkeit getränkt, vor Nase und Mund hielten, hatten sie eine größere Chance, den Fußmarsch durch die Höhle unbeschadet zu überstehen.

Und dann?, fragte er sich. *Wie soll es weitergehen? Wie lange möchtest du noch warten, Perry, bevor du den Herrn des Untergrunds bloßstellst?*

Er musste den richtigen Augenblick abwarten. Er durfte sein Pulver nicht voreilig verschießen. Doch es fiel ihm immens schwer, sein Wissen zurückzuhalten.

Die Schwefelschlieren veränderten sich immer wieder, wie Rhodan wahrnehmen konnte. Manche von ihnen richteten sich zu meterhohen Türmen auf, die vage menschenähnliche Gestalten annahmen, durch die Höhle mäanderten und irgendwann wieder in sich zusammenfielen. Es war, als würde ein raffiniertes Durchlüftungssystem für stetige Veränderungen in diesem unterirdischen Reich sorgen.

Wieder waren da Bewegungen am Rande seines Wahrnehmungsbereichs. Rhodan fühlte sich beobachtet, überprüft und seziert.

Er tastete nach dem Strahler. Er sollte ihm ein wenig Sicherheit geben inmitten einer Umgebung, in der von einer Minute zur nächsten sich alles ändern konnte und deren Lebensbedrohlichkeit schwer auf ihrer aller Psyche lastete.

Die Waffe war verschwunden.

Rhodan zermarterte sich den Kopf. Wann hatte er den Strahler das letzte Mal in der Hand gehabt? War er ihm aus dem Gürtel gerutscht, als er den Inselhang hochgekrochen und -gerobbt war? Hatte er ihn sich abgestreift, als er die beiden Onryonen geschultert und in Sicherheit gebracht hatte?

Er wusste es nicht mehr. Die Erinnerungen verschwammen. Sie vermengten sich mit dem, was er geträumt hatte, und ließ ihn allmählich an seinem Verstand zweifeln. Was war in dieser Umgebung Realität, was Einbildung?

Er rüttelte an Kahoytes Schulter, der junge Onryone richtete sich benommen auf. Sein Gesicht war noch heller als zuvor, die Spitzen seiner Ohren hatten an Spannkraft verloren und hingen schlapp nach unten. Cyndenno benötigte noch länger, bis sie wieder bei sich war. Sie sagte kein Wort, starrte nur trübe vor sich hin.

»Wir haben ein ernsthaftes Problem«, sagte Rhodan und erzählte den beiden jungen Onryonen von der verschwundenen Waffe.

»Du ... du meinst, dass die Verfolger zu uns hochgeklettert sind, den Strahler an sich genommen haben und dann wieder verschwunden sind, ohne uns etwas zu tun?« Kahoyte schüttelte den Kopf, als wollte er seine Verwirrung abschütteln.

»Das ist die wahrscheinlichste Möglichkeit, ja.«

»Du warst unvorsichtig«, behauptete Cyndenno, ohne ihn anzublicken. »Du hast die Waffe verloren. Und jetzt erzählst du uns irgendeine Schauergeschichte, um von deinem Unvermögen abzulenken.«

»Was ist bei dir bloß falsch gelaufen, Cyndenno? Was hast du gegen mich und gegen die Terraner?«

»Ihr nehmt uns unsere Welt weg«, antwortete die junge Frau trotzig. »Ihr mischt euch in Belange ein, die euch nichts angehen. Ihr benehmt euch wie Eroberer, kommt einfach her, gründet eure eigenen Kolonien, bringt einen neuen Lebensstil mit euch und verdrängt uns.«

»Ich rede nicht von dem politischen Manifest, das du und deine Freunde irgendwann einmal verfasst habt. Ich frage dich persönlich, Cyndenno: *Was haben wir Terraner dir angetan?*«

Sie schwieg und machte keine Bewegung. Sie saß einfach nur da, wie ein fleischgewordener Trotz.

»Sie hat Angst«, sagte Kahoyte leise.

»Sei ruhig!« Cyndennos Emot funkelte in unterschiedlichen Farbtönen.

»Rhodan ist mein Meister. Er hat uns mehr als einmal aus der Patsche geholfen. Er verdient es, dass du ihm die Wahrheit sagst.«

»Er ist es doch, der diesen Wahnsinn ausgelöst hat! Wäre er nicht gewesen, wäre die Arena niemals in sich zusammengebrochen und ... und ...«

Cyndenno wurde leiser und leiser. Irgendwann brach sie ab, drehte ihren Körper von Rhodan weg und schob den Kopf zwischen die Schultern. Ihr Körper erzitterte. Sie gab keinen Laut von sich, doch Rhodan ahnte, dass sie von einem Weinkrampf befallen war.

Kahoyte trat an sie heran, sie schüttelte ihn unwillig ab. Der Junge kehrte mit betroffenem Gesicht zu Rhodan zurück. Es war ihm anzumerken, dass er mit sich rang – und letztlich eine Entscheidung traf.

»Du kennst die Geschichte mit den beiden Terranern, die wegen Mordes angeklagt sind?«, fragte Kahoyte.

»Selbstverständlich.« *Sie sind zwei der Gründe, warum ich hierhergekommen bin.*

»Gio und Casper Moulin haben einen Freund von ihr belästigt. Man sagt, dass ihn die Terraner in der Altstadt von Komyt brutal erstochen hätten. Weil sie betrunken waren und die Kontrolle verloren hatten.«

Cyndenno wirbelte herum. Tränen standen in ihren großen, dunklen Augen. »Das ist es, was Terraner tun!«, schrie sie. »Sie kommen hierher, verderben uns mit ihren fremden Sitten und töten. Sie haben Vicyl Meroghin mit acht Stichen in den Hals getötet. Was willst du mir also über deine Leute erzählen, Rhodan? Ihr besetzt das Land, das uns gehört, lockt uns mit Versprechungen von Reichtum – und bringt eure Vorstellungen von Anstand und Moral mit euch. Ihr seid respektlos! Ihr stehlt! Und jetzt mordet ihr auch noch!«

Sie warf sich gegen Rhodan und schlug mit Fäusten auf seine Brust ein. Er wehrte sich nur wenig, sondern schützte sich nur. Er ließ es geschehen, dass Cyndenno ihre Wut, ihren Frust an ihm abarbeitete. Sie wurde von Weinkrämpfen geschüttelt – und sie war so erschreckend schwach.

Irgendwann hielt die junge Onryonin inne. Sie ließ ihre Arme kraftlos sinken und torkelte weg von ihm. Kahoyte umarmte sie – und diesmal ließ sie es sich gefallen.

»Ich verstehe dich«, sagte Rhodan, nachdem er das Gefühl hatte, lange genug gewartet zu haben. »Auch wir Terraner haben Erfahrungen mit freundlichen und weniger freundlichen Besuchen auf unserer Heimatwelt gemacht. Ich erinnere mich noch an die Wut, die ich in meinem Bauch fühlte, wenn die Erde angegriffen oder gar besetzt wurde.«

Cyndenno rührte sich nicht. Sie lehnte an Kahoytes Schulter, von ihm abgewandt. Sie wirkte mit einem Mal so zerbrechlich …

Der junge Hüter warf Rhodan einen Blick der Hilflosigkeit zu. Er wusste nicht, wie er reagieren und was er tun sollte.

Rhodan bedeutete ihm, sie weiterhin zu umarmen und ihr Geborgenheit zu vermitteln, während er fortfuhr: »Ich bin ein gebranntes Kind wie du. Ich weiß, wie sensibel dieses Thema ist. Ich habe mit den Vertretern der Terranischen

Botschaft über die Gefangenen gesprochen, ebenso mit den Duumvirn. Ich dulde es nicht, dass unsere Leute sich ungebührlich oder überheblich benehmen. Das ist nicht, wofür Terra steht.«

Rhodan zuckte mit den Achseln. »Ich kann im Auftrag unserer Regierung die Regeln bestimmen – aber ich kann nicht verhindern, dass sich einzelne Menschen danebenbenehmen.«

»Du willst uns sagen, dass *Mord* bloß eine Form von schlechtem Benehmen ist?«, fragte Kahoyte mit fassungslos klingender Stimme.

»Lass mich ausreden! Terra versucht natürlich auch, seine Bürger zu schützen. Und im Fall von Gio und Casper Moulin stimmen die Fakten nicht überein. Es ist, als wollte jemand den beiden die Schuld für den Mord in die Schuhe schieben. Also bemühen wir uns, die Wahrheit herauszufinden. Leider sind eure Duumvirn nicht besonders kooperativ.«

»Ich will, dass ihr allesamt von hier verschwindet«, schluchzte Cyndenno, ohne sich zu Rhodan umzudrehen. »Ich möchte, dass alles wieder so wird, wie es früher war. Wie es auf den Bildern und den Trivid-Videos gezeigt wird.«

»Das Leben bleibt nie stehen, Cyndenno. Es gibt Veränderungen. Ob wir es nun wollen oder nicht.« Rhodan räusperte sich. »Ich werde dafür sorgen, dass die Wahrheit ans Tageslicht kommt. Mit einigen Filmchen, die als vorgebliche Beweise für die Schuld von Gio und Casper Moulin dienen, lasse ich mich nicht abspeisen. Wir alle wissen, wie leicht sich Bilder manipulieren lassen.«

Rhodan dachte nach. Hörte ihnen der Unbekannte zu? Trug er die Schuld an den vielen Ressentiments, die Onryonen und Terraner entwickelt hatten?

»Ich dulde auch nicht«, fuhr er fort, »dass jemand einen Keil zwischen die beiden Gruppen treibt. Meiner Meinung nach schürt hier jemand Hass. Es liegt ihm daran, dass sich

Onryonen und Kolonialisten von anderen Welten bekämpfen.«

»Wer soll das bitte schön sein?«, fragte Kahoyte.

»Ich weiß es noch nicht. Vielleicht Agenten anderer Milchstraßen-Machtblöcke. Vielleicht jemand, der vom Unglück anderer profitiert.« Rhodan schloss die Augen und verdrängte hochkommende Erinnerungen. Solche, die Verrat, Neid und Missgunst zum Inhalt hatten. Hastig fuhr er fort: »Wenn sich aber herausstellt, dass die Cousins diesen Mord wirklich begangen haben, sorge ich höchstpersönlich dafür, dass sie vor Gericht ihre gerechte Strafe erhalten. Das verspreche ich dir, Cyndenno.«

»Das Versprechen eines Terraners«, murmelte die junge Onryonin.

Rhodan spürte und roch die plötzliche Gefahr. Sein Instinkt sagte ihm, dass er sehr schnell sein musste.

Er warf sich auf die beiden Onryonen und riss sie zu Boden. Gemeinsam landeten sie auf moosbewachsenem Stein. Rhodan fühlte Schmerz in seinem rechten Bein und ignorierte ihn.

Da waren drei Gegner. Vage Gestalten, groß, kräftig, mit Stöcken bewaffnet. Sie bewegten sich schwerfällig und hatten Mühe, aufrecht stehen zu bleiben. Aber ein einziger Treffer mit einem ihrer Prügel mochte töten.

Schweres Holz fauchte durch die Luft und prallte auf Fels, nur wenige Zentimeter von Rhodans Kopf entfernt. Die Spitze splitterte, doch das scherte den Gegner nicht. Er hob seine Waffe an und wollte nochmals zuschlagen. Seine beiden Begleiter kamen behäbig durch die Schwefelschicht hügelan getappt. Immer wieder wankten sie, als wäre ihr Gleichgewichtssinn gestört.

Rhodan stieß Cyndenno und Kahoyte zur Seite und rollte sich selbst in die andere Richtung ab, bevor er wieder auf die

Beine kam. Wo sie eben noch gelegen hatten, prallte nun der Prügel auf, ein weiterer Teil der Spitze splitterte ab.

Rhodan griff instinktiv nach dem Strahler und fluchte unterdrückt, als er sich daran erinnerte, dass er gestohlen worden war. Nur das Vibratormesser war ihm geblieben. Ein Ding mit kaum fingerlanger Klinge, das seine Gegner vermutlich nicht einmal kitzeln würde.

Der zweite Befellte war heran. Rhodan unterlief ihn und rammte ihm den Kopf in den Magen. Die Gestalt stieß ein Ächzen aus, torkelte zurück, ruderte mit den Armen – und stürzte rückwärts, den Hang hinunter.

Weiter. Nicht nachdenken. In Bewegung bleiben.

Das Gebrüll der anderen Gegner klang wütend und bösartig gleichermaßen. Sie ignorierten Cyndenno und Kahoyte. Sie hatten Rhodan als einzigen ernstzunehmenden Gegner identifiziert. Sie kamen von links und von rechts auf ihn zu.

Sie sind instinktgesteuert. Wie Halbmenschen, die auf der Jagd sind. Das sind nicht die Beherrscher des unterirdischen Bereichs, sondern nur Vasallen.

Rhodan duckte sich unter einem Hieb weg, konnte aber nicht verhindern, von dem anderen Riesen getroffen zu werden. Reaktionsschnell brachte er die Rechte nach oben und linderte den Schwung des Schlages. Er traf die Innenseite seines Oberarmes und betäubte ihn.

Der Schmerz ließ sich aushalten. Er würde sich später damit auseinandersetzen.

Sofern ich noch die Gelegenheit dazu habe.

Ein Sprung zur Seite. Abrollen. Hochkommen, einige Haken schlagen, in den Rücken des einen Gegners gelangen und dem schwerfälligen Wesen so kräftig es ging in die Kniekehle zu stechen.

Das behaarte Monstrum knickte in seinen überlangen Beinen ein und fiel mit lautem Grollen zu Boden, den behaarten

Kopf weit nach hinten gerissen, als wollte er in einem archaischen Ritual den Mond anheulen und die Götter um etwas bitten.

Rhodan ließ das Vibratormesser fallen, machte einen Schritt auf den Verletzten zu, verschränkte die Hände ineinander und hieb zu, als würde er ein Bihänderschwert schwingen. Der Schlag traf den Bepelzten am Hinterkopf. Das Geheule verklang abrupt, der Gegner sackte nach vorn zu Boden und war bereits bewusstlos, bevor er im Moos aufschlug.

Rhodan büßte für seinen Wagemut. Er kassierte einen Hieb des dritten Gegners in die Seite. Er presste ihm die Luft aus den Lungen, obwohl er so gut es ging mit dem Schlag mitging und ihm die Wucht nahm.

Irgendetwas knackste. Vermutlich war eine Rippe gebrochen. Rhodan durfte sich nicht irritieren lassen, er musste auch diesen Schmerz ignorieren. Also kam er erneut auf die Beine und blieb wankend stehen. Sein Atem war kurz, vor seinen Augen tanzten weiße Pünktchen.

Die momentane Sehstörung ließ ihn den dritten Gegner bloß als Schemen erkennen, als formlose Gestalt.

Etwas sauste auf ihn herab, mit enormer Geschwindigkeit und Wucht. Rhodan verstand kaum noch, was rings um ihn vorging und was er hier zu suchen hatte. Das Denken fiel ihm schwer, so sehr er sich auch zu konzentrieren bemühte.

Er wich aus, irgendwie, und blieb dabei stehen. Breitbeinig, um auf keinen Fall umzukippen. Die Ohnmacht war nah, alles schmerzte.

Wieder holte das haarige Monstrum aus, wieder wollte es zuschlagen. Es war zornig und vergaß alle Vorsicht. Rhodans Gegner war daran gelegen, ihn zu erschlagen, koste es, was es wolle.

Rhodan war gewiss kein Meister der Dagor-Kunst. Atlan hätte ihn mit einer Leichtigkeit besiegt. Doch für einen unbedarften Feind mochte es wie Zauberei wirken, was er nun tat. Er sammelte seine inneren Kraftreserven, erhöhte die Körperspannung, fokussierte und ließ den nächsten Hieb abprallen.

Nichts tut weh. Du bist ganz bei dir.

Da waren Kampfroutinen in ihm abgespeichert, die trotz seiner Benommenheit funktionierten. Die ihm Sicherheit gaben. Die ihm die Gewissheit verschafften, dass er seinen Gegner zu besiegen vermochte.

Seine Unterarme waren wie Stahl, als sie den nächsten schrecklichen Hieb abwehrten und dem Monstrum das Holz aus den Klauen prellten. Rhodans Körper war auf Anspannung gepolt. Darauf, diese Auseinandersetzung mittels jahrtausendealter Abwehrtechniken zu gewinnen, trotz seiner körperlichen Unterlegenheit und aller Schwäche.

Rhodan setzte mehrere Schläge mit den Handkanten. Er traf auf nackte und stark behaarte Haut, unter der enorme breite Muskelstränge verborgen lagen. Er ließ nicht nach. Er schlug zu, immer und immer wieder, und schaffte es, Wirkungstreffer anzubringen. Unterhalb der Brust, am Waffenarm seines Gegners, an der Schulter, am Oberschenkel.

Der Zeitablauf verzerrte sich. Rhodan glaubte, für den Sieg in dieser Auseinandersetzung Minuten zu brauchen. In Wirklichkeit waren es nur einige Sekunden. Er war so schnell und treffsicher und … und sicher in seinen Bewegungen, dass selbst Atlan seine Freude an ihm gehabt hätte.

Der Terraner trat einen Schritt zurück und blieb erschöpft stehen. Er bekam kaum noch Luft, die Kraft verließ ihn mit erschreckender Geschwindigkeit.

Der Riese starrte ihn aus kleinen, bösartig funkelnden Äuglein an – und kippte um, stürzte auf seinen Kumpan und blieb über ihm liegen.

Rhodan sah sich um und lauschte. Er hörte das leise Rauschen des Windes, der stetig durch die Höhle fuhr. Von seinem ersten Gegner war nichts zu bemerken, nichts zu sehen. Entweder war er bewusstlos, oder aber er traute sich nicht mehr hoch zu ihm.

Die Beine versagten ihm den Dienst, er stürzte schwer zu Boden. Aber es war noch nicht zu Ende. Die Erschöpfung vermengte sich mit unendlichem Zorn.

Die Labormaus würde sich nicht mehr länger gängeln lassen! Er würde ein Zeichen setzen. Also robbte er auf die beiden Bewusstlosen zu. Er fühlte einen Stein in seiner Hand, faustgroß und gerade richtig, um zuzuschlagen.

Zwischen Wut und Müdigkeit nahm er die beiden Bewusstlosen wahr. Ihnen stand die Stumpfsinnigkeit in die vernarbten Gesichter geschrieben. Rings um die schlaff herabhängenden Schnauzen klebten Schwefelkristalle; ganz gewiss hatten sich seine Gegner an die hiesigen Umweltbedingungen angepasst oder brauchten die mit Sulfaten angereicherte Atemluft, um überleben zu können.

Rhodan schwindelte. Sein Arm zitterte, als er ihn anhob, um mit dem Stein den Schädel des einen Gegners zu zerschlagen.

Das bist nicht du, hörte er eine mahnende innere Stimme, die Stimme der Vernunft. Sie war wie ein Echo am Rand der Wahrnehmung, schwach und uninteressant. *Du bist völlig erschöpft und weißt nicht, was du tust. Lass es bleiben, leg den Stein weg!*

Rhodan zögerte. Er musterte die Geschöpfe ein weiteres Mal. Er kannte ihre Art, ihre Geschichte, ihre Kultur. Sie hatten sich verändert, sie hatten sich rückentwickelt. Diese da waren bloß noch Instinktwesen, die ihr Terrain verteidigten und gegen jedermann vorgingen, von dem sie sich bedroht fühlten.

Sie wollten uns töten!

Erneut wallte Zorn auf. Er war gerechtfertigt. Rhodan wollte nur tun, was notwendig war, wollten sie dieses Höhlenlabyrinth lebend verlassen. Also packte er den Stein fester und ignorierte die Stimme des Gewissens. Er visierte den Schädel des einen an und schlug zu.

Kapitel 26:
Zu Besuch bei der alten Dame

Mohaway Obe war genau so, wie Adams sie sich vorgestellt hatte. Perrys Erzählungen waren präzise gewesen. Die Archäologin lebte für die Wissenschaft, und sie verachtete jedermann, der diese Leidenschaft nicht teilte.

Sie war unangepasst und dickschädelig, ein höchst unangenehmer Gesprächspartner. Sie wurde zum Bulldozer, wenn sich jemand zwischen sie und ihre Arbeit stellte.

»Noch mehr Terraner also«, war alles, was sie bei Adams' Ankunft auf dem Parkplatz der Röhrengleiter zu sagen hatte. Sie wandte sich ab und winkte ihm und Thersa, ihr zu folgen. Hinab in die Ausgrabungsstätte, die, so spürte Adams, ihr ganz persönliches Reich war. Hier, in den Räumen einer nahezu unerforschten Tiefe, durfte und konnte niemand Mohaway Obe dreinreden.

Die Archäologin führte sie in eine riesige Halle. Ein Antigrav sog sie zu dritt zu einem Schwebecontainer hoch, von dem aus Obe auf die derzeit aktuellen Ausgrabungsarbeiten blicken konnte. Sie setzte sich an einen schmuddeligen, mit Schreibfolien, Skizzen und Werkzeugen übersäten Schreibtisch. Mit einer weitläufigen Geste bedeutete Obe Thersa und ihm, auf mit Nahrungsresten übersäten Stühlen Platz zu nehmen. Adams ließ sich am Rand der Sitzgelegenheit nieder. Seine Begleiterin zog es vor, stehen zu bleiben.

»Ihr müsst mächtig Einfluss haben«, sagte Obe mit ihrer knorrigen Stimme. »Die Duumvirn wollten doch tatsächlich Druck auf mich ausüben, damit ich euch während der Arbeitszeit empfange.«

»Das Problem mit dir scheint zu sein, dass du *immer* arbeitest und äußerst ungern Gäste empfängst. Also mussten wir es auf diese Weise versuchen.«

»Blöd nur, dass es nicht gelungen ist. Ich lass mir doch nicht von diesen beiden Stump-Emots sagen, wann und wo ich jemanden empfange!«

»Immerhin scheinst du für Bestechung empfänglich zu sein ...«

»Nur dann, wenn die Bestechungssumme erheblich ist und mir tatsächlich weiterhilft. Eine Unterhaltung mit euch kostet mich eine Stunde ...«

»... zwei Stunden, Mohaway!«

»... eineinhalb Stunden wertvolle Zeit – und gibt mir finanzielle Freiheit für einige Monate.« Das Emot der Archäologin zeigte ein kräftiges Gelb der Zufriedenheit. »Ihr werdet also Bestandteil einer Rechnung, die mir eure Gegenwart erträglich macht. Aber ihr seid sicherlich nicht gekommen, um einen netten Plausch mit der guten, alten Mohaway zu führen. Also, was wollt ihr?«

»Es geht um Perry Rhodan.«

»Das dachte ich mir bereits. Er wird vermisst, nicht wahr?«

»Was weißt du über diese Angelegenheit?«

»Nur das, was in den Netzen berichtet oder, besser gesagt, kolportiert wird. Er sei auf mysteriöse Weise verschwunden, es werde fieberhaft nach ihm gesucht, man befürchte intergalaktische Spannungen und sonstiges Blabla.«

Adams nickte. Er selbst hatte verfügt, dass die Medien keinerlei Informationen über den unterirdischen Energieschirm bekommen sollten. Berichterstatter, Drohnen und Spionsonden wurden nicht aufs Arena-Gelände vorgelassen. Einige freigegebene Bilder und Holo-Filmchen wurden immer wieder auf den Nachrichtenkanälen gespielt. Die rigorose Geheimhaltung klappte also, wie Adams mit Zufriedenheit feststellte. Sie sorgte aber auch dafür, dass böse Gerüchte und Spekulationen im Umlauf waren und auf Jolyona über kaum etwas anderes als über Rhodans Verschwinden geredet wurde.

»Was weißt du über die Arena?«, hakte Adams nach.

»Nicht viel. Ich hab's nicht so mit diesem quasireligiösen Firlefanz, den die Anuupi und ihre Hüter da aufführen.«

»Das ist unklug von dir.«

»Wie bitte?« Mohaway Obe erhob sich und stützte sich mit beiden Händen am Tisch ab. Das Emot glühte in bedrohlichem Rot.

Adams gab sich gelassen. Er schlug die Beine übereinander und betrachtete seine Fingernägel, als wären sie sein größtes Problem in diesem Raum. »Hättest du dich in deiner Engstirnigkeit nicht hier eingegraben, sondern auch andernorts nach möglichen Relikten einer untergegangenen Zivilisation gesucht, hättest du vielleicht bemerkt, dass sich ebensolche Relikte unter der Arena finden. Thersa und mir ist es gelungen, einiges darüber herauszufinden. Ich weiß zwar nicht, ob dich das interessiert, aber ...«

»Du hast Beweise dafür?« Neuerlich änderte sich die Färbung von Obes Emot, die Bedrohlichkeit ihrer Körperhaltung machte dem Grün der Gier Platz.

»Wir haben Unterlagen, die ein recht umfassendes Bild ergeben.«

»Weich nicht aus, Terraner! Was hast du anzubieten? Oder, anders formuliert: Was erwartest du im Gegenzug für dein Zeugs?«

»Dies hier ist kein Kuhhandel, Mohaway. Ich will Zusammenarbeit. Und ich brauche Unterstützung. Ich bin nicht auf der Suche nach dem unsterblichen Terraner Perry Rhodan. Ich will dem Freund Perry Rhodan helfen. Ich möchte, dass du das begreifst.«

»Er ist ein besonderes Wesen«, sagte Obe, deren Stimme

auf einmal nachdenklich und fast sanft klang. »Ich verstehe, was du mir sagen möchtest.«

»Sehr gut. Dann würde ich gern wissen, wie weit du bei der Erforschung der Anlagen in den Salzbaronessen bist.«

»Ich muss gestehen, dass es lange Zeit kaum Fortschritte gab. Die Förderungsmittel tröpfelten nur langsam. Jede Hilfe war an Bedingungen geknüpft. Ich hatte kaum Personal, kaum Arbeitsgerät, kaum Interesse aus Politik oder Wirtschaft. Einmal glaubte ich, Fortschritte zu machen, nach einer besonderen Entdeckung, aber …«

Obe legte die Daumen aufeinander, als Geste des Ärgers. »Lassen wir das. Ich wurde enttäuscht. Dann kam vor drei Tagen Rhodan vorbei – und mit einem Mal waren alle Probleme wie weggeblasen. Selbst die Regierung Jolyonas ist seitdem an meinen Arbeiten interessiert. Binnen dieser kurzen Zeit ist es mir gelungen, mit aller gebotenen Vorsicht in die tieferen Teile der Stadt vorzudringen. Noch haben wir nicht den richtigen Zugang gefunden. Dennoch stehen wir kurz vor einem gewaltigen Durchbruch, Homer.« Obes Emot glänzte wie das einer jungen Onryonin.

»Das höre ich gern. Weil es sein kann, dass dort unten der Schlüssel zu Perrys Rettung zu finden ist. Ich biete dir zusätzliches terranisches Personal für deine Arbeiten an. Du erfährst darüber hinaus alles, was wir über die Arena auf Mylehodinn herausgefunden haben. Ich denke, du bekommst mehr Material zur Verfügung gestellt, als du in zwei Leben verarbeiten und auswerten kannst.«

Adams legte einen Datenspeicher vor der Onryonin auf den Tisch. »Da hast du die Unterlagen. Du bekommst sie ohne Vorbehalte, ohne Bedingung. Als Gegenleistung verlange ich bloß, dass du alles onryonenmögliche unternimmst, um uns bei Perrys Rettung zu helfen.«

Obe griff gierig nach dem Datenträger, zögerte kurz und

nahm den fingerlangen Stift dann auf. »Das ist ein überaus großzügiges Angebot, Homer. Ich frage mich, ob ich mich in meinem Urteil über euch Terraner geirrt haben könnte. Freundschaft ist ein Wert, den ich selbst hoch schätze.« Leise fügte sie hinzu: »Auch wenn ich selbst kaum dazu komme, Freundschaften zu feiern.«

Die Onryonin tat Adams mit einem Mal leid. Sie wirkte einsam und verlassen, alle Stärke war von ihr abgefallen. Doch sie fing sich rasch wieder und straffte ihren Körper.

»Was erwartet ihr von mir?«, fragte sie.

Adams erzählte ihr von dem Schutzschirm und der metallenen Hülle, die dahinter zu erahnen war. Obes Emot zeigte wachsende Erregung.

»Wir erhoffen uns, unter unseren Füßen eine Art Gegenstation zu finden«, schloss Adams. »Oder etwas, das uns weiterhelfen könnte, die Technik der Unbekannten zu begreifen, zu durchschauen.«

»Das klingt alles sehr vage«, sagte Obe. »Ich weiß nicht, ob und wie ich euch wirklich helfen kann. Wenn wir technische Relikte der früheren Bewohner finden – und die Chancen dazu stehen gar nicht mal so schlecht –, wird es immer noch Jahre dauern, um sie begreifen zu können.«

»Wir haben geschulte Archäo-Forensiker an Bord der CEREBUS. Und was uns an Fachpersonal fehlt, wird eingeflogen.«

»Dir ist klar, dass Rhodan möglicherweise bereits tot ist?«

Adams lachte leise. »Da kennst du Perry schlecht. Er mag nicht so wirken – aber er ist der zäheste Kerl, der mir jemals über den Weg gelaufen ist. Er könnte auf einem luftleeren Asteroiden mit bloß einem Zahnstocher und einer Haarbürste im Handgepäck überleben. Perry findet immer einen Weg.«

Außerdem wäre da das Symbol der Spiralgalaxis, das jedes Mal im Firmament erscheint, wenn einer von uns Unsterbli-

chen stirbt. Es ist noch nicht aufgetaucht – und das gibt Hoffnung.

»Also schön. Ich sehe, was ich tun kann. Ich lasse die Arbeiten in den oberen Sohlen augenblicklich einstellen. Meine Leute werden sich ausschließlich auf die neu entdeckten Bereiche konzentrieren.« Sie klopfte energisch auf den Tisch. »Aber damit eines klar ist: Ich allein habe hier das Kommando! Wenn einer deiner Leute es auch nur wagt, mir zu widersprechen oder mir gar Anweisungen zu geben, trete ich ihm in den Hintern.«

»Selbstverständlich.«

»Und ihr beide kommt mir nicht in die Quere mit lästigen Fragen. Verstanden? Ich brauche keine neunmalklugen Überwacher, die meinen, alles besser zu wissen als ich.«

»Natürlich.«

»Das Arbeitsgerät und die Suchpositroniken, die ihr Terraner in die Tiefe transportiert, wandern in meinen Besitz ...«

»Du solltest vorsichtig sein mit deinen Forderungen, Mohaway.«

»Du willst meine hundertprozentige Hingabe? Dann erkauf sie dir gefälligst.«

Adams starrte die Onryonin an. Ihre schwachen fünf Minuten, da sie sich ein Stück weit geöffnet hatte, waren vorüber. Nun war sie wieder der selbstgefällige und abweisende Kotzbrocken, als der sie auf ganz Jolyona bekannt geworden war.

»Einverstanden, Mohaway«, sagte Adams. »Aber das ist mein letztes Zugeständnis. Übertreib es nicht. Du willst mich nicht zum Feind haben.«

Thersa Gooden und er kehrten auf schnellstem Weg zurück nach Mylehodinn. Der Röhrengleiter beschleunigte mit enormen Werten. Sie glitten durch die Dunkelheit der unterirdisch angelegten Röhre, ab und zu rasten sie an den Lichtern von Notstationen vorbei.

»Diese Frau ist ein ... ein ...«

»Ich kenne das Wort, Thersa. Besser gesagt: Ich kenne Hunderte Schimpfwörter, die auf Mohaway Obe zutreffen.«

»Aber du vertraust ihr?«

»Bleibt uns denn eine Wahl? Ich denke, dass sie an Perry einen Narren gefressen hat. Ich weiß zwar nicht, wie er es immer wieder hinbekommt, fremde Wesen für sich einzunehmen. Aber bei Obe hat er ausgezeichnete Arbeit geleistet. Ich bin überzeugt davon, dass sie uns geholfen hätte, wenn wir ihr gar nichts versprochen hätten.«

»Warum bist du dann überhaupt auf ihre Bedingungen eingegangen, Homer?«

»Weil es fair ist. Weil sie nicht grundlos verbittert ist und sie ihre Chance haben soll, ihre Arbeiten voranzutreiben. Ein Volk sollte seine Vergangenheit kennen. Nur dann kann es auch in die Zukunft blicken.«

»Ein beeindruckender Spruch. Ist das eine deiner Lebensweisheiten?«

»Das habe ich vor einigen Tagen in meinem Horoskop gelesen und auf das Volk der Jolyoner umgemünzt.« Adams grinste.

Thersa blickte ihn an, seufzte und schüttelte den Kopf. »Es ist wirklich nicht leicht, mit einem Unsterblichen wie dir umzugehen. Ihr seid einfach so ... so ...«

»... weise? Witzig? Charmant?«

»Mir fallen da ganz andere Worte ein. Aber lassen wir das, Homer. Reden wir stattdessen über die Konsequenzen der Entdeckung des Schutzschirms.«

»Ich weiß, worauf du hinauswillst, Thersa. Dir geht es um Sicherheitsvorkehrungen, die ganz Jolyona betreffen.«

»Genau. Wir müssen den Duumvirn klarmachen, dass eine Macht, die derartige Schutzschirme errichten kann, möglicherweise auch über Offensivwaffen verfügt. Was, wenn

Perry Abläufe initiiert hat, die den gesamten Planeten betreffen? Was, wenn jetzt, in diesen Sekunden, eine gewaltige Maschinerie anläuft, die die Zerstörung Jolyonas bewirken soll? Wir wissen so gut wie nichts über die Erbauer des Schutzschirms.«

»Richtig. Wir müssen Sheromyc und Conmyc auf diese Gefahren aufmerksam machen. Ich denke nicht, dass sie sonderlich einsichtig sein werden. Für die Onryonen auf Jolyona ist Perrys Verschwinden eine Unannehmlichkeit, der sie sich stellen müssen. Aber sie erkennen das eigentliche Problem nicht. Also sollten wir für sie Evakuierungspläne ausarbeiten. Und auch darüber nachdenken, wie die Liga Freier Terraner helfen kann.«

»Du denkst sehr, nun ja, groß«, sagte Thersa. »Die Jolyoner werden eine Einmischung in ihre Angelegenheiten nicht zulassen.«

»Ich weiß. Aber ich möchte auf das Schlimmste vorbereitet sein.«

»Dann sollten wir mit Onryonen auf anderen Siedlungswelten zusammenarbeiten.«

»Das werden wir.« Adams blickte zu Boden. Eine Art von Müdigkeit befiel ihn, der mit dem Zellaktivator nicht beizukommen war. »Ich habe Angst, Thersa«, sagte er. »Angst, dass die Lage außer Kontrolle gerät und wir auf eine neue, unbekannte Bedrohung stoßen. Der Friede in der Milchstraße ist fragil. Perry Rhodan ist ein wichtiger, stabilisierender Faktor. Wenn er auf einmal nicht mehr da ist, mag sich alles ändern.«

»Seit wann bist du so mutlos, Homer?« Thersa tastete nach seiner Rechten und drückte sie fest. »Hast du nicht vor Kurzem Mohaway Obe versichert, dass Perry ein Stehaufmännchen wäre, dem nichts passieren könne?«

»Ja.« Adams nickte zögernd. »Du hast recht. Wie komme ich bloß dazu, meine eigenen Worte anzuzweifeln?«

»Wir werden Rhodan gesund und munter bergen. Verlass dich drauf.«

»Richtig. Wir werden ihn gesund und munter bergen«, wiederholte Adams ohne echte Überzeugung. Er lehnte sich auf seinem Stuhl zurück und schwieg für den Rest der Reise.

Kapitel 27: Das Zusammentreffen

Jemand hielt Rhodan fest und redete auf ihn ein. Er verstand nichts, kein Wort. Also tat er, was er für richtig hielt – und lächelte. Er wartete geduldig, bis sich die wirren Gedanken in seinem Kopf sortiert hatten und er wieder halbwegs bei Sinnen war.

Er erkannte das Gesicht vor sich. Die Proportionen fanden endlich zusammen, die Erinnerungen kehrten zurück.

»Wir haben schon gedacht, dass du …« Kahoyte brach ab und starrte ihn betreten an.

»Es geht mir gut«, log Rhodan mit schwerer Zunge. »Ich war nur ein wenig überanstrengt.« Er dachte an das Letzte, woran er sich erinnern konnte, bevor er kollabiert war. »Was ist mit den drei Monstren geschehen?«

»Das eine ist nicht mehr zurückgekehrt, die beiden anderen liegen hier.« Kahoyte deutete nach rechts. »Sie sind bewusstlos.«

»Ich habe sie also nicht getötet.«

»Nein. Ich befürchtete zwar, dass du dem einen den Schädel einschlagen würdest, aber …«

»Ich dachte kurz darüber nach. Aber ich kann so etwas nicht.«

»Es wäre aber besser gewesen«, hörte er Cyndenno sagen. Sie saß in unmittelbarer Nähe zu den beiden Riesen im feuchten Moos, mit einem schweren Stein in der Hand. »Wenn einer von den beiden auch nur daran denkt, mich anzugreifen, sobald er erwacht, beende ich deine Arbeit, Terraner.«

»Natürlich tust du das.« Rhodan kam ächzend auf die Beine. »Wie lange war ich weg?«

»Etwa eine halbe Stunde.«

»Und es hat sich in der Zwischenzeit nichts getan?«

»Es ist ruhig geblieben.«

»Es gab keine weiteren Angreifer? Keine Schatten, keine Irritationen?«

Kahoyte antwortete so leise, dass Cyndenno ihn nicht verstehen konnte. »Es sind noch mehr von diesen sonderbaren Gestalten da. Ich fühle und rieche sie. Die Anuupi sind nervös wie selten zuvor. Ich wollte Cyndenno nicht beunruhigen und habe sie im Glauben gelassen, dass wir in Sicherheit sind. Aber ich befürchte, dass bald ein größerer Angriff erfolgt.«

»Nicht, wenn ich es verhindern kann.« Rhodan schüttelte sich. Die Kopfschmerzen waren schier unerträglich.

»Was willst du damit sagen?«

»Ich weiß mittlerweile genug, um unseren Gegner einschätzen zu können. Möglicherweise kann ich mit ihm verhandeln.«

»Wie bitte? Du willst mit diesen stumpfsinnigen Wesen sprechen? Du hast doch gesehen, dass sie auf deine Worte nicht reagierten.«

Rhodan trat auf die beiden bewusstlosen Geschöpfe zu. Er sah sich in allem bestätigt, was er bis jetzt vermutet hatte.

Ja, die Ähnlichkeit war unverkennbar. Auch wenn diese beiden Gestalten nur Zerrbilder jener Wesen waren, mit denen er vor langer Zeit zu tun gehabt hatte, war die Ähnlichkeit dennoch erkennbar.

Da war es! Eine Bewegung, wo keine sein durfte. Er entdeckte die Umrisse eines körperlosen Wesens. Er hörte ein Wispern und sah einen Lichtreflex, dort, wo keiner sein durfte. Die Luft war elektrostatisch geladen, Rhodans Nackenhaare stellten sich wie von selbst auf.

Er empfand all das in geballter Form, was sie seit Anbeginn ihrer Reise durch das Innere Jolyonas gespürt hatten. Sie standen unter intensiver Beobachtung – und sie wurden verfolgt.

Rhodan kletterte auf die Spitze des Hügels, drehte sich einmal um die eigene Achse und rief: »Lassen wir die Spielchen! Ich weiß, wer du bist. Also zeig dich gefälligst!«

Seine Stimme hallte von den Wänden und der Decke der Höhle vielfach gebrochen wider. Er wartete geduldig und blickte sich nach allen Seiten um.

Nach einer Weile glaubte Rhodan zu erkennen, wie sich rechts von ihm gelbe Schwefelwolken auf ungewöhnliche Weise verwirbelten. Es schien ihm, als würde ein Unsichtbarer durch die Höhle wandern und sich ihnen allmählich nähern.

Rhodan vermisste schmerzlich den Strahler. Nur noch das Vibratormesser war ihm geblieben, Kahoyte hatte es ihm gereicht.

Er unterdrückte den Fluch und gab sich möglichst ruhig. Er wollte Cyndenno und Kahoyte seine Zweifel und seine Unsicherheit nicht zeigen. Die beiden jungen Onryonen waren mit ihren Nerven am Ende. Es war ihnen anzumerken, dass sie um ihre Fassung kämpften und einzig seinetwegen noch bei klarem Verstand waren.

Weitere Schwefelwolken verzogen sich, wieder entdeckte Rhodan ungewöhnliche Lichtreflexe. Kein Zweifel: Da kam jemand – oder etwas – auf sie zu. Der Unbekannte ging gemächlich, als würde er einen launigen Spaziergang durchs Grüne machen und es nicht sonderlich eilig haben, um zu seinem Rendezvous zu kommen. Es dauerte mehrere Minuten, bis er am Fuß des Hügels angelangt war.

Rhodan erkannte ein leichtes Wellenmuster, das eine große Gestalt einfasste. Das Muster ähnelte dem heißer Luft, die in einer Wüste in Bodennähe zu sirren begann.

»Achtet auf die Bewusstlosen«, befahl Rhodan den beiden

Onryonen. »Sollten sie aufwachen, bedroht sie. Lasst sie spüren, dass ihr bereit seid, ihnen ordentlich eins über die Schädel zu geben. Zögert nicht, es zu tun. Verstanden?«

»Verstanden«, echoten Cyndenno und Kahoyte.

Ihre Augen waren ebenfalls auf die Umrisse des fremden Wesens gerichtet. Es waren zwar keine Fußstapfen im Moos zu erkennen, doch je näher ihr Gegner kam, desto prägnanter wurden die Wellenbewegungen. Sie fassten ein breites Geschöpf mit langen Armen und nach vorne gebeugtem Körper ein. Wie Rhodan es erwartet hatte.

Er trägt einen schlecht funktionierenden Deflektorgenerator, mutmaßte Rhodan. *Der Generator leitet die Photonen nur mangelhaft um den Körper herum. Entweder kämpft mein Gegenüber mit Fehlschaltungen seines Geräts – oder aber er selbst ist nicht in der Lage, richtig mit seiner Ausrüstung umzugehen.*

Rhodan entspannte sich, so gut es ging. Sein Gegner konnte vermutlich die wichtigsten Körperwerte anmessen und vermochte zu sagen, ob er nervös, entspannt, sprungbereit, verzweifelt, ängstlich oder voll Hass war.

»Du hast meine Schätzchen also nicht getötet«, hörte Rhodan eine tiefe, holprig klingende Stimme. »Warum hast du sie am Leben gelassen?«

»Weil sie unschuldig sind. Weil sie von dir gezwungen wurden, mich anzugreifen. Nun frage ich mich: Warum hast du das getan?«

Der andere ignorierte seine Frage. »Du weißt, wer oder was ich bin?«

»Deine Helfershelfer erinnern mich an jemanden, und ich vermute, dass du ein ähnliches Aussehen besitzt. Ich kenne deinesgleichen nur zu gut. Also frage ich mich, warum du uns drei durch dein Labyrinth gehetzt hast. Warum du uns mehrmals auf die Probe gestellt hast. Warum wir hungern und dursten mussten. Warum wir in Lebensgefahr gerieten. Deine Vorfahren und ich, wir haben uns gut verstanden.«

»Sie sind nicht meine Vorfahren!«, sagte der Unsichtbare mit plötzlicher Heftigkeit. Ruhiger fügte er hinzu: »Ich musste mir bei dir sicher sein. Es gibt Feinde, die mir auf den Fersen sind, über die Grenzen von Zeit und Raum hinweg.«

Es ist dieselbe Angst, die so viele Vertreter so vieler Völker spürten. Damals, als wir euch besuchten … Rhodan räusperte sich. »Du redest von den Tiuphoren. Nicht wahr?«

»Man spricht diesen Namen nicht aus, das bringt Unglück!«

»Du bist abergläubisch.«

»Die Tiuphoren sind real! Sie haben uns gejagt, gehetzt, gequält und getötet. Wegen ihnen mussten wir flüchten. Wegen ihnen verloren wir unsere Heimat.«

Dies war der letzte Beweis, den Rhodan gebraucht hatte. Seine Ahnung hatte ihn nicht getäuscht. Es blieb allerdings die Frage, was das Versteckspiel während der letzten Stunden und Tage für einen Sinn gehabt hatte.

»Zeig dich mir«, verlangte Rhodan und verschränkte demonstrativ die Arme vor der Brust.

Das Wabern rings um die Gestalt veränderte sich. Es nahm Konturen an, es bekam Räumlichkeit. Mehrmals kam es zu einer Art Flackern, als wollte sich der Deflektor nicht einwandfrei abschalten lassen.

Allmählich erschien das Wesen dahinter. Sein massiver Körper fiel nach vorn, und so blieb es stehen, auf allen vieren. Große Augen starrten Rhodan an. Der Kopf ähnelte in seiner Form vage dem eines Esels, von der feuchten Schnauze troff Feuchtigkeit.

In dieser Haltung starrten sich Rhodan und sein Gegenüber auf Augenhöhe an.

Er wich instinktiv zurück. Das Wesen vor ihm brachte gewiss das Doppelte oder gar das Dreifache seines eigenen Körpergewichts auf die Waage. Die Arme waren deutlich länger als die Beine, der Steiß war deutlich nach oben gereckt.

»Ich bin Manoulsi«, sagte sein Gegenüber.

»Und du bist ein Keroute«, ergänzte Rhodan, dessen Herz kräftig zu schlagen begann. »Ein Chalicotherium. Ein Bewohner der Erde von vor zwanzig Millionen Jahren.«

Rhodan betrachtete den Kerouten genauer. Sein Gesicht war von dichtem, weißem und grauem Haar bedeckt. Die Gesichtsschnauze ähnelte tatsächlich der eines Esels, ließ ihn aber auch an einen Tapir mit weicher Schnauze denken. Die Augen, von tiefen Alterskerben umgeben, leuchteten unheilvoll.

Manoulsi machte ihm Angst, ohne dass Rhodan hätte sagen können, warum. Vielleicht waren es die zittrigen Arme und die langen, angeschliffenen Krallen an Beinen und Händen?

Er ist möglicherweise instabil, mutmaßte Rhodan. *Ich muss gehörig aufpassen.*

Der Keroute kramte in den weiten Hosentaschen seiner legeren Kleidung und zog einige Blätter hervor, an denen er hingebungsvoll zu knabbern begann. »Ab wann hast du es gewusst, Perry?«, fragte Manoulsi und stieß dabei immer wieder leise Grunzgeräusche aus.

»Ich war mir bis zuletzt nicht ganz sicher.« Rhodan blieb auf Abstand zu dem Kerouten. So ruhig sich Manoulsi auch gab – er war gefährlich. Er hatte sie entführt, gereizt, getestet und bis an den Rand ihrer physischen wie psychischen Belastbarkeit gebracht. »Ich hatte Ahnungen und kleine Hinweise, die sich allmählich summierten. Schließlich habe ich deine Artgenossen kennengelernt. Vor zwanzig Millionen Jahren. Als Terra noch eine völlig andere Welt war und von euch Kerouten besiedelt wurde.«

Ein Instinkt warnte Rhodan davor, hier und jetzt über jene

Kerouten zu reden, die einen Zeitsprung auf sich genommen hatten und mithilfe des Industriemagnaten und Philanthropen Viccor Bughassidow vor einigen Jahren entdeckt worden waren.

»Die Heimat.« Der Keroute blickte versonnen an Rhodan vorbei. »Sie war wunderschön.«

»Wer bist du, Manoulsi? Wie kommst du hierher – und was haben all diese Tests zu bedeuten? Wer sind diese Wesen, die uns überfallen haben?«

Rhodan musterte sein Gegenüber. Er suchte nach Waffen. Manoulsi trug offenbar keine bei sich – oder aber er versteckte sie in einer der Taschen seiner weit geschnittenen Latzhose.

»Ich sollte es dir erzählen, ja.« Der Keroute schüttelte seinen massiven Kopf, schnaubte laut und sagte kein Wort mehr.

»Nun?«

»Ich überlege.«

»Was gibt es da nachzudenken?«

»Es wäre höflich, euch zuerst etwas zu essen anzubieten.«

Rhodan zögerte. Sein Verdacht verfestigte sich weiter. Manoulsi war nicht mehr bei klarem Verstand. Er legte so etwas wie ... wie Denkpausen ein, fing sich dann wieder und setzte das Gespräch fort, als wäre nichts geschehen.

»Ja«, sagte Rhodan, »wir sind allesamt hungrig.«

»Die Nachgeborenen dieser Welt interessieren mich nicht sonderlich«, meinte Manoulsi und deutete in Richtung der Kerouten. »Sie können hierbleiben, während wir in meiner Stamm-Zelle einkehren. Ich lasse ihnen einige Runzelrüben und Frischwasser bringen.«

»Abgelehnt!«, sagte Rhodan schroff. »Cyndenno und Kahoyte kommen mit zu deiner – wie sagtest du? – zu deiner Stamm-Zelle.«

»Du hast keine Forderungen zu stellen, Perry Rhodan.«

Die Stimme des Kerouten blieb ruhig und sanft – und genau das löste einen Juckreiz an Rhodans Nase aus. Manoulsi war gefährlich und womöglich unberechenbar. Irgendetwas stimmte ganz und gar nicht.

»Ich bitte dich darum«, sagte er deshalb. »Wir bilden eine Schicksalsgemeinschaft. Was du zu sagen hast, geht uns alle an. Schließlich sind Cyndenno und Kahoyte Bewohner dieser Welt.«

»Dennoch spielen sie keine Rolle mehr für mich. Aber meinetwegen. Lasst uns zur Stamm-Zelle gehen. Die Nachgeborenen können dort essen und sich ausruhen, während wir beide reden.«

Manoulsi wandte sich behäbig ab und stellte sich auf die Hinterbeine. Er machte eine komplizierte Armbewegung. In der Decke der Schwefelhalle gingen mehrere Lichter an, die Schwaden zogen sich zum Teil zurück. Sie wurden von einem versteckten Belüftungssystem abgesogen. Vor ihnen bildete sich ein kerzengerader Weg, etwa zehn Meter breit, der sich zwischen vereinzelten Stützsäulen dahinzog. Wo er endete, konnte Rhodan nicht erkennen.

Manoulsi fiel erneut nach vorn, auf die langen Vorderglieder, und setzte sich hügelab in Bewegung, ohne auf ihn und die beiden Onryonen zu warten.

»Was geschieht mit deinen Helfern?«, rief Rhodan ihm nach.

»Der Geist meiner Schätzchen ist stumpf. Sie sind nichts wert. Vielleicht kommen sie wieder zu sich, vielleicht auch nicht. Sie haben ihren Zweck erfüllt, ich brauche sie nicht mehr.«

Rhodan fröstelte. Manoulsi zeigte keinerlei emotionale Regungen. Ganz anders als jene Kerouten, die er bislang kennengelernt hatte.

Was war Manoulsis Geschichte? Wie war er so geworden, wie er sich nun gab?

Rhodan setzte sich in Bewegung und gab Cyndenno sowie Kahoyte ein Zeichen, ihm zu folgen. Sie gehorchten, ohne einen Mucks von sich zu geben. Beide waren überfordert von der Situation.

Rhodan atmete vorsichtig ein, sobald er die Ebene erreicht hatte. Ein Geruch nach faulen Eiern war geblieben und ein pelziger Geschmack legte sich auf seinen Gaumen. Aber die Luft ließ sich problemlos einatmen.

Und plötzlich wusste er, was ihn an Manoulsi irritierte:

Kerouten besaßen prägnante Ausdünstungen. Leicht säuerlich, mit einem Hauch von Moschus versehen. Manoulsi hingegen roch nach gar nichts.

Du bist ein Depp, Perry!, schalt er sich. *Er kommt dir nicht nahe, er reicht dir nicht die Hand. Er riecht nach nichts – und du hattest schon die ganze Zeit den Eindruck, als wäre er gar nicht richtig da.*

Kein Wunder. Manoulsi ist nur ein Hologramm.

Kapitel 28:
Der Wahrheit einen Schritt näher

Der Schutzschirm entzog sich ihrem Zugriff. Seine energetische Textur ließ sich einfach nicht bestimmen, genauso wenig wie die Umstände, unter denen er funktionierte.

Woher stammte nur die Energie, die für den Aufbau eines derart großen Blasenbereichs erforderlich war? Was für eine Art von Rechner schaffte es, jeden ihrer Versuche zu behindern, auf die Struktur des Schirms zuzugreifen?

Adams fluchte ausgiebig und in einer Sprache, die niemand mehr außer ihm verstand oder sprechen konnte. Das Gälische seiner Vorfahren war mit blumigen Redewendungen angereichert, die zumeist Esel, Pferde, den Teufel und deren Genitalien ins Zentrum stellten. Adams bediente sich ausführlich daran.

»So kommen wir nicht weiter!«, sagte er laut und trat gegen ein Tischbein vor ihm. »Die Onryonen tun so, als ob sie kooperativ wären. In Wirklichkeit zögern sie alle Entscheidungen hinaus, behindern unsere Leute oder geben uns zu verstehen, dass wir auf Jolyona keinerlei Befugnisse besitzen.«

»Ich weiß«, sagte Thersa sanft.

»Wie kannst du bloß so ruhig bleiben?«

»Ich habe schon ein wenig länger als du mit den Onryonen zu tun. Ich weiß, wie sie ticken.«

»Was rätst du mir?«

»Zuallererst solltest du deinen Wortschatz überdenken, mein Lieber. Die Translatoreinheit meines Armbandkoms ist eben dabei, vor Scham ihren Geist aufzugeben.«

»Es gibt ein Übersetzungsprogramm für das Gälische?«

»Selbstverständlich. So wie etwa für sechzighunderttausend weitere Sprachen, ausgestorben oder nicht. Warum waren deine Vorfahren derart auf Esel und deren Fortpflanzungsorgane fixiert?«

»Das tut nichts zur Sache.« Adams winkte ab. »Reden wir darüber, was wir noch unternehmen können. Perry ist seit fast vier Tagen verschollen. Sehr viel länger können wir die Medien nicht hinhalten. Auf Terra macht man sich bereits Sorgen. Perrys Enkelin Farye und Sichu melden sich beinahe stündlich bei mir.«

Farye Sepheroa und Sichu Dorksteiger. Zwei starke Frauen mit immensen Talenten und wenig Geduld. Sie würden nicht mehr lange abwarten und die Reise zur Dunkelwelt antreten, was die sensible politische Lage weiter verkomplizieren würde.

Er betrachtete Thersa Gooden. Sie war in ihrer Arbeit versunken. »Hörst du mir etwa nicht zu?«, fragte er.

Sie schreckte hoch und lächelte schuldbewusst. So, als wäre sie eben aus einer Tagträumerei erwacht.

»Entschuldige bitte«, sagte sie.

»Entschuldigung angenommen. Worin warst du eben so vertieft?«

»Ich suche nach Zusammenhängen. Dort, wo gar keine sein dürften.«

»Das heißt?«

»Ich rede von Casper und Gio Moulin, den beiden gefangenen Terranern.«

»Bei aller Liebe, Thersa – um dieses Thema sollten wir uns kümmern, sobald wir wissen, was mit Perry geschehen ist. Die Cousins werden in ihrem jolyonischen Gefängnis schon nicht verhungern …« Adams hielt inne. Er hatte die beiden völlig vergessen. Es gab Schnittmengen zwischen ihrer beider und Perrys Geschichte.

»Du erinnerst dich, welchen Beruf die beiden haben?«

»Ich vergesse nie etwas«, antwortete Adams nachdenklich. »Beide sind Robotiker mit Schwerpunkt Hybridtechnik. Sie absolvierten ein Praktikum nach dem anderen.«

»Du weißt, wo sie einen Teil ihrer Lehrzeit abgedient haben?«

»Ja, verflixt noch mal.« Adams unterdrückte den Ärger über seine Gedankenlosigkeit.

»Ich lese hier, dass sie im Rahmen ihrer Ausbildung von einem Projekt zum nächsten geschickt wurden. Sie klebten stets aufeinander und galten als enthusiastische junge Terraner, die bei den meisten Jolyonern beliebt waren.«

»Das hat sich während der letzten Monate vermutlich geändert.«

»Sie blieben nirgendwo länger als für ein oder zwei Wochen. Nur an einem bestimmten Ort verbrachten sie auf besonderen Wunsch der Projektleiterin fast zwei Monate.«

»Verdammter Mist! Warum habe ich das vergessen?« Adams hatte es keinesfalls vergessen. Es war ein Detail in einem Fall, der Milliarden von Informationen umfasste. Er war schlichtweg zu abgelenkt gewesen, um die Querverbindungen zu erkennen. Zu sehr auf Perry fixiert. Selbst ein fotografisches Gedächtnis konnte überfordert werden, wenn die Zahl der einstürmenden Informationen zu groß wurde.

»Da gibt es eine gewisse Archäologin, die im Untergrund der Salzbaronessen nach Spuren der ehemaligen Bewohner Jolyonas sucht und die die Cousins bei sich angestellt hatte.«

»Gio und Casper Moulin waren bei Mohaway Obe. Es gibt womöglich einen Zusammenhang zwischen ihrer Verhaftung und Perrys Verschwinden. *Pog mo thon!*«

Thersa Gooden blickte auf ihr Armbandkom und schüttelte in gespieltem Entsetzen den Kopf. »Deine Sprache lässt wirklich zu wünschen übrig, Homer.«

»Jaja, schon gut. Erzähl mir mehr über die Moulins. Wofür hat Mohaway sie eingeteilt?«

»Diese Frage wird sie uns wohl selbst beantworten müssen. In den Unterlagen steht lediglich ein nichtssagendes *Zur besonderen Verfügung*.«

»Ich will eine sichere Leitung zu Mohaway. Jetzt sofort! Wir müssen nochmals mit ihr reden. Jetzt gleich, von Angesicht zu Angesicht.«

»Ist schon erledigt.« Thersa lächelte ihn an. »Was würdest du wohl ohne mich tun?«

»Danke«, sagte Adams.

»Die beiden terranischen Jungs? Wo ich sie eingesetzt habe? Warum willst du das wissen, Homer?«

»Kannst du mir nicht einfach eine Antwort auf meine Frage geben?«

»Nein.«

Obe verschränkte demonstrativ die Arme vor der Brust. Sie hatte sich offenbar intensiver mit terranischer Körpersprache und Symbolik beschäftigt, als sie Adams gegenüber zugeben wollte.

»Also schön.« Adams seufzte tief und erzählte von den möglichen Zusammenhängen zwischen Rhodans Verschwinden und der Gefangennahme der Cousins.

»Das ist sehr vage, Homer. Ich sehe nicht, was das eine mit dem anderen zu tun haben könnte.«

»Überlass diese Beurteilung ruhig mir. Ich wiederhole meine Fragen: Was haben die Moulins in den Salzbaronessen gemacht? Wofür hast du sie eingesetzt?«

Obe zögerte. »Sie waren vor einigen Monaten bei mir und haben in meinem Auftrag Sonden in unterirdischen Bereichen gesteuert. Sie haben Grundlagenarbeit erledigt und dabei einige bemerkenswerte Entdeckungen gemacht.«

»Als da wären?«

»Grob zusammengefasst, verdanke ich ihnen die Erkenntnis, dass wir unsere weiteren Forschungen auf bestimmte Bereiche im tiefer gelegenen Ebenen konzentrieren sollten. Sie untersuchten uralte Materialproben, die von Mikrosonden nach oben geschafft worden waren und die auf fremdartige Legierungen schließen ließen. Die Proben waren faszinierend. Einerseits waren sie von ihrer materiellen Konsistenz her … hm … dumm und unlogisch angeordnet. So, als ob jemand gar nicht wusste, was er bei der Legierungsarbeit anstellte. Andererseits konnten die beiden Jungs beweisen, dass die vermeintlichen Ureinwohner Jolyonas völlig andere Zugänge zu technischen Herausforderungen hatten. Sie fanden Hinweise auf einen Werkstoff namens Xoj, der organisch zum Wachstum angeregt werden konnte.«

Adams ließ diese Worte wirken. Metalle und andere Verbundstoffe, die zu einem Wachstum angeregt werden konnten. Um in den Besitz derartigen Wissens zu gelangen, würden Industriekapitäne morden lassen, und das nicht nur im sprichwörtlichen Sinn.

»Darüber hinaus untersuchten Casper und Gio uralte Samenkapseln, deren DNS sich nicht entschlüsseln ließ. Archäo-Biologie ist zwar nicht unbedingt das Fachgebiet der beiden, aber sie haben einen exzellenten Überblick über alle Bereiche der Materialkunde. Die Samenkapseln waren besonders interessant für uns, weil sie sich trotz ihres Alters immer noch veränderten.«

»Veränderten?«

»Ich war ebenso fassungslos wie du, Homer. Ich wollte die Moulins zur Rede stellen und mehr über ihre Theorien wissen. Doch es kam kein Gespräch mehr zustande. Sie waren weg. Verschwunden. Einfach so, ohne eine Nachricht zu hinterlassen.«

»Sie waren unzuverlässig?«

»Könnte ich nicht behaupten. Ich weiß nicht, was damals wirklich geschah«, gestand Obe. »In den Verwaltungspositroniken war nichts über eine Versetzung vermerkt, und an ihren onryonischen Betreuer kam ich nicht heran. Ich wurde abgeblockt.« Sie zögerte. »Nach all dem, was du mir eben erzählt hast, riecht das nach einer verdammt miesen Geschichte.«

»Die Moulins haben etwas entdeckt«, behauptete Adams. »Sie sind jemandem auf die Füße gestiegen. Jemandem, der die Macht hat, sie von den Salzbaronessen abzurufen und im Laufe der letzten Monate im Kreis zu schicken. Dieser Jemand muss sich seiner Sache unsicher geworden sein. Vielleicht haben Gio und Casper etwas Falsches gesagt oder Daten geteilt, die den Unbekannten aus der Reserve lockten. Vielleicht wollten sie mit dir Kontakt aufnehmen, vielleicht spekulierten sie mit einer Veröffentlichung ihrer Erkenntnisse zu den Grabungsarbeiten. Daraufhin beschloss unser Gegner, die beiden endgültig aus dem Weg zu räumen.«

»Das ist weit hergeholt, Homer. Wäre ich an der Stelle deines Unbekannten, hätte ich augenblicklich gehandelt. Hart und kompromisslos.«

Obes Emot glühte rotviolett. Es gab der Wissenschaftlerin eine Aura der Unerbittlichkeit. Adams ahnte, dass diese Worte nicht einfach nur dahingesagt waren. Obe wäre bereit, alles zu tun, um ihre Forschungen zu schützen oder andere daran zu hindern, ihr in die Quere zu kommen.

Will sie mich etwa auf eine falsche Fährte locken? Ist sie etwa selbst die Auslöserin all dieser Katastrophen? Hat sie dafür gesorgt, dass die Moulins verhaftet wurden – und dass Rhodan im Inneren Jolyonas verschwunden ist?

»Wenn ich mit meiner Theorie recht habe, handelt es sich bei dem Unbekannten um keinen skrupellosen Berufsverbrecher. Er verfügt über viel Macht, aber er wusste nicht so recht, wie er mit dem Problem umgehen sollte, das die Moulins auf einmal für ihn darstellten.«

»Unbedarfte Schurken findest du wie Kristalle in den Salzbaronessen. Aber wollte ich einen Verdacht aussprechen, dann würde ich sagen, dass du deine Suche in den obersten Machtpositionen Jolyonas beginnen solltest. Bei den Duumvirn.«

»Darüber will ich nicht mit dir diskutieren, Mohaway.«

»Was willst du dann eigentlich von mir?«

»Ich möchte alle Unterlagen haben, die dir die Moulins übergeben haben.«

»Ich muss dich enttäuschen, Homer. Ich habe ausschließlich mit ihnen geredet. Ich habe nicht mehr als das, was ich dir erzählt habe. Sie haben alles gelöscht, bevor sie versetzt wurden. Entweder das – oder die Informationen wurden gelöscht.«

Adams verbarg seine Enttäuschung. »Wir wissen also von einer vermeintlich unbekannten Aggregattechnik. Von Samenkapseln mit nicht identifizierbarer DNS und von einem ausgestorbenen Volk, das gleichermaßen fortschrittlich wie dumm agierte.«

Obe starrte ihn an. Lange. Schließlich sagte sie, leise und so, als würde sie ihr größtes Geheimnis verraten: »Habe ich jemals behauptet, dass dieses Volk ausgestorben wäre? Was ist, wenn dort unten noch jemand – oder etwas – lebt? Was glaubst du, warum ich bei meinen Arbeiten jeden meiner Schritte dreimal überlege, bevor ich ihn mache?«

Kapitel 29:
Die Stamm-Zelle

»Du lebst, weil ich es so will«, sagte Manoulsi mit ruhiger Stimme.

»Was willst du mir sagen?« Rhodan erhöhte die Körperspannung und schalt sich im nächsten Augenblick dafür. Er ging in Begleitung eines Hologramms. Das Wesen neben ihm war nicht real, sondern nur der bildliche Abklatsch eines Kerouten. Es konnte ihm nichts antun.

Sehr wohl aber kann Manoulsi einige seiner »Schätzchen« herbeirufen!

»Ich möchte dir deine Lage erklären, Perry Rhodan, und dir sagen, warum ich dich verschont habe.«

»Weil du mich getestet und herausgefunden hast, dass ich *wirklich* ich bin.«

»Das allein ist es nicht, Terraner. Ich bin erst aktiv geworden, nachdem ich feststellte, dass du meinen moralischen Vorstellungen entsprichst. Es reichte nicht, dass ich dich als Unsterblichen identifizierte. Hättest du meine Schätzchen im Kampf getötet, wäre dieses Treffen nicht zustande gekommen. Ich hätte dich weiterirren lassen.«

»Bis Cyndenno, Kahoyte und ich an Entkräftung gestorben wären oder wir uns gegenseitig umgebracht hätten?«

Manoulsi gab keine Antwort. Er trabte weiter neben Rhodan dahin. Zwischendurch erhob er sich auf seine *Kurzen*, die stärker behaarten und zugleich kürzer geratenen Hinterläufe. Er tat damit einige Schritte im aufrechten Gang und fiel dann wieder auf die längeren Vorderbeine nach vorn.

Die Illusion war nahezu perfekt. Wenn Manoulsis vermeintliche Glieder mit den vier langen Krallen über Fels scharrten, war tatsächlich ein hässliches Geräusch zu hören.

Aber Manoulsi hat keinen Körpergeruch. Das haben die Konstrukteure dieses Holos vergessen – oder keinen Wert darauf gelegt.

»Wie weit ist es noch bis zu deiner Stamm-Zelle?«, wollte Rhodan wissen.

»Wir sind gleich da«, antwortete Manoulsi einsilbig.

Sie hatten die Schwefelhöhle hinter sich gelassen und wanderten nun über eine Geröllhalde, bergauf und bergab. Jeder Schritt barg ein Risiko angesichts des unsicheren Untergrunds. Der Raum, dessen Ausdehnung nicht absehbar war, war künstlich bearbeitet und später durch eine Katastrophe zerstört worden.

Rhodan entdeckte da und dort Spuren von städtischen Strukturen: Straßenzüge zwischen moosbedeckten Hügeln, ein Parkgelände mit versteinerten Bäumen und zaghaftem Pflanzenbewuchs sowie größere und kleinere Häuser, die von Staub überbacken waren.

»Was ist das hier?«, fragte er. »Ein Wohnbereich von euch Kerouten?«

»Das war es einmal. Vor dem Ende, das zugleich ein Anfang war.«

Manoulsi beließ es bei diesen geheimnisvollen Worten und reagierte nicht mehr auf Rhodans Fragen, bis sie auch diesen Bereich des unterirdischen Reichs hinter sich ließen. Eine Felswand schob sich unmittelbar vor ihnen zur Seite – und gab den Blick auf einen Gang frei, wie er in jedem beliebigen Raumschiff zu finden war. Er war leicht gekrümmt, links und rechts standen Türen zu kabinenartigen Räumen offen.

Allesamt wirkten sie so, als wären sie seit langer Zeit nicht mehr benutzt worden. Rhodan entdeckte erneut abschüssige

Hygieneabteile neben Flächen, die vermutlich zum Sitzen und Ausruhen dienten.

Manoulsi gab sich mit einem Mal keine Mühe mehr, die Illusion aufrechtzuerhalten. Er schwebte wenige Zentimeter über dem klinisch sauberen Boden dahin, sein Leib verlor ab und zu an Konsistenz. So, als wäre er es müde, Rhodan und seine Begleiter zu täuschen.

Cyndenno und Kahoyte erkannten die Wahrheit erst in diesem Augenblick. Sie tuschelten miteinander. Die junge Onryonin gab schluchzende Töne von sich, immer wieder.

Rhodan gesellte sich zu ihr und redete leise auf sie ein. »Uns droht vorerst keine Gefahr«, sagte er abschließend. »Manoulsi hätte uns längst etwas tun können, aber …«

»Ich mag es nicht, wenn ihr miteinander mauschelt!«, rief der Holo-Keroute Rhodan zu. »Ich kann ohnedies jedes Wort verstehen, das ihr sagt.«

Das ist ein Widerspruch in sich, mein Lieber. Welche Fehler sind noch in deine Denkmatrix eingearbeitet?

Rhodan schloss wieder zu Manoulsi auf. Sie gingen schweigend nebeneinander dahin, bis sie eine pedantisch sauber gehaltene Struktur im Inneren des erhalten gebliebenen Bereichs erreichten. Ein Rondeau stand im Zentrum des Platzes, an dem mehr als zwanzig Wege aus allen Richtungen mündeten.

Das Rondeau leuchtete von innen heraus, viel zu grell. Rhodan blinzelte und hielt die Hände schützend vor die Augen, als sie durch eine Tür ins Innere traten.

»Dies ist die Stamm-Zelle«, sagte Manoulsi. »Das Zentrum meines Reichs.«

Es dauerte eine Weile, bis sich Rhodan an das Licht gewöhnt hatte. Ringsum entdeckte er laut brummende Aggregatkästen, allesamt verkapselt, die von Schutzschirmen umhüllt waren.

»Sind das Energieerzeuger?«, fragte er knapp. »Wirst du aus ihnen gespeist?«

»Das hat dich nicht zu kümmern, Perry Rhodan.« Manoulsi stellte sich wieder einmal auf seine Kurzen und betrat einen Raum zu ihrer Linken, in dessen Innerem das Licht angenehm gedämpft war. Der vermeintliche Keroute ließ sich – täuschend echt – in eine riesengroße Sitzschaukel fallen und bedeutete Rhodan, ihm gegenüber Platz zu nehmen.

Ein schleifendes Geräusch ertönte. Rhodan zuckte zusammen. Die Tür fiel hinter ihm zu. Cyndenno, Kahoyte und die Anuupi blieben ausgesperrt.

»Keine Sorge«, sagte Manoulsi. »*Der Stamm* kümmert sich um sie, sorgt für sie.«

»Der Stamm ist die hiesige Positronik?«

»So könnte man es sagen, ja. Der Stamm ist das Logikzentrum der Station, ich bin seine ausführende Hand. Und dies hier ist meine Zelle.«

»Wer und was bist du wirklich, Manoulsi?« Rhodan ließ sich zögernd auf dem Sofa gegenüber des keroutischen Hologrammwesens nieder.

»Ich bin nichts und doch alles. Ich bin der Anfang und das Ende. Ohne mich gäbe es die Erinnerungen an die Kerouten nicht mehr. Und deshalb, Perry, benötige ich dich.«

»Ich verstehe nicht …«

»Ich werde dir die Geschichte der Kerouten dieser Welt erzählen. Danach wirst du verstehen, warum ich dich hierhergebracht habe – und warum du diese Höhle niemals wieder verlassen darfst.«

Der Keroute verzog sein Gesicht. Lächelte er etwa? »Du wirst mein unsterblicher Gesprächspartner sein, für alle Ewigkeiten …«

Kapitel 30:
Vergangenheit: Gefängnisplaudereien (III)

Casper hatte keine Ahnung, wie Thersa Gooden es geschafft hatte, Perry Rhodan nach Jolyona zu lotsen.

Der Unsterbliche war hier, der bedeutendste Terraner der Milchstraße! Begleitet wurde er von dem nicht minder bekannten Homer G. Adams. Die beiden würden sie hier rausbringen, dessen war sich Casper sicher.

Zumindest glaubte er das, bis der Kontakt zur Terranischen Rätin Thersa Gooden endgültig abbrach. Gio und er wurden isoliert. Keine Nachrichten drangen mehr zu ihnen durch, nicht einmal mehr ihre Eltern wurden vorgelassen. Nachdem ihre Blessuren verheilt waren und sie einige Tage Einzelarrest abgesessen hatten, wurden sie in einen Trakt in den untersten Ebenen des Gefängnismolochs verlegt. In einen Bereich, der schon lange nicht mehr gewartet worden war und der das Ambiente des Wurmfortsatzes eines Geschwürs aufwies.

Ihre Zelle war schmutzig und feucht. Es stank erbärmlich, als wären sie unterhalb eines Abdrücksaals für Ertruser einquartiert worden. Das Licht flackerte immer wieder und ließ sie kaum einmal zur Ruhe kommen. Die lästigen Joly-Flöhe fielen in Scharen über sie her, das Wasser schmeckte bitter und schal. Natürlich gab es kein Tageslicht, keine frische Luft, keine Ersatzkleidung, kein warmes Wasser.

Gio fluchte lautstark. »Sie wollen uns endgültig fertigmachen, Casper! Wir müssen endlich den Mund aufmachen und dem Gefängnisdirektor oder einer seiner Vertrauensperson alles sagen, was wir wissen. Ich halte das nicht länger durch! Sollen wir hier unten krepieren?«

»Mit dem Direktor möchtest du sprechen, Cousin? Mit dem Onryonen, der angeordnet hat, uns hier bei lebendigem Leib zu begraben? Er wird uns nicht glauben. Oder aber er steht auf der Gehaltsliste desjenigen, der dafür gesorgt hat, dass wir als Mordverdächtige hier einsitzen.«

Gio war viel impulsiver als er selbst, und das nervte. Dieses Rauf und Runter in der Gefühlswelt seines Cousins belastete ihn. Im Laufe der Monate hatte ihre seit Kindestagen enge Freundschaft gehörig gelitten. Sollten sie es tatsächlich schaffen, dieses Loch lebend zu verlassen, würde Casper Gio für lange Zeit aus dem Weg gehen.

»Du weißt, dass wir uns niemandem anvertrauen können«, fuhr er fort. »Es gibt jemanden, der über die Bedeutung der unterirdischen Anlagen der Salzbaronessen Bescheid weiß und große Machtbefugnisse besitzt. Dieser Jemand ist auch bereit, uns töten zu lassen.«

Casper dachte an den Angriff des Wilden Arhonny. Der Schwerverbrecher war in ein anderes Gefängnis verlegt worden. Abdrückgerüchten zufolge war er dort einem Unfall zum Opfer gefallen.

»Zumindest überwacht man uns hier unten nicht mehr so genau«, sagte Gio.

Casper blickte seinen Cousin an. Er lag auf einer Pritsche, die ebenso versifft war wie seine eigene, und starrte lethargisch gegen die Decke. In der Rechten hielt er einen handlangen Plastiksplitter. Einen von vielen, die sie hier unten gefunden hatten und die im Fall eines erneuten Angriffs als Waffen dienen sollten.

»Wer weiß«, sagte Casper leise. »Du weißt besser als ich, dass es mikrominiaturisierte Spionsonden gibt, die über ausgereifte Positroniken verfügen und selbstständig agieren können. Vielleicht hat das alles Methode. Man will uns weichkochen und dafür sorgen, dass wir über gewisse Dinge reden.«

Mit Wehmut dachte Casper an ihre Arbeit zurück. An all ihre Anstrengungen und die gemeinsame Grundlagenforschung an innovativen Hybridtechniken. Sie hatten mit Duftstoffen experimentiert, die die Königinnen von ferronischen Wildameisenstämmen versprühten, um ihre Staaten zu organisieren und sie mit der Befehlsgabe an quasi-intelligente Arbeitsmaschinen verknüpft. Gio und er hatten die DNS von terranischen Lotosblättern modifiziert und damit neuartige, gut schützende Antigrav-Regendecken entwickelt. In der Wildnis Jolyonas waren in ihnen Ideen zu neuartigen Insektenschutzmitteln gekommen, zur Beschleunigung von Verfahren zur Stärkung des menschlichen Immunsystems, zu Hilfsmaschinchen, die in den Abdrückanlagen schlechten Geruch wortwörtlich schluckten …

So viel Schönes hatten sie geteilt, so viel Spaß hatten sie miteinander gehabt, so viele gute Ideen waren ihnen eingefallen.

Doch diese glücklichen Zeiten waren vorbei, nachdem wir Ungereimtheiten zur unterirdischen Stadt unter den Salzbaronessen aufgedeckt hatten. Wir hatten Informationen über die ehemaligen Bewohner gesammelt und waren auf ein Volk gestoßen, das sich Kerouten nannte. Aber das war noch längst nicht alles gewesen …

»Wir sollten längst tot sein.« Gio legte die behelfsmäßige Waffe beiseite und richtete sich auf seinem schmalen Bett auf. »Wer auch immer hinter uns her ist – er hätte Mittel und Wege finden *müssen*, um uns um die Ecke zu bringen.«

Casper überlegte. Gio und er hatten schon öfter über dieses Thema diskutiert. Es gab drei Onryonen, die als Gegner in Frage kamen: zunächst Xyl Conmyc und Gasc Sheromyc, die beiden Duumvirn. Männer mit uneingeschränkter politischer Macht, wie ihnen Thersa Gooden versichert hatte. Die beiden verfügten über den Einfluss, sie für alle Zeiten festhalten zu können.

Womöglich waren Gio und er nur Bauernopfer des Duumvirats. Dass Conmyc und Sheromyc der terranischen Kolonie gegenüber feindlich eingestellt waren, galt als offenes Geheimnis. Vielleicht hatten die Duumvirn nach einer Gelegenheit gesucht, einen offenen Konflikt zwischen den Bevölkerungsgruppen zu provozieren? Und sie waren die geeigneten Werkzeuge für diesen Plan gewesen.

Die dritte Verdächtige war Mohaway Obe, die aus unbekanntem Grund kein Interesse daran hatte, das Wissen über die ehemaligen Bewohner Jolyonas ans Tageslicht zu bringen.

Gio und er hatten der archäologischen Leiterin vage angedeutet, was sie über den Lebensraum der Kerouten herausgefunden hatten. Vielleicht hatte das gereicht, um die alte Schachtel aufzuschrecken. Für die Forscherin waren die Grabungsarbeiten nach Jahrzehnten in den Salzbaronessen längst zur persönlichen Angelegenheit geworden.

Vielleicht war sie wegen Gios und seiner Entdeckung vor Eifersucht zerfressen, vielleicht hatte sie etwas zu verbergen. Casper traute der Onryonin die schlimmsten Bösartigkeiten zu.

Mohaway Obe verfügte zwar nicht über die Mittel, um sie in Komyt in eine Falle zu locken und Morde vorzutäuschen, die nie geschehen waren. Aber sie war durchsetzungsstark wie keine andere Frau, die Casper jemals kennengelernt hatte.

Einer von diesen drei Onryonen hatte Caspers Meinung nach ihn und seinen Cousin als Mörder stigmatisiert. Auch der Angriff durch den Wilden Arhonny war geplant gewesen. Der Auftraggeber hatte Interesse daran, dass die Geheimnisse der Keroutenstädte gewahrt blieben.

»Unser Gegner ist in gewissem Sinne unbedarft«, sagte Casper. »Er verfügt über Kalkül – aber er ist kein Mörder. Er ist auf gedungenes Personal angewiesen und muss darauf achten, dass keine Spur zu ihm zurückverfolgt werden kann.

Außerdem hat er uns mehrfach unterschätzt. Er wusste zum Beispiel nicht, dass wir in Dagor-Philosophie und Kampftechniken ausgebildet wurden. Das hat uns beim Wilden Arhonny das Leben gerettet. Der Unbekannte sieht in uns zwei Jungs, die zufällig auf eine wichtige Entdeckung gestoßen sind und beiseitegeräumt gehören.«

»Ja«, gab Gio wortkarg zurück.

Es waren Unterhaltungen, die sie bereits viele Male geführt hatten. Aber es gab sonst nichts zu tun in diesem Loch. Casper befürchtete, dass sie eines Tages sogar der Roboter vergessen würde, der ihnen die Essensrationen durch eine Wandklappe bereitstellte und sie ab und zu in einen isolierten Abdrückraum geleitete.

»Ich werde einen ganzen Fung-Ochsen verdrücken, wenn ich hier endlich wieder raus bin«, sagte Gio mit schwärmerisch klingender Stimme. »Danach gibt's ein Lachssteak und frischen jolyonischen Wurzelsalat. Zur Nachspeise bestelle ich mir …«

»… Pudding, ich weiß. Terranischen Pudding, wie er ab und zu auf unsere Dunkelwelt geschmuggelt wird.«

Oh ja, das Essen. Es war das zweite große Thema, mit dem sie sich in ihren Unterhaltungen beschäftigten.

Mehr gab es in diesem Loch nicht zu tun.

Kapitel 31:
Manoulsis Monolog (I)

Du bist Perry Rhodan. Also kennst du einen Teil der Geschichte meines Volkes. Du selbst hast dich darum verdient gemacht, dass wir unsere Heimat Kerout rechtzeitig verlassen konnten.

Kerout. Jene Welt, die später den Namen Erde tragen sollte.

Meine Vorfahren, die vor mehr als zwanzig Millionen Jahren lebten, waren glücklich und zufrieden auf ihrem Heimatplaneten. Sie wussten nichts von dem, was rings um sie vor sich ging. Sie ahnten nichts von den großen Verbrechen, die von einem unerbittlichen Kriegervolk, den Tiuphoren, in der Milchstraße begangen wurden.

Die Tiuphoren töteten erbarmungslos. Sie fraßen sich in die Seelen der Opfer und nutzten sie für ihre eigenen Zwecke. Sie kannten keinen anderen Daseinszweck als Vernichtung.

Einzelne Denker unseres Volkes versuchten später, während der *Reise*, Verständnis für die Tiuphoren zu entwickeln, doch sie scheiterten. Der Grund für ihr Bösesein blieb uns stets verborgen. Vielleicht war es Selbsthass, vielleicht ein von höheren Mächten gelenktes und gesteuertes Verhalten.

Wir stellten für diese Geschöpfe eine Gefahr dar. Wir Kerouten dienten als Hüter der Zeiten, weil wir, wenn wir mit PEW-Metall in Berührung kamen, mit den Schiffen der Tiuphoren eine mentale Verbindung herzustellen und Verbündete vor ihnen zu warnen vermochten. Nicht nur deshalb verfolgten uns diese schrecklichen Geschöpfe und wollten uns ausrotten.

Du weißt das alles, Perry Rhodan? Natürlich tust du das. Aber ich möchte, dass du die großen Zusammenhänge begreifst und verstehst, warum die Höhlenwelt von Jolyona so ist, wie sie ist.

Verbündete wie die Laren sorgten vor zwanzig Millionen Jahren dafür, dass wir von Kerout evakuiert wurden. Dass wir auf eine Welt namens Sheheena gebracht und mithilfe einer Purpur-Teufe versetzt wurden. In eine weit entfernte Zukunft, die für dich aber immer noch in tiefster Vergangenheit liegt. Und damit kommen wir zu jenem Teil der Geschichte, den du nicht kennen kannst, Perry Rhodan.

Sheheena war aus dem Sonnensystem herausgesprengt und mithilfe der Purpurteufe in eine ferne Zukunft geschickt worden. Die Startbedingungen waren schrecklich. Wir Kerouten waren an diese ewige Dunkelheit nicht gewohnt. Wir entwickelten Phobien, wir zweifelten, wir hatten Angst.

Die Laren hatten uns mit dem Wesentlichen versorgt. Sie hatten sich auch darum gekümmert, dass wir Wissen erhielten, das uns bis dahin nicht unbekannt gewesen war. Es gab intensive Hypnoschulungen. Nicht immer funktionierten sie. Manche von uns kamen mit den Lebensumständen nicht zurecht. Zumal wir immer noch von der Furcht vor den Tiuphoren gequält wurden. Diese schrecklichen Geschöpfe hatten geschworen, uns zu finden, über den Abgrund von Raum und Zeit hinweg.

Wir gruben uns tiefer in den Untergrund Sheheenas. Chemoautotrophe Wesen namens Lichtmoose zogen sich wie Adern durch den Fels in den Abgründen der Heimat. Sie schenkten uns Licht, aber es war bloß ein Abklatsch dessen, was wir gewohnt waren.

In den großen Höhlen waren Kunstsonnen installiert worden, die uns das Gefühl von Tag und Nacht gaben. Doch das war ein billiger Trost angesichts dessen, dass wir die Heimat aufgeben hatten müssen – und wir unsere Unschuld verloren hatten.

Wir waren friedliche Geschöpfe gewesen, die unter einfachen Bedingungen auf Kerout aufgewachsen waren und an Firmamentmutter sowie Firmamentvater glaubten.

Nun war uns all das genommen. Klarheit und Logik standen im Vordergrund, der Mangel war stets präsent. Wo waren die Weiten unserer Welt geblieben? Wo die Flüsse, die durchs Land mäanderten, wo die schneebedeckten Berge, wo die Gerüche der Blütezeit?

Stattdessen hatten wir die Sterilität auf Sheheena. Eine absurde Sauberkeit. Wir wurden vielfach geimpft und gegen alle möglichen Krankheiten immunisiert. Wir waren die gesündesten Kerouten, die es jemals gegeben hatte. Doch unsere Seelen, sie wurden krank und kränker.

Ich hatte die Umsiedlung nach Sheheena gut überstanden und begeisterte mich für unsere Reise ins Unbekannte. Ich unterzog mich unzähligen Lehreinheiten unter Hypnobestrahlung und sog das Wissen der Laren in mich auf wie ein Schwamm. Ich blickte nicht nach links und nicht nach rechts. Ich kümmerte mich nicht um die Probleme, unter denen viele Angehörige meines Volkes litten, und investierte all meine Kraft in diese neue Welt des Wissens …

… so lange, bis ich erschöpft und aufgebraucht innehalten musste. Ich hatte so viel Neues in mich hineingestopft, dass ich völlig überlastet war. Ich brach an meiner Forschungsstätte zusammen, an der ich mich mit Arto-Genetik beschäftigte, und wurde in einen künstlichen Tiefschlaf versetzt. Als ich wieder zu mir kam, waren Wochen vergangen. Ich war nur noch ein Schatten meiner Selbst und konnte kaum noch einen klaren Gedanken fassen.

Ich, Manoulsi, hatte meine ureigensten Bedürfnisse ignoriert. Hatte sie verdrängt. Meine Seele war leer. All die Arbeit, in die ich mich gestürzt hatte, hatte das Vakuum und diese ganz besondere Sehnsucht nach Erfüllung, nach mentaler Befriedigung für lange Jahre verdrängt, aber nicht ersetzt.

Ich vegetierte dahin, wie viele andere Kerouten. Wir sehnten uns nach dem alten Glauben und fürchteten uns davor, eines Tages doch noch von den Tiuphoren erwischt zu werden. Wir glaubten zu spüren, dass uns diese schrecklichen Geschöpfe verfolgten, über alle Abgründe von Zeit und Raum hinweg.

Oh, es gab viele Kerouten, die den Abschied aus der Heimat gut überstanden hatten. Sie bauten die unterirdischen Bereiche Sheheenas aus und sorgten für annehmbare Lebensbedingungen. Unsere Nachkommen wurden in diese Verhältnisse hineingeboren und lernten bereits frühzeitig, mit der ewigen Dunkelheit und der Existenz in den Höhlen zurechtzukommen.

Ich war mit dem Schicksal einer langen Lebenszeit geschlagen. Niemand vermochte mir zu sagen, warum ausgerechnet ich über zweihundert Jahre lang leben sollte und in meinem Bettlager dahinvegetierte, ohne sterben zu können, während mich meine Freunde und Kollegen einer nach dem anderen verließen.

Eines Tages war ich der letzte Keroute, der die Erde der Heimat unter den Hufen gespürt und die Sonne auf dem Körper brennen gefühlt hatte. Jüngere kamen zu mir und stellten mir Fragen. Ich beantwortete sie, so gut ich konnte. Ich bemühte mich, ihnen all diese verlorenen Gefühle zu vermitteln und zugleich dafür zu sorgen, dass Kerout nicht in Vergessenheit geriet.

Vielleicht war es das, was mich so lange am Leben erhielt, trotz meiner inneren Leere? Vielleicht war es jenes Schicksal, für das mich die Firmamentmutter auserkoren hatte? Das Schicksal, unsterblich zu werden?

Die dritte, vierte und fünfte Generation der Sheheena-Kerouten war bereits gut an die Verhältnisse der Dunkelwelt angepasst. Was ihre Vorfahren besessen hatten, war für sie nur noch Legende. Natürlich kam es zu Problemen, die niemand hatte vorhersehen können. Aber die Lage auf Sheheena stabilisierte sich.

Ich lebte. Ich war mittlerweile zu einem Symbol des alten Kerout geworden. Die Mediker unternahmen alles, um mich mithilfe von Maschinen zu erhalten. Die Kammer, in die ich verfrachtet worden war und in der ich lebte, wurde zur Pilgerstätte. Schulklassen besuchten mich ebenso wie Politiker oder Techniker, die mich um Rat fragten. Ich besaß einen größeren Erfahrungsschatz als sie alle – und ich wusste von den alten Zeiten zu berichten.

Ich bekam mit, wie die Sorge um die Verfolgung durch die Tiuphoren immer größer wurde. Sie entwickelte sich zu einer Phobie, die zu einem Problem für das politische und gesellschaftliche Gefüge wurde. Die Angst vor dem Entdecktwerden war allgegenwärtig. Bis ich vorschlug, nicht nur zu jammern, sondern auch etwas dagegen zu unternehmen. Ich riet dazu, die Überlebenschancen unseres Volkes zu vergrößern, indem wir Kolonien gründeten. Das Wissen war vorhanden, ebenfalls die Mittel und die Arbeitskraft.

Mein Plan gelang: Die Sheheena-Kerouten hatten eine neue, eine positive Vision. Ihr Hauptaugenmerk galt nun nicht mehr dem Überleben allein. Sie wurden kreativ. Sie dachten darüber nach, wie sie neue und bessere Ableger Sheheenas errichten konnten.

Sie machten andere Dunkelwelten, Irrläufer in der Schwärze des Alls, als mögliche Ziele aus. Unter den größtmöglichen Sicherheitsvorkehrungen wurden robotische Erkundungsschiffe auf den Weg geschickt, um die Lage vor Ort abzuklären. Dies alles erforderte Opfer, denn die Ressourcen auf Sheheena waren knapp. Dennoch gelang es, mehr als ein Dutzend Welten auszukundschaften und für eine mögliche Besiedlung vorzubereiten.

Jahre vergingen, qualvolle Jahre, in denen ich am Leben erhalten und wie ein Orakel um Hilfe gefragt wurde. Sie meinten es gut, diese neuen Kerouten. Aber sie begriffen nicht, was sie mir antaten. Sie glaubten, ich würde meine Rolle als Ratgeber und als lebende Legende genießen.

In Wahrheit jedoch war ich von Maschinen durchdrungen, die mich pflegten und steuerten. Wenn ich den Wunsch hegte zu sterben, erhielt ich glücklich machende Durchspülungen, die die Todessehnsucht beiseiterückten. Wenn ich Müdigkeit zeigte, wurde ich geweckt. Wenn ein Organ versagte, bekam ich ein neues, das künstlich gezüchtet worden war.

Ich existierte zwischen Wachen und Träumen. Ich vergaß allmählich, was und wer ich war. Keines meiner Gefühle war noch echt, ich war zum Sklaven der Maschinen und der Sheheena-Kerouten verkommen.

Glaube mir, Perry Rhodan: Ich war dem Irrsinn nahe, damals, in den Jahren der beginnenden Expansion.

Ich erfuhr von allen Problemen, mit denen im Vorfeld der Aussiedlung gerechnet wurde, und man bat mich um Rat. Ich stellte fest, dass das Projekt einzuschlafen drohte, weil die Hindernisse zu groß waren. Wir Kerouten waren nicht dazu ausersehen, das All zu bereisen und uns als Pioniere zu betätigen.

Die Sheheena-Kerouten wurden feige. In sich gekehrt. Sie lebten nur noch in der Angst vor der Entdeckung durch die Tiuphoren.

Es fehlte ihnen an natürlicher Unbekümmertheit. So sehr mich meine lebenserhaltenden Maschinen auch antrieben und so sehr ich mich bemühte, als positives Vorbild zu wirken – die Gründung der Kolonien drohte schiefzulaufen.

Bis ich eine Idee hatte. Sie war in vielen Wachträumen geboren worden und sollte mir das verschaffen, was ich mir seit so langer Zeit ersehnt hatte.

Die Oberste Keroutin besuchte mich. Sie war ein freundliches Geschöpf, das wohl ahnte, wie es mir im Inneren meines Maschinenwerks erging. Rings um mich arbeiteten Roboter, große und kleine. Winzige Maschinchen stiegen in meine körperliche Hülle ein und reparierten Gewebe oder ersetzten es. Ständig wurde mein Gehirn Reizen ausgesetzt, um es am Funktionieren zu halten. Die Oberste Keroutin sah das alles, spürte das alles – und war doch nicht bereit, mich zu erlösen.

Doch ich wusste, wie ich sie dazu bringen konnte.

»Lass mich mit den Aussiedlern gehen«, verlangte ich mit einer Stimme, die längst nicht mehr meine war, sondern kalt und robotisch klang. »Ich werde ihnen beistehen und Ratschläge geben. Lass mich ihr Hirte sein. So, wie ich auf Kerout einstmals über eine riesige Herde von Couphen wachte, werde ich es auch für die Auswanderer tun.«

»Wir brauchen dich hier«, sagte die Oberste Keroutin reserviert. »Außerdem könntest du bloß eine unserer Gruppen beschützen. Wir aber wollen drei mal vier Kolonien gründen.«

»Ich habe lange über dieses Problem nachgedacht. Wenn ihr das technische Erbe der Laren ausnützt, könnt ihr mich partitionieren. So, dass in jedem einzelnen Auswandererschiff ein Teil meines Selbst mitreisen würde.«

Die Oberste Keroutin starrte mich an. Sie stieß ein Röhren des Entsetzens aus und beschwor die Firmamentmutter mit ihren Hufhänden in einem gemurmelten Gebet.

»Bist du verrückt geworden, Orakel?«, fragte sie mich. »Wie soll das gehen?«

»Ich habe lange darüber nachgedacht und mich mit Positroniken beratschlagt. Es geht. Innerhalb von zwei Jahren könnten all meine Gedächtnisinhalte ausgelesen und in ein holografisches Ich übertragen werden. Ebenso meine Denkweise, mein Verhalten, mein Charakter, mein Lebenscredo. Es wären Kopien meines Selbst, die absolut authentisch wären.«

»Und was würde mit dir selbst geschehen, Manoulsi? Würdest du, also das Original, auf Sheheena zurückbleiben und uns weiterhin begleiten?«

Ich kämpfte mit aller Kraft gegen die Maschinen an, die mich von einer Antwort auf diese Frage abhalten wollten. Ich widerstand ihnen. Ich hatte mich auf diesen einen Augenblick vorbereitet und sagte: »Die kümmerlichen Reste meines Ichs würden im Laufe der Partitionierung sterben – und das wäre gut so.«

Die Oberste Keroutin ließ sich auf diesen Handel ein. Es gelang mir, sie davon zu überzeugen, dass ich in meiner körperlichen Existenz keinen Sinn mehr sah. Also wurde ich partitioniert, kopiert und verteilt. Die Holotechnik der Laren erlaubte es mir, in dreizehn virtuelle Körper zu schlüpfen. Jeder einzelne von ihnen verfügte über das Wissen, das der originäre Manoulsi in sich getragen hatte. Über mein ureigenes Wissen.

Was du heute vor dir siehst, ist das gleiche Lebewesen wie jenes, das die Welt Kerout einst verlassen hat. Nicht die geringste Kleinigkeit davon ist verloren gegangen. Der mentale Kopiervorgang hat hundertprozentig geklappt.

Es war ein wundersamer Augenblick, als ich in meinem virtuellen Körper wiedererwachte, umgeben von zwölf weiteren Ichs, die Kopien meines Selbst waren. Ich und wir waren wiedergeboren. Gemeinsam sahen wir zu, wie Manoulsi, das Wesen aus Fleisch und Blut, allmählich verging. Sehr zur Erleichterung von uns allen, seinen Holokindern. Die Oberste Keroutin hielt ihr Versprechen. Sie schaltete die lebenserhaltenden Maschinen ab, ließ den Tod zu, nachdem Manoulsi alles gegeben und seine letzten Kraftreserven geopfert hatte.

Vermutlich hätten ihn die Aggregate der Laren wiederbeleben können. Doch die Keroutin zeigte Mitleid und gestattete ihm – oder mir – den Tod nach mehreren hundert Jahren der Qual.

Die anderen Holokopien und ich wurden eingeschult und auf unsere Arbeit auf den Siedlerschiffen vorbereitet. Wir vermieden Begegnungen untereinander. Sie verwirrten uns und brachten Probleme mit sich. Doch wir wussten, dass wir den Auswanderern guttaten. Sie mochten es, einen von uns um sich zu haben.

Wir erzählten von Kerout. Wir vermittelten die alten Werte. Wir brachten ihnen unseren Glauben bei. Wir erzählten von Gerüchen, von Windrichtungen, vom Blau und Grau des Himmels und dem bestimmenden Tun der Firmamenteltern.

Von klirrender Kälte, die lange Eiszapfen in unsere Körperfellen wachsen ließ, wenn wir unsere Tiere in ihre Winterquartiere brachten. Vom fließenden Wasser, in dem alle möglichen Geschöpfe dahintrieben und das so ganz anders schmeckte als jenes, das auf Sheheena unter schwierigsten Umständen herbeigeschafft werden musste. Wir sprachen über Liebe, Freundschaft und Partnerschaft. Und vor allem von dieser unendlichen Weite, die unseren Blicken keinerlei Grenzen setzte …

Wir sagten ihnen, was das Leben war. Nur so konnten die keroutischen Kolonisten jene Kraft aufbringen, die es brauchte, um eine weitere Reise ins Unbekannte anzutreten.

Nachdem die Raumschiffe fertiggestellt worden waren, machten wir uns auf den Weg, einer nach dem anderen. Elf Manoulsis verließen Sheheena. Ich winkte einem nach dem anderen zum Abschied. Bis ich selbst an der Reihe war, die Dunkelwelt zu verlassen.

Die Oberste Keroutin war während all dieser Jahre der Vorbereitung merklich gealtert. Ich sah ihr an, dass sie froh war, mit mir den letzten Manoulsi auf den Weg schicken zu können. Einer von mir würde zurückbleiben und die Bewohner von Sheheena weiter beraten.

Ich besaß damals wie heute einen Bewegungsradius von fünf Kilometern. Dies ist das Maximum dessen, was die larische Technik zu leisten imstande ist. Innerhalb dieses Bereichs werde ich mithilfe von variablen Holoköpfen weitergeleitet. Stell dir eine Art Netz von immens leistungsstarken Funkverstärkern vor, die nicht nur die holografische Darstellung, sondern auch das in mir abgespeicherte Wissen Manoulsis jederzeit und überall hin übertragen.

Das Auswandererschiff war von diesen Funkverstärkern durchzogen. Diese Geräte bilden auch heute noch das Grundgerüst meines Wesens. Sie wurden nach der Landung auf dieser Welt neu justiert und integriert. Du und deine Begleiter stecken in gewissem Sinne also in mir.

Du möchtest sicherlich über die Dinge nachdenken, die du gehört hast, Perry Rhodan. Kehre zu deinen Gefährten zurück und besprich dich mit ihnen. In einigen Stunden rufe ich dich nochmals, um dir von der eigentlichen Besiedlung Jolyonas zu erzählen und damit zum Grund zu kommen, warum ich dich zu mir geholt habe.

Ein Wort noch zur Obersten Keroutin. Ich habe sie niemals mehr wiedergesehen, und ich frage mich, ob ihre Arbeit jemals richtig gewürdigt wurde. Ich habe ihr nicht vergessen, dass sie mir den Tod erlaubte. Es war eine Geste größten Respekts, den sie meinem leiblichen Ich zuteilwerden ließ.

Ich ehrte sie, indem ich die erste keroutische Siedlung im Inneren dieses Planeten nach ihr benennen ließ.

Der Name der Obersten Hüterin war Jolany.

Kapitel 32:
Die Erkenntnis

Wie hatte er sich in Cyndenno bloß so irren können? Sie war aufbrausend und zynisch, manchmal auch bösartig. Sie wollte ihn manipulieren. Jedes Wort, das sie sagte, wirkte zerstörerisch. Wie Gift, das in eine offene Wunde geträufelt wurde.

»Ich verstehe nicht, warum du dem Terraner vertraust«, sagte sie. »Du siehst doch, dass er schlechte und falsche Entscheidungen trifft. Er hätte uns aus dem Labyrinth führen sollen, solange es noch gegangen wäre. Und dann ist er auch noch zu blöd, um auf die Waffe aufzupassen. Auf die Waffe, die eigentlich mir gehörte ...«

»Sei endlich still!«

»Wie bitte?«

»Du hast richtig gehört, Cyndenno. Ich kann dich nicht mehr hören.«

»Aber Kahoyte!«

Sie drängte sich näher an ihn heran. Sie roch so verdammt gut! Was hätte er dafür gegeben, sie umarmen und eine Emot-Vereinigung vornehmen zu können.

Nein, du Dummkopf! Sie würde dich selbst dann manipulieren. Sie schafft es gewiss, die Farbe ihres Emot-Organs derart anzupassen, dass du glaubst, die ideale Partnerin in ihr gefunden zu haben. Doch in Wirklichkeit zeigt sie kein Interesse an dir. Gesteh es dir endlich ein!

Kahoyte lenkte seine Gedanken bewusst und unter gehöriger Anstrengung auf die Umgebung. Rhodan war gemeinsam mit Manoulsi in einem Raum verschwunden. Cyndenno und er waren allein zurückgeblieben. Allerorts standen, lagen und hingen kubische Aggregate, die von einzeln geschalteten Schutzschirmen umhüllt waren.

Kahoyte wagte es kaum, einen Schritt zu tun. Er glaubte zu spüren, wie die Wände immer näher kamen. Wie er von der übertechnisierten Umgebung assimiliert zu werden drohte.

Was, wenn er irgendwie und irgendwo ins Feld eines der Schirme geriet und verletzt wurde? Er musste achtsam bleiben und durfte sich nicht weiter von Cyndenno ablenken lassen.

Kahoyte drehte sich langsam im Kreis und sah sich aufmerksam um. Vielleicht gab es eine Nische, in der er sich verstecken und mit den Anuupi umgeben konnte? Sie würde ihn beschützen und ihm leuchten, sodass ihm ein kleiner Rest von Privatsphäre erhalten blieb ...

»Was machst du da?«, rief er Cyndenno zu. War sie verrückt geworden? Sie streckte die Hand nach einem der Geräte aus, langte danach ... Er stürzte auf sie zu, wollte sie zurückreißen, wollte »Halt!« schreien – doch es war zu spät. Ihre Rechte berührte den Schutzschirm.

Sie blieb unverletzt. Nichts geschah. Sie stieß auf Widerstand, den sie nicht durchdringen konnte, blieb aber unversehrt.

»Sei nicht so feige!«, sagte sie und lachte. »Die Schutzschirme tun uns nichts.«

»Das hast du aber vorher nicht gewusst.«

»Hm.« Cyndenno drückte gegen den Schutzschirm, als wollte sie ihn mit Körperkraft überwinden, und bewirkte rein gar nichts.

Zögernd folgte Kahoyte ihrem Beispiel. Er konzentrierte sich auf seine Empfindungen. Er spürte ein leichtes Kribbeln, als er den Schutzschirm berührte, und glaubte, gegen eine gepolsterte Wand zu drücken. Je stärker er presste, desto größer wurde der Widerstand.

»Uns kann nichts passieren«, sagte Cyndenno leichthin. »Wir können uns frei bewegen.«

»Wer sagt denn, dass all diese Schutzschirme dieselbe Wirkung haben?«

»Ich sage das«, antwortete Cyndenno leichthin. Sie wandte sich ab und ging los. Scheinbar wahllos nahm sie eine der Abzweigungen auf jenem Weg, den sie gekommen waren.

Das Licht war schrecklich grell. Es erzeugte Schmerzen, die lähmend auf Kahoytes Gedanken drückten. Cyndenno wirkte weitaus weniger betroffen als er. Onryonische Frauen, so wusste er, besaßen ein anders geartetes Helligkeitsempfinden. Aber dass sie derart immun gegen Schmerz war, faszinierte und erschreckte ihn gleichermaßen.

Sie durchwanderten das Rondeau. Sie gelangten von einem Raum zum nächsten, bis sie wieder den Ausgangspunkt ihrer kleinen Erkundungsreise erreichten. Ein Zimmer ähnelte dem anderen. Alles hier war mit Geräten vollgestopft, deren Zweck unbekannt blieb.

Kahoyte achtete auf die Reaktionen von Dualles und der anderen Anuupi. Die Tiere blieben stets hinter ihm und vermieden es, in die Nähe der Aggregate zu schweben. Kahoyte bemerkte Angst und Respekt in ihrem Gehabe. Die Vorwärtsstöße ihrer Körper schienen zögerlich und fahrig und die Gruppendynamik wirkte nicht so, wie sie innerhalb der kleinen Gruppe sein sollte.

»Dualles setzt sich immer wieder ab«, sagte er geistesabwesend.

»Wie bitte?«

»Es ist nichts, Cyndenno. Ich denke laut nach.«

»Ich habe Hunger!«, sagte seine Begleiterin völlig zusammenhanglos. Sie hielt dabei den Kopf in Richtung der Decke gerichtet. »Bringt mir was Gutes und richtet mir eine Essnische ein!«

»Das bringt doch nichts, Cyndenno! Warten wir, bis Rhodan zurückkehrt und …«

Er brach ab. Scheinbar aus dem Nichts fanden winzige Körperchen zusammen. Sie formten sich zu einem fingergroßen Körper, der pfeifend davonhuschte und schon wenige Sekunden später zurückkehrte, mit einer Art Topf an einer Leine, die der Roboterschwarm vor ihnen auf dem Boden stellte.

Der Topf dampfte. Aus seinem Inneren drang der Duft nach gedünstetem Wirsensalat, einer der Lieblingsspeisen Kahoytes.

»Sag ich doch!« Cyndenno grinste ihn unverschämt an.

Zwei weitere fingerdicke Roboter schleppten dünne, semitransparente Wände heran und platzierten sie rings um Cyndenno und ihn, bevor sie sich wieder auflösten, auf dieselbe geheimnisvolle Weise, wie sie entstanden waren. Das Licht schien nun gedämpft und beinahe angenehm auf sie herab.

»Das sind Nanomaschinchen«, sagte Kahoyte und bemühte sich, seine Fassungslosigkeit nicht allzu deutlich zu machen. »Sie sind so klein, dass sie mit freiem Auge nicht wahrzunehmen sind. Vermutlich haben sie uns die ganze Zeit begleitet. Uns umgeben und jede unserer Bewegungen beobachtet.«

»Und wenn schon! Riechst du die Wirsen? Willst du sie gemeinsam mit mir essen?«

Kahoyte blickte seine Begleiterin entsetzt an. Meinte sie diesen Vorschlag ernst? Eine derartige Aufforderung galt als Gipfel der Verderbtheit.

»N…nein danke«, lehnte er ab.

Cyndenno nahm den Topf an sich und bedeutete ihm, die Essnische zu verlassen. »Vielleicht bleibt ja etwas übrig davon, wenn ich satt bin. Vielleicht auch nicht.«

Kahoyte drehte sich um und ging. Er fühlte grenzenlose Enttäuschung. Es war nicht so sehr Cyndennos Verhalten, das ihn irritierte. Es war vielmehr das Gefühl, einen schrecklichen Fehler begangen zu haben.

Und da war noch etwas. Eine Ahnung. Ein Unwohlsein, das er nicht so recht definieren konnte.

Kahoyte kniff die Augen zusammen und versuchte, die Winzroboter wahrzunehmen. Er war sich sicher, dass sie nach wie vor umherschwirrten, wie sie es vermutlich seit Anbeginn ihrer Reise durch das Höhlenlabyrinth gemacht hatten.

Oder?

Er hörte Cyndenno nebenan leise murmeln. Die Wände der Essnische waren dünn. Seine Begleiterin war in einem Selbstgespräch versunken. Es war so, als müsste sie ihre eigene Stimme hören, um all das verarbeiten zu können, was sie während der letzten Tage erlebt hatte.

Kahoyte winkte Dualles näher zu sich. Der Anuupi zögerte und ließ sich erst nach intensivem Locken dazu hinreißen, seiner Bitte zu folgen.

Da war eine Theorie, vage und unbestimmt. Sie setzte sich in seinem Kopf fest und gewann an Konturen, je länger er darüber nachdachte.

Was konnte ihm Dualles sagen? Wie würde sich das Leittier bei seinem Versuch verhalten, die Wahrheit herauszufinden? Wie tief reichte ihre Verbindung wirklich?

Kahoyte trat noch näher an die Essnische heran. Leises Schmatzen war zu hören. Cyndenno hatte mit der Mahlzeit begonnen und gab obszöne Laute von sich, die einen Würgereiz in ihm auslösten.

Dualles blieb zurück. Er wollte sich nicht dazu bewegen lassen, näher zu kommen. Einerlei, wie sehr sich Kahoyte auch anstrengte – der Anuupi hielt Distanz.

Oh, da war mit einem Mal eine Wut in ihm! Sie ließ sein

Emot eine ganz besondere Hitze ausstrahlen. Er kannte das Rot nur zu gut, das sein Gefühlsorgan befiel. Es bekam eine unkontrollierte Färbung, wie immer, wenn ihn seine Gefühle übermannten.

Kahoyte riss die Seitenwand der Essnische beiseite. Er tat etwas, das er sich unter normalen Umständen niemals verziehen hätte. Er störte einen anderen Onryonen beim Essen, er brach in dessen unmittelbare Intimsphäre ein. Das spielte aber keine Rolle mehr.

»Du Verräterin!«, schrie er, packte zu und schlug den Topf mit Wirsensalat aus Cyndennos Händen. »Du arbeitest mit Manoulsi zusammen!«

Kapitel 33: Fortschritte

»Jolyona ist ein eigenständiger und selbstverwalteter Planet!«, sagte Gasc Sheromyc mit gefährlich leiser Stimme. »Nun kommst du daher und willst das jolyonische Recht beugen, wenn nicht gar brechen. Das ist es, was ihr Terraner am besten könnt.«

»Ich will bloß eine Unterhaltung mit den Gefangenen Gio und Casper Moulin führen.«

»Ohne Angabe von Gründen? Ohne ein offizielles Ansuchen beim Richter-Gremium Jolyonas einzureichen?«

»Um anschließend drei bis vier Wochen auf eine Antwort zu warten? Nein, Gasc. Diese Zeit haben wir nicht. Es geht um Leben und Tod. Um Perry Rhodans Leben, wohlgemerkt.«

»Du hast mir immer noch nicht erklärt, wo die Zusammenhänge zwischen den Moulins und Rhodan sein sollen.«

»Das werden die beiden terranischen Jungs erledigen. Sie wissen etwas, das uns möglicherweise hilft, Perry aus den Höhlen unterhalb der Arena zu befreien. Wo ist eigentlich dein Kollege? Ich habe Xyl Conmyc den ganzen Tag nicht gesehen.«

»Wir sind nicht nur dazu da, um dich bei der Suche nach Perry Rhodan zu unterstützen. Wir haben eine Welt zu verwalten und zu regieren. Xyl ist unterwegs. Das ist alles, was du wissen musst.«

Adams musterte den hageren Duumvir genau. Er achtete auf jede seiner Bewegungen, auf Gemütskundgebungen durch sein Emot, auf den Klang seiner Stimme und die Körperhaltung. Mit Thersas Unterstützung hatte er sich so gut wie möglich auf diese Unterhaltung vorbereitet. Es gab keinerlei Beweise, aber Sheromyc mochte der Drahtzieher der Verschwörer sein, die die Moulins letztlich ins Gefängnis gebracht hatten.

Denn dass es eine solche Verschwörung gab, wurde immer wahrscheinlicher. Adams' beste Datenanalytiker beschäftigten sich intensiv mit Benachteiligungen, die Terraner und Angehörige anderer Völker auf Jolyona erfuhren. Die Fakten, die sie erarbeiteten, zeichneten ein Bild, in dem die Onryonen bevorzugt wurden, Andersdenkende Repressionen ausgesetzt waren, es immer wieder zu körperlichen Übergriffen bis hin zu Mord gekommen war.

Jemand gab sich große Mühe, dies alles wie Einzelfälle aussehen zu lassen. Doch Adams' Leute waren der Ansicht, dass jemand mit viel Macht methodisch vorging, großflächige Manipulationen vornahm und die Stimmung auf Jolyona in seinem Sinn beeinflusste.

Adams konzentrierte sich wieder auf Sheromyc.

»Wende dich an die Justiz«, sagte der Duumvir störrisch.

»Du hast deine Lage nicht verstanden, Gasc. Ich stelle keine Bitten. Ich fordere. Die CEREBUS steht bereit, meiner Forderung Nachdruck zu verleihen. Möchtest du es auf einen Konflikt zwischen Jolyona und Terra ankommen lassen?«

»Möchtest du es auf ein Auflodern des Konflikts zwischen Onryonen und Terranern ankommen lassen? Willst du die Milchstraße brennen sehen?«

»Das ist ein Konflikt, den du herbeiredest.«

»Ein einziges Gespräch über Hyperfunk reicht! Auf Aurora, im ständig tagenden Galaktikum, werden die onryonischen Delegationsleiter Einspruch gegen dein Vorgehen erheben.«

»Jetzt, auf einmal, berufst du dich auf die Bündnistreue anderer onryonischer Teilvölker? Ich dachte, Jolyona wäre an guten Beziehungen zu Terra interessiert? An einer Zusammenarbeit mit uns?«

»Dieses Thema ist nach den Ereignissen der letzten Tage nicht mehr relevant.«

Adams musste nun hellwach sein. Er hatte Hunderte von Emot-Bildern betrachtet und in seinem Gedächtnis abgespeichert. Selbst die winzigste Veränderung in der Farbgebung des Gefühlsorgans besaß eine Bedeutung – und er musste sie in den nächsten Sekunden erkennen sowie beurteilen.

»Das ist bedauerlich, aber ich kann es nicht ändern.« Adams zog einen Datenkristall aus einer Tasche seines Anzugs und legte ihn wie beiläufig auf dem Tisch zwischen ihnen ab. »Ich habe bereits mit dem Galaktikum konferiert. Hier ist ein Protokollbericht meiner Unterhaltung mit Fisco Lamysto, dem derzeitigen Delegationsleiter der Onryonen. Er versteht meine Bedenken und ist angesichts der Vorgänge auf Jolyona äußerst beunruhigt. Er fordert deine volle Unterstützung bei der Suche nach Rhodan. Er sagte, es wäre eine Schande, wie sich das Duumvirat benimmt.«

Nun galt es. Er hatte Sheromyc überrascht – und der Duumvir reagierte emotional. Er hatte sich nicht mehr vollends unter Kontrolle. Die spitzen Ohren bewegten sich unruhig, die Lippen zitterten. Über das Emot glitten mehrere rasch wechselnde Farbbilder. Adams erkannte unbändige Wut, Verzweiflung, Unsicherheit, Angst, einen Hauch von Unverständnis und eine Vielzahl von weiteren Gefühlsbildern, die keine große Rolle zu spielen schienen.

»Nun?«, hakte der Terraner nach.

»Wir sind selbstständig«, sagte Sheromyc stur. »Niemand kann uns zu etwas zwingen.«

»Du bringst alle gegen dich auf, Gasc. Ist es das wert?«

Sheromyc zog sich einen Schritt zurück. Die emotionale Distanz zwischen ihnen wuchs im selben Ausmaß. Adams ahnte, dass eine Allianz zwischen Jolyona und Terra ausgeschlossen blieb, solange dieser Mann an der Macht war.

»Ich sorge dafür, dass du mit den gefangenen Terranern sprechen kannst«, sagte Sheromyc leise. »Aber das ist das letzte Zugeständnis, das ich dir mache. Beweise mir, dass die Moulins wirklich etwas zur Suche nach Perry Rhodan beitragen können.«

»Das werde ich. Und ich werde auch beweisen, dass sie zu Unrecht im Gefängnis sitzen.«

Das war eine mutige Behauptung. Adams hatte ein Puzzle vor sich, von dem die meisten Teile immer noch fehlten. Und die Zeit drängte. Perry war seit über vier Tagen in den Höhlen unter der Arena gefangen. Seitdem hatte es keinerlei Lebenszeichen von ihm gegeben, trotz intensivster Suche.

Denk an das Zeichen der Spiralgalaxis, dachte Adams. *Es wäre ein untrügliches Zeichen dafür, dass ein Zellaktivatorträger gestorben ist.*

Nein. Perry war noch am Leben. Dessen war sich Adams sicher.

Macht war etwas Feines. Sie öffnete Türen, von denen die meisten Wesen nicht einmal wussten, dass es sie gab.

Aber Macht korrumpierte auch. Der Umgang mit zu viel davon führte dazu, dass man so Dinge wie Sitten und Anstand recht schnell aus den Augen verlor.

Deshalb ziehe ich mich in regelmäßigen Abständen in die Einsamkeit eines neobuddhistischen Klosters am Himalaya zurück und lasse mir vom dortigen geistigen Führer ordentlich die Leviten lesen. Ich verrichte einfachste Arbeiten, um Demut und Zweifel wiederzuentdecken.

In dieser Situation aber waren derartige Anwandlungen fehl am Platz. Adams hatte Fisco Lamysto, den onryonischen Delegationsleiter im Galaktikum, schlichtweg bestochen. Er hatte ihm Zusicherungen gemacht. Solche, auf die Lamysto seit Jahren wartete. Es ging um Bevorzugungen im intergalaktischen Warengeschäft, um verbesserte Lieferbedingungen, um optimierten Zugang onryonischer Warengesellschaften zu den galaxisweit tätigen Virtualbörsen.

Geld war in einigen Teilen der Milchstraße obsolet geworden. Vielmehr herrschte eine Art Tauschsystem vor, das sich vor allem auf die frei verfügbaren Energiereserven stützte. Doch Wertbegriffe, anhand derer sich Händler orientieren konnten, existierten immer noch in fast allen Teilen der Galaxis.

Adams hatte für einige Worte Lamystos, die an Sheromyc und seinen Duumvirat-Kollegen Conmyc gerichtet waren, etwa dreißig Milliarden Galax ausgegeben.

Kapitel 34: Weisheiten

Vor ihm öffnete sich ein Tor, das von gleißendem Licht umrahmt wurde. Rhodan kniff die Augen zusammen und durchschritt es. Er fand sich in einem Bereich der Stamm-Zelle wieder, der ihm unbekannt war. Die Anordnung der Geräte stimmte nicht mit seinen Erinnerungen überein.

Er sah sich um. Cyndenno und Kahoyte waren nirgendwo zu entdecken, also ging er aufs Geratewohl los. Er war wie benommen. Die Erzählung Manoulsis war sehr intensiv gewesen. Sie hatte ihm neue Bilder geliefert, neue Erkenntnisse.

Das Rondeau war nicht allzu groß. Wenn Manoulsi die beiden Onryonen nicht weggeschickt hatte, musste er früher oder später auf sie stoßen.

Er tastete nach dem kleinen Vibratormesser. Manoulsi hatte es ihm aus unerfindlichen Gründen gelassen. Der Holo-Keroute war sich wohl sicher, dass Rhodan damit keinerlei Schaden anrichten konnte.

Er hatte Mühe, sich zu konzentrieren. Manoulsis Erzählungen waren von einer Art Stoßimpulse begleitet gewesen, die sich scheinbar aus dem Nichts gebildet und seinen Körper sonderbaren Reizen ausgesetzt hatten. Sie verursachten Übelkeit und sorgten dafür, dass seine Sicht beeinträchtigt war. Immer wieder schwindelte ihm, immer wieder musste er innehalten und tief Luft holen.

Vermutlich hatte ihn der virtuelle Keroute unter Druck setzen wollen, mit Mitteln, die Rhodan noch nicht durchschaut hatte.

Es ist, als wäre ich stetig Schlägen ausgesetzt gewesen, die sich vor allem gegen meinen Kopf richteten. Vielleicht löste Manoulsi kleinste Gehirnerschütterungen aus. Aber warum macht er das? Was will er damit erreichen?

Rhodan gelangte in einen etwas größeren Raum, dessen Aggregate leise vor sich hin brummten. Der Brechreiz verstärkte sich, er durchquerte die kleine Halle so schnell wie möglich.

Er glaubte, bereits jeden Raum des Rondeaus gesehen zu haben, als er endlich auf die beiden Onryonen traf. Sie saßen in gegenüberliegenden Ecken und schmollten. Beider Emots waren knallrot, die Körpersprache von Cyndenno und Kahoyte drückte Aggressivität aus.

Zwischen ihnen lagen Teile von schmalen Wandschienen mit gazeähnlichen Stoffen. Einer von den beiden hatte sie umgestoßen und zerstört. Dunkelblaue Salatblätter waren über dem Boden verteilt, die Marinade schillerte ölig.

Das sieht nach einem ernsthaften Streit aus. Andernfalls hätten sie das Essen weggeräumt.

Rhodan räusperte sich, die jungen Onryonen zuckten unisono zusammen. Zögerlich erhoben sie sich von ihren Plätzen und kamen auf ihn zu. Die Anuupi blieben dabei stets in Kahoytes Nähe.

Die Neugierde siegte also. Sie wollten wissen, was er zu erzählen hatte.

»Was auch immer ihr beiden für Probleme habt«, sagte er, »sie dürfen uns nicht auseinanderdividieren. Gerade jetzt müssen wir mehr zusammenhalten denn je.«

»Aber Perry, Cyndenno hat …«

»Ich will nichts von euren Problemen wissen, Kahoyte.« Rhodan hob abwehrend die Hände und zog die Finger dabei an, in einer Geste der Ablehnung, die die beiden verstanden. »Sagt mir lieber, wie ich etwas zu essen bekomme.«

Erneut setzte der junge Hüter an, überlegte es sich dann aber und begann, von den vermeintlichen Nanomaschinen zu erzählen, die in der Luft umherschwirrten und sich bei Bedarf zu größeren Körpern zusammensetzten.

Rhodan nickte. Er hatte sich bereits etwas Ähnliches gedacht und war nicht sonderlich überrascht, als er mit lauter Stimme um einen weiteren Salat bat und zusehen konnte, wie sich fingerähnliche Konstrukte aus dem Nichts formten.

Aus Respekt vor seinen Begleitern versteckte er sich hinter einem mannsgroßen Aggregat und begann zu essen, langsam und bewusst. Das Gemüse schmeckte überraschend frisch, auch wenn ihn die dunkle Farbe der Blätter irritierte.

Erst jetzt fühlte Rhodan, wie müde er war. Die Anspannung der letzten Tage machte sich bemerkbar. Das Wissen, dass rings um ihn Unmengen von Nanospähern jede seiner Bewegungen beobachteten, jedes Wort hörten, alle seiner Körperfunktionen überwachten, war höchst unangenehm.

Oder sind die Nanospione gar in mir drin? Können sie mich beeinflussen, mich steuern?

Er schloss die Augen und bemühte sich, ruhig und konzentriert zu atmen. Die Wirkung der Stoßimpulse auf seinen Körper ließ allmählich nach, der Kopf wurde klarer. Gedanken, die wirr und zusammenhanglos erschienen waren, fielen an ihre Plätze zurück. Er dachte an Möglichkeiten zur Flucht und sah einen vagen Weg vor sich. Der Plan war noch längst nicht ausgereift und hatte noch etliche Lücken, aber …

»Perry, wir müssen reden.«

Er öffnete langsam die Augen und sah zu Kahoyte hoch. Das Emot des Jungen leuchtete in Saphirblau, ein deutliches Zeichen von Unsicherheit.

»Du solltest wie ich versuchen, ein wenig zu schlafen. Hier ist es ruhig, das Licht ist ein wenig gedämpft. Meinetwegen könnt ihr euch beide zu mir kuscheln.«

»Nein. Ich ertrage Cyndennos Nähe nicht mehr. Und genau deshalb bin ich hier.«

»Wo ist sie?«

»Sie unternimmt einen Spaziergang, um sich in der Stamm-Zelle umzusehen. Ich bin sicher, dass das bloß eine Ausrede ist. Sie will weg von hier und … und …«

»Sie arbeitet mit Manoulsi zusammen, nicht wahr?« Rhodan richtete seinen Oberkörper auf und seufzte.

»Du wusstest es?«

»Ich ahnte es. Es gab einige Ungereimtheiten in Cyndennos Geschichte. Die Erzählung von ihrer Begegnung mit den ›Schätzchen‹ Manoulsis. Ihr Verhalten, als sie uns im Höhlenlabyrinth begegnete. Sie hätte mich treffen müssen. Wenn nicht mit dem ersten Schuss, dann mit einem der nächsten. Und dann war da noch die Bestimmtheit, mit der sie in manchen Situationen aufgetreten ist. So, als wüsste sie ganz genau, dass ihr nichts geschehen kann. Also nahm ich an, dass sie nicht ganz die ist, die sie behauptete zu sein.«

»Aber … aber warum hast du dann nichts gesagt?«

»Ich war mir nicht ganz sicher. Ich hatte auch Dualles in Verdacht, für Manoulsi zu spionieren. Er verhielt sich oftmals sonderbar, nicht wahr?«

»J…ja.«

»Also kalkulierte ich die Möglichkeit mit ein, dass er, nachdem er einen Weg hinab in die unterirdischen Bereiche entdeckt hatte, von Manoulsi gefunden und beeinflusst worden war.«

»Das hätte ich gespürt!«, sagte Kahoyte im Brustton der Überzeugung.

»So, wie du gespürt hast, dass Cyndenno uns hintergangen hat?«, fragte Rhodan.

Der Hüter blieb eine Antwort schuldig und schob den Kopf zwischen die Schultern, unangenehm berührt von Rhodans Worten.

»Dualles hat vermutlich Cyndennos Verrat gespürt«, fuhr Rhodan fort. »Deshalb hat er sich sonderbar benommen. Ich wusste nicht, was Ursache und was Wirkung war. Deshalb habe ich während des Marschs geschwiegen. Ich wollte keine falschen Anschuldigungen aussprechen. Die Lage zwischen uns war angespannt genug, nicht wahr?«

»Ja.« Kahoyte ging in die Knie und setzte sich neben Rhodan. »Ich hätte früher draufkommen müssen, was mit Cyndenno los war.«

»Nein.« Rhodan lächelte. »Jemand, der verliebt ist, sieht nur das, was er sehen möchte. Diese Regel gilt wohl für alle Lebewesen des Universums. Egal, was ich gesagt hätte – du hättest mir nicht geglaubt. Du musstest schon selbst herausfinden, was für eine Onryonin Cyndenno in Wirklichkeit ist.« Er schaute Kahoyte prüfend an. »Weißt du's mittlerweile?«

»Sie hat mich gelenkt und manipuliert«, antwortete der Hüter leise. »Aus Eigennutz. Sie hoffte, ihr eigenes Emot retten zu können. Es war ihr einerlei, was aus dir und mir werden würde.«

Er sagte ein Wort, das die Anuupi in die Flucht schlug und Kahoyte selbst zusammenzucken ließ. Der junge Hüter fing sich rasch wieder und fügte hinzu: »Onryonen machen so etwas nicht, Perry – und Revisionisten schon gar nicht. Cyndenno hat all unsere Werte verraten.«

»Sie wollte in erster Linie überleben.«

»Wie kommt es, dass du gar nicht böse bist, Perry?«

»Ich war auf diese oder eine ähnliche Eröffnung vorbereitet. Ich habe gewisse Erfahrungen.«

»Aber du bleibst so … so ruhig.«

Rhodan atmete tief durch. »Sie ist nicht böse, Kahoyte. Sie ist ein verwöhntes Gör, das aus der Sicherheit ihres Lebens herausgerissen wurde und während der letzten Tage mit Dingen konfrontiert wurde, von denen sie nicht wusste, dass sie existieren. Soll ich sie deshalb verurteilen?«

»Sie hätte dich töten können.«

»Ich habe ihr die Waffe abgenommen. Auch, weil ich sie verdächtigte.« Rhodan gähnte und lächelte gleich darauf. »Vielleicht verstehst du jetzt, warum ich so schrecklich müde bin? Ich habe während der Ruheeinheiten kaum geschlafen und Cyndenno stets im Auge behalten. Außerdem ...«

»Ja?«

»Einen Spion, der entlarvt ist, kann man sehr gut für seine eigenen Zwecke einspannen. Ich brauchte also nur Cyndenno zu beobachten, um festzustellen, wann es für uns gefährlich werden würde und wann nicht.«

Kahoyte starrte ihn an. Die Farben des Emots wechselten, wie es sein Gefühlsorgan stets tat, wenn er verwirrt war. »Ich glaube, ich muss noch viel lernen«, sagte er.

»Nach zwei-, dreitausend Jahren fällt einem alles ein wenig leichter. Nur das mit den Frauen, das bleibt mir wohl für ewig ein Mysterium. Möchtest du nun bei mir schlafen? Ich denke, wir haben noch ein wenig Zeit, bis mich Manoulsi erneut zu sich ruft.«

Kahoyte nickte, wie es ein Mensch ebenfalls getan hätte, und ließ sich neben Rhodan nieder. »Was hat dir dieses sonderbare Holo eigentlich erzählt?«

»Ich weiß noch nicht genau, worauf Manoulsi hinausmöchte«, wich Rhodan einer direkten Antwort aus. »Lass uns warten, bis er mir den Rest seiner Geschichte berichtet hat.«

Kahoyte drückte sich wie selbstverständlich eng an ihn und nahm eine gekrümmte Position ein. Es war ihm anzumerken, wie sehr er die Berührungen genoss.

Rhodan seufzte. Er dachte an Sichu Dorksteiger, die großartigste Frau zweier Sterneninseln. Sie und er waren viel zu oft getrennt – und er sagte seiner Frau viel zu selten, wie sehr er sie schätzte.

Er würde das wohl nachholen müssen, sobald er aus den Fängen Manoulsis entkommen und zur Erde zurückgekehrt war.

Irgendwann, als Rhodan bereits in den Halbschlaf geglitten war, fühlte er die Gegenwart einer weiteren Person. Cyndenno drängte sich eng an ihn und schlug eines ihrer Beine über seinen Leib. Sie roch säuerlich, das Leuchten ihres Emots war durch die geschlossenen Lider zu sehen und zu spüren.

Es waren schon sonderbare Umstände, unter denen die beiden jungen Onryonen und er zusammengefunden hatten.

Kapitel 35:
Die Wahrheit der Gefangenen

Nun würde sich zeigen, ob Adams gut investiert hatte. Er wartete im schäbigen Besucherraum eines tief im Inneren Jolyonas gelegenen Gefängnisses. Ungeduldig ging er auf und ab, während Thersa Gooden an einem der Tische saß und immer wieder Holounterlagen aufrief, sie bearbeitete, wieder verschwinden ließ und über die Spracheingabe ihres Armbandkoms Gedächtnisprotokolle anfertigte.

»Ich habe dich niemals zuvor derart nervös erlebt«, sagte Thersa, ohne von ihrem virtuellen Schreibtisch aufzublicken.

»Ich habe das Gefühl, einer riesigen Schweinerei auf der Spur zu sein. Aber ich kann sie nicht fassen, sie nicht richtig festhalten. So etwas macht mich rasend.«

»Du brauchst Urlaub. Irgendwo, auf einer friedlichen Welt.« Gooden lächelte. »Könnte sein, dass ich vor Kurzem zwei Wochen in einer Bungalowanlage im Weißmeer von Mirabeau gebucht habe und dass mein Bett ausreichend groß für eine zweite Person ist.«

»Mirabeau? Bungalowanlage im Weißmeer? Eingebettet in unverschämtem Luxus, auf einer der sagenhaften Urlaubswelten im Zentrum der Plejaden? Ich muss feststellen, dass die terranische Regierung ihre Angestellten viel zu gut bezahlt. Kein Normalsterblicher kann sich einen derartigen Urlaub leisten.«

»Wer sagt denn, dass ich ihn allein bezahle?«

»Was soll das heißen?« Adams fühlte einen Anfall jäher Eifersucht. »Wer begleitet dich nach Mirabeau?«

»Du solltest auf deinen Blutdruck achten, alter Mann.«

»Lenk nicht ab, Thersa! Ich will wissen, mit wem du in Urlaub fliegst.«

»Mit dir selbstverständlich! Wenn dir etwas an mir liegt, wirst du dir diese zwei Wochen freischaufeln und mich begleiten. Selbstverständlich erwarte ich den größtmöglichen Luxus für mich. Ich bin es dir doch wert, oder? Und ich verlange, dass du deinen Anteil der Rechnung übernimmst.«

Meinte Thersa das ernst oder machte sie sich lustig über ihn? Er würde aus dieser Frau niemals so richtig schlau werden.

Verflixt! Sie hat es schon wieder geschafft. Meine mühsam aufgebaute schlechte Laune ist dahin. Wenn ich Thersa noch länger um mich habe, werde ich noch vom alten Griesgram zum vergnügten Berufsoptimisten. Dann wird mich niemand mehr ernst nehmen, und ich werde anfangen, schlechte Geschäfte abzuschließen. Ein Geräusch ließ Adams herumfahren. Der einzige Zugang zum Raum, eine doppelseitige Schwingtür, öffnete sich. Zwei kugelrunde Roboter schwebten ins Innere des Besucherzimmers. Adams ahnte, dass sich die lasch nach unten hängenden Arme in Blitzesschnelle in Waffenläufe verwandeln konnten.

Die Roboter verteilten sich im Raum. Sie schwebten links und rechts von Thersa und ihm bewegungslos in der Luft. Sie strahlten eine unangenehme Bedrohlichkeit aus. Adams zog den Kopf zwischen seine Schultern.

Zwei armselige Gestalten stolperten ins Besprechungszimmer. Zwei Männer mit Lumpen an den Körpern und fettigen Haaren. Sie rochen widerlich, ihre Bewegungen wirkten eckig und ungelenk. In ihrem Aussehen und ihrem Habitus ähnelten sie nur noch vage den gut aussehenden Kerlen auf den beweglichen Holobildern, die Adams erhalten hatte.

Der kleinere der beiden kam auf ihn zu. Gio Moulin. Er blickte kurz auf, und für einen Augenblick wirkte es so, als wollte er weinen. Doch er ließ es bleiben. Stattdessen rannte er auf Adams zu und umklammerte ihn so heftig, als wollte er ihn niemals mehr wieder loslassen.

»So, so.« Adams bemühte sich um Haltung. Er wollte sich seinen Zorn nicht anmerken lassen. »Brackiges Wasser. Flöhe. Völlige Isolation«, fasste er zusammen, was die beiden Cousins ihm erzählt hatten. »Dazu kommt ein Attentat, das vermutlich von jemandem mit besten Beziehungen in Auftrag gegeben und euch in die Schuhe geschoben wurde.«

»Meiner Meinung nach handelt es sich um eine Manipulation des Bildmaterials. Es gab gar keine Toten.«

Casper war der ruhigere der beiden. Jedes Wort schien wohlüberlegt zu sein, manchmal redete er aber zu zögerlich für Adams' Geschmack.

»Habt ihr einen Verdacht oder gar Hinweise auf den Auftraggeber?«

Sie nannten dieselben drei Namen, die auch Adams im Kopf hatte. Die Duumvirn und Mohaway Obe, die Leiterin der Ausgrabungen unter den Salzbaronessen.

»Obe ist sauber«, behauptete Thersa Gooden, die sich bislang nur wenig in die Unterhaltung eingemischt hatte. »Ich habe mich während der letzten Stunde intensiv mit ihrem Lebenslauf auseinandergesetzt. Sie kennt wirklich bloß die Arbeit – und sie neidet niemandem den Erfolg. Ruhm und Ehre sind ihr schlichtweg egal.«

»Es geht um ihr Lebenswerk, Thersa. Was, wenn unsere Freunde etwas entdeckt haben, das Obes Erfolge abwerten würde?«

»Das kann man natürlich niemals ausschließen«, gestand Thersa. »Aber es ist äußerst unwahrscheinlich angesichts des psychologischen Profils, das ich von ihr angelegt habe.«

Adams nickte. Thersa besaß nicht nur einen ausgezeichneten Instinkt. Sie roch eine Lüge fünfzig Lichtjahre gegen den

Sonnenwind. Dies war eine Eigenschaft, die Adams im Privaten bereits mehrmals in Bedrängnis gebracht hatte.

»Xyl Conmyc ist spurlos verschwunden«, sagte Thersa plötzlich. »Er ist nirgendwo aufzufinden, obwohl ich längst alle Hebel in Bewegung gesetzt habe, um ihn aufzutreiben. Ich würde das mal als Schuldeingeständnis werten.«

»Mag sein.« Adams nickte. »Aber wir brauchen Sicherheit. Ohne Xyls Aussage sind wir keinen Schritt weiter.«

Er wandte sich wieder Casper Moulin zu. »Lasst uns darüber reden, was ihr in den Salzbaronessen entdeckt habt. Was ist so wichtig, dass ihr dafür gejagt und in dieses Gefängnis gesteckt wurdet?«

Die Cousins sahen einander an. Unsicher, von Zweifeln geplagt. Die beiden verbargen etwas, und sie taten sich schwer, darüber zu reden.

»Thersa soll rausgehen, bevor wir zu sprechen beginnen. Und die beiden Roboter müssen ebenfalls verschwinden. Sag das den Wächtern, Homer. Wir werden uns ausschließlich mit dir unterhalten.«

Adams lächelte. Er zog den Impulsgeber für ein abhörsicheres Stummfeld aus seiner Hosentasche. »Kein Onryone wird uns zuhören. Ich errichte rings um uns ein Störfeld, das nicht so leicht zu knacken ist. Thersa allerdings bleibt hier. Ich vertraue ihr hundertprozentig – und ihr solltet es auch.«

»Na schön«, sagte Casper nach einem weiteren kurzen Blickkontakt mit seinem Cousin Gio.

Adams aktivierte das Stummfeld, ein mattes Flimmern hüllte sie ein. Der Gefängnisdirektor würde toben, wenn er davon erfuhr. Aber das war ihm einerlei. Sie brauchten zehn Minuten Zeit für eine Unterhaltung ohne onryonische Zeugen. Nicht mehr, nicht weniger.

Adams beobachtete die Cousins und speicherte alle Eindrücke, die er von ihnen gewann.

Casper Moulin legte seine Hände auf den Tisch und streckte die Finger aus, so akkurat, als wäre er zu einem festlichen Essen in einem arkonidischen Khasurn geladen, dem der Imperator Bostich I. beiwohnte. Als Casper seine brüchigen und schmutzstarrenden Fingernägel bemerkte, zog er die Hände sofort wieder zurück.

»Wir waren glücklich darüber, einen Posten bei Mohaway Obe ergattert zu haben«, sagte er mit seiner ruhigen, bedächtigen Stimme. »Die alte Onryonin galt als unzugänglich und schroff, aber auch als Koryphäe auf ihrem Gebiet. Wir wussten: Wenn wir sie von unseren Fähigkeiten als Hybridtechniker überzeugen konnten, würden uns auf Jolyona alle Türen offenstehen.«

»Was haben Hybridtechniker an einer Ausgrabungsstätte zu tun?«, hakte Adams nach.

»Wir waren von Obe angefordert worden. Sie wollte frisches Blut. *Aufgeweckte junge Burschen*, wie sie es nannte. Und sie machte keinen Unterschied zwischen Onryonen und Terranern. Ganz im Gegensatz zu anderen Arbeitgebern, mit denen wir es davor zu tun gehabt hatten.«

Caspers Angaben stimmten mit denen Mohaway Obes überein. Gut so.

»Der alte Drachen ... Verzeihung ... die Ausgrabungsleiterin beauftragte uns, an einer neu entdeckten Stätte tief unten im Fels Messungen vorzunehmen. Mikrosonden hätten erste Daten aufgenommen, die auf ein reiches Lager an Relikten schließen ließ – und auf widersprüchliche Dinge. Solche, die sich Mohaway Obe nicht erklären konnte.«

»Sie hat uns davon erzählt«, unterbrach Adams ungeduldig. »Samenkapseln, die nach Jahrzehntausenden immer noch frisch wirkten. Hinweise auf Werkstoffe, die wachsen konnten.«

»Richtig.« Casper Moulin nickte. »Das waren unerklärliche Dinge, die uns interessierten. Wir erhielten Proben, die uns keinen Schritt weiterbrachten.« Er atmete tief durch. »Wir waren neugierig. Wir beschlossen, die Dinge ein wenig, nun ja, zu beschleunigen.«

»Ihr habt also an Obe vorbei gearbeitet?«

»Wir haben Eigeninitiative entwickelt«, mischte sich Gio Moulin in die Unterhaltung ein. Er gestikulierte unruhig mit seinen Händen. »Sollten wir etwa alt und runzelig werden, während Mikromaschinchen eine Staubschicht nach der anderen abtragen und weitere Spuren dieser früheren Zivilisation freilegen?«

»Na schön. Nennen wir es halt Eigeninitiative.« Adams blickte ostentativ auf die Uhr seines Armbandkoms. »Ich möchte endlich wissen, was ihr entdeckt habt.«

»Wir waren nicht ganz so vorsichtig wie Obe«, setzte Casper Moulin unbeirrt in seiner ruhigen Art fort. »Unsere ferngesteuerte Ausrüstung war bloß provisorisch zusammengestoppelt. Wir hatten etwa ein Dutzend Krabbler, die wir auf den Weg schickten und per Hand lenkten. Du musst dir vorstellen, dass wir die Maschinchen durch ein Labyrinth von angehäuftem und teilweise zusammengepresstem Schutt steuern mussten, um an die wirklich wichtigen Fundstätten ranzukommen.«

»Und?«

»Wir lösten eine kleine, na ja, Umschichtung des Gerölls aus. Eine Berührung unseres Arbeitsgeräts mit einem Felsbrocken reichte, und tief unter uns kollabierte fast alles. Eine Lawine verschüttete all das, was bislang entdeckt worden war.«

»Davon hat uns Obe kein Wort gesagt!«

»Wir haben es als einen natürlichen Vorgang protokolliert und die Überwachungsdaten ein klein wenig zu unseren Gunsten abgeändert.«

»Du meinst: manipuliert?«

»Das ist ein hässliches Wort. Aber wohl das richtige.« Casper Moulin seufzte. »Weil wir diese eine Passage zerstört hatten, wurde eine andere frei. Wir schickten also die Mikrosonden aus reiner Neugierde nochmals auf den Weg. Und sie fanden ...«

»Ja?«

Casper Moulin rang mit den Worten. Es war ihm anzumerken, dass er sich seiner Sache nicht sicher war. »Wir entdeckten eine städtische Struktur, die so gut erhalten war, dass man hätte glauben können, sie wäre erst vor kurzer Zeit verlassen worden. Bildliche Vergleiche deuteten darauf hin, dass sie keroutischen Ursprungs waren.«

Adams schloss die Augen. Er versuchte, die Konsequenzen von dem zu verstehen, was Casper Moulin ihm anvertraut hatte. Wenn der Junge die Wahrheit sagte – und es gab keinen Grund, daran zu zweifeln –, existierte unterhalb der Salzbaronessen eine Stadt.

Eine, die den Kerouten zuzuordnen war. Wesen, die vor über zwanzig Millionen Jahren auf Terra gelebt hatten und die durch eine gewaltige Kraftanstrengung der Laren in die Zukunft transportiert worden waren.

Auf der Dunkelwelt Sheheena war man vor einigen Jahren auf Nachkommen dieser Kerouten gestoßen. Warum sollten hier, auf Jolyona, weitere Nachkommen dieser Ureinwohner Terras auftauchen?

Einerlei. Diese Spur war zu wichtig, um sie zu ignorieren. Womöglich fanden sie unter den Salzbaronessen Hinweise oder Querverbindungen zur von einem Energieschirm geschützten Höhle auf dem Kontinent Mylehodinn. Wenn es ihnen gelang, in die unterirdische Stadt vorzudringen, waren sie Perrys Rettung einen gehörigen Schritt näher.

»Warum habt ihr nicht mit eurer Chefin über diesen Fund

geredet?«, fragte Adams. »Sie hätte euch nicht nur eure Eigenmächtigkeiten verziehen, sondern euch auch noch die Hände geküsst.«

»Das bezweifle ich«, sagte Casper. Er grinste kurz, wurde aber gleich wieder ernst. »Wir hatten keine Gelegenheit mehr dazu, bei Mohaway Obe vorstellig zu werden. Kaum hatten wir unsere ersten Forschungsergebnisse dokumentiert, wurden wir von unseren Jobs abberufen.«

»Wer hat das veranlasst?«

»Wir wissen es nicht. Aber wir mussten augenblicklich nach Komyt zurückkehren und erhielten Arbeit in einem Fertilitätslabor, das sich mit den Anuupi beschäftigte und mithilfe künstlicher Befruchtung eine Beschleunigung des Reproduktionszyklus erreichen wollte. Nichts gegen die Anuupi – aber das war langweilige Routinearbeit.«

»Zwei Wochen danach wurden wir erneut versetzt«, fuhr Gio Moulin fort. »Dann nochmals und nochmals. Nirgendwo konnten wir richtig Fuß fassen. Unsere Versuche, mit Mohaway Obe Kontakt aufzunehmen, wurden unterbunden. Niemand gab uns Antworten. Sobald wir begannen, Fragen zu stellen oder uns gar über Arbeiten zu beschweren, die unserem Forschungsniveau nicht angemessen waren, wurden wir erneut weitergeschickt.«

»Es wirkte so«, sagte Casper, »als hätten wir einen unsichtbaren Feind, der nicht genau wusste, was er mit uns anfangen sollte. Vermutlich wollte er Zeit gewinnen und nachdenken, wie er uns loswerden könnte. Bis …«

»Ja, bis die Geschichte in Komyts Altstadt geschah. Ich schwöre dir, Homer, wir haben niemanden umgebracht! Wir haben …«

»Ich glaube euch. Und ich werde dafür sorgen, dass ihr keinen Tag länger in dieser Anstalt verbringen müsst.«

Wie auf Kommando öffnete sich die Tür des Besucherzimmers. Ein korpulenter Onryone, dessen Gesicht eine ungesunde Rottönung angenommen hatte, stürmte herein. Zweifelsohne der Gefängnisdirektor.

Adams desaktivierte das Stummfeld und erhob sich von seinem Platz. Der Kerl kam ihm gerade recht. Er würde für seine schlechte Laune büßen müssen, und zwar gehörig.

Kapitel 36: Manoulsis Monolog (II)

Du bist verärgert, Perry Rhodan? Du verstehst nicht, warum ich die onryonische Frau als mein Werkzeug genutzt habe? Dann bist du dümmer, als ich gedacht habe. Vielleicht muss ich mein Urteil über dich revidieren und unsere weitere Zusammenarbeit in Frage stellen.

Natürlich nutze ich alle Möglichkeiten, um mein unterirdisches Reich zu schützen und das zu bekommen, was ich brauche. Was gut ist für das Erbe der Kerouten.

Hast du mich denn so schnell durchschaut, wie du sagtest, oder wolltest du bei Kahoyte bloß gut dastehen? Wusstest du wirklich, dass Cyndenno bereits eine Stunde lang hier unten war und meine Stamm-Zelle durchwandert hatte?

Sie ist ein willfähriges Werkzeug. Jung, unerfahren, formbar. Ich kenne Ihresgleichen gut. Die Onryonen sind leicht zu durchschauen. Ich weiß es, denn ich habe … nun, das ist Teil meiner weiteren Geschichte.

Unser Kolonistenschiff kam sicher an. Ich taufte die neue Welt Jolany und ehrte damit die Oberste Hüterin, der ich meinen Tod und meine Wiedergeburt als Hologramm verdankte.

Jolany war unbewohnt und seit Jahrhunderttausenden als Irrläufer im All unterwegs. Die Oberfläche war gefroren, im Inneren jedoch bot die Welt akzeptable Bedingungen. Wir wollten uns verstecken, denn die Angst vor der Bedrohung durch die Tiuphoren war nicht kleiner geworden. Ich sorgte dafür, dass die Erinnerung an sie stets frisch blieb.

Die Auswanderer bohrten ein ausreichend großes Loch in die planetare Hülle und ließen unser Schiff darin verschwinden. Nur am obersten Punkt des walzenförmigen Raumers berührte seine Hülle die Oberfläche. Dieser Ort sollte spiritueller Sammlungspunkt für die neuen Kolonisten sein. Dort waren wir den Firmamenteltern am nächsten.

Der Großteil des gesellschaftlichen Lebens unserer kleinen Kolonie entwickelte sich jedoch weiter unten, in den Tiefen des Schiffs.

Wir höhlten den Raum allmählich weiter aus, verschoben Teile des ehemaligen Schiffs zueinander und schufen bewohnbare Gebiete. Wir ließen etwas Neues entstehen, das auf dem Fundament des Raumers aufbaute.

Nach nicht einmal zwanzig Keroutenjahren hatten wir die kleine Siedlerstadt stabilisiert. Ich brachte Erfahrungen mit, die ich während der Urbarmachung Sheheenas gemacht hatte. Ich half den Kolonialisten, frühere Fehler zu vermeiden, und sorgte dafür, dass alle Herausforderungen bewältigt wurden.

Man achtete und schätzte mich, auch wenn sich meine Rolle im Laufe der Jahrhunderte und Jahrtausende wandelte. Während sich die Kerouten auf Jolany verstreuten, blieb ich in meinem Aktionsradius auf den Kernbereich des ursprünglichen Siedlerschiffs beschränkt. Eine größere Ausdehnung meines Wirkungsbereichs war nicht möglich, und eine Kopie von mir wollte ich keinesfalls erzeugen. Die Gefahr des Wissensverlusts wäre zu groß gewesen, zumal mir nicht die technischen Möglichkeiten Sheheenas zur Verfügung standen.

Je weiter sich die Kolonialisten über Jolany ausbreiteten, desto geringer wurde mein Einfluss – und desto größer die Streitereien der Siedler untereinander. Stadtstaaten entwickelten sich in den Tiefen der planetaren Hülle. Sechs von ihnen entstanden im Laufe der Zeit, und jeder beäugte die andere mit Missgunst. Insbesondere die Leistungen der Bewohner der ersten Stadt wurden mit Neid gesehen. Denn hier konnte ich mit all meinem Wissen und meinen Erfahrungen wirken und das Leben der Bewohner positiv gestalten. Und hier machten wir auch unsere wichtigste Entdeckung.

Dass wir das Enzym *Xoj* identifizieren und isolieren konnten, beruhte auf einem Zufall. Ich glaube nicht, dass die Natur seine Existenz vorgesehen hatte. Es ist Teil einer irrwitzigen Kettenreaktion, die wir in einer Reihe von Versuchen im nanobakteriellen Bereich erzwangen. Auf einem Gebiet, in dem ich meine eigene berufliche Kompetenz einbringen konnte, hatte ich mich doch schon immer mit der Arto-Genetik befasst.

Xoj ist ein Wachstumsanreger. Eine Proteinkette, die im wichtigen Feld der Nahrungsversorgung auf Jolany als Biokatalysator diente, zu unserer Verwunderung aber auch kristalline und Metallelemente zum Wachstum bewegen konnte.

Xoj enthält eine *luzide höherdimensionale Komponente.* Das Enzym dient als Wachstums-Katalysator, um es vereinfacht auszudrücken. Es lässt Materialien wuchern und wird inaktiv, sobald es seine Aufgabe erledigt hat.

Ein Nachweis dieser höherdimensionalen Komponente in mit Xoj angereicherten Lebensmitteln ist fast unmöglich – und die Wirkung des Enzyms schadet auch nicht beim Nahrungsverzehr.

Wir waren da auf etwas gestoßen, das es uns über lange Zeit hinweg ermöglichte, mit einem Minimum an Aufwand ein Maximum an benötigten Materialien zu produzieren. Wir brachten Metalle zum Wuchern, wir schufen mithilfe des Xoj neuen Lebensraum, wir produzierten die energiereichsten und nahrhaftesten Lebensmittel. Und dies alles mit einem Minimum an Aufwand.

Es war, als hätten wir hinter die Kulissen der Schöpfung geblickt. Wir hatten etwas entdeckt, das wir die *Schwarze Saat* nannten und das in der larischen Mythologie als *Achtfingrigkeit* bezeichnet wird.

Wie sagt ihr zu so einem Fund, Perry Rhodan? *Stein der Weisen?* Was für ein sonderbarer Begriff …

Ist es denn erstrebenswert, den Stein der Weisen zu besitzen? Was ist deine Meinung dazu, Terraner? Wie würdest du damit umgehen, einen ganz besonderen Baustein des Lebens in der Hand zu haben?

Nun, ich blieb vorsichtig. Ich ahnte mögliche Konsequenzen und sorgte dafür, dass das Geheimnis der Schwarzen Saat von nur wenigen Eingeweihten gehütet wurde.

Vielleicht war dies ein Fehler, vielleicht hätte es andere und bessere Wege gegeben, damit umzugehen. Ich weiß es nicht. Letztlich führte die Entdeckung der Schwarzen Saat zum Untergang meines Volkes.

Da war der Hass der anderen Stadtstaaten auf die erste Kolonie. Der Konkurrenzkampf. Die Überheblichkeit der Kerouten in meiner Heimat, die sie die Bewohner in den anderen Wohnhöhlen spüren ließen. Ein gesellschaftlicher, politischer und merkantiler Erfolg, der auch mit mir und meinem besonderen Wissen zusammenhing.

Aus nüchternen Geschäftsbeziehungen wurde im Laufe der Jahre ein Kampf um die wirtschaftliche Vorherrschaft, und aus einem Handelskrieg ein mit Waffen geführter Krieg.

Ich unternahm alles, um den schlimmsten aller Fälle zu verhindern. Ich verschränkte die Stadtstaaten ineinander und sorgte dafür, dass der Untergang der einen auch den Tod der anderen bedeuten würde, in der Hoffnung, dass sich meine geliebten Kerouten durch dieses Gleichgewicht des Schreckens vom Kampf abbringen lassen würden.

Doch sie waren so voll Argwohn, Neid, Bösartigkeit und Hass, dass sie es in Kauf nahmen, selbst getötet zu werden, wenn sie nur den Nachbarn vernichten konnten.

Verstehst du das, Perry Rhodan? Ist dir ein derartiges Verhalten schon einmal in deiner langen Lebenszeit untergekommen?

Man schob die Schuld für die Kriege auf mich. Ich wäre der Grund für die Auseinandersetzungen gewesen. Ich hätte mich nicht neutral verhalten und Stellung bezogen.

All meine Bitten und Fürsprachen nutzten nichts. Die Kerouten auf Jolany waren längst nicht mehr so wie jene, mit denen ich gemeinsam die Reise ins Unbekannte angetreten hatte. Übriggeblieben waren die Angst vor den Tiuphoren und ein vager Glaube an die Firmamentgötter. Alles andere hatte sich geändert. Und ich, ich konnte trotz meines Wissens und meiner Erfahrung keinen Einfluss mehr auf meine Leute nehmen.

Nur zu gern wäre ich in andere Stadtstaaten gereist und hätte dort gewirkt. Aber eine Versetzung wäre nur unter großen technischen Verrenkungen möglich gewesen – und es hätte die Gefahr bestanden, dass man mich als Geisel behielt.

Ich musste zusehen, wie sich meine geliebten Kerouten in den Kampf stürzten. Wie sie um das Xoj und das Wissen um seine Erzeugung rangen und letztlich für den Untergang der kolonialen Städte sorgten.

Alle starben sie. Fast alle. Einige von ihnen überlebten irgendwie, irgendwo im Fels, um im Laufe der Zeit eine degenerative Entwicklung durchzumachen und zu stumpfsinnigen Geschöpfen zu werden, die ich nur noch für niedrige Dienste verwenden kann.

Übrig blieb nur dies hier. Das Zentrum meines Seins. Die Stamm-Zelle, die ich selbst nach Jahrzehntausenden noch bewohne und deren Versorgung ich aufrechterhalten kann. Ich lebe und funktioniere mithilfe von Xoj-Technik, die sich in geringem Ausmaß selbst reproduziert.

Aber jetzt bist du da, Perry Rhodan. Du bist zwar nicht so alt wie ich. Aber du hast Erfahrung im Umgang mit anderen

Geschöpfen. Du wirst mir erklären, warum sich die Kerouten selbst vernichtet haben und was wir unternehmen können, um die tumben Gestalten, meine Schätzchen, zu Stammvätern einer neuen Zivilisation zu formen.

Kapitel 37:
Die letzte Station

Die Zusammenhänge wurden klarer. Adams hatte einige wichtige Teile seines Puzzles gefunden und begann nun damit, sie richtig zusammenzusetzen.

»Morgen beginnen die Grabungsarbeiten«, sagte Mohaway Obe. »Ich kaufe weiteres Fein-Bergungsgerät und ...«

»Abgelehnt«, unterbrach sie Adams. »Du wirst noch heute loslegen. Und du wirst keinesfalls mit dem Feinwerkzeug arbeiten lassen. Es handelt sich um eine Notgrabung.«

»Unter keinen Umständen! Alles, was in den Salzbaronessen geschieht, bestimme ich!«

»Hör mir gut zu, Mohaway. Ich lasse mir nicht länger auf der Nase herumtanzen. Vor allem dann nicht, wenn es um Perry Rhodan geht. Du wirst tun, was ich dir sage, sonst bekommst du hier keinen Fuß mehr auf den Boden.«

Adams fuhr schwere Geschütze auf. Selbst die sonst so harte Verhandlerin gab letztlich klein bei. Sie duldete, dass weitere terranische Trupps sie bei den Grabungsarbeiten unterstützten. Mit einem Emot-Bild der Trauer sah sie zu, wie schwere Vortriebmaschinen mit hochleistungsfähigen Desintegratoren immer tiefer in den Fels vordrangen.

Adams ließ uralte Relikte zerstören, ohne auch nur mit der Wimper zu zucken. Nichts hier war so viel wert wie das Leben seines Freundes.

»Was erwartest du eigentlich zu finden?«, fragte Thersa ihn in einer ruhigen Minute. »Wo siehst du die Zusammenhänge zwischen diesen Anlagen hier und der Höhle, in der Perry festgehalten wird?«

»Ich weiß es noch nicht«, gestand Adams. »Solange wir nicht wissen, wer die Existenz dieser Anlagen vertuschen wollte und warum, kann ich dir keine Antworten geben.«

»Dann kann ich dir vielleicht ein klein wenig weiterhelfen«, sagte Thersa. »Dir wird nicht gefallen, was ich zu sagen habe.«

»Und zwar?«

»Xyl Conmyc ist wieder aufgetaucht.«

»Na, das ist doch mal eine gute Nachricht! Er wird uns unterstützen, dafür sorge ich. An Bord der CEREBUS gibt es Spezialisten, die sich gern mit komplizierten Charakteren wie Conmyc auseinandersetzen.«

»Der Duumvir wird keine Fragen mehr beantworten. Er sah ziemlich tot aus, als ihn die Onryonen fanden, fast dreihundert Kilometer südlich von Komyt. Er ist in eine mehrere hundert Meter tiefe Schlucht gestürzt. Es sieht nach Selbstmord aus. Die Onryonen arbeiten an dem Fall. Und sie bekommen terranische Unterstützung. Hier wird nichts mehr unter den Tisch gekehrt, vertuscht oder gar manipuliert.«

Adams schüttelte betroffen den Kopf. »Wenn es tatsächlich Selbstmord war, ist das wohl als Schuldeingeständnis zu werten. Conmyc wusste, dass wir hinter ihm her waren. Er hat es vorgezogen, sich davonzuschleichen. Auf die einzige Weise, die für ihn noch denkbar war.«

»Glaubst du das wirklich?«

»Wir sollten uns für Conmycs persönliche Lebensumstände interessieren. Seine Finanzen, Sucht, Frauengeschichten, dubiose Kontakte, Schmuggel. Das Übliche halt.«

»Ich bin an der Arbeit, Homer. Aber wer könnte hinter alldem stecken? Wer ist mächtig genug, um einen Duumvir für sich arbeiten zu lassen? Wer verfügt über die dafür notwendigen Mittel?«

»Natürlich die großen, galaxisweit arbeitenden Geheimdienste. Aber mein Gespür sagt mir, dass wir hier suchen sollten, auf Jolyona. Es gibt diesen einen Unbekannten, in dessen Sold Xyl Conmyc stand. Der Duumvir wurde angeheuert und gut dafür bezahlt, diesen Unbekannten mit Informationen zu beliefern.«

Adams verlor sich höchst ungern in Spekulationen. Er fand keine Antworten auf Thersas Fragen. Noch nicht.

»Durchbruch!«, meldete Mohaway Obe über Funk. Ihre Stimme klang noch mürrischer als sonst, gewann aber bald wieder an Frische. »Deine Leute haben sich in die Höhle der Moulins vorgebohrt. Ich warte vor Ort auf dich.«

Adams bekam Bilder geliefert, die vor allem viel flirrenden Staub zeigten. Der Desintegrator hatte sich mit Höchstleistung durch die Gesteinsschichten gebohrt, in eine Tiefe von mehr als dreihundert Metern. Hinter dem Staub waren Gebäudestrukturen zu erkennen.

»Ich komme!«, sagte Adams zu Obe und wandte sich in einem weiteren Funkspruch an die Kommandanten mehrerer Spezialeinheiten, die er zur Sicherheit in die Salzbaronessen beordert hatte. Er hatte keine Lust, in eine ähnliche Falle wie Perry zu tappen und durch einen Energieschirm von der Außenwelt abgeschnitten zu werden.

Er instruierte seine Leute, mit schweren Waffen und sonstiger Ausrüstung zu folgen, und ließ sich dann an Thersas Seite in jenen Schacht fallen, den die Desintegratoren ins Gestein gefräst hatten. Er schwebte langsam tiefer, sein Herz klopfte laut.

Mohaway Obe wartete in ihrem leichten Schutzanzug am unteren Ende des Bohrlochs, umringt von ihren Assistenten, die aufgeregt über Funk miteinander kommunizierten. Sie wirkte unbeholfen in dem grellroten Gewand. Es war ihr anzumerken, dass sie mit derart groben Arbeiten nicht umzugehen wusste, dass sie mit dem Schutzanzug nichts anzufangen wusste – und dass sie innerlich vor Wut kochte.

Gemeinsam und schweigend gingen sie tiefer. Hinab in einen Höhlenraum, der gerade von onryonischen und vor allem terranischen Pionieren erobert wurde. Gewaltig große Sauggebläse pumpten Staub ab, Kampfroboter schwirrten allerorts umher. Erste Arbeitsmaschinen landeten auf vermeintlichen Dächern kubischer und zylindrisch geformter Häuser. Sie gingen dabei möglichst vorsichtig vor. Dennoch war Mohaway Obes verzweifeltes Stöhnen zu hören, als die Arbeitsmaschinen mit ihren metallenen Plattfüßen zu fest auf dem Boden auftraten.

»Dort schweben Anuupi«, sagte Thersa und deutete vage nach rechts.

»Diese Viecher sind eine wahre Plage, sag ich euch«, ließ sich Mohaway Obe vernehmen. »Sie gelangen durch jedes Schlupfloch ins Planeteninnere und behindern mich bei der Arbeit.«

»Wenn Anuupi hier wohnen oder treiben, muss das heißen, dass es schon seit jeher Verbindungen zur Oberfläche gab.«

»Große Teile des Gesteins sind durchlöchert.«

Adams konzentrierte sich auf das, was vor ihm lag. »Das sind allesamt Wohn- und Arbeitsgebäude«, sagte er, während er über die Häuser hinweg flog. »Nichts, das uns irgendwie weiterhilft.«

»Banause! Diese Strukturen sind so gut erhalten, dass ich weinen wollte vor Freude, wenn ich mich nicht gerade fürchterlich ärgern müsste.«

Adams ignorierte das Gezeter der alten Frau. Er landete sachte auf einem schmalen Weg, der zwischen zwei Gebäuden ins Unbekannte führte. Über ihnen schloss sich der Höhlenraum, die Decke drückte auf die künstlichen Strukturen. Der Bereich vor ihnen war in sich zusammengebrochen, ein Teil der Häuser verschüttet.

»Dahinter gibt's eine oder mehrere Energiequellen!«, behauptete Thersa mit aufgeregter Stimme. »Die Signaturen sind ungewöhnlich. Anders als jene, die die Onryonen oder wir benutzen.«

»Wie groß ist die Entfernung zu den Energiequellen?«

»Es können nicht mehr als hundert Meter sein.«

»Dann sehen wir sie uns an. Die Pioniertrupps sollen die Umgebung sichern, die Statik überprüfen und Prallfelder zur Abstützung ansetzen. Wir gehen mithilfe der großen Desintegratoren rein.«

»Das wagst du nicht!«, kreischte Mohaway Obe. »Diese Funde sind unbezahlbar, du kannst die Häuser nicht einfach zerstören! Nur wenn die gesamte Infrastruktur erhalten bleibt, können wir mehr über die ehemaligen Bewohner Jolyonas erfahren.«

Adams schaltete die Funkverbindung zur Archäologin weg. Zu Thersa sagte er: »Bitte kümmere dich um sie. Halt sie möglichst von mir fern, sonst werde ich auf meine alten Tage noch zum Mörder.«

Er sah Thersa an. Sie wollte etwas erwidern, ihn mit einer spöttischen Bemerkung reizen. Doch sie erkannte wohl, wie ernst er es meinte. Sie schnappte nach Mohaway Obes Arm und zog die alte Frau mit sich.

Gut so. Jetzt konnte er sich in Ruhe dieser geheimnisvollen Energiequelle widmen.

Wieder arbeiteten die Desintegratoren unter Volllast. Statikingenieure kümmerten sich um die Abstützung. Sie ließen dicke Schichten von rasch verhärtendem Spritzplast auftragen und so den Tunnel stabilisieren, der zur Energiequelle führte.

Adams zog immer wieder die Schultern ein. Über ihm polterte es, das Gestein ächzte. Doch die Ingenieure versicherten ihm ein ums andere Mal, dass sie völlig sicher waren.

Also ging der Vortrieb weiter, und nach etwa einer Viertelstunde war der Durchbruch geschafft.

Adams schwebte als Erster durch die Lücke und setzte sachte auf der anderen Seite des Tunnels auf. Große Lichtprojektoren wurden von Robotern in Stellung gebracht. Alles geschah in unheimlicher Stille.

Er stand in einer weiteren Höhle, etwa kugelförmig, mit mehr als einhundert Metern Durchmesser. Vor ihm war ein Gebäudetrakt mit dem Fels verwachsen. Die scharf abgegrenzten Schatten waren gewöhnungsbedürftig. Adams glaubte, immer wieder Bewegungen hinter den vielen Fenstern zu erkennen, die das mehrstöckige Haus unterteilten. Aber es waren wohl bloß Lichtreflektionen.

Er trat auf die Tür zu, ein mehr als sechs Meter hohes Ungetüm, das tiefe Kratzer aufwies.

Es ist, als hätte sich jemand mit langen Krallen daran abgearbeitet, um ins Innere zu gelangen. Um Schutz zu suchen.

Mehrere Häuflein Staub zogen Adams' Aufmerksamkeit auf sich. Sie lagen unmittelbar vor dem Tor. Da und dort glänzte etwas. Metallene Überreste, rostig und beschädigt.

Vielleicht so etwas wie Zahnimplantate, Schmuckstücke oder Überbleibsel von Körpermodifizierungen der Kerouten, dachte Adams bedrückt. Er musste schlucken, während er durch die Staubhäuflein auf die Tür zuwatete. *Hier sind Wesen en masse gestorben. Sie wurden nicht ins Innere des Gebäudes vorgelassen, in dem sie sich womöglich Schutz erhofften. Aber wovor flüchteten sie? Worin bestand die Gefahr?*

Das Armbandkom schlug Alarm. Die Strahlungsintensität hatte während der letzten Minuten rasant zugenommen. »Radioaktive Isotope«, sagte er zu sich selbst. »Hier hat eine nukleare Katastrophe stattgefunden. Sehr lokal und eng begrenzt. Das sieht nach einer schmutzigen Bombe aus, die in die unterirdische Stadt eingeschmuggelt wurde.«

Er gab Rückmeldung an die Wissenschaftler seines Teams, augenblicklich begannen eifrige Diskussionen. Adams kümmerte sich nicht weiter darum. Die Strahlungsdosis war zu gering, um ihm im Schutz seines Anzugs gefährlich werden zu können.

Er berührte mit beiden Händen das Tor. Das Material zerrieselte augenblicklich, es musste uralt sein.

Adams betrachtete argwöhnisch die Wände rings um ihn. Sie schienen stabiler zu sein als das Tor, aber er wollte sich nicht darauf verlassen. Also befahl er weitere Statiker zu sich und wartete geduldig, bis sie eine Freigabe erteilten. Erst dann betrat er das Gebäude.

Seine Schritte hallten hohl von den Wänden wider. Die Eingangshalle war mit Aggregaten vollgestopft, deren Zweck ihm fremd blieb. Sie waren groß und wuchtig gebaut, wohl für Kerouten gedacht.

»Vielleicht ist das so etwas wie die Steuerzentrale der ehemaligen Stadt«, sagte er, wieder zu sich selbst. »Der letzte Rückzugsort für Flüchtlinge, die sich in einem schrecklichen Vernichtungskrieg in Sicherheit bringen wollten.«

Adams erinnerte sich an das, was er über die Kerouten wusste. Sie galten als friedliebende Wesen, die den einfachen Dingen den Vorzug gaben. Was hatte zu einer derartigen Veränderung geführt? Hatte Jolyona sie verändert? Hatte es einen Angriff von außerhalb gegeben, hatten mehrere Städte untereinander um die Vorherrschaft auf dem Planeten gekämpft?

Es war einerlei. Um die Lösung dieser Rätsel sollten sich Mohaway Obe und andere Forscher kümmern. Ihn durfte ausschließlich das Hier und Jetzt interessieren.

Die Energiequelle, die Thersa angemessen hatte, war unweit voraus. Vorsichtig ging Adams weiter, vorbei an übermannsgroßen und staubbedeckten Aggregaten.

Licht flackerte auf, Automatismen sprangen an. Adams

tastete nach dem Griff seiner Waffe, die er in weiser Voraussicht mitgenommen hatte. Er wusste Infanterietruppen hinter sich. Erfahrene Kämpfer, die durch die Dunkelheit huschten und mögliche Gefahren augenblicklich ausmachen würden.

Werden sie auch rechtzeitig reagieren, wenn hier ebenfalls ein starker Energieschirm aufflammt und uns isoliert?

Adams drängte die Angst beiseite. Dieses Gebäude war weitgehend zerstört, die Energieversorgung ausgedünnt. Es starb, es kollabierte. Vielleicht nicht gerade in diesem Augenblick; aber ein Ende war abzusehen.

Er trat in den letzten beleuchteten Raum und blickte auf eine Wand, auf die vermutlich einstmals Bilder projiziert worden waren. Heute war sie blankgescheuert und von Rissen durchzogen. Davor befanden sich Arbeitsplätze, wie sie auch auf Terra hätten existieren können. Nur waren diese hier etwa doppelt so groß, mit Stühlen, die gut zwei Meter in die Höhe ragten.

»Die Schalt- und Steuerzentrale«, sagte Adams andachtsvoll.

»Du hast sie gefunden?«, hörte er Thersa über Funk fragen.

»Ja. Was ist mit Mohaway Obe? Ich dachte, du würdest dich um sie kümmern?«

»Ich habe sie nach oben gebracht und dafür gesorgt, dass sie sich still beschäftigt.«

»Du meinst: Du hast sie eingesperrt und den Schlüssel weggeschmissen?«

»Traust du mir so etwas denn zu?«

»Ehrlich gesagt: Ja.«

»Ehrlich gesagt: Du hast recht.« Thersa lachte unterdrückt. »Ich bin auf dem Weg zu dir.«

Adams ging den Raum ab. Er entdeckte zwei dürre Roboter, die terranischen Besen mit aufgesetzten Eimern ähnelten. *Als stammten sie aus Walt Disneys Film »Fantasia« …*

Die Maschinenwesen fuhren entlang der Wand auf und ab. Die Arme liefen in langsam rotierenden Werkzeugelementen aus. Sie vollführten sinnlose Bewegungen, als wollten sie ihren Aufgaben nachgehen und wüssten nicht mehr, wo sie ansetzen sollten.

»Das letzte Aufflackern einer hochentwickelten Technologie«, sagte Thersa, die auf einmal neben Adams stand. »Sie reparieren sich gegenseitig, so lange, bis nur noch eine der Maschinen übrigbleibt, die wiederum diese Steueraggregate wartet.«

Sie deutete nach links auf eine Reihe übermannsgroßer Elemente, die wie nebeneinander abgestellte Teekannen wirkten. Sie verjüngten sich nach oben hin und besaßen Deckel mit einer griffartigen Verstärkung.

»Woher weißt du das alles?«, fragte Adams.

»Wenn du die Messergebnisse deines Armbandkoms besser interpretieren würdest, wüsstest du, dass die Mehrheit der Energien aus dem Inneren dieser Gebilde stammt. Diese Dinger funktionieren noch leidlich gut.«

»Was meinst du, was sie darstellen?«

»Dafür haben wir die Spezialisten. Sie werden dir diese Frage beantworten. Aber wenn du eine Einschätzung von mir hören möchtest?«

»Ich bitte darum.«

»Die Energien dienen zur Aufrechterhaltung der Funktionalität der Teekannen. Sie erzeugen nichts. Sie helfen ihnen dabei, etwas zu überwachen. Die Teekannen stellen eine Art Absicherung dar.«

»Für dieses Gebäude? Dann hätte die Schaltung den Bewohnern nichts genutzt. Sie sind allem Anschein nach vor langer Zeit gestorben. Und es wäre enttäuschend, wenn wir all diesen Aufwand betrieben hätten, bloß, um einen Sicherheitsschalter zu entdecken.«

»Ja.« Thersa drehte sich im Kreis, Staub wirbelte auf. »Lass erst einmal die Fachleute ran. In einer Stunde wissen wir mehr. Robuste Technik wie diese hier ist meist auch einfache Technik.«

Adams nickte. Immer wieder blickte er auf die Uhr. Es war fünf Tage her, seitdem Perry verschwunden war. Was, wenn sie sich durch eine Sackgasse bewegten? Was, wenn diese Fundstätte keinerlei Verbindung zum Ort der Großen Zusammenkunft auf dem Kontinent Mylehodinn besaß?

Er unterdrückte einen Fluch. Xyl Conmyc hätte ihm diese Fragen beantworten können. Aber der Duumvir war freiwillig aus dem Leben geschieden. Oder er war dazu gedrängt worden.

Kapitel 38: Offenbarungen

Rhodan wischte sich benommen über den Kopf. Er schwitzte. Manoulsis Erzählung war komprimiert und intensiv gewesen. Das Holo des ehemaligen Kerouten hatte gestikuliert, hatte vor Wut mit einem Bein aufgestampft und Tränen aus seinem weißen Gesichtsfell gewischt. Manoulsi war so real gewesen in all seinen Emotionen, dass sich Rhodan immer wieder daran hatte erinnern müssen, womit er es eigentlich zu tun hatte.

Die Gestalt, die vor ihm schwebte, war die Projektion eines Wesens, das vor beinahe einhunderttausend Jahren gestorben war. Seitdem hatte sich Manoulsi nicht weiterentwickelt. Er war eingefrorenes Wissen. Gewiss hatte er neue Gedanken entwickelt. Aber er war nur das Zerrbild herkömmlichen Lebens. Manoulsi verstand nicht, mit gesellschaftlichen und kulturellen Veränderungen umzugehen.

Die Entdeckung des Enzyms namens Xoj war ein Mysterium. Wie konnte es existieren und welchen Platz nahm es in der naturwissenschaftlichen Ordnung ein?

Mohaway Obe hatte ihm vor einigen Tagen vom Xoj erzählt. Die terranischstämmigen Cousins, Casper und Gio, hatten es als Werkstoff gedeutet und waren damit der Wahrheit sehr nahegekommen. Nun, dank Manoulsis Erzählung, begann Rhodan die Zusammenhänge zu begreifen.

»Warum hast du dich nicht zu erkennen gegeben, als die Onryonen ihre Kolonien erbauten?«, fragte er.

»Ich blieb vorsichtig, und das aus gutem Grund. Die Onryonen hingen sonderbaren Idealen nach, die ich nicht gutheißen konnte. Ihr Glaube an das Atopische Tribunal ist unsinnig. Ich hielt mich nach einigen Begegnungen unmittelbar nach der Landung ihrer Pionierschiffe bedeckt und wartete …«

»Du bist mit Onryonen zusammengetroffen?«

»Was glaubst du denn, wie der Name Jolyona entstanden ist? Selbstverständlich kam es zu einem Erstkontakt mit den Onryonen! Ich brachte einige von ihnen hierher und testete sie. Ich kreuzte sie mit einigen meiner Schätzchen und hoffte auf eine Weiterverwendung der Hybridwesen. Als ich bemerkte, dass mir dieses Verfahren nicht weiterhalf und es zu fehlerbehafteten Ergebnissen kam, ließ ich die Experimente bleiben. Ich brach den Kontakt mit den Onryonen großteils ab und sorgte dafür, dass ich von ihnen in Ruhe gelassen wurde. Aber ich hatte mit ihrem Eintreffen und ihrer Ausbreitung auf dieser Welt neue Hoffnung. Denn mir war klar, dass irgendwann einmal andere Wesen hierherkommen würden, die ich besser gebrauchen könnte.«

»Du hast Hunderte von Jahren auf neue Zuzügler gewartet?«

»Ich habe davor bereits Jahrzehntausende gewartet. Was spielte es da für eine Rolle, dass ich mich weiter gedulden musste? Die Zeit, bis ihr Terraner und die Vertreter anderer Milchstraßenvölker auf Jolyona gelandet seid, war wie ein Tag für mich.«

Rhodan zwang sich, ruhig zu bleiben. Manoulsi funktionierte zweifelsohne nicht mehr richtig. Die Kreuzungen zwischen degenerierten Kerouten und entführten Onryonen hatte er ohne moralische Bedenken unternommen. Vermutlich verstand er gar nicht, was daran verwerflich sein sollte.

Rhodan mahnte sich zur Vorsicht. Ein falsches Wort mochte zu einer Katastrophe führen.

Warum nur hatte er das Gefühl, dass ihm Manoulsi nicht die ganze Wahrheit erzählte? Was verheimlichte er ihm? Warum sagte er kein Wort zu der Ruinenstadt unter den Salzbaronessen, die Teil einer anderen ehemaligen keroutischen Kolonie im Inneren Jolyonas gewesen sein musste?

»Was willst du von mir, Manoulsi? Was spiele ich für eine Rolle in deinen Überlegungen, warum möchtest du mich hierbehalten?«

»Muss ich dir das wirklich sagen? Wir sind einander auf der Erde zwar nicht begegnet, aber ich kannte Kerouten, die mit dir zu tun hatten. Du und deine Leute, ihr habt Leben gerettet und viele von uns nach Sheheena evakuieren lassen. Es gab das Gerücht, dass du aus der Zeit gefallen wärst. Ich hatte das lange nicht verstanden, aber du bist in meinen Erinnerungsspeichern als eines jener Wesen vermerkt, dem mein Volk sein Überleben und die gelungene Flucht vor den Tiuphoren verdankte. Als ich mit der Ankunft der Onryonen davon erfuhr, dass du nach zwanzig Millionen Jahren immer noch lebtest, erlitt ich einen freudigen Schock. Ich informierte mich über dich, so gut es ging, und erfuhr von der gewaltigen Zeitreise, die du unternommen hattest. Das war für mich ein Zeichen. Jenes Wesen, das uns gerettet hatte, würde auch ein zweites Mal für unser Überleben und ein weiteres Aufblühen der keroutischen Kolonie auf Jolyona sorgen, wie die Onryonen den Planeten nun nennen – eine Namensänderung, die mir nichts ausmacht.«

»Wenn du schon so gut informiert bist, weißt du sicherlich auch, dass die Gefahr durch die Tiuphoren längst gebannt ist.«

»Das wird sie nie sein, Perry Rhodan. Auch wenn die Tiuphoren aus der Milchstraße verschwunden sind – man darf ihnen nicht trauen. Niemals. Ich werde dafür sorgen, dass sie nicht auf mein unterirdisches Reich zugreifen können. Gemeinsam mit dir. Nicht wahr?«

Rhodan antwortete nicht. Manoulsis Geist hatte bereits in jenen Jahren gelitten, da er noch gelebt und von Maschinen versorgt worden war. Jahrzehntausendelange Einsamkeit hatte dazu geführt, dass sich sein Wahnsinn verschlimmert hatte.

»Du trägst den Kerouten gegenüber große Verantwortung«, sagte Rhodan vorsichtig. »So, wie ich sie den Terranern gegenüber habe.«

»Dieser Zeitabschnitt deines Lebens ist zu Ende. Du hast die Geschicke der Terraner lange genug gelenkt. Du hast ihnen durch unzählige Krisen geholfen und dafür gesorgt, dass sie sich weiterentwickelt und im All ausgebreitet haben. Nun ist es deine Pflicht, dich um die Kerouten zu kümmern.«

»Meine Pflicht?«

»Selbstverständlich. Ohne dich hätte es Sheheena nicht gegeben, ohne Sheheena hätte es keine Kerouten auf Jolyona gegeben. Meine Schätzchen sind auch deine Schätzchen. Ich weiß aus eigener Erfahrung, dass Anpassung schwer ist. Aber überlege doch, was ich dir alles geben kann. Das Wissen über das Xoj ist immer noch da. Mit seiner Hilfe können wir das geistige Wachstum unserer Schätzchen anregen. Wir beide sind ein gutes Team. Ich habe dich während der letzten Tage ausführlich getestet und mich mit deiner Meinung zu Moral und Integrität auseinandergesetzt. Es ist bewundernswert, wie du mit diesen beiden armseligen Onryonen umgehst. Sie wären verloren ohne dich, und das weißt du auch. Du hast keine Sekunde lang daran gedacht, sie zurückzulassen. Ich habe den Druck auf dich weiter und weiter erhöht – und dennoch bist du allen Verlockungen gegenüber standhaft geblieben.«

Rhodan blieb stumm. Er verbarg seinen Ärger, so gut es ging. Die Rolle eines Versuchstierchens behagte ihm nicht. Und schon gar nicht wollte er den Rest seines Lebens in den Tiefen dieses Planeten verbringen, in der Gesellschaft eines verrückten Holowesens.

»Ich messe deine Körperwerte an. Ich spüre Ärger und Ablehnung. Warum, Perry?«

»Weil ich Aufgaben weit weg von hier zu erfüllen habe, Manoulsi. Ich bin Terraner ...«

»Du bist Galaktiker. Ist das nicht eines deiner Credos? Alle Wesen sind gleich, und jedermann ist es wert, von dir unterstützt zu werden.«

»Jedermann, richtig. Also kann ich nicht für viele hundert Jahre hierbleiben und mich allein mit dir beschäftigen.«

»Zeit spielt für einen wie dich keine Rolle. Irgendwann hast du deine Aufgabe auf Jolyona erledigt und kannst dich anderen Agenden widmen.«

Rhodan atmete ruhig und unaufgeregt. »Es ehrt mich, dass du mich als Gesprächspartner haben möchtest. Ich schätze das Volk der Kerouten sehr. Ich bewundere eure Lebensweise, den festen Glauben, eure Verbundenheit zur ehemaligen Heimat. Auch heute noch. Wie du sicherlich weißt, wurde Sheheena nach seiner Reise durch die Zeit längst entdeckt und ...«

»Darüber möchte ich nicht reden. Die Kerouten Sheheenas sind dumm! Sie haben sich hergezeigt, haben sich bloßgestellt. Die Tiuphoren werden wiederkommen und die Bewohner Sheheenas töten. Es war unverantwortlich, was sie getan haben.«

»Auch sie wurden von einem Manoulsi beraten, nicht wahr? Von einer deiner Kopien.«

»Vermutlich ist dieser andere Manoulsi defekt gewesen. Oder er wurde zerstört, bevor er seinen Einfluss auf die neuzeitlichen Kerouten geltend machen konnte. *Ich* weiß, welche Gefahr von den Tiuphoren ausgeht. Wir dürfen niemals in unserer Aufmerksamkeit nachlassen. Wir müssen uns verbergen, und das für alle Zeiten.«

»*Wir?*«, hakte Rhodan nach. »Du bist alles, was von dieser

Kolonie übriggeblieben ist, wenn man von deinen ›Schätzchen‹ absieht, diesen bedauernswerten Wesen.«

»Darum geht es ja, Perry. Mit deiner Hilfe werden wir ein neues Refugium für die Kerouten aufbauen. Uns beiden wird es gelingen, das Volk der Kerouten mithilfe der Schwarzen Saat wiederauferstehen zu lassen.«

»Die Schwarze Saat? Was meinst du damit?«

»Ich sagte es dir doch bereits.« Manoulsi hob einen seiner Arme und kratzte sich mit seinen langen Krallen im Gesicht. Es wirkte wie eine Geste der Verlegenheit. »Ich habe dafür gesorgt, dass mit Xoj angereichertes Gengut aufbewahrt wurde. In den Lagern findet sich genügend Material, um Millionen von Kerouten heranzuzüchten, sie mit Nahrung zu versorgen und sie im Inneren Jolyonas zu verbergen. Kein Tiuphore wird sie jemals erwischen.«

Rhodan spürte eine Gänsehaut an seinen Armen. Manoulsis geistige Zerrüttung trat immer deutlicher zutage. Das Holowesen zeigte Ambitionen wie Doktor Frankenstein. Oder gar wie Monos, jener Kosmokratenabkömmling, der einst versucht hatte, die Bevölkerungsgruppen der Milchstraße, Billiarden von Geschöpfen genetisch zu normen.

»Ich muss über dein Angebot nachdenken.«

»Du fühlst dich unter Druck gesetzt. Es widerstrebt dir, hierzubleiben. Mir entgeht nichts, nicht die kleinste Irritation. Glaubst du etwa, du kannst mich täuschen, mich ablenken?«

Manoulsi hob seinen Körper an. Mit den ausgestreckten Armen erreichte er eine Höhe von gewiss drei Metern. Er wirkte verärgert – und bedrohlich.

»Ich hatte gehofft«, fuhr Manoulsi fort, nachdem er wieder auf die vorderen Extremitäten zurückgefallen war, »dass wir uns schnell einig werden würden. Ich wünsche mir eine partnerschaftliche Kooperation – aber ich kann sie auch erzwingen. Bist du erst einmal einige Monate oder gar Jahre in Verwahrung, wirst du dich freuen, mein Angebot anzunehmen.«

»Du kannst mich nicht brechen, Manoulsi.«

»Möchtest du es auf einen Versuch ankommen lassen? Meine Aufgabe ist, das Erbe der Kerouten zu bewahren und mein Volk in Sicherheit zu wissen. Um das zu erreichen, bin ich bereit, alles zu tun.«

Es gibt keine Kerouten mehr auf Jolyona!, wollte Rhodan schreien, ließ es aber bleiben. Er wusste, dass es sinnlos war, mit Manoulsi zu diskutieren. Er hatte keinen Androiden vor sich, dessen Befehlsroutinen ihm sagten, was zu tun und was zu lassen war. Manoulsi war ein holografisches Geschöpf, das die Gedankenwelt eines Kerouten imitierte.

Eines Kerouten, der verrückt geworden war.

»Ich weiß, was du denkst«, erklang Manoulsis Stimme. »Ich mag nicht, in welche Richtung sich deine Stimmung entwickelt.«

»Ich will zurück zu Cyndenno und Kahoyte. Ich möchte etwas essen und trinken. Ich brauche Zeit zum Nachdenken. Du kannst nicht verlangen, dass ich eine Entscheidung über meine Zukunft einfach so treffe.«

»Hast du denn immer noch nicht verstanden, Perry?«

Manoulsi beugte seinen gewaltigen Oberkörper weit nach vorn und blickte Rhodan unmittelbar in die Augen. Die Fellhaare wehten in einem Wind, den es nicht gab. Alles an diesem Holowesen wirkte aggressiv und gefährlich, sodass Rhodan Mühe hatte, nicht in Panik zu verfallen.

»Ich habe dich nicht gebeten, hierzubleiben«, sagte Manoulsi. »Es ist Fakt, dass du nicht mehr an Jolyonas Oberfläche zurückkehren wirst.«

Wieder war da das Gefühl gewesen, Stoßimpulsen ausgesetzt zu sein. Rhodan hatte sich also nicht geirrt. Manoulsi trachtete danach, ihn zu schwächen und zu manipulieren.

Er fand Cyndenno und Kahoyte in dem Raum, in dem er sie zurückgelassen hatte. Die beiden Onryonen hielten immer noch Abstand zueinander, doch die Stimmung schien ein wenig besser geworden zu sein.

Beide kamen sie auf ihn zu, neugierig und verängstigt zugleich. Geduldig beantwortete Rhodan ihre Fragen. Er verschwieg ihnen nichts, nicht das geringste Detail. Manoulsi hatte ihm keinerlei Beschränkungen auferlegt. Es stand ihm frei, zu sagen, was er wollte.

»Er will uns töten?«, fragte Cyndenno mit Betroffenheit in der Stimme. »Aber ich habe doch getan, was er wollte!«

»Siehst du, was du davon hast?«, schleuderte Kahoyte ihr entgegen. »Du hast uns Manoulsi ausgeliefert. Dennoch bist du ihm nichts wert.«

»Seid ruhig, ihr beiden!«, fuhr Rhodan dazwischen. »Ein Streit bringt uns jetzt nicht weiter. Wir sitzen alle im selben Boot.«

»Wie bitte?«

»Verzeihung.« Rhodan überlegte. »Wir alle leiden unter denselben Emot-Stimmungsschwankungen«, verbesserte er sich. »Also sollten wir zusammenhalten.«

»Um was zu tun?«, hakte der Hüter nach. »Manoulsi beobachtet uns ständig mithilfe seiner Nanowächter. Er überprüft unsere Körperwerte und erkennt jede Lüge. Wir sind ihm rund um die Uhr ausgeliefert.«

»Mag sein. Aber ihr lebt noch.«

»Wie bitte?«

»Manoulsi hätte euch längst hinrichten können. Er tut so, als wärt ihr von keinerlei Nutzen, lässt euch aber in seiner Stamm-Zelle bleiben. Also hat er etwas vor. Vielleicht möchte er euch als Druckmittel gegen mich verwenden, vielleicht braucht er Helfershelfer? Vielleicht funktionieren die Geräte, die ihn am Leben erhalten, nicht mehr so, wie er es gerne hätte? Dann benötigt er jemanden, der ihn, nun ja, wartet oder neu justiert.«

»Dafür hat er dich eingeplant«, sagte Cyndenno.

»Und wenn ich mich weigere?« Rhodan wandte seinen Kopf in Richtung der Decke und sagte laut: »Was machst du dann, Manoulsi?«

Er erhielt keine Antwort, hatte aber auch mit keiner gerechnet. Nur da und dort trieben schwarze Schlieren durch die Luft, etwas besser erkennbar als sonst. Die Helfershelfer des Holo-Kerouten sammelten sich und machten ihre Anwesenheit deutlich. So, als wollten sie Rhodan darauf hinweisen, dass er es nicht zu weit treiben sollte mit seinen Provokationen.

Der Weg nach draußen blieb ihnen verwehrt, sie waren Gefangene im Inneren der Stamm-Zelle. Also aßen und schliefen sie, um anschließend jeden einzelnen Raum des Rondeaus erneut zu durchsuchen.

Doch da war nichts. Sie fanden nichts außer durch Schutzschirme abgesicherte Aggregate, leere Warenlager und schmale Kammern ohne erkennbaren Nutzen. Das grelle Licht war allgegenwärtig. Es bereitete ihnen Kopfschmerzen und ließ sie schnell ermüden.

Würde es uns denn helfen, wenn wir eines von Manoulsis Steuerelemente entdeckten? Er hat erzählt, dass sein Hologramm von einem Holokopf zum nächsten, nun ja, weitergereicht wird. Es genügt also nicht, eines dieser Elemente zu vernichten. Ein anderes würde unmittelbar einspringen.

Rhodan nutzte die Rundgänge, um über seine Lage nachzudenken und Pläne zu schmieden. Alles, das ihm bemerkenswert erschien, notierte er auf dem Schreibpad seines Armbandkoms. Er verklausulierte seine Notizen in einer Art und Weise, die selbst Manoulsi nicht verstehen würde.

Weil ich bloß Assoziationen aufschreibe und der Holo-Keroute nicht kapiert, womit ich sie verbinde.

Sie gingen weiter, Rhodan beobachtete die Flugtiere aufmerksam. Sie gehorchten ihrem Herrn aufs Wort. Nur Dualles wirkte immer noch irritiert. Er mied die Nähe zu Cyndenno, die die meiste Zeit schweigsam hinter ihnen blieb.

Rhodans Plan gewann an Konturen. Es gab einen Faktor, den Manoulsi offenbar sträflich vernachlässigte. Denn der Holo-Keroute kümmerte sich kaum um die halbintelligenten Anuupi.

Nahm er sie etwa gar nicht wahr?

Die Zeit drängte. Manoulsi würde ihn bald wieder zu sich rufen und eine Entscheidung verlangen. Rhodan überdachte seine Optionen. Er hatte nicht sonderlich viele. Einzig der Einsatz der Anuupi erschien ihm als gangbare Möglichkeit.

Aber konnte er sich auf Kahoyte verlassen? Wie sehr akzeptierte ihn der junge Hüter als Meister, wie groß war seine Opferbereitschaft?

»Ich möchte die Saatlager sehen!«, sagte Rhodan laut. »Bevor ich dir eine Antwort gebe, Manoulsi, muss ich ganz genau wissen, worauf ich mich einlasse. Was kann das Xoj, wie wird es angewendet?«

Die Gestalt des Kerouten materialisierte unvermittelt vor Rhodan. Cyndenno und Kahoyte schreckten zurück, er selbst blieb ruhig stehen.

»Hast du irgendwelche Hintergedanken, Perry? Willst du mich betrügen? Glaube mir: Ich erkenne eine Lüge, noch bevor du sie ausformuliert hast.«

»Ich weiß.« Rhodan glaubte, die Überprüfung seiner Körperfunktionen diesmal zu spüren. Rings um ihn materialisierten schwarze Schlieren. Sie behinderten seine Sicht, berührten ihn sachte.

»Du scheinst die Wahrheit zu sagen.« Manoulsis Stimme klang leise, vielleicht ein wenig unsicher. »Ich werde dich …«

»… euch …«

»… euch zu den Lagern bringen. Aber erwarte dir keine weiteren Zugeständnisse.«

»Damit bin ich einverstanden.« Rhodan nickte.

Manoulsi wandte seinen mächtigen, zotteligen Körper um und setzte sich gemächlich in Bewegung. Die Illusion war täuschend echt. Selbst jetzt, da Rhodan wusste, es nur mit einem Hologramm zu tun zu haben, vermeinte er zu spüren, wie der mehrere hundert Kilogramm schwere Koloss über den Boden tappte.

Unvermutet tat sich vor ihnen ein Tor auf. Eines, das bislang nicht existiert hatte und das es ihnen erlaubte, das Rondeau zu verlassen.

Rhodan blinzelte und atmete erleichtert durch. Hier draußen war das Licht erträglich. Auch die Onryonen gaben zu erkennen, dass sie sich in dieser Umgebung wohler fühlten.

Der Terraner nahm das geänderte Ambiente in sich auf. Ein Gang ähnelte dem anderen – und doch entdeckte er Spuren, die es ihm ermöglichen würden, sich bei einer Flucht zu orientieren. Er skizzierte in Gedanken einen Plan seiner Umgebung und erweiterte ihn stetig. Die Navigationshilfe des Armbandkoms würde ihm ebenfalls helfen.

Sie erreichten eine Schräge. Manoulsi setzte sich auf seinen breiten Hintern und rutschte – scheinbar – in die Tiefe. Rhodan folgte dem Holo-Kerouten, die beiden Onryonen ebenfalls. Sie gelangten in einen nüchtern gehaltenen Raum, in dem zwei ungeschlachte Wesen auf sie warteten.

Schätzchen, wie Manoulsi sie nannte. Rhodan betrachtete sie eingehend. Sie waren gut zweieinhalb Meter groß und wogen gewiss mehr als zweihundert Kilogramm. Die zotteligen Körperfelle rochen nach nassem Hund, sie starrten blicklos an ihm vorbei.

Sie hatten nur noch wenig Ähnlichkeit mit den Kerouten, wie Rhodan sie kennengelernt hatte oder wie Manoulsi sich darzustellen versuchte. Die Schultern fielen nach vorn, die Beine waren länger, die Krallen hässlich gekrümmt.

»Meine beiden Schätzchen werden darauf achten, dass ihr keinen Unsinn anstellt«, sagte der Holo-Keroute. »Das Xoj-Lager ist höchst sensibel. Eine falsche Bewegung von euch, und ihr werdet es bereuen. Die Schätzchen werden euch wehtun, wenn ihr euch nicht an meine Regeln haltet. Das gilt auch für dich, Perry Rhodan.«

Eines der Wesen kam näher, baute sich bedrohlich vor ihm auf und stieß einen markerschütternden Schrei aus. Das Wesen schrie, stampfte und trommelte auf die haarige Brust. Mehr Drohung brauchte es nicht.

Manoulsi ging auf die hintere Wand zu. Ein Spalt entstand wie von Zauberhand, die Tür glitt leise quietschend zur Seite. Sie war alt und lange nicht mehr gewartet worden, wie fast alles in diesem Teil des unterirdischen Höhlensystems.

Rhodan trat auf eine gläserne Ebene und schlidderte in den Raum, begleitet von den beiden Schätzchen. Unter ihm brodelte Flüssigkeit hoch. Sie schlug an manchen Bereichen gegen den Boden, leckte darüber hinweg, wollte sich einen Weg durch die schützende Hülle bahnen.

Es war, als würden sie sich über einen See aus schwarzrot glühendem Magma bewegen und nur durch die Glasplatte vor einem schrecklichen Tod bewahrt werden. Sonderbare Leuchteffekte traten auf. Hellloderndes Feuer wurde zu Schwarz, aus dem wiederum strahlendes Gelb geboren wurde.

Das kaskadierende Farbenspiel irritierte, ja, hypnotisierte Rhodan geradezu. Von der Masse zu seinen Füßen ging eine lockende Wirkung aus, die er sich nicht erklären konnte.

»Das Saatlager«, sagte Manoulsi ehrfurchtsvoll. »Eine biowertige Grundschlacke, die mit Xoj behandelt wurde. Siehst du, wie das Leben darin aufbegehrt? Wie es befreit werden möchte? Hier entnehme ich all das, was ich benötige. Ich lasse die Schwarze Saat in spezielle und winzige Transportroboter injizieren, die sie dorthin bringen, wo ich sie gerade benötige. Nur hier, unter diesen geschützten Bedingungen, kann ich sie aufbewahren.«

Rhodan wagte es kaum mehr, seine Füße auf die Fläche zu setzen. Je länger er in dem Raum blieb, desto unwohler fühlte er sich. Das Glas war stumpf, milchig und von Kratzern überzogen. Vor langer Zeit war das Saatlager vermutlich stark begangen gewesen.

»Große Bereiche davon wirken wie tot«, sagte Rhodan und deutete auf grau gewordene Xoj-Bereiche.

»Sie sind es auch.« Manoulsi schüttelte seinen wuchtigen Kopf, die Gesichtshaare bedeckten die dunklen Augen. »Die Verunreinigung hat vor einigen tausend Jahren eingesetzt. Sie ist irreversibel. Wenn ich niemanden finde, der neues Xoj ansetzt, werden die Vorräte in absehbarer Zeit erschöpft sein. Dafür brauche ich dich, Perry Rhodan.«

»Ich verstehe.« Er tat einige vorsichtige Schritte – und fühlte mit einem Mal eine ganz besondere Aufmerksamkeit. Das Xoj, es wurde sich seiner Anwesenheit bewusst! Welle um Welle brandete von unten gegen das Glas, presste dagegen, wollte durchbrechen, ihn voll Gier greifen …

»Das ist bemerkenswert«, sagte Manoulsi. »Es spürt den Zellaktivator. Seine Impulse. Das bedeutet, dass du weitaus interessanter bist für mich, als ich es geglaubt hätte.«

Rhodan ließ die Worte des Holo-Kerouten unkommentiert. Er war gleichermaßen fasziniert und abgestoßen von der Xoj-Masse. Ihre Wildheit hatte etwas an sich, das ihn an die Schöpfung denken ließ. An On- und Noon-Quanten. An unzähmbare Lebensenergie.

»Dies sind die letzten Vorräte?«, hakte er nach.

»Wir legten vor langer Zeit ein weiteres Depot an und schickten es mit einem Raumschiff weg von hier. Es sollte als

Reservoir für den Notfall dienen und eine andere Welt für uns aufbereiten. Für den Fall, dass wir in Gefahr gerieten, von den Tiuphoren entdeckt zu werden.«

»Ihr wolltet damit eine Art Terraforming auf einem anderen Planeten betreiben?«

»Richtig. Das Xoj würde binnen weniger Jahrzehnte aus einer Wüstenei ein blühendes Land machen. Das Potenzial für seine vielfältigen Anwendungsmöglichkeiten ist immer noch nicht zur Gänze ausgereizt, Perry Rhodan. Mithilfe des Xoj ließe sich jede Hungersnot vergessen machen, jeglicher Werkstoffmangel beheben. Verstehst du die wahre Größe der keroutischen Entdeckung?«

Ja, das tat er. Rhodan sah das Gute – und all das Gefährliche –, das aus dieser urtümlichen Kraft entstehen konnte. Er stand auf einem Schatz von immensem Wert.

Manoulsi hatte es mit einem Mal eilig. Er trieb sie vor sich her, zurück zum Ausgang des Glasraums. Rhodan tat einige Handbewegungen in Richtung der Anuupi. Er konnte nur hoffen, dass sie von dem Holo-Kerouten unbemerkt blieben. Die beiden Schätzchen hingegen stellten keine Gefahr dar. Ihr Geist war stumpf. Sie wussten nicht, was sie mit den Gesten anfangen sollten.

»Was ist los mit dir, Perry Rhodan? Ich spüre Aufregung.« Manoulsi blieb stehen und schüttelte seinen mächtigen Körper.

»Ich bin nervös. Verstehst du das etwa nicht? Ich habe so etwas noch nie gesehen.« Rhodan dachte an seine Dagor-Ausbildung. An die Ausgeglichenheit, die er daraus zu gewinnen vermochte. An eine Beruhigung des Herzschlags und anderer Körperfunktionen – und es klappte. Manoulsi setzte seinen Weg fort, ohne weiter in ihn zu dringen.

Danke, Atlan, dachte Rhodan. *Die vielen Dagor-Trainingsstunden mit dir waren nicht völlig umsonst.*

Er warf einen Blick zurück. Die Anuupi schwebten unschlüssig umher – und setzten sich dann doch in Bewegung. Mit sachten Nesselschlägen folgten sie Kahoyte und ihm.

Rhodan wiederholte die Bewegungen. Zweimal, dreimal. Doch es nutzte nichts. Er war zu ungelenk. Er verstand es nicht, die wenigen gelernten Befehle richtig umzusetzen.

Halt! Zwei Tiere blieben zurück. Dualles verstand ihn und wirkte auch noch auf einen anderen Anuupi ein. Die beiden zogen sich zur hinteren Wand des Saals zurück und verharrten dort.

Kahoyte sah sich irritiert um, Rhodan schob ihn vorwärts. Er konnte nur hoffen, dass der junge Hüter klug genug war, seine Absicht zu durchschauen.

»Ihr trödelt!«, rief Manoulsi. »Los, kommt schon!«

»Aber …«

»Ruhig, Kahoyte. Folgen wir dem Kerouten. Denk immer dran, dass ich dein Meister bin. Ich befehle dir, ihm zu gehorchen und den Raum zu verlassen.«

»Was soll das Gemauschel?«

»Verzeih, Manoulsi.« Rhodan trat ein wenig zur Seite, so dass sein Körper den Blick auf die Anuupi versperrte. »Du weißt, dass Kahoyte mein Lehrling ist. Er ist manchmal etwas störrisch. Ich musste ihn zurechtweisen.«

Manoulsi setzte seinen Weg fort, ohne ein weiteres Wort zu sagen. Durch den Vorraum ging es zur Schräge, die, sobald sie sich daraufstellten, Adhäsivkräfte entwickelte und sie hochzog. Auch die beiden Schätzchen glitten nach oben. Sie taten es mit einer Selbstverständlichkeit, als wären sie es gewohnt, sich trotz ihrer Tierhaftigkeit durch diese durchtechnisierte Umgebung zu bewegen.

Hinter ihnen fuhr das Tor zum Saatlager laut ratternd zu, die beiden Anuupi blieben bei der Xoj-Masse zurück.

Vor dem Rondeau hielten die Schätzchen inne. Sie wandten sich nach kurzer Pause ab und gingen davon. Ihre Blicke waren stier, als hätten sie bereits wieder vergessen, was sie getan hatten.

»Ihr bekommt eine weitere Ruhephase«, sagte Manoulsi, sobald sie wieder ins Innere des Rondeaus getreten waren. »Anschließend wirst du eine Entscheidung treffen, Perry Rhodan. Ich dulde keinen weiteren Aufschub.«

»An der Oberfläche wird sicherlich nach mir gesucht. Wie willst du onryonische und terranische Trupps daran hindern, gewaltsam zu mir durchzubrechen? Glaubst du etwa, dass dein Schutzschirm sie auf Dauer aufhalten wird?«

»Ach, ich habe einen Verbündeten an der Oberfläche, der für Ablenkung sorgen wird.«

»Einen Verbündeten? Du arbeitest mit Onryonen zusammen?«

»Glaubst du etwa, ich lasse die Onryonen frei schalten und walten? Nein. Sie mögen nicht wissen, wer oder was ich bin. Aber ich kontrolliere sie seit ihrer Ankunft.« Der Holo-Keroute drehte sich Cyndenno zu, die während der letzten Minuten geschwiegen hatte. »Manipulation ist eine Kunst, die ich während der letzten Jahre immer weiter verfeinert habe. Ich halte viel von Ablenkung. Man sucht sich eine Gruppe unbedarfter Revolutionäre, die die sogenannte *gute alte Zeit* heraufbeschwören möchte. Derartige Narren sind leicht beeinflussbar und zu lenken. Sie sorgen für Unruhe und dafür, dass gewisse Entwicklungen gestoppt werden. Solche, die zu meiner Entdeckung führen könnten.«

»Du ... du redest von den Revisionisten?«, fragte die junge Onryonin, deren Emot graubleich geworden war.

»Selbstverständlich. Du bist mir, wie die Menschen so schön sagen, doppelt auf den Leim gegangen, Cyndenno. An der Oberfläche warst du eine zuverlässige Agentin, die ihre defätistischen Ansichten voll Überzeugung verbreitete. Hier unten hast du dich ebenso bereitwillig zur Verfügung gestellt, um deinen Freund und Perry Rhodan zu mir zu schaffen. Wie fühlt man sich denn so als zweifache Verräterin?«

»Lass sie gefälligst in Ruhe!« Kahoyte stellte sich beschützend vor Cyndenno. »Sie hat einen Fehler gemacht. Na und?«

»So wie auch du, kleiner Hüter. Du hast dich mit den Revisionisten abgegeben. Hast sie unterstützt und ihnen geholfen, während der Großen Zusammenkunft in die Arena vorzudringen. Letztlich bis du daran schuld, dass dein Meister Obanundi starb und ihr nun gefangen seid.«

Rhodan musste ganz rasch das Thema wechseln. Weg von der vermeintlichen Schuld, die die beiden jungen Onryonen angehäuft hatten. Cyndenno und Kahoyte waren kurz davor, die Nerven zu verlieren. Und Manoulsi wartete nur auf diese Gelegenheit. Sie waren ihm sichtlich lästig, er wollte sie loswerden. Vielleicht seinen Schätzchen zum Fraß vorwerfen, wortwörtlich.

»Die Revisionisten sind aber gewiss nicht die Einzigen, die für dich arbeiten«, behauptete Rhodan.

»Meinen wichtigsten Verbündeten hast du schon kennengelernt. Xyl Conmyc.«

»Der Duumvir.« Rhodan seufzte. Er war bei Weitem nicht so ruhig, wie er zu sein vorgab. Zorn stieg in ihm hoch. Er hatte geahnt, dass mit dem feisten Mann etwas nicht stimmte. Aber dass er für den Holo-Kerouten Hilfsdienste leistete, wäre ihm niemals in den Kopf gekommen.

»Er steht für Gier und Amoral und dachte immer nur an sein eigenes Wohlbefinden. Es war ein Leichtes, ihn auf meine Seite zu ziehen. Er gab mir da und dort wichtige Hinweise – und er schützte mich. Er sorgte dafür, dass die beiden terranischen Burschen festgesetzt wurden, bevor sie …«

»Ja?«

Manoulsi tat mit einem seiner langen Arme eine wegwerfende Bewegung. »Die beiden hatten etwas entdeckt, das mir schaden konnte. Also musste Conmyc sie entsorgen. Er ging dabei nicht sonderlich geschickt vor, aber letztlich hat er seine Arbeit erledigt.«

»Wie hast du den Duumvir für dich gewonnen? Weiß er, wer du bist?«

»Selbstverständlich nicht.« Manoulsi gab ein Schnaufen und ein Glucksen von sich, offenbar Laute des Amüsements. »Es ist immer dasselbe Spiel: Gib einem Verräter die Illusion, das Richtige zu tun. Er braucht diese Bestätigung und vergisst darüber den Verrat, den er begeht. Conmyc war überzeugt davon, seinem Volk zu helfen. Im Namen eines steinreichen Hintermannes, der ihn finanzierte.«

»Du mischst also auch in der Wirtschaft mit?«

Manoulsis Blicke waren Antwort genug. Der Keroute verfügte über weitaus mehr Macht auf Jolyona, als Rhodan geglaubt hatte.

»Das beantwortet nicht die Frage, wie du die Terraner davon abhalten möchtest, nach mir zu suchen.«

»Sie finden in Kürze einen toten Perry Rhodan, einige Kilometer weg von hier. Conmyc wird dafür sorgen, dass man diese vermeintliche Leiche entdeckt. Dieser Perry Rhodan ist auf wundersame Weise zurück an die Oberfläche gelangt.«

»Und dieser Perry Rhodan ist …?«

»… eine Kopie. Ein zum großen Teil verbranntes Etwas, das ich mithilfe von Xoj aus deiner DNS extrahieren werde. Binnen dreier Stunden ist diese Arbeit erledigt.«

Rhodan schluckte. Der Gedanke, mithilfe des Xoj die Kopie eines Wesens anzufertigen, irritierte ihn zutiefst.

»Zu meinem Bedauern sind diese Xoj-Geschöpfe nicht voll funktionsfähig. Andernfalls hätte ich dich nicht gebraucht. Ich hätte die Kerouten allein wiederauferstehen lassen können. Aber die Kopien sind deformiert und können bloß für wenige Stunden am Leben erhalten werden.«

Die Gefühllosigkeit, mit der Manoulsi über diese Dinge sprach, erschreckte Rhodan. Sie bewies seinen abgrundtiefen Wahnsinn.

»Ein Teil des oberen Höhlensystems wird zusammenbrechen. Man wird bei einer oberflächlichen Untersuchung einige uralte Aggregate finden. Sie werden zeigen, dass hier einmal Kerouten lebten. Aber niemand wird ahnen, dass wir beide in einem anderen Teil des Labyrinths sitzen und an der Wiederauferstehung des keroutischen Volkes arbeiten. Und da wir uns auf tabuisiertem Gelände befinden, werden sich die Onryonen dagegen verwehren, dass tiefergehende Untersuchungen stattfinden. Glaube mir: Ich bin auf alles vorbereitet.«

Rhodan nickte. Sein Gegenüber erging sich in Allmachtsfantasien. Ihm unterliefen Fehler, die nicht gleich ersichtlich waren. Vergaß er etwa, dass bei seinem Tod eine Spiralgalaxis über dem Himmel von Jolyona auftauchen sollte – oder wusste er nichts von dieser besonderen Form eines Fanals, die der Erschaffer der Zellaktivatoren einem verstorbenen Träger zum Abschied schenkte?

»Ich sage dir dies alles, damit du die Aussichtslosigkeit aller Fluchtpläne erkennst, Perry Rhodan. Ich weiß, dass du etwas vorhast. Ich warne dich: Lass es bleiben. Du hast keine Chance, mir zu entkommen. Einige dich mit mir. Dann werden wir einige schöne und erfüllende Jahrtausende verbringen, während das Volk der Kerouten wiedergeboren wird. Und jetzt ruht euch aus. In drei Stunden wirst du mir sagen, was du sein möchtest: mein gleichberechtigter Partner – oder jemand, den ich zu seinem Glück zwinge.«

Das grelle Licht und die sonderbaren Vibrationen im Inneren der Stamm-Zelle erschöpften sie über alle Gebühr. Cyndenno und Kahoyte benötigten wieder Schlaf, also ließ Rhodan zu, dass sie sich an ihn klammerten. Er fühlte ihr Zittern und ihre Angst, während über ihnen die Anuupi kreisten und dabei mal tiefer, mal höher wippten.

Manoulsi hatte kein Wort über das Schicksal der beiden verloren, aber sie konnten sich ausrechnen, dass es schlecht um sie stand. Sie waren bestenfalls ein Druckmittel gegen ihn.

Die Zeit wurde knapp. Rhodan musste die Entscheidung innerhalb der nächsten Stunden suchen. Also umklammerte er Kahoyte und legte den Arm so, dass dessen Blick auf das Armbandkom fallen musste. Zugleich zwang er sich zu ruhiger Atmung. Zu einer Versenkung in sich selbst. Er durfte sich nichts anmerken lassen, nicht jetzt.

Er räusperte sich leise, Kahoyte schreckte hoch. Mit einem Tippen der Finger auf die Handballen aktivierte Rhodan das Armbandkom. Es zeigte die vorbereitete Nachricht. Sie war derart formuliert, dass Manoulsi sie nicht verstehen würde, selbst wenn er den Text und die Bilder entdeckte.

Einige Piktogramme zeigten Kahoyte, was Rhodan vorhatte und wie ihm der junge Hüter helfen musste.

Ich weiß, dass du schlau bist. Wir waren tagelang unterwegs. Du hast viel über uns Terraner gelernt. Du wirst kapieren, was ich meine, nicht wahr? Lass mich bloß nicht im Stich, Kahoyte!

Lass mich bloß nicht im Stich … Diese Gedanken waren wie ein Mantra, das Rhodan in einer Endlosschleife dachte. Er spürte, wie sich Kahoytes Körper anspannte. Wie er verstand und wie er sich wehrte, den Befehl zu akzeptieren.

Das ist unsere einzige Chance!, wollte Rhodan ihm ins Ohr flüstern, wagte es dann aber doch nicht. Jedes Wort mochte eines zu viel sein. Manoulsis Ohren waren überall, im wahrsten Sinne des Wortes.

Endlich bekam er ein Nicken. Eine terranische Geste, die

sich der Junge im Laufe der vergangenen Tage angeeignet hatte. Rhodan vermied es, *erleichtert* durchzuatmen. Selbst eine derartige Regung mochte zu viel sein. Sie würde den omnipräsenten Manoulsi aufschrecken.

Rhodan tappte erneut über den Handballen. Er gab Kahoyte damit das Zeichen für den Beginn des Countdowns.

Wie würde sich Cyndenno verhalten? Rhodan hatte lange darüber nachgedacht, sie in seine Pläne einzuweihen, den Gedanken dann aber verworfen. Die junge Frau stellte in jedem Fall einen Risikofaktor dar, was auch immer sie taten.

Konzentrier dich!, dachte Rhodan. *Du musst es schaffen, Junge. Du könntest einer der besten Hüter deiner Generation werden. Obanundi hat all sein Vertrauen in dich gesteckt. Also beweise ihm, dass er recht hatte.*

Er überdachte seine Optionen. Es gab nicht viel, das die beiden Onryonen und er tun konnten. Vieles musste sich ergeben, sobald sie aus dem Rondeau geflohen waren. Rhodan verließ sich auf seine Stärke zur Improvisation. Wenn es eng wurde, funktionierte er nun mal am besten.

Kahoytes Körper versteifte sich spürbar. Er konzentrierte sich auf die bevorstehende Aufgabe. Nach einer Weile ließ die Anspannung wieder nach. Er war so weit. Er versuchte, das zu tun, was Rhodan ihm auftrug.

Rhodan wartete. Bis jetzt hatte er das Gruppenschlafen als unangenehm und störend empfunden. Jetzt aber war er dankbar dafür, die körperlichen Reaktionen des jungen Hüters mitzubekommen. Er vollzog nach, was Kahoyte durchmachte und wie er sich auf das Unmögliche vorbereitete.

Der Hüter deutete erneut ein knapp bemessenes Nicken an. Er war so weit. Nun galt es.

»Du und der junge Onryone, ihr schlaft nicht«, tönte Manoulsis Stimme, ohne dass sich der Holo-Keroute blicken ließ. »Beide seid ihr nervös. Was habt ihr vor?«

»Hast du etwa erwartet, dass wir uns wohl fühlen bei all den Drohungen, die du ausgestoßen hast?«, fragte Rhodan und gab sich alle Mühe, schläfrig zu klingen.

»Natürlich nicht. Aber der Puls des Jungen ist unregelmäßig. Das Körperliche ist nicht im Einklang mit den Bildern seines Emots. Du hingegen bemühst dich, kühl und unbeteiligt zu wirken. Ich werde ...«

»Lass uns gefälligst in Ruhe!«, rief Cyndenno, die aufgewacht war und sich abrupt umdrehte. »Wir versuchen alles, um wenigstens ein wenig Schlaf zu finden – und du kommst uns mit irgendwelchen Testergebnissen daher? Siehst du denn nicht, dass wir alle drei nicht wissen, wie wir mit unserer Lage umgehen sollen?«

»Ich verstehe«, sagte Manoulsi nach merklichem Zögern. »Verzeiht mir.«

Danke, Cyndenno, dachte Rhodan; er fühlte Erleichterung. *Das waren die richtigen Worte zum richtigen Zeitpunkt. Und sie waren so wahrhaftig, wie sie nur sein können. Weil du nicht weißt, was wir vorhaben.*

Kahoyte hatte sich indes nicht aus der Ruhe bringen lassen. Er atmete tief und regelmäßig, er versank in sich selbst. Und er erschuf die Voraussetzungen für ihre Flucht. Er entrückte. Er erzeugte ... das Lamanto-Blau.

Kapitel 39:
Der Ausbruch

Kahoyte hatte lediglich eine vage Ahnung von dem, was Rhodan vorhatte. Aber er gehorchte ihm. Trotz aller Bedenken, trotz aller Ängste. Denn der Terraner hatte sich bislang als guter, nein, ausgezeichneter Meister erwiesen. Er sagte stets die Wahrheit, er bestach durch große Erfahrung, er beschützte Cyndenno und ihn – und er trug das Zeug zu einem Meister-Hüter in sich.

Wie er es bloß geschafft hatte, die Bändigungsbewegungen für die Anuupi derart rasch zu erlernen? Gewiss, Rhodan vollzog die Gesten roh und ungeschlacht. Nur ein Tier wie Dualles verstand, was von ihm verlangt wurde. Und dennoch …

Kahoyte erinnerte sich, wie lange er gebraucht hatte, um den Anuupi die ersten Befehle vermitteln zu können. Er fühlte einen Anflug von Neid, schob diese negativen Gefühle aber gleich wieder beiseite. Denn nun kam es auf ihn an. Auf seine Bereitschaft und sein Können, mit den Tieren der kleinen Herde zu kommunizieren.

Hatte denn schon einmal ein Hüter einen derartigen Versuch unternommen? War die Zwiesprache mit so wenigen Anuupi überhaupt möglich?

Er versuchte es. Er sah zu den Tieren, die über ihm schwebten. Er fühlte ihre innere Unruhe und gab ihnen durch seine Körperhaltung sowie versteckte Fingerbewegungen zu verstehen, dass sie keine Angst zu haben brauchten.

Kahoyte sammelte sich. Sandte Impulse aus. Bereitete sich auf diese wunderbare, unbekannte Erfahrung vor. Sehnte sich ihr entgegen. Ließ sich sacken, so tief, wie es seinem Geist zuzumuten war.

Und sah mit einem Mal das beruhigende Lamanto-Blau der Anuupi mit geschlossenen Augen vor sich.

Sein Emot reagierte. Es kam zu Wechselwirkungen, die Kahoyte selbst nicht begriff. Er ließ es einfach geschehen. Er glitt in einen Zustand tiefster Zufriedenheit und Verbundenheit. Er war eins mit den Anuupi, auch wenn sie viel zu wenige waren, um ihn Erfahrungen wie bei der Großen Zusammenkunft machen zu lassen.

Das Lamanto-Blau stabilisierte sich. Die Anuupi waren er, er war sie.

Manoulsi unternahm nichts, wie Kahoyte am Rande seiner Wahrnehmungen bemerkte. Rhodan behielt recht: Der Holo-Keroute nahm die Anuupi nicht wahr! Vielleicht sah er sie mithilfe seiner vielen künstlichen Helferlein, aber er verstand nicht, was sie für einen Hüter bedeuteten. Manoulsi besaß einen blinden Fleck, und Rhodan hatte ihn entdeckt.

Jetzt galt es. Zwei Anuupi fehlten. Er musste sie mithilfe der kleinen Herde, die über seinem Körper schwebte, finden und ihnen Anweisungen geben.

Da existierte ein loser Verbindungsstrang zwischen den Tieren. Kahoyte folgte ihm gedanklich und entdeckte schnell Dualles. Er befand sich mit einem zweiten, namenlosen Tier im Inneren des Saatlagers.

Einer kommt zu mir!, befahl Kahoyte. *Der andere sorgt dafür, dass die Tür zum Lager geöffnet bleibt.*

Das Lamanto-Blau bahnte sich seinen Weg. Es strömte voll Kraft zu Dualles, fand ihn, packte ihn, vermittelte ihm die Anweisungen.

Zögerlich setzten sich die beiden in Bewegung. Das Tor öffnete sich.

Es war, wie Rhodan vermutet hatte: Die Sicherheitstür entsprang uralter Technik. Von außen ließ sie sich ausschließlich von Manoulsi öffnen. Doch wenn jemand den Raum verlassen wollte, ging sie augenblicklich auf.

Einer bleibt zurück, der andere kommt zu uns!, wiederholte Kahoyte in Gedanken. *Auf, auf!*

In diesem Augenblick würden bei Manoulsi die Alarmglocken schrillen. Der Holo-Keroute würde wissen, dass sich das Tor öffnete und dass sich ein unbekannter Eindringling darin aufgehalten hatte. Vielleicht benötigte er ein wenig Zeit, um sich zu orientieren. In seiner Grundkonzeption war Manoulsi immer noch ein biologisches Wesen, kein Computer. Es dachte nach und benötigte eine Weile, bevor es begriff, was vor sich ging und reagieren konnte.

Jede Sekunde zählte.

»Los jetzt!«, sagte Kahoyte und richtete sich auf, tunlichst darauf bedacht, das Lamanto-Blau weiterhin leuchten zu lassen.

Rhodan reagierte ebenfalls. Er stellte die völlig überraschte Cyndenno auf die Beine und zog sie mit sich, hin zu jenem Platz, an dem sich das einzige Tor des Rondeaus öffnen würde.

Auf, auf!, befahl Kahoyte abermals. Er fühlte den Anuupi heranrasen. Es war Dualles, das begabteste all seiner Tiere, das mit irrwitziger Geschwindigkeit durch die Gänge schoss, her zu ihnen, sich vor dem Rondeau positionierte …

Das Tor öffnete sich. Von einer vollautomatischen Anlage bestimmt, schob es sich auseinander, noch bevor der überraschte Manoulsi eingreifen konnte.

Sie schlüpften hindurch. Kaum hatten sie das Rondeau verlassen, fuhr das Tor auch schon wieder zu.

Kahoyte nahm kaum etwas wahr. Er fühlte sich gezogen und gestoßen, in eine bestimmte Richtung gedrängt. Dualles gliederte sich indes ins Lamanto-Blau ein. Er verstärkte Kahoytes Kräfte. Er glättete mentale Unregelmäßigkeiten in der Anuupi-Gruppe und potenzierte deren Leistungsvermögen.

Es ging links, es ging rechts, eine Schräge hinab, auf eine halb geöffnete Tür zu. Dort hing ein weiterer Anuupi. Das Tor wollte sich schließen, fuhr aber immer wieder zurück. Die primitive Automatik verhinderte, dass dem Anuupi Schaden zugefügt wurde.

Sie rutschten ins Innere des Sammellagers, vorbei an dem einzelnen Anuupi. Ins Herz der unterirdischen Anlage. Dorthin, wo das mit Xoj angereicherte Material lagerte und darauf wartete, befreit und entfesselt zu werden.

Dies war etwas, das einzig Rhodan zustande bringen würde. Mithilfe seines Vibratormessers, das er umgehend in die vermeintliche Glasschicht drückte.

Kahoyte fühlte mit einem Mal Angst. Er spürte auf eine unbegreifliche Art und Weise die Gier des angereicherten Genmaterials. Es sehnte sich der Begegnung mit dem Unsterblichen entgegen.

Seine Kräfte schwanden. Eben noch hatte er sich so wohl gefühlt wie niemals zuvor in seinem Leben. Doch er hatte sich überanstrengt, hatte zu viel und zu lange vom Lamanto-Blau gekostet.

Die Anuupi versuchten ihn zu stützen. Doch er war so schwach, er war so ausgelaugt …

Hätte er Rhodan sagen sollen, dass ihn dieser Kraftakt wohl sein Leben kosten würde?

Kapitel 40:
Das Geheimnis der Teekannen

Adams ließ sich seine Nervosität nicht anmerken. Ruhig gab er Anmerkungen und sorgte dafür, dass die Technikergruppen so gut wie möglich zusammenarbeiteten.

Zwei ratlos dreinblickende Wissenschaftler bemühten sich, die terranischen Prüfgeräte mit den uralten Gerätschaften der Kerouten zu synchronisieren. Positroniker suchten nach Möglichkeiten, den versiegenden Fluss an Energien sachte zu erhöhen und die teekannenähnlichen Elemente zu stabilisieren. Fachleute stritten sich um Nebensächlichkeiten, die die verwendeten Materialien betrafen, und ein Spezialist für Mikrogeräte bereitete sich darauf vor, seine kleinen Lieblinge ins Innere der fremden Aggregate zu entlassen.

Gio und Casper Moulin machten sich ebenfalls nützlich. Sie bestachen durch einen wachen Geist und beseelten die Arbeit mit neuen Ideen, wenn die Ingenieure wieder mal zu scheitern drohten.

»Ich sollte dich als Nussknacker engagieren.«

»Wie bitte?« Adams wandte sich Thersa zu. Sie betrachtete ihn aufmerksam, um ihren Mund zeigten sich Spuren eines Lächelns.

»Du versuchst, ganz besonders ruhig zu wirken, Homer. Und dabei ist alles an dir derart verkrampft, dass man hört, wie deine Zähne aufeinander knirschen. Legte ich Nüsse dazwischen, wären sie im Handumdrehen geknackt.«

Adams hielt Thersas Humor für unangebracht, sagte aber nichts. Er lächelte höflich und gab weitere Anweisungen an drei Datenspezialisten, die leise miteinander beratschlagten, wie sie sich verhalten sollten, sobald der Informationsfluss begann.

Thersa trat an seine Seite. Sie standen seitlich der Teekannen. Unmittelbar neben ihnen beschäftigte sich ein gemischtes Onryonen-Terraner-Team mit den letzten funktionstüchtigen Robotern. Sie galten als der Schlüssel, mit dem man Zugriff auf die Aggregate bekommen wollte.

»Wir stehen in einer Sicherungsstation«, sagte Thersa. »Du wirst sehen, dass ich recht behalte. Hier wurden einstmals Maschinen fernüberwacht. Solche, die sich möglicherweise auf anderen Kontinenten Jolyonas befinden.«

»Unterhalb der Arena, zum Beispiel«, sagte Adams nachdenklich. »Ich weiß.«

Es wurden bereits die verrücktesten Theorien gesponnen. Historiker, die in der Stadt ausgeschwärmt waren, sprachen von Hinweisen auf Auseinandersetzungen zwischen den Bewohnern mehrerer Siedlungsgebiete. Ein brüchiger Frieden war durch den Aufbau dieser und ähnlicher Anlagen gesichert worden. Die Stadtstaaten hatten sich gegenseitig überwacht. Um tödliche Auseinandersetzungen zu verhindern, hatte man einander Zugeständnisse gemacht und auf die wichtigsten Anlagen der jeweils anderen Städte Zugriff gegeben.

So lautete eine von vielen Ideen, die die Historiker während der letzten beiden Stunden erstellt hatten.

»Der oder die Unbekannten wollten verhindern, dass jemand diese letzte funktionierende Anlage entdeckt«, sagte Thersa. »Deshalb wurden die Moulins abgezogen, bevor sie die Entdeckung dieser Stadt öffentlich machen konnten. Aber warum bloß?«

»Es geht um den Schutzschirm«, antwortete Adams nachdenklich. »Der Unbekannte befindet sich unterhalb der Arena. Er ist gut abgesichert, sollte man meinen. Die Onryonen wagen es kaum, im Boden dieser heiligen Stätte zu forschen oder gar ins Innere vorzudringen.« Er hörte in den stationären Funk. Allerorts wurden Fortschritte gemeldet. Aber noch waren die Geheimnisse der Teekannen nicht gelüftet. »Was, wenn der Schutzschirm von hier aus deaktiviert werden könnte?«

Adams ahnte, dass er auf der richtigen Spur war. Er benötigte bloß noch die Beweise – und Gelegenheit, um auf die Steuerung der hiesigen Anlagen zugreifen zu können.

»Das würde vieles erklären.« Thersa nickte. »Aber wir wissen noch immer nicht, was auf Mylehodinn vor sich geht und warum Perry gefangen gehalten wird.«

»Lass schon mal Kampftruppen in der Nähe der Arena zusammenziehen, Thersa. Und kooperiere mit Gasc Sheromyc. Er scheint nichts von den Extratouren seines Kollegen Xyl Conmyc gewusst zu haben. Er wirkte durchaus schockiert, als er von dessen Selbstmord erfuhr. Wir brauchen ihn, seine Legitimation. Würden wir Liga-Truppen ohne Erlaubnis der Jolyoner losschicken, zögen wir den Zorn aller Einwohner des Planeten auf uns. Zumal dieser Bereich tabuisiert ist. Sieh zu, dass du einige besonders prominente Hüter auf unsere Seite bringen kannst.«

Thersa Gooden nickte. Sie entfernte sich einige Schritte und befolgte Adams' Anweisungen. Sie arbeitete dabei ruhig und konzentriert, ließ sich von niemandem aus dem Konzept bringen.

Sie ist wirklich einzigartig, staunte Adams. *Als Mensch, als Offizierin und als Frau. Warum habe ich das nicht schon früher gesehen? Etwa, weil ich niemals mehr wieder eine langfristige Beziehung eingehen wollte?*

Es war über dreihundert Jahre her, dass ihm die Lokvorth-Geborene Serena davongelaufen war, weil sie das Altern an seiner Seite nicht mehr ertragen hatte. Damals hatte er sich geschworen, sich niemals wieder für längere Zeit auf eine Frau einzulassen. Nun aber …

»Homer?«

»Ja?« Er schreckte aus seinen Gedanken hoch. Er erkannte Casper Moulins Stimme über Funk.

»Wir haben Zugang zu den Steuerelementen. Gib uns eine halbe Stunde, dann beherrschen wir sie. Wir haben in den terranischen Positroniken einige vergleichbare Rechnermodelle gefunden. Das hier sind keroutische Anlagen, die auf larischer Basistechnik beruhen …«

»Jaja, schon gut. Ich will einzig wissen, was wir mit den Teekesseln steuern können.«

Adams hörte dem umständlichen Bericht Casper Moulins angespannt zu. Letztlich konnte er tief durchatmen. Er hatte recht behalten: Von hier aus ließ sich der Schutzschirm unterhalb der Arena auf dem Kontinent Mylehodinn abschalten.

»Die Bodentruppen sollen sich bereithalten!«, befahl er, an Thersa gerichtet. »Wir beide machen uns ebenfalls auf den Weg. Ich will mit dabei sein, wenn unsere Leute die Tiefe erobern.«

Kapitel 41:
Kampf um die Schwarze Saat

Kahoyte fiel völlig entkräftet zu Boden. Die Anuupi rings um ihn verteilten sich im Raum, plan- und orientierungslos. Cyndenno kümmerte sich um den jungen Hüter und zog ihn weg vom Zentrum der milchigen Fläche des Samenlagers, wahrend Rhodan an Ort und Stelle verblieb.

Die junge Frau nickte ihm zu. Sie wirkte ungewöhnlich gefestigt. Es war, als würde sie in diesen Minuten, da die Gefahr am größten war, das Beste in ihr abrufen können.

Rhodan konzentrierte sich. Er bohrte das Vibratormesser in den Untergrund, immer wieder. Feinste Risse entstanden im Boden. Sie verästelten sich weiter und weiter, bis eine Fläche von gut vier Quadratmetern davon durchzogen war.

»Lass es bleiben«, hörte Rhodan eine Stimme hinter sich. »Was hast du bloß vor, Terraner? Glaubst du, mich erpressen zu können, indem du die Schwarze Saat zu befreien drohst? Hast du denn noch immer keine Vorstellung von meiner Macht? Ich kann binnen weniger Minuten eine neue Schutzschicht erbauen lassen und das Sammellager vor dem Kollaps bewahren.«

Rhodan drehte sich zu Manoulsi um. »Wir wissen beide, dass das nicht stimmt. Du bist kaum mehr dazu in der Lage, irgendetwas in deinem unterirdischen Reich instand zu setzen oder gar neu aufzubauen. Ich sehe doch, dass rings um dich alles verfällt. Alles, was du noch steuern kannst, sind einige Roboter, diese sonderbaren Nanoschwärme und wenige extrahierte Xoj-Elemente. Xoj, an das du kaum mehr herankommst. Ich bin mir sicher, dass es ein äußerst mühsamer und zeitraubender Vorgang ist, das hypersensible Material zu aktivieren. Nicht wahr?«

Manoulsi schwieg. Lange. Schließlich reckte er seinen mächtigen Körper weit nach oben. In einer Geste, die bedrohlich wirken sollte, aber doch auch die Hilflosigkeit des Holowesens zeigte. »Überleg dir gut, was du tust, Perry Rhodan. Solltest du es darauf anlegen, die Xoj-Vorräte zu vernichten, bist du immer noch mit mir hier unten gefangen. Innerhalb des Schutzschirms. Ich werde in aller Ruhe meine Schätzchen auf dich und die beiden Onryonen hetzen. Sie werden ihren Spaß mit euch haben.«

Oh ja. Das war Manoulsi durchaus zuzutrauen. Wenn sich seine Pläne mit der Wiederauferstehung seines Volkes in Luft auflösten, würde er Rache üben. Er würde alles und jeden mit in den Untergang reißen.

Rhodan trat mit einem Fuß fest auf, die Risse in der Glasbodenplatte zogen sich weiter nach allen Richtungen. Es brauchte nur noch ein klein wenig Druck, und der Boden würde unter ihm zusammenbrechen.

Die Schwarze Saat fühlte die Veränderungen. Der Wellenschlag des mit Xoj angereicherten Materials wurde heftiger, immer wieder bäumten sich die Massen auf. Dort, wo Rhodan stand, massierte sich gelb glühendes Xoj, so, als wollte es ihn bei der erstbesten Gelegenheit verschlingen und sich an den Impulsen seines Zellaktivators laben.

»Wir haben eine Pattsituation«, sagte er zu Manoulsi. »Aber glaube mir: Ich will dir nicht schaden. Ich bin mir sicher, dass ich die Kerouten von Sheheena davon überzeugen kann, dich zu besuchen. Damit sie dich unterstützen können. Ich …«

»Ich möchte das nicht hören!«, schrie Manoulsi erbost und fiel zurück auf die Vorderarme. »Niemand redet mir in meine Pläne rein, die Schwächlinge von Sheheena haben hier nichts zu suchen! Ich allein bestimme, *was* geschieht und *wie* es geschieht. Ich warne dich ein letztes Mal, Perry Rhodan: Tritt zurück und lass die Schwarze Saat in Ruhe. Mehrere meiner Schätzchen sind bereits auf dem Weg hierher. Sie werden dir sehr, sehr wehtun, wenn du mir nicht augenblicklich gehorchst.«

Rhodan fühlte Vibrationen, schwere Schritte näherten sich. Manoulsi sagte die Wahrheit. Die degenerierten Kerouten würden jeden Befehl ihres Herrn konsequent befolgen.

Der Holo-Keroute trat ein Stückchen näher. Er schnaubte und blies Luft durch die weit geöffneten Nüstern aus. Die Illusion war so real, dass Rhodan glaubte, feuchte Luft über sich hinwegfauchen zu fühlen.

Er drückte mit einem Bein fest gegen den Boden. Trat dagegen. Er durfte sich keine Blöße geben und musste bluffen wie selten zuvor in seinem Leben. »Zieh die Schätzchen zurück! Jetzt gleich! Dann reden wir.«

Manoulsi begann zu geifern. Es war ihm anzumerken, dass er die Kontrolle verlor. Dass er keine vernünftige Entscheidung mehr treffen konnte. Dass der Wahnsinn, der sich Rhodan gegenüber mehrmals angedeutet hatte, endgültig überhandnahm.

Rhodan bedeutete Cyndenno, Kahoyte so weit wie möglich in den Hintergrund des Saatraumes zu ziehen. Vielleicht würde sie einige Minuten Zeit gewinnen, wenn die Glasfläche im Zentrum des Raums in sich zusammenbrach und die Schwarze Saat hochquoll. Wenn Manoulsi nicht im letzten Augenblick einlenkte, fand die verwegene Flucht hier ihr Ende.

»Perry?«

Er sah sich irritiert um. Wer rief nach ihm?

Drei voluminöse Schätzchen torkelten, aus dem Vorraum kommend, auf ihn zu. Sie betraten eben die knirschende Glasplatte, ohne sich der Gefahr bewusst zu sein, die ihnen drohte.

»*Mac na galla*, antworte endlich, Perry!«

Rhodan blickte aufs Armbandkom – und begriff. Der Funk funktionierte wieder! Es gab nur noch ein Wesen im bekannten Universum, das so schön gälisch fluchen konnte.

Er schaltete schnell und hob die Rechte zum Mund. »Ist der Schutzschirm zusammengebrochen?«, fragte er. »Kannst du meine Position orten, Homer? Komm so schnell wie möglich. Verwendet die Paralysatoren, wenn ihr riesigen Zottelbären begegnet – und nehmt euch vor wachsenden Metallhindernissen in Acht.«

»Wie bitte? Ich ...«

»Ich brauche darüber hinaus technisches Personal. Vor allem Holotechniker. Jemanden, der mit larischen Positroniken umzugehen versteht. Und beeilt euch!«

Homer reagierte so, wie es Rhodan erwartete: schnell und kompetent. »Geht klar«, sagte sein alter Freund. Über Funk war zu hören, wie er Befehle weitergab, ohne die Verbindung zu unterbrechen.

Die Schätzchen hielten tatsächlich inne. Sie standen da und blickten verwirrt in Manoulsis Richtung. Der war zur Säule erstarrt. Gewiss wusste der Holo-Keroute bereits, dass sein unterirdisches Reich ungeschützt dalag und gestürmt wurde.

»Wir loten das Labyrinth aus«, sagte Homer, nun wieder an Rhodan gerichtet. »In spätestens zehn Minuten sind wir bei dir.«

»Fünf Minuten wäre besser. Viel besser.« Rhodan beendete das Gespräch, blieb aber auf Empfang und nahm sein winziges Vibratormesser zur Hand.

»Wenn ich untergehe«, sagte Manoulsi mit Hass in der Stimme, »wirst du es auch.« Der Holo-Keroute schnappte nach ihm, als wollte er Rhodan auffressen – und zerstieb in einer Wolke aus glühenden Funken.

Die Schätzchen setzten sich wieder in Bewegung. Drei,

nein, vier von ihnen. Sie kamen mit weit ausgestreckten Krallenhänden auf Rhodan zu, grollten, richteten sich zu voller Größe auf. Wie auch immer Manoulsi sie zu steuern wusste – sie konzentrierten sich auf den Terraner. Diese Kreaturen würden nicht von ihm ablassen, bevor er tot war.

Rhodan wich zwei Schritte zurück, bis er an den Rand des von Rissen durchzogenen Glasbereichs gelangte.

Das Messer in seiner Hand wirkte armselig, die Klinge war gerade mal fünf Zentimeter lang. Damit würde er vermutlich gerade mal Haut und Fettschicht der degenerierten Kerouten ritzen.

Rhodan stöhnte auf. Eine Welle von Stoßimpulsen erreichte ihn, unsichtbar und höchst schmerzhaft. Manoulsi setzte all seine Waffen ein, er wollte ihn töten.

Die Schmerzen nahmen Rhodan alle Wahrnehmungen, ließen ihn wanken und auf die Knie sinken. Die Vibrationen hämmerten auf seine Sinne ein, immer wieder.

Es ist nur eine Willenssache!, sagte er sich. *Schmerz ist etwas, das sich aussparen lässt. Also kämpfe gefälligst dagegen an, Perry! Jammern kannst du später, wenn du im Jacuzzi deiner Kabine auf der CEREBUS liegst. Aber jetzt steh gefälligst auf und erledige deine Arbeit!*

Rhodan tat es. Einfach so. Er fühlte die Stoßimpulse, aber sie berührten ihn nicht mehr. Sie verkamen zur Nebensächlichkeit. Seine Sicht klärte sich, er konzentrierte sich auf den bevorstehenden Kampf.

Das vorderste Schätzchen hatte wenige Meter vor ihm innegehalten. So, als würde das Geschöpf die Gier und Bösartigkeit der Schwarzen Saat riechen. Doch es hatte einen Befehl. Also tappte es weiter, ins Zentrum der zerstörten Glasfläche.

Rhodan holte tief Luft und stampfte mit aller Kraft auf. Die Sprünge verästelten sich weiter, ein Klickern und Klackern war zu hören. Der Untergrund ähnelte mit einem Mal einem tausendfach facettierten Bereich, durch den sämige Flüssigkeit nach oben drang. Der Boden riss mit einem schnalzenden Geräusch endgültig auseinander.

Das Glas zerfiel in unzählige kleinere Flächen. Rhodan hörte jemand schreien. Es war Cyndennos Stimme. Die Verästelungen zogen sich also bereits bis in die Ecken des Raums – und sie würden über kurz oder lang die gesamte Fläche erfassen.

Rhodan sah, wie das vorderste Schätzchen das Gleichgewicht verlor. Mit einem Brummen fiel es in die hell aufleuchtende Masse. Voller Entsetzen musste Rhodan zusehen, wie die mit Xoj angereicherte Saat über den Leib des degenerierten Kerouten wuchs, wie sie ihn einbuk, in all seine Körperöffnungen drang und dabei die Farbe der Genmasse zu einem stumpfen Grau wechselte.

Die Substanz zerfraß das zottelige Wesen, löste es im Handumdrehen auf. Nach nur wenigen Sekunden war das Schätzchen verschwunden und nur noch eine aufgeblähte Hülle zu erkennen, von der sich die Schwarze Saat zögerlich zurückzog. Um nach neuen Opfern zu suchen.

Nach den anderen Schätzchen. Und nach ihm.

Rhodan versuchte, auf einigen eisschollenähnlichen Glasflächen zu balancieren, die ihm geblieben waren. Er sprang von einer zur nächsten. Die glühende Masse gierte nach ihm, wollte ihn packen und ihn verschlingen.

Er bückte sich und stach mehrmals mit dem Vibratormesser auf die Schwarze Saat ein. Wo die Klinge in die Masse eindrang, erstarb das Leben in der Saat. Die Wogen zogen sich für einige Sekunden zurück und hielten inne, bevor sie die verbleibende Kraft in sich akkumulierten und erneut auf ihn zubrandeten.

Rhodan balancierte weiter. Passte sich den wellenförmigen Bewegungen an. Duckte sich unter dem Hieb eines Schätzchens weg, das im selben Augenblick, da es nach ihm schlug, von der Schwarzen Saat verschlungen wurde.

Ein sirrendes Geräusch wurde lauter und lauter. Etwas schrie in größter Not, und Rhodan brauchte lange, bis er begriff, dass es die Schwarze Saat selbst war, die sich in ihrer Agonie äußerte.

Sie starb. Sie verkraftete die unkontrollierte Freiheit nicht. War sie bislang in einer präzise auf sie abgestimmten Umwelt gefangen gewesen, geriet sie nun in Kontakt mit Luft, mit Viren, mit Staub.

Immer größere Teile der Saat verklumpten und erstarrten. Die einstmals so gierigen Massen bildeten bizarre Formationen aus. Rhodan hatte Derartiges bereits gesehen, vor zwei Tagen, als sie durch die Höhlen geirrt und scheinbaren Skulpturen begegnet waren.

Ein letztes Aufbäumen. Heißglühende Saat richtete sich zu einer Wand vor ihm auf. Ein Kreischen erklang, in dem Leid und Trauer und Wut verpackt waren. Die Schwarze Saat gierte so sehr nach seinem, nach Perry Rhodans Leben. Sie würde ihn im Augenblick des Untergangs mit sich reißen, ihn verschlingen und die Energien in ihm ein für alle Mal aufnehmen.

Rhodan stolperte, als er flüchten wollte. Er rutschte auf Scherben aus, er stieß sich den Fuß an erkaltender Masse und versank zentimetertief in ihr. Er spürte diese ganz besondere Gier des unheimlichen Gegners und versuchte, dagegen anzukämpfen und der Schwarzen Saat seine eigene Willens- sowie Lebenskraft entgegenzusetzen.

Die Woge reichte beinahe bis zur Decke. Sie kippte vornüber, auf ihn zu, würde ihn begraben und ihn mit sich reißen, hinein in grässliche Dunkelheit …

… als das Sirren eines Desintegrators ertönte und …

… die letzten Reste der Schwarzen Saat sich auflösten.

Kapitel 42:
Der Sturm auf die Festung

Die Techniker in den Salzbaronessen leisteten ausgezeichnete Arbeit. Sie lasen die Befehlsroutinen aus, mit denen diese uralte Anlage ausgestattet war, und begriffen sofort, dass Adams mit seiner Theorie recht hatte.

Die Teekannen waren uralte Sicherungsstationen. Nur eine von ihnen war noch funktionell. Mit ihrer Hilfe konnte der Schutzschirm unter der Arena deaktiviert werden.

Auf Mylehodinn angekommen, erhielt Adams die Nachricht, dass die notwendigen Befehle für die Zerstörung des Schutzschirms extrahiert werden konnten. Er wies die Techniker an, auf seine Anweisungen zu warten. Zuerst mussten Thersa und er den Sturm auf die unterirdischen Anlagen organisieren.

»Eine Hundertschaft an TARAS geht mit runter!«, befahl er. »Ich will schweres Bergungsgerät und Desintegratoren. Medoeinheiten,98Pioniereinheiten, Posbis. Die taktischen Offiziere machen sich hier oben einsatzbereit. Ich möchte, dass jederzeit Funkverbindung zu allen Einheiten besteht. Ihr kennt das ja. Und bindet um Himmels willen die Jolyoner in die Aktionen mit ein. Sie sollen wissen, dass wir sie ernst nehmen und so wenig Schäden wie möglich anrichten möchten. Es geht um eine kulturell wichtige Stätte für die Onryonen, also richtet euch gefälligst danach.«

Adams erhielt Bestätigungen von allen Seiten. Gasc Sheromyc, der den Verrat seines Duumviraten-Kollegen noch immer nicht so richtig verkraftet hatte, begleitete die Vorbereitungen auf die Abschaltung des Schutzschirms ohne viele

Widerworte. Er fühlte sich zutiefst schuldig – und Adams gedachte, dieses Gefühl skrupellos auszunutzen. Er war froh, nicht über jedes winzige Zugeständnis diskutieren zu müssen, sondern frei handeln zu dürfen.

Es ging um Perry Rhodan. Um einen Freund.

»Wir sind jederzeit bereit«, wiederholte ein nervöser Techniker, der in den Salzbaronessen die Teekannen manipuliert hatte. »Wir deaktivieren den Schirm auf deinen Befehl hin.«

Adams blies durch, öffnete den Helm seines Schutzschirms, drückte der völlig überraschten Thersa Gooden einen Kuss auf die Lippen und sagte dann knapp: »Es geht los!«

Unter dem Schirm zeigte sich eine metallene Schutzwand, deren Qualität an eine terkonitähnliche Legierung heranreichte. Doch die Soldaten waren auf alle Eventualitäten vorbereitet. Während die übergroßen Desintegratoren zu arbeiten begannen, suchte Adams den Funkkontakt zu Perry Rhodan.

Schon beim zweiten Versuch kam eine akustische Verbindung zustande. Perry gab ihm einige Anweisungen, wie immer waren sie präzise und knapp.

Adams hörte den Freund keuchen. Er ahnte, dass er in größter Bedrängnis war, zumal im Hintergrund sonderbare Geräusche und ein Schrei zu hören waren.

»Ich will, dass wir Perry in fünf Minuten erreicht haben!«, sagte er zu den Einsatzleitern. »Egal, wie ihr das anstellt – macht es möglich. Brennt euch meinetwegen quer durch den Fels, aber erledigt die Arbeit. Mag sein, dass wir Feinden begegnen. Sie werden nur betäubt. Niemand stirbt. Habt ihr mich verstanden?«

Befehle trafen von allen Seiten ein, und schon bald darauf war ein Loch in die Metallwandung gebrannt.

Adams gehörte neben Thersa zu den Ersten, die durch die Lücke glitten und sich in einer Höhle wiederfanden. Pioniere und Roboter leuchteten den gewaltigen Raum aus, Sonden eilten in Blitzesschnelle davon. Sie zeichneten ein dreidimensionales Bild des Höhlenlabyrinths unter ihnen. Es wurde mit jeder Sekunde, die verging, plastischer und detaillierter.

Rhodans Position war mithilfe des Funkkontakts leicht anzumessen. Er wurde in das virtuelle System eingegliedert, obwohl die unteren Bereiche des Labyrinths noch längst nicht erfasst waren.

Spezialeinheiten rasten in ihren SERUNS davon. Sie suchten nach gangbaren Wegen und hielten sich an metallenen Toren oder anderen Hindernissen nicht lange auf. Einige der Trupps mussten an toten Enden der Labyrinthwege umkehren und von Neuem mit der Erforschung des Höhlensystems beginnen. Doch das virtuelle Bild, das sich Adams bot, wurde immer klarer, immer deutlicher.

Eine Steuerpositronik berechnete, welcher Gang und welcher Weg der wahrscheinlichste war, um zu Perry zu gelangen. Adams folgte ihm und wusste dabei Thersa samt einem halben Dutzend erfahrener Einsatzkräfte hinter sich.

Adams raste an uralten Relikten und sonderbaren Gebilden vorbei. Er begegnete halbintelligenten Lebewesen, er flog durch devastierte Hallen, er durchbrach mithilfe der Waffensysteme seines SERUNS natürliche und künstlich errichtete Barrieren.

Er gelangte in einen Bereich, der besser ausgestattet war, und bekam einen Kerouten zu sehen, der sich auf ihn stürzte, über ihn herfallen wollte – und sich mit einem Mal auflöste, um an anderer Stelle neu zu entstehen. Ein Holobild. Ein sonderbares Objekt von vielen, denen Adams begegnete und die nicht mehr waren als wundersame Effekte, die wenig Eindruck hinterließen.

Es geht um Perry.

Einige dichtbehaarte Geschöpfe stellten sich ihnen in den

Weg. Adams befolgte den Rat seines Freundes und paralysierte sie bloß. Die Angreifer hatten den Waffen nichts entgegenzusetzen.

Automatisch gesteuerte Anlagen hielten terranische Trupps da und dort auf. Doch das waren allesamt vernachlässigenswerte Hindernisse. Nichts davon gefährdete ihren Vormarsch.

Adams bremste sich in seinem Eifer ein. Die Ortung meldete ihm, dass sie nur noch wenige Meter von Rhodan entfernt waren. Nervös tastete er über seine Waffe und schaltete nun doch in den Desintegratormodus. Mithilfe des Anzugs flog er eine Schräge hinab, maß ungewöhnliche Energiewerte in einem Nebenraum an, glitt hinein, gefolgt von seinen Leuten – und sah eine gigantische Woge aus Feuer, die dabei war, über Rhodan zusammenzubrechen. Sie wirkte auf eine perverse Art lebendig. In der Welle steckte etwas, das nicht sein durfte und dennoch war.

Ohne länger nachzudenken, schaltete Adams auf breiteste Streustrahlung und eröffnete das Feuer. Er desintegrierte die Woge, gerade noch rechtzeitig.

Kapitel 43:
Emot-Nähe

Kahoyte fühlte sich sonderbar. Ganz leicht wie ein Anuupi – und doch war ihm schwer ums Emot. Irgendetwas fehlte ihm, irgendetwas war verloren gegangen.

Er schlug die Augen auf und fand sich in einem bunt geschmückten Raum wieder. Aus einem Nebenraum drang lautes Lachen, die typischen Geräusche geselligen Zusammenseins in einem Abdrückraum waren zu hören.

»Du bist wieder da«, hörte er jemanden sagen.

»Cyndenno.« Kahoyte wollte ihr zunicken, bereute es aber gleich wieder. Sein Nacken war völlig verspannt, ein intelligenter Verband war darum geschlungen. Er zog sich enger, bevor er eine allzu rasche Bewegung machen konnte.

»Ich bin froh, dass es dir gut geht.«

Cyndennos Emot zeigte ein Farbpotpourri, das er niemals zuvor an ihr bemerkt hatte. Es war einfach gehalten und es wirkte so … so ehrlich. Mit einer Hand streichelte sie über seinen nackten Arm, fast liebkosend. Sie verwendete dabei beide Daumen, als Zeichen besonderen Respekts.

»Was ist geschehen?«, krächzte Kahoyte. »Wie bin ich hierher …«

»Die Mediker meinten, du solltest nicht zu viel reden. Dein Umgang mit den Anuupi hat innere Verletzungen verursacht. Es wird ein bis zwei Wochen dauern, bis die neuen Stimmbänder völlig angewachsen sind.«

Er wollte etwas erwidern, wollte Fragen stellen. Aber die Worte bereiteten ihm viel zu viel Schmerzen. Also nickte er bloß.

»Du willst, dass ich erzähle? Wirst du mir wirklich zuhören oder möchtest du, dass ich gehe?«

Kahoyte schüttelte leicht den Kopf. Er tat etwas, was für die Terraner charakteristisch war und das sie beide von Perry Rhodan abgeschaut hatten.

»Du hast das Lamanto-Blau erschaffen«, sagte Cyndenno. Ihre Stimme klang aufrichtig und bewundernd. »Man sagt, dass dies niemals zuvor jemandem in einer derartigen Reinheit und mit so wenigen Anuupi gelungen ist. Du hast uns den Weg hinab zur Schwarzen Saat geebnet. Dort bist du zusammengebrochen. Du warst innerlich wie äußerlich verletzt. Deine Haut war verbrannt, deine inneren Organe drohten zu versagen.«

Kahoyte versuchte sich zu erinnern. Doch da war nichts. Sein Kopf war völlig leer. Er erinnerte sich lediglich noch an die Anstrengungen, an die Verzweiflung und an eine Willensleistung, wie er sie niemals zuvor zusammengebracht hatte.

»Rhodan hat es geschafft, die Schätzchen und Manoulsi aufzuhalten«, fuhr Cyndenno fort. »Er hat ein Loch in die Glasfläche geschlagen, die Schwarze Saat entwich und breitete sich schlagartig aus. Aber sie war nicht überlebensfähig. Sie verschlang einige der Schätzchen und wollte sich auf Rhodan stürzen, als terranische Soldaten herbeigeflogen kamen.«

Cyndenno schüttelte sich, ihr Emot zeigte ein düsteres Grau.

»Sie retteten uns sprichwörtlich in letzter Sekunde. Du und ich, wir saßen in einer Ecke, deren Glasboden noch hielt. Rings um uns waren Trümmer metertief in das Sammellager der Schwarzen Saat gestürzt. Dort, wo nur noch schwarzgraue Schlackereste lagerten und kein Leben mehr zu spüren war.«

»Manoulsi?«, fragte Kahoyte angestrengt.

»Von ihm geht keine Gefahr mehr aus. Die Terraner und Onryonen entdeckten insgesamt achthundert Holoköpfe.

Ungefähr die Hälfte von ihnen ist beschädigt. Der Holo-Keroute konnte sich nur noch bedingt durch sein unterirdisches Reich bewegen.«

»Ist er … tot?«

»Man ist dabei, die Anlagen abzubauen und sein Restbewusstsein irgendwie zu bewahren. Manoulsi ist zwar völlig verrückt, er ist aber auch ein Zeitzeuge von unschätzbarem Wert. Die Rolle wird ihm zwar nicht sonderlich gefallen, aber die Historiker wollen seine Erinnerungen abrufen. Sie werden ihn gegebenenfalls dazu zwingen. Immerhin reicht sein Gedächtnis über hunderttausend Jahre zurück in die Vergangenheit.«

Das ist völlig verrückt!, wollte Kahoyte sagen. *Dieser wahnsinnig gewordene Erinnerungsspeicher wollte uns töten! Er verdient es, abgeschaltet zu werden, Holo-Kopf für Holo-Kopf.*

»Ich weiß, was du denkst.« Erneut streichelte Cyndenno über seinen Arm. »Aber es geht auch darum, in Erfahrung zu bringen, wie er es geschafft hat, uns Jolyoner zu manipulieren. Es muss Onryonen geben, die mit ihm zusammengearbeitet haben, ohne von seiner wahren Existenz zu wissen. Diese Dinge gehören aufgedeckt und bereinigt. Verstehst du?«

»Ja«, sagte er heiser.

»Du wirst dich fragen, warum ich hier bin.«

Oh ja, das tue ich. Warum bist du nicht bei deinen Freunden, feierst irgendwelche Feste und spielst deine kleinen Spielchen? Das ist es doch, was du am besten kannst.

Kahoyte wollte, dass Cyndenno ging. Ihre Nähe war ihm unerträglich. Sie hatte ihm eine Enttäuschung bereitet, die er vermutlich niemals überwinden würde.

»Ich wollte mich entschuldigen. Das ist alles, was ich tun kann, Kahoyte. Es tut mir alles so leid. Ich hatte Angst um mich und … und ich habe mich schrecklich benommen.«

Sie rückte näher an ihn heran. So nahe, dass er meinte, Cyndenno wollte ihn berühren. Doch es war bloß ihr Emot, das sie ganz nahe an seines heranbrachte. Am unteren Rand zeigte sich eine fingerlange Narbe, die an das Abenteuer im Höhlensystem unterhalb der Arena erinnerte.

»Ich bitte dich um eine einzige Chance. Lass uns im Licht deiner Herde ausgehen, sobald du wieder völlig gesund bist. Lass uns reden. Ich möchte wissen, wer und was du bist und ob das Emot-Bild wirklich stimmt, das du mir in den letzten Tagen gezeigt hast. Und ich möchte dich davon überzeugen, dass ich besser bin, als du es von mir annimmst.«

Kahoyte zögerte seine Antwort hinaus, so lange er konnte. Also mindestens zwei Sekunden. Dann hauchte er: »Ja.«

Sonderbar. Wie schnell man eine Enttäuschung überwinden kann …

Cyndennos Emot strahlte Wärme und Zufriedenheit aus. Ein Bild, das sich ihm einbrannte. Ein Bild, in das er sich augenblicklich verliebte. Und doch war da ein kleiner, dunkler Fleck …

Sie zog sich ein wenig von ihm zurück, streichelte aber weiterhin seinen Arm. »Dualles …«

»Ich weiß.« Mehr brachte er nicht hervor. Kahoyte hatte gefühlt, wie das Leben aus diesem wunderbaren Anuupi entwichen war. Wie sich das Tier sich für ihn und seine Begleiter geopfert hatte, um das Lamanto-Blau so lange wie möglich aufrechtzuerhalten.

Dualles war letztlich dafür verantwortlich, dass Kahoyte noch lebte. Er hatte einen Schutzschild gebildet, sodass er von den unwirklichen Kräften des Lamanto-Blaus nicht vollends verbrannt worden war.

Er wollte nicht darüber nachdenken, nicht in diesem Augenblick. Wenn er sich besser fühlte, würde er diesen Verlust betrauern und Muttertiere aus der Herde aussortieren, die womöglich das Erbgut von Dualles in ihren Schwangerschaftsnesseln trugen. Vielleicht würde er einen würdigen Nachfolger finden. Einen, der ihm genauso zum Freund werden würde wie dieses großartige Tier.

Kahoyte strahlte mithilfe seines Emots Zuversicht aus, hob die Hand und strich Cyndenno übers Gesicht.

Sie ließ es geschehen.

Kapitel 44:
Ausklang und Urlaubswünsche

Rhodan blickte auf den Jungen in seinem Krankenbett hinab. Kahoyte wirkte älter und gereift. Seine Augen und das Emot strahlten etwas völlig anderes aus als noch vor ein paar Tagen.

»Ich möchte mich bei dir bedanken, Kahoyte«, sagte er. »Du hast mir sehr geholfen im Kampf gegen Manoulsi. Ohne dich hätten wir uns niemals aus unserem Gefängnis befreien können.«

Kahoyte nickte auf terranische Weise. Er besaß kaum Kraft zum Reden. Er brachte ein einziges Wort hervor: »Glück.«

»Es war kein Glück, das wir hatten. Wir nutzten eine Option. Vielleicht war es die einzige, die uns zur Verfügung stand. Vielleicht wäre mir eine bessere Lösung eingefallen, um uns aus dem Rondeau zu befreien, wenn ich mehr Zeit gehabt hätte. Aber wie rasch du die Piktogramme an meinem Armbandkom verstanden hast – das war großartig.«

»Danke.«

»Wie auch dein Mut, Junge. Und deine Kraft. Am liebsten würde ich dich mit nach Terra nehmen und dich testen lassen. Du besitzt außerordentliche Talente und Gaben, die in den parapsychischen Bereich hineinlappen. Aber so, wie ich dich einschätze, würde es dir schlecht bekommen, deine Heimat verlassen zu müssen. Du bist Jolyoner, also sollst du auf Jolyona bleiben. Vielleicht kommst du ja sogar mit Cyndenno zurecht. Ich habe das Gefühl, dass sie ihre Entschuldigung aufrecht meint.«

Kahoytes Emot glühte rot auf.

»Ich glaube sogar, dass sie auf dich steht. Also pass auf dich auf. Liebe macht einen Mann zum Narren.«

Rhodan erhob sich vom Krankenlager des jungen Hüters. »Ich kehre nach Terra zurück«, sagte er und zögerte. »Ich weiß, dass du mir verpflichtet bist, und du darfst nicht glauben, dass ich meine Pflichten als dein Meister missachte. Du wirst weiterhin mein Schüler bleiben, und ich verspreche dir, dass ich dich einmal im Terra-Jahr besuche, um mich über deine Fortschritte zu erkundigen. Du wirst mir ausführlich Rechenschaft ablegen. Ich verlange von dir, dass du der beste Hüter Jolyonas wirst. Weniger werde ich nicht akzeptieren, denn du hast das Zeug dazu. Hast du mich verstanden?«

Wieder nickte Kahoyte, wieder zeigte das Emot ein glühendes Rot der Zufriedenheit.

»Dann wünsche ich dir viel Glück, Kahoyte. Ich danke dir. Für alles.«

»Du hast dem Jungen ganz schön Druck gemacht«, sagte Adams. Wie immer ging er langsam und zog ein Bein hinter sich her.

»Ich habe mich von einigen Hüter-Meistern aufklären lassen. Sie alle wollen ihn unbedingt als Lehrling haben. Er gilt nach hiesigen Vorstellungen als Jahrhunderttalent. Es war großartig, wie er sich im Labyrinth benommen hat. Er muss nur noch ein wenig reifen und an seinem jugendlichen Überschwang arbeiten.«

Sie verließen die Medoklinik und machten sich auf den Weg zum Röhrengleiter. Er würde sie zum größten Raumhafen Komyts bringen. Die CEREBUS wartete bereits.

»Du willst wirklich noch eine Woche auf Jolyona bleiben?«, fragte er Adams.

»Es gibt einige Dinge aufzuarbeiten, nicht wahr? Ich muss mit Gasc Sheromyc eine Ablasszahlung für die Zerstörungen unterhalb der Arena aushandeln. Nachdem er den Schock über den Verrat seines Duumvirat-Kollegen überwunden hatte, hat er sich daran erinnert, dass er eigentlich ein widerlicher Kotzbrocken ist. Er macht mir das Leben zur Hölle und stellt unverschämte Forderungen. Aber nicht mit mir!«

»Ich verstehe.« Rhodan lächelte.

»Dann ist da noch die Angelegenheit mit Mohaway Obe. Sie fordert eine finanzielle Aufstockung des Fonds, nachdem wir die Relikte in den Salzbaronessen durch unsere Notgrabung teilweise zerstört haben. Sie zeigt darüber hinaus Interesse an dem Holo-Kerouten. Mit ihren gierigen Klauen greift sie nach allem, das Wissensgewinn verspricht, diese schreckliche, alte Frau, die ich so sehr mag. Sie will auch Zugriff auf die Reste der Schwarzen Saat haben. Weil sie hofft, doch noch herauszufinden, wie dieses Xoj-Element entstanden ist.«

»Mir behagt dieses Thema nicht sonderlich, Homer. Wir rühren damit an Dingen, für die wir womöglich noch nicht bereit sind.«

»Mag sein. Dann brauche ich zumindest die Gewissheit, dass sich niemand, der weniger Verantwortungsbewusstsein als wir beide besitzt, mit der Schwarzen Saat beschäftigt. Verstehst du das?«

»Selbstverständlich.«

»Ich möchte auch dafür sorgen, dass alle noch bestehenden Vorwürfe gegen Gio und Casper Moulin fallengelassen werden.«

»Natürlich.«

»Und es sind einige Verhandlungen mit den hiesigen Beamten ausständig. Es wird nicht unbedingt leichter nach all dem Chaos, das wir angerichtet haben. Aber ich denke, dass ich mit ein wenig Geschick die Jolyoner auf unsere Seite ziehen kann. Sie werden gute Geschäftspartner für uns werden.«

»Alles klar.«

»Warum bist du so einsilbig?«, fragte Adams und klang dabei misstrauisch.

»Ich erinnere mich an einen Homer Gershwin Adams, der Terra unter keinen Umständen verlassen und mitreisen wollte, weil sich die Arbeit auf seinem Schreibtisch türmte. Jetzt aber kannst du dir vorstellen, eine Woche wegzubleiben, ohne an ebendiesen Schreibtisch zu denken?«

»Vielleicht sogar zwei Wochen«, brummelte Adams.

»Hängt das mit einer gewissen Thersa Gooden zusammen, die du in aller Öffentlichkeit geküsst hast? Man sagte mir, dass dieser Kuss derart intensiv war, dass selbst der neugeborene Ableger unseres Schiffspiloten, Shaq, zehn Sekunden nach seiner Abnabelung vom Hauptkörper Bescheid wusste?«

»Das ist ja wohl reichlich übertrieben!«

»Ich warte auf eine Antwort, Homer.«

»Ja, zum Himmeldonnerwetter!«, polterte Adams. »Ich mag sie, und ich stehe dazu. Mein letzter Urlaub war vor gefühlten sechshundert Jahren. Ich habe ein Anrecht darauf, mich mal wieder als Mensch zu fühlen und ... und ...«

»... geliebt zu werden?«

»Wenn du eh schon alles weißt, warum fragst du mich dann noch?«

Sie erreichten den Röhrengleiter und blieben davor stehen. »Du kennst die Risiken, die wir mit unserem Privatleben verbinden, Homer. Du weißt, wie es ist, im Laufe der Jahrhunderte einen geliebten Menschen neben sich altern und manchmal auch sterben zu sehen.«

»Ich weiß es verdammt gut.«

»Deshalb wünsche ich dir alles, alles Gute mit Thersa. Sie ist ein toller Mensch. Einer, den man nur alle paar Jahrzehnte trifft. Also halt sie fest, so gut du kannst – und genieße die Zeit mit ihr.« Rhodan blickte aufs Armbandkom. Man wartete an Bord der CEREBUS auf ihn. »Ich habe zwar kein Weisungsrecht, aber man hat sehr beflissen darauf reagiert, als ich auf Terra darum bat, dir eine vierwöchige Auszeit zu gönnen. Offen gestanden schien man in deinem Büro froh darüber zu sein, dich für eine Weile loszuwerden.«

»Wie bitte?«

»Das war bloß ein Scherz, Homer. Oder auch nicht. Jedenfalls hat mir ein kleines Vögelchen gezwitschert, dass du gerne mal einige Tage auf Mirabeau im Weißmeer verbringen wolltest. Eine Suite für zwei Personen ist bereits gebucht.« Rhodan reichte seinem Freund einen Datenkristall. »Hier sind die Bestätigungen und Legitimationen. Ich wünsche dir und Thersa eine schöne Zeit. Wenn du mich nun bitte entschuldigst ...«

Rhodan gab Adams die Hand, umarmte ihn kurz und kroch in den Röhrengleiter. Grinsend winkte er ihm zu, bis sich das Gefährt in den Untergrund Jolyonas bohrte und auf Höchstwerte beschleunigte.

Trotz aller Sorgen, trotz aller Müdigkeit und den vielen kleinen Blessuren, die er während der letzten Tage erlitten hatte, musste er lächeln. Er hatte seinen Freund schon lange nicht mehr derart verdutzt gesehen.